杜甫集校注

〔唐〕杜　甫　著
謝思煒　校注

丙申夏一清

杜工部集卷第十五

近體詩一百三十三首 居夔州作

七月一日題終明府水樓二首〔一〕

高棟曾軒已自涼，秋風此日灑衣裳。翛然欲下陰山雪，不去非無漢署香〔二〕。絶壁過雲開錦繡，疏松夾水奏笙簧。看君宜著王喬履，真賜還疑出尚方〔三〕。終明府，功曹也。兼攝奏節令，故有此句。佇觀奏即真也。（1028）

【注】

黄鶴注：當是大曆元年（七六六）在夔州作。仇注編入大曆二年（七六七）。

〔一〕終明府：名不詳。當爲夔州功曹參軍，兼攝奉節令。

〔二〕倏然二句：《北堂書鈔》卷一五二引《廣志》：「代郡陰山，五月猶宿雪，八月末復雪。」《初學記》卷一一引《漢官儀》：「尚書郎含雞舌香，伏奏事。」《趙次公先後解》：「公官爲工部尚書員外郎，其在省也，自應有含香之制，但以爲客不去耳。」仇注：「今對之不忍舍去，非爲無郎署而留此，正以壁開錦繡，松奏笙簧，樓上見聞絶勝耳。」

〔三〕看君二句：《風俗通義・正失》：「俗説孝明帝時，尚書郎河東王喬遷爲葉令。喬有神術，每月朔常詣臺朝。帝怪其來數而無車騎，密令太史候望。言其臨至時，常有雙鳧從東南飛來。因伏伺，見鳧舉羅，但得一雙舄耳。使尚方識視，四年中所賜尚書官屬履也。」《漢書・百官公卿表》少府屬官尚方，師古注：「尚方主作禁器物。」《唐六典》卷二二少府監：「光宅元年改爲尚方監，神龍元年復舊。」此言真賜，謂奏官即真。

宓子彈琴邑宰日，終軍弃繻英妙時①〔一〕。承家節操尚不泯，爲政風流今在兹。可憐賓客盡傾蓋〔二〕，何處老翁來賦詩？楚江巫峽半雲雨，清簟疏簾看弈碁。

（1029）

【校】

① 英，《草堂》校：「或作年。」

【注】

〔一〕宓子二句：《吕氏春秋·察賢》：「宓子賤治單父，彈鳴琴，身不下堂而單父治。」《漢書·終軍傳》：「初，軍從濟南當詣博士，步入關，關吏與軍繻。軍問：『以此何爲？』吏曰：『爲復傳，還當以合符。』軍曰：『大丈夫西游，終不復傳還。』弃繻而去。軍爲謁者，使行郡國，建節東出關，關吏識之，曰：『此使者乃前弃繻生也。』」仇注：「虙子，切明府。終軍，切終姓。」

〔二〕可憐句：《史記·魯仲連鄒陽列傳》：「諺曰：有白頭如新，傾蓋如故。」

秋日夔府詠懷奉寄鄭監審李賓客之芳一百韻〔一〕

絶塞烏蠻北〔二〕，孤城白帝邊。飄零仍百里，消渴已三年。雄劍鳴開匣〔三〕，羣書滿繫船①。亂離心不展②，衰謝日蕭然。筋力妻孥問，菁華歲月遷〔四〕。登臨多物色，陶冶賴詩篇〔五〕。峽束滄江起，岩排石樹圓③〔六〕。拂雲霾楚氣，朝海蹴吴天④。煮井爲鹽速，燒畬度地偏〔七〕。有時驚疊嶂，何處覓平川？鸂鶒雙雙舞〔八〕，獼猴壘壘懸。碧蘿長似帶，錦石小如錢。春草何曾歇，寒花亦可憐。獵人吹戍火〔九〕，野店引山泉。喚起搔頭急，何遜云：金粟裏搔頭。扶行幾屐穿？諸阮曰：一生能著幾屐〔一〇〕。兩京猶薄産，四海絶隨肩〔一一〕。幕府初交辟，郎官幸備員〔一二〕。瓜時猶旅寓⑤，萍泛苦貪緣〔一三〕。藥餌虛狼籍，秋風洒静便平〔一四〕。開襟驅瘴癘⑥，明目掃雲烟。高宴諸侯禮，佳人上客前。哀箏傷老大，華屋豔神仙。南内開元曲，常時弟子傳〔一五〕。法歌聲變轉，滿坐涕潺湲。都督柏中丞筵，梨園弟子李山奴歌⑦〔一六〕。弔影夔州僻，回腸杜曲煎〔一七〕。即今龍厩水，莫帶犬戎膻。兩京龍厩門，苑馬門也。渭水流苑馬門内〔一八〕。耿賈扶王室，蕭曹拱御筵〔一九〕。乘威滅蜂蠆，戮力效鷹鸇⑧〔二〇〕。舊物森猶在，凶徒惡未悛〔二一〕。國須行戰伐，人憶止戈鋋〔二二〕。奴僕何知禮，恩榮錯與權〔二三〕。胡星一彗孛⑨，黔首遂拘攣⑩〔二四〕。哀痛絲綸切，煩苛法令蠲〔二五〕。業成陳始王，兆喜出于畋〔二六〕。宫禁經綸密，台階翊戴全〔二七〕。熊羆載吕望，鴻雁美周宣〔二八〕。側聽中興主〔二九〕，長吟不世賢。音徽一柱數，道里下牢千〔三〇〕。鄭在江陵，李在夷陵。鄭李光時論，文章並我先。陰何尚清省，沈宋欻聯翩〔三一〕。律比崑崙竹，音知燥濕絃〔三二〕。風流俱善價，愜當久忘筌〔三三〕。置驛常如此，登龍蓋有焉〔三四〕。雖云隔禮數，不敢墜周旋〔三五〕。高視收人表，虛心味道玄〔三六〕。馬來皆汗血，鶴唳必青田〔三七〕。羽翼商山起，蓬萊漢閣連〔三八〕。管寧紗帽淨，江令錦袍鮮〔三九〕。東郡時題壁，南湖日扣舷〔四〇〕。遠游凌絶境，佳句染華牋。每欲孤飛去，徒爲百慮牽。生涯已寥落，國步乃迍邅⑪〔四一〕。衾枕成蕪没，池塘作弃捐。平生多病，卜築遺懷。别離憂怛怛，伏臘涕漣漣〔四二〕。露菊班豐鎬，秋蔬影澗瀍⑫〔四三〕。共誰論昔事，幾處有新阡〔四四〕？富貴空回首，喧争懶著鞭〔四五〕。兵戈塵漠漠，江漢月娟娟。局促看秋燕，蕭疏聽晚蟬。雕蟲蒙記憶，烹鯉問沉綿〔四六〕。卜羨君平杖，偷存子敬氈〔四七〕。囊虚把釵釧⑬，米盡坼花鈿〔四八〕。甘子陰涼葉，茅齋八九椽〔四九〕。陣圖沙北岸，市暨瀼西巔。八陣圖、市暨，夔人語也。江水横通山谷處，方人謂之瀼⑭〔五〇〕。羂絆心常折，栖遲病即痊〔五一〕。紫收岷嶺芋⑮，白種陸池蓮⑯〔五二〕。色好梨勝頰，穰多栗過拳〔五三〕。勑厨唯一味，求飽或三鱣〔五四〕。兒去看魚笱，人來坐馬韉⑰〔五五〕。縛柴門窄窄，通竹溜涓涓。塹抵公畦稜，京師農人指田遠近，多云幾稜。稜音去聲。村依野廟壖〔五六〕。缺籬將棘拒，倒石賴藤纏。借問頻朝謁，何如穩晝眠⑱？誰云行不逮⑲，自覺坐能堅〔五七〕。霧雨銀章澀，馨香粉署妍〔五八〕。紫鸞無近遠，黄雀任翩翾〔五九〕。困學違從衆，明公各勉旃〔六〇〕。聲華夾宸極，早晚到星躔〔六一〕。懇諫留匡鼎，諸儒引服虔⑳〔六二〕。不逢輸鯁直㉑，會是正陶甄〔六三〕。宵旰憂虞軫〔六四〕，黎元疾苦駢。雲臺終日畫，青簡爲誰編〔六五〕？行路難何有〔六六〕，招尋興已專。由來具飛楫，暫擬控鳴弦〔六七〕。身許雙峰寺，門求七祖禪〔六八〕。落帆追宿昔，衣褐向真詮〔六九〕。安石名高晋，鄭高簡，得謝太傅之風。昭王客赴燕。李宗親，有燕昭之美。燕，周之裔〔七〇〕。途中非阮籍，查上似張騫〔七一〕。披拂雲寧在㉒，淹留景不延〔七二〕。風期終破浪，水怪莫飛涎〔七三〕。他日辭神女〔七四〕，傷春怯杜鵑。淡交隨聚散，澤國繞回旋㉓〔七五〕。本自依迦葉，何曾藉去聲偓佺〔七六〕。鑪峰生轉眄，橘井尚高褰〔七七〕。東走窮歸鶴，南征盡跕鳶〔七八〕。晚聞多妙教，卒踐塞前愆〔七九〕。顧凱丹青列，頭陀琬琰鐫〔八〇〕。衆香深黯黯，幾地肅芊芊〔八一〕。勇猛爲心極，清羸任體孱〔八二〕。金篦空刮眼，鏡象未離銓㉔〔八三〕。（1030）

【校】

① 雄劍鳴開匣羣書滿繫船，《草堂》校：「一作所向皆窮轍，餘生日繫船。」「轍」《草堂》誤「轉」，據錢箋改。

② 展，錢箋校：「一作轉。」《草堂》作「轉」。

③ 石，錢箋校：「一作古。」《草堂》作「古」，校：「一作石樹，謂石楠也。」

④ 朝，錢箋校：「川作湖。」《草堂》作「湖」。　蹴，錢箋校：「一作襯。」

⑤猶，錢箋校：「一作仍。一作拘。」《草堂》校：「一作仍。」

⑥驅，錢箋校：「晋作祛。」

⑦梨園，錢箋、《九家》其上有「聞」字。　山奴，錢箋、《九家》作「仙奴」。

⑧効，錢箋校：「川作教。」

⑨孛，錢箋校：「川作闇。」

⑩黔首，錢箋校：「川作首惡。」

⑪乃，宋本、錢箋、《草堂》校：「一作尚。」

⑫蔬，宋本、錢箋校：「一作菰。」《草堂》作「菰」，校：「一作蔬。」

⑬虛，《草堂》作「空」。

⑭八陣圖市暨夔人語也江水横通山谷處方人謂之瀼，錢箋作：「市暨音既。峽人目市井處曰市暨。八陣圖，市暨，夔人語也。江水横通山谷處，方人謂之瀼。」《九家》作：「峽人目市井泊船處曰市暨。江水横通山谷處謂之瀼。」

⑮紫收岷嶺芋，宋本、錢箋校：「一云紫秧岷下芋。」　收，《草堂》校：「一作秧。」

⑯池，宋本、錢箋、《草堂》校：「一作家。」

⑰兒去看魚笱人來坐馬韉，宋本、錢箋校：「一云俗異鄰蛟室，朋來坐馬韉。」　人，《草堂》校：「一作朋。」

⑱晝，錢箋作「醉」，校：「一作晝。」

⑲逮，錢箋校：「一作達。」

⑳服，錢箋校：「一作伏。誤。」

㉑逢，宋本、錢箋校：「一作過。」《草堂》作「過」，校：「一作逢。」

㉒拂，宋本校：「一作晤。」錢箋校：「一作晤。晋作豁。」

㉓旋，《草堂》校：「一作還。」

㉔鏡象未離銓，宋本、錢箋校：「一云平等未難銓。」 鏡象，《草堂》校：「一作平等。」

【注】

黄鶴注：當是大曆元年（七六六）秋作。《趙次公先後解》編入大曆二年（七六七），三月移居瀼西，至秋八月所作。

〔一〕鄭審：見卷七《八哀詩·鄭公虔》（0336）注。李之芳：見卷一李邕《登歷下古城員外孫新亭》注。岑參、獨孤及有《送李賓客荆南迎親》。

〔二〕烏蠻：見卷八《醉歌行》（0375）注。

〔三〕雄劍句：《吴越春秋》卷四：「莫耶，干將之妻也。干將作劍，采五山之鐵精，六合之金英。……於是干將妻乃斷髮剪爪，投於爐中，使童女童男三百人鼓橐將炭，金鐵乃濡，遂以成劍。陽曰干將，陰曰莫耶，陽作龜文，陰作漫理。干將匿其陽，出其陰而獻之。」鮑照《贈故人馬子喬》：「雙劍將别離，先在匣中鳴。烟雨交將夕，從此遂分形。雌沉吴江裏，雄飛入楚城。」

〔四〕菁華句：阮籍《達莊論》：「曜菁華，被沆瀣。」顔延之《陶徵士誄》：「至使菁華隱没，芳流歇絶。」

〔五〕陶冶句：《淮南子·俶真訓》：「有未始有有無者，包裹天地，陶冶萬物。」

〔六〕石樹：《苕溪漁隱叢話》前集卷一〇山谷云：「石樹，石楠也。」

〔七〕煮井二句：李貽孫《夔州都督府記》：「城之左五里，得鹽泉十四，居民煮而利焉。又西而稍南三四里，得八陣圖。」《太平寰宇記》卷一四八夔州引《荆州圖副》：「八陣圖下東西三里有一磧，東西一百步，南北廣四十步，磧上有鹽泉井五口，以木爲桶，昔常取鹽，即時沙壅，冬出夏没。」劉禹錫《畬田行》：「何處好畬田，團團縵山腹。鑽龜得雨卦，上山燒卧木。……下種暖灰中，乘陽拆芽蘖。蒼蒼一雨後，苕穎如雲發。巴人拱手吟，耕耨不關心。由來得地勢，徑寸有餘金。」《分門》洙曰：「峽土瘠確，暖氣晚達，故民燒地而耕，謂之火耕，亦謂之畬田。」

〔八〕鸂鶒：見卷一〇《曲江陪鄭八丈南史飲》（0527）注。

〔九〕獵人句：《趙次公先後解》：「火謂之戍火，則有屯戍在白帝城也。獵人至其上矣。」

〔一〇〕唤起二句：何遜詩今不存。《趙次公先後解》：「此自是詠婦人之詩，而公引之，所以表見搔頭兩字所出。」《世説新語·雅量》：「阮遥集好屐……或有詣阮，見自吹火蠟屐，因歎曰：『未知一生當著幾量屐。』神色閑暢。」

〔一一〕四海句：《禮記·曲禮上》：「五年以長則肩隨之。」《趙次公先後解》：「歎無交游相隨也。」朱鶴齡注：「言無故舊也。」

〔一二〕幕府二句：《趙次公先後解》：「前此嚴公爲東川節度使，辟公爲參謀，而官則尚書工部員外郎。今言於此，豈夔州節度亦嘗辟之邪？」按，此追述客夔之由。

〔一三〕瓜時二句：《左傳》莊公八年：「瓜時而往，曰：及瓜而代。」《趙次公先後解》：「瓜時，則五月、六月間也。」按，此言旅寓此地又及瓜時。謝靈運《從斤竹澗越嶺溪行》：「蘋萍泛沈深，菰蒲冒清淺。」左思《吴都賦》：「夤緣山岳之岊，冪歷江海之流。」《文選》劉逵注：「夤緣，布藤上貌。」《洪武正韻》：「夤緣，連絡也。」

〔一四〕藥餌二句：本書卷一《渼陂西南臺》（0032）：「身退豈待官，老來苦便静。」參該詩注。

〔一五〕南内二句：《舊唐書·地理志》京師：「南内曰興慶宫，在東内之南隆慶坊，本玄宗在藩時宅也。自東内達南内，有夾城複道，經通化門達南内，人主往來兩宫，人莫知之。」梨園弟子，見卷七《觀公孫大娘弟子舞劍器行》（0329）注。

〔一六〕法歌二句：《舊唐書·音樂志》：「又自開元已來，歌者雜用胡夷里巷之曲，其孫玄成所集者，工人多不能通，相傳謂爲法曲。」白居易《法曲歌》注：「法曲雖似失雅音，蓋諸夏之聲也，故歷朝行焉，玄宗雖雅好度曲，然未嘗使蕃漢雜奏。天寶十三載，始詔道調法曲與胡部新聲合作，識者深異之。明年冬，而安禄山反也。」

〔一七〕杜曲：見卷一《曲江三章章五句》（0028）注。

〔一八〕即今二句：《唐六典》卷一一殿中省尚乘奉御：「今仗内有飛龍、祥麟、鳳苑、鵷鸞、吉良、六群等六厩，奔星、内駒等兩閑。」《雍録》卷八：「飛龍厩，後苑有驥德院，禁馬所在。韋后入飛龍厩爲衛士斬首，蓋自玄武門出宫入厩也。」《漢書·食貨志》：「孝景二年……始造苑馬以廣用。」後苑當即太極宫以北之禁苑，苑馬即指閑厩馬。《因話録》卷四：「上又嘗登苑北樓，望渭水，見一醉人臨水卧。」是禁苑北臨渭水。《趙次公先後解》：「時有吐蕃之亂。」

〔一九〕耿賈二句：耿賈，見卷四《述古三首》(0206)注。蕭曹，蕭何、曹參。《史記·蕭相國世家》：「何素不與曹參相能，及何病，孝惠自臨視相國病，因問曰：『君即百歲後，誰可代君者？』對曰：『知臣莫如主。』孝惠曰：『曹參何如？』何頓首曰：『帝得之矣。臣死不恨矣。』」

〔二〇〕乘威二句：《左傳》僖公二十二年：「君其無謂邾小，蜂蠆有毒，而況國乎。」文公十八年：「見無禮於其君者，誅之如鷹鸇之逐鳥雀也。」

〔二一〕舊物二句：《左傳》哀公元年：「祀夏配天，不失舊物。」《趙次公先後解》：「以言國家之大物。」

〔二二〕國須二句：戈鋋，見卷九《喜聞官軍已臨賊寇二十韻》(0495)注。朱鶴齡注引《杜詩博議》：「指帝京如故。」《左傳》隱公六年：「長惡不悛，從自及也。雖欲救之，其將能乎？」仇注：「公以代宗不能問河北之罪，而但慕止戈之名，養成禍亂，蓋傷之也。」説甚鑿。

〔二三〕奴僕二句：《趙次公先後解》：「此則戰伐之時，必有武夫悍卒立功而蒙寵者。」《九家》趙注：「或云此句似專指安禄山，不合付以兵柄也。」錢箋：「凶徒、奴僕，指安史降將也。」朱鶴齡注：「奴僕四句又推言亂本，與『胡雖負恩澤，嗟爾太平人』同意。有謂指程元振者，非。」

〔二四〕胡星二句：《漢書·天文志》：「昴曰旄頭，胡星也。」又：「彗孛飛流，日月薄食。」《左傳》文公十四年：「有星孛入于北斗，周内史叔服曰：『不出七年，宋、齊、晋之君皆將死亂。』」昭公二十六年：「齊有彗星，齊侯使禳之。晏子曰：『無益也，只取誣焉。……且天之有彗也，以除穢也。君無穢德，又何禳焉。』」《史記・秦始皇本紀》：「更名民曰黔首。」集解：「應劭曰：黔亦黎，黑也。」《趙次公先後解》：「兩句又憫蒼生同受其禍矣。」

〔二五〕哀痛二句：哀痛詔，見卷一〇《收京三首》(0505)注。絲綸，見卷一〇《奉和賈至舍人早朝大明宫》(0521)注。《趙次公先後解》：「兩句言代宗之美也。」朱鶴齡注：「《舊紀》：永泰元年正月，下制罪己。二年十一月，大赦改元，停什畝稅一法。哀痛二句，蓋指此也。」

〔二六〕業成二句：《詩・豳風・七月》序：「陳王業也。周公遭變故，陳后稷先公風化之所由，致王業之艱難也。」于畋，見卷九《投贈哥舒開府翰二十韻》(0412)注。《趙次公先後解》：「上句以成王比代宗也。下句意者以吕望比郭令公乎？」錢箋：「始王，指代宗初年也。于畋，喻其幸陝也。猶所謂『賢多隱屠釣，王肯載同歸』也。」按，下文「熊羆載吕望」句承此，與幸陝事無關。錢説鑿。

〔二七〕台階：見卷九《奉贈鮮于京兆二十韻》(0416)「台衮」、卷一一《建都十二韻》(0647)「三階」注。

〔二八〕鴻雁句：《詩・小雅・鴻雁》序：「美宣王也。萬民離散，不安其居，而能勞來還定安集之，至於矜寡，無不得其所焉。」

〔二九〕側聽句：《詩・小雅・烝民》序：「尹吉甫美宣王也。任賢使能，周室中興焉。」

〔三〇〕音徽二句：一柱觀，見卷七《送高司直尋封閬州》(0359)注。《趙次公先後解》：「音徽一柱數，言其數通音問。」陸機《演連珠》：「乘風載響，則音徽自遠。」侯瑾《箏賦》：「於是急絃促柱，變調改曲。」此杜字雙關。下牢關，見卷七《荆南兵馬使太常卿趙公大食刀歌》(0310)注。

〔三一〕陰何二句：陰鏗，見卷九《與李十二白同尋范十隱居》(0436)注。《梁書・何遜傳》：「初，遜文章與劉孝綽並見重於世，世謂之何劉。世祖著論論之云：詩多而能者沈約，少而能者謝朓、何遜。」《趙次公先後解》：「沈則沈佺期，宋則宋之問。……沈、宋近代，欻然追逐，與之相聯翩也。」《苕溪漁隱叢話》前集卷六引《學林新編》以爲沈約、宋玉，未可從。

〔三二〕律比二句：《漢書・律曆志》：「黄帝使泠綸自大夏之西，崑崙之陰，取竹之嶰谷，生其竅厚均者，斷兩節間而吹之，以爲黄鐘之宫。」《韓詩外傳》卷七：「天有燥濕，絃有緩急，柱有推移。」

〔三三〕風流二句：風流，見卷六《壯游》(0295)注。《論語・子罕》：「有美玉於斯，韞櫝而藏諸？求善賈而沽諸？」《莊子・外物》：「荃者所以在魚，得魚而忘荃。」

〔三四〕置驛二句：置驛，見卷一三《贈王二十四侍御契四十韻》(0869)「鄭驛」注。登龍，見卷九《奉贈鮮于京兆二十韻》(0416)注。《趙次公先後解》：「上句以言鄭監之好客，下句以言李賓客之待士。」

〔三五〕雖云二句：《左傳》莊公十八年：「名位不同，禮亦異數。」馬融《廣成頌》：「十有餘年，以過禮數。」《左傳》文公十八年：「行父奉以周旋，弗敢失隊。」

〔三六〕高視二句：曹植《與楊德祖書》：「足下高視於上京。」《三國志・魏書・劉馥傳》：「宜高選博士，取行爲人表、經任人師者。」《淮南子・主術訓》：「天道玄默。」班固《答賓戲》：「味道之腴。」《宋書・徐廣傳》：「心息道玄。」

〔三七〕馬來二句：汗血馬，見卷一《醉歌行》(0020)注。《藝文類聚》卷九〇引《永嘉郡記》：「有洙沐溪，野青田九里中，有雙白鶴，年年生子，長大便去，只恒餘父母一雙在耳。」《趙次公先後解》：「以馬比二公，則皆汗血。以鶴比二公，則必青田。」仇注：「馬來、鶴唳，喻人才樂歸。」

〔三八〕羽翼二句：商山，見卷二《喜晴》(0077)注。《後漢書·竇章傳》：「是時學者稱東觀爲老氏藏室，道家蓬萊山，康遂薦章入東觀爲校書郎。」《趙次公先後解》：「上句以言李賓客。賓客者，太子官也，故用四皓事。」「下句以言鄭監，監者秘書監也，故用蓬萊字。」

〔三九〕管寧二句：《三國志·魏書·管寧傳》：「寧常著皁帽、布襦袴，隨時單複，出入閨庭。」江總《山水納袍賦》序：「皇儲監國餘辰，勞謙終宴。有令以納袍降賜，何以奉揚恩德，因題此賦。」《趙次公先後解》：「二公之官，一則本在東宮，一則本在禁省，而皆寄於外。其閑曠則如管寧之戴紗帽，其宴游則如江總之著錦袍。」

〔四〇〕東郡二句：《趙次公先後解》謂上句似言李賓客，「豈大曆元年李賓客在夷陵時，過江陵與鄭相從，夷陵在西，江陵在東，則爲東郡者乎」；下句似言鄭監，其後有《寄題鄭監湖上亭三首》等詩。朱鶴齡注：「夷陵郡在夔州之東，故曰東郡。南湖，即鄭監湖亭。」「因言其近在荆南，時有吟賞之樂，欲往從之而不能也。」

〔四一〕迍邅：見卷一〇《寄岳州賈司馬六丈巴州嚴八使君兩閣老五十韻》(0611)注。

〔四二〕別離二句：《詩·齊風·甫田》：「無思遠人，勞心怛怛。」傳：「怛怛，猶切切也。」《漢書·楊惲傳》：「田家作苦，歲時伏臘，亨羊炰羔，斗酒自勞。」潘岳《閑居賦》：「牧羊酤酪，以俟伏臘之費。」參卷一〇《臘日》(0515)注。仇注：「別離，悲弟妹。伏臘，思祖父。」胡應麟《詩藪》內編卷四：「洪景盧云：作詩至百韻，詞意既多，故有失於檢點者。如杜老《夔府詠懷》，前云『滿坐涕潺湲』，後又云『伏臘涕漣漣』。」

〔四三〕露菊二句：司馬相如《上林賦》：「酆鎬潦潏，紆餘委蛇。」《文選》郭璞注：「張揖曰：酆水出鄠縣南山酆谷，北入渭。鎬在昆明池北。」《書·禹貢》：「伊、洛、瀍、澗既入於河。」傳：「澗出沔池山，瀍出河南北山。」《趙次公先後解》：「上句以言長安之産，下句言洛陽之産。」

〔四四〕新阡：崔融《韋長史挽詞》：「京兆新阡辟，扶陽甲第空。」《趙次公先後解》：「以言墳墓。」

〔四五〕喧争句：《晉書·劉琨傳》：「嘗恐祖生先吾著鞭。」

〔四六〕雕蟲二句：揚雄《法言》卷二：「或問：吾子少而好賦。曰：然。童子雕蟲篆刻。俄而曰：壯夫不爲也。」《飲馬長城窟行》：「呼兒烹鯉魚，中有尺素書。」沉綿，見卷六《同元使君舂陵行》(0276)注。

〔四七〕卜羨二句：嚴君平，見卷一《渼陂西南臺》(0032)注。《晉書·阮修傳》：「常步行，以百錢挂杖頭，至酒店便獨酣暢。」《晉書·王獻之傳》：「夜卧齋中，而有偷人入其室，盜物都盡。獻之徐曰：『偷兒，青氈我家故物，可特置之。』」

〔四八〕囊虚二句：釵釧，見卷九《喜聞官軍已臨賊寇二十韻》(0495)注。沈約《麗人賦》：「陸離羽珮，雜錯花鈿。」《舊唐書·輿服志》：「內外命婦服花釵。施兩博鬢，寶鈿飾也。」《趙次公先後解》：「皆言賣易之也。」

〔四九〕甘子二句：本書卷六有《阻雨不得歸瀼西甘林》(0296)，參該詩注。

〔五〇〕陣圖二句：《水經注》江水：「江水又東逕諸葛亮圖壘南，石磧平曠，望兼川陸，有亮所造八陣圖，東跨故壘，皆纍細石爲之。自壘西去，聚石八行，行間相去二丈，因曰八陣既成，自今行師，庶不覆敗。皆圖兵勢行藏之權，自後深識者所不能了。今夏水漂蕩，歲月消損，高處可二三尺，下處磨滅殆盡。」李貽孫《夔州都督府記》：「城之左五里，得鹽泉十四，居民煮而利焉。又西而稍南三四里，得八陣圖，在沙州之壖，此諸葛所以示人於行兵者也。分其列陣，隱在石壘。春而潦大則没，秋而波減則露，造化之力，不能推移，所以見作者之能。」《太平寰宇記》卷一四八夔州引《荆州圖副》：「永安宫南一里渚下平磧，上周回四百十八丈，中有諸葛孔明八陣圖。」

〔五一〕羈絆二句：江淹《别賦》：「心折骨驚。」《文選》李善注：「亦互文也。」《莊子・徐无鬼》：「今予病少痊。」

〔五二〕紫收二句：岷嶺芋，見卷六《贈别賀蘭銛》(0258)注。陸池蓮，《趙次公先後解》引師民瞻説，疑爲陸地所開池，又挨傍《維摩經》云陸地不生蓮花。朱鶴齡注引《太平御覽》卷九五八引任昉《述異記》：「吴中有陸家白蓮種，顧家班竹。」

〔五三〕色好二句：左思《蜀都賦》：「紫梨津潤，樼栗罅發。」《西京雜記》卷一：「栗四：侯栗、榛栗、瑰栗、嶧陽栗。嶧陽尉曹龍所獻，大如拳。」仇注：「穰，豐穰也。」施鴻保云：「疑穰即栗實，蜀人語然，猶瓜之云瓤也。或説穰是栗殼内衣，亦非。」《説文》：「穰，黍梨已治者。」段注：「已治，謂已治去其箬皮也。謂之穰者，莖在皮中如瓜瓤在瓜皮中也。《周頌》傳曰：穰穰，衆也。此假借也。」

〔五四〕勑厨二句：《後漢書·楊震傳》：「後有冠雀銜三鱣魚，飛集講堂前。」注：「冠音貫，即鸛雀也。鱣音善。《韓子》云：鱣似蛇。臣賢案：《續漢》及謝承書鱣字皆作鱓，然則鱣鱓古字通也。鱣魚長者不過三尺，黄地黑文……郭璞云鱣魚長二三丈，音知然反。安有鸛雀能勝二三丈乎？此爲鱓明矣。」吴曾《能改齋漫録》卷四引黄朝英《緗素雜記》：「孫卿云魚鱉鰌鱣。《韓非》、《説苑》：鱣似蛇。並作鱣字。蓋假鱣爲鱓，其來久矣。杜少陵云『勑厨唯一味，求飽或三鱣』，又以平聲押之，恐誤也。」吴曾謂：「以上皆朝英語。余按歐陽文忠公《集古録》漢楊震碑云：聖漢龍興，神祇降社，乃生於公。又云：窮神知變，與聖同符，鴻漸於門，群英雲集。又云：貽我三魚，以彰懿德。觀此，則稱鱣稱鱓，皆不得其真也。」朱鶴齡注謂杜詩蓋用《楊震傳》三鱣，兼取郭璞、陸德明音釋。

〔五五〕兒去二句：《詩·邶風·谷風》：「毋逝我梁，毋發我笱。」傳：「笱，所以捕魚也。」《藝文類聚》卷六九引《史記》：「蘇秦激張儀，令相秦，以馬韉席坐之。」《趙次公先後解》引杜田説：「人來坐馬韉，貧無坐席也。」其引《戰國策》文詳於《類聚》，然不見今本《戰國策》。

〔五六〕塹抵二句：陸龜蒙《奉酬襲美苦雨見寄》：「我本曾無一棱田，平生嘯傲空漁船。」朱鶴齡注：「韻書稜字無去音，蓋方言也。陸龜蒙詩……稜亦作去聲用。」《漢書·食貨志》：「田其宫壖地。」注：「師古曰：壖，餘也。宫壖地，謂外垣之内、内垣之外也。諸緣河壖地、廟垣壖地，其義皆同。」

〔五七〕誰云二句：《史記·刺客列傳》：「今太子聞光壯盛之時，不知吾形已不逮也。」《舊唐書·狄仁傑傳》：「衆皆接對，唯仁傑堅坐讀書。」

〔五八〕霧雨二句：銀章，見卷一三《春日江村五首》(0896)注。《趙次公先後解》：「公時已朱紱銀章，既不服之，銀章所以澀。」粉署，尚書省。沈佺期《李員外秦援宅觀妓》：「盈盈粉署郎，五日宴春光。」武平一《請追贈杜審言官表》：「是以升榮粉署，擢秀蘭臺。」《初學記》卷一一引蔡邕《漢官》：「尚書奏事於明光殿，省中皆胡粉塗壁，其邊以丹漆地。故尚書郎含雞舌香，伏其下奏事。」《趙次公先後解》：「以其諳郎官握蘭含香也，故言馨香。」

〔五九〕紫鸞二句：紫鸞，見卷一《夜聽許十誦詩愛而有作》(0036)注。張華《鷦鷯賦》：「育翩翾之陋體，無玄黄以自貴。」《文選》李善注：「《字林》曰：翩，疾飛也。《説文》曰：翾，小飛也。」謝靈運《山居賦》：「鵾鴻翻翥而莫及，何但燕雀之翩翾。」《趙次公先後解》：「上句以譬高材之人，則不論遠近而往。下句則公自謙，如黄雀之小，徒任翱翔而已。」

〔六〇〕困學二句：《論語·季氏》：「生而知之者上，學而知之者次。困而學之，又其次也。困而不學，民斯爲下矣。」《子罕》：「麻冕，禮也。今也純，儉，吾從衆。」《漢書·楊惲傳》：「方當盛漢之隆，願勉旃，毋多談。」

〔六一〕聲華二句：劉琨《勸進表》：「宸極失御，登遐醜裔。」《文選》李善注：「宸極，喻帝位。」《後漢書·明帝紀》：「郎官上應列宿。」《分門》洙曰：「郎官象列星，諸侯象四七，宰相法三台，皆星躔。」《漢書·律曆志》：「日月初躔，星之紀也。」注：「孟康曰：躔，舍也。二十八舍，列在四方，日月行焉。起於星紀，而又周之。」

〔六二〕懇諫二句：《漢書・匡衡傳》：「諸儒爲之語曰：無説詩，匡鼎來；匡語詩，解人頤。……衡爲少傅數年，數上疏陳便宜，及朝廷有政議，傅經以對，言多法義。」注：「張晏曰：匡衡少時字鼎，長乃易字稚圭。」師古注謂其説穿鑿。《西京雜記》卷二：「鼎，衡小名也。」師古注亦謂其書淺俗。《趙次公先後解》謂時未有顔師古定説。《後漢書・儒林傳》服虔：「少以清苦建志，入太學受業，有雅才，善著文論。作《春秋左氏傳解》，行之至今。」

〔六三〕不逢二句：《後漢書・任隗傳》：「鯁言直義，無所回隱。」不逢，猶言豈不逢。揚雄《法言》卷九：「甄陶天下者，其在和乎？」

〔六四〕宵旰二句：《儀禮・士昏禮》：「纚笄、宵衣以俟見。」《左傳》昭公二十年：「楚君、大夫其旰食乎。」唐太宗《命皇太子監國詔》：「宵衣旰食，憂六宮之未安。」應瑒《文質論》：「朱虛軫其慮，辟彊釋其憂。」謝莊《山夜憂》：「仰絶炎而締愧，謝淚河而軫憂。」《楚辭・九章・涉江》「出國門而軫懷兮」王逸注：「軫，痛也。」仇注：「軫、駢，湊集之意。」軫無湊集之義。

〔六五〕雲臺二句：雲臺，見卷四《述古三首》（0206）注。青簡，見卷九《故武衛將軍挽歌三首》（0480）注。

〔六六〕行路句：《趙次公先後解》：「自行路難有何至末句，蓋叙述其將離夔而往詣二公，又盡南下而訪歷佛寺，尋問佛法以終老也。」

〔六七〕由來二句：《趙次公先後解》：「言楫飛之疾，如箭之往也。」木華《海賦》：「飛駿鼓楫，泛海凌山。」《史記·匈奴列傳》：「控弦之士三十餘萬。」

〔六八〕身許二句：《九家》杜《補遺》引《釋氏要覽》：「曹溪在韶州雙峰寺下，昔晉武侯曹叔良宅也。」又謂：「佛書毗婆尸佛、尸弃佛、毗舍浮佛、拘留孫佛、拘那含牟尼佛、迦葉佛、釋迦牟尼佛，謂之天竺七祖。其所説七偈，乃禪源也。自達磨至慧能謂之中華六祖，與子美同時先後人耳。」錢箋引贊寧《高僧傳》道信、弘忍並住蘄州雙峰東山寺，號東山法門，及《寶林傳》慧能入雙峰曹侯溪，時人乃號六祖爲雙峰和尚而謂：「身許雙峰寺，應指蘄之雙峰。趙嘏《宿四祖寺》詩『千林樹下雙峰寺』，亦其證也。」又引李華《大德雲禪師碑》、《中岳越禪師記》、王縉《大證禪師碑》北宗尊神秀弟子普寂，立爲第七祖之説，及王維《六祖能禪師碑》弟子曰神會自叙六祖宗脈、房琯作《六葉圖序》而後震旦六祖之傳始定而謂：「公與右丞、房相，皆歸心於曹溪，不許北宗門人躋秀而祧能者也。既曰身許雙峰，知其不許度門矣。七祖之禪門，繫之以求，則知李華諸人所叙大照七葉者，固未可尅定爲宗子矣……房叙六葉，公求七祖，金湯護法之深旨，固可以參考也。然上元遷墖之後，真宗般若宗風，茂著水南，弟子豈無援祖功宗德之議，刊正祖門之統系者？公其或以大鑒既没，佛衣不傳，不應循北宗之例建立七祖，滋宗門諍論，聊以門求七祖，示置衣之微旨與？」後德宗貞元十二年，楷定禪門宗旨，勑立荷澤神會爲七祖。劉禹錫《送宗密上人歸草堂》：「自從七祖傳心印，不要三乘入便門。」按，錢箋援引材料豐富，説辯甚明。浦起龍謂臨濟宗以南岳懷讓爲第一世，而不繫以七祖之稱，實即七祖也，其嗣江西道一，俗稱馬祖，居南康龔公山，學者雲集，此正當公作詩之時。南康即廬山所在，下所謂鑪峰轉眄，正應指此，求七祖即是依馬祖，亦聊備一説。近人郭沫若據錢箋所不取之《寶林傳》，以雙峰指曹溪寶林寺，神會肅宗時召入宮中供養，「是事實上的南宗七祖」，因謂此二句表示杜甫是南宗信徒。吕澂《杜甫的佛教信仰》（《哲學研究》一九七八年第六期）則謂杜甫在世時，只有北宗普寂被立爲七祖，故此二句表達了杜甫對北宗禪的信仰。説似皆不如錢箋周全。要之，雙峰指蘄之雙峰無疑，且其地即在江陵之下，當可落帆求之，然慧能、神秀皆出東山法門，實不能據此判定其必屬意於南北二宗之一。

〔六九〕落帆二句：《趙次公先後解》：「言於彼處帆落，乃是宿昔之願，其衣褐之身，專爲依向真詮也。」《史記・劉敬叔孫通列傳》：「臣衣帛，衣帛見；衣褐，衣褐見，終不敢易衣。」姚崇《造像記》：「並悟真詮，咸昇覺道。」盧藏用《衡岳十八高僧序》：「真詮或微，後生何述。」

〔七〇〕安石二句：《晉書・謝安傳》：「謝安，字安石。」卒贈太傅。《史記・燕召公世家》：「召公奭與周同姓，姓姬姓。」「燕昭王於破燕之後即位，卑身厚幣以招賢者……郭隗曰：『王必欲致士，先從隗始。況賢於隗者，豈遠千里哉！』於是昭王爲隗改築宮而師事之。樂毅自魏往，鄒衍自齊往，劇辛自趙往，士争趨燕。燕王弔死問孤，與百姓同甘苦。」

〔七一〕途中二句：途中，見卷四《丹青引》（0201）注。張騫，見卷一〇《秦州雜詩二十首》（0555）注。《趙次公先後解》：「公自比也。今公下水之快，故非似阮籍，而於舟上，却似張騫之乘查也。」

〔七二〕披拂二句：《世説新語・賞譽》：衛伯玉見樂廣與中朝名士談議，曰：「此人，人之水鏡也。見之若披雲霧睹青天。」謝靈運《登江中孤嶼》：「懷新道轉回，尋異景不延。」

〔七三〕風期二句：《宋書・宗慤傳》：「願乘長風破萬里浪。」《説苑・辨物》：「水之怪，龍罔象。」郭璞《江賦》：「揚鰭掉尾，噴浪飛涎。」《文選》李善注：「涎，沫也。」此指蜮之類。《詩・小雅・何人斯》：「爲鬼爲蜮，則不可得。」釋文：「蜮，狀如鱉，三足，一名射工，俗呼之水弩。在水中含沙射人，一云射人影。」《搜神記》卷一二：「有物處於江水，其名曰蜮，一曰短狐。能含沙射人。所中者，則身體筋急，頭痛發熱，劇者至死。」

〔七四〕神女，指巫山神女，見卷六《雨》（0297）注。

〔七五〕淡交二句：《莊子・山木》：「君子之交淡若水。」朱弁《風月堂詩話》：「詩之重韻，音同義異者，古人用之無嫌。如《民勞》詩一章用二休字韻是也。後人狃於科舉之習，遂不敢用。唐韓退之《答張徹》詩用二庭字，《石鼓》詩用二科字，老杜《夔府書懷》詩用二旋字，即其例也。」

〔七六〕本自二句：《法苑珠林》卷八引《增壹阿含經》：「《七佛父母姓字經》云：第一維衛佛，第二式佛，第三隨葉佛，此三佛同姓拘樓。第四拘樓秦佛，第五拘那含牟尼佛，第六迦葉佛。此三佛同姓迦葉。第七今我釋迦牟尼佛，姓瞿曇。」《趙次公先後解》、朱鶴齡注引大迦葉比丘，釋迦牟尼佛大弟子，疑非是。《列仙傳》卷上：「偓佺者，槐山采藥父也。好食松實，形體生毛，當數寸。兩目更方，能飛行，逐走馬。」《九家》趙注：「言事佛而非學仙也。」

〔七七〕鑪峰二句：《太平寰宇記》卷一一一江州：「香鑪峰在（廬）山西北，其峰尖圓，烟雲聚散如博山香鑪之狀。」白居易《草堂記》：「匡廬奇秀甲天下山，山北峰曰香鑪，峰北寺曰遺愛寺，介峰寺間，其境勝絶，又甲廬山。」曹植《洛神賦》：「轉眄流精，光潤玉顏。」橘井，見卷八《入衡州》

（0403）注。孫綽《游天台山賦》：「爾乃羲和亭午，游氣高褰。」《文選》李善注：「徐爰《射雉賦》注曰：褰，開也。」杜詩乃高舉義。

〔七八〕東走二句：《藝文類聚》卷七八引《搜神記》：「遼東城門有華表柱，忽有一白鶴集柱頭。時有少年，舉弓欲射之，鶴乃飛，徘徊空中而言曰：有鳥有鳥丁令威，去家千歲今來歸。城郭如故人民非，何不學仙冢壘壘。」《後漢記・光武帝紀》馬援語：「當吾在浪泊西時，下潦上霧，毒氣浮蒸，仰視飛鳶跕跕墮水中。」

〔七九〕晚聞二句：《大乘悲分陀利經》卷四：「起習大悲善調心，多妙世尊皆敬汝。」《三國志・吳書・孫皎傳》：「宜追前愆，深自咎責。」

〔八〇〕顧凱二句：顧愷之，見卷一〇《送許八江寧覲省甫昔時常客游此縣於許生處乞瓦棺寺維摩圖様志諸篇末》（0538）注。《趙次公先後解》：「上句言佛寺中之畫，下句言佛寺中之碑。王簡栖作《頭陀寺碑》。」王中《頭陀寺碑文》：「頭陀寺者，沙門釋慧宗之所立也。南則大川浩汗，雲霞之所沃蕩。北則層峰削成，日月之所回薄。」《元和郡縣圖志》卷二七江夏縣：「頭陀寺在縣東南二里。」《書・顧命》：「越玉五重，陳寶、赤刀、大訓、弘璧、琬琰在西序。」朱鶴齡注：「顧畫、王碑，皆想像東游之事。」

〔八一〕衆香二句：《維摩經・香積佛品》：「過四十二恒河沙佛土，有國名衆香，佛號香積。」幾地，佛修行從初地至十地。《大般若波羅蜜多經》卷三九三：「善現，是菩薩摩訶薩從得初地，乃至得第十地，曾無異想，但求無上正等菩提。」宋玉《高唐賦》：「仰視山巔，肅何芊芊。」

〔八二〕勇猛二句：《圓覺經》：「但當精勤，降服煩惱，起大勇猛。」《陳書·顧野王傳》：「野王體素清羸。」《趙次公先後解》：「言心極於聞道，而不管病體之羸弱也。」

〔八三〕金篦二句：金篦，見卷五《謁文公上方》(0209)注。《維摩經·弟子品》：「諸法皆妄見，如夢如焰，如水中月，如鏡中像。」《趙次公先後解》：「若金篦雖可以刮眼中之膜，而執鏡中之像以爲實有，則未離銓量之間。」

元稹《杜工部墓係銘》：「詩人以來，未有如子美者。是時山東人李白，亦以奇文取稱，時人謂之李杜。余觀其壯浪縱恣，擺去拘束，模寫物象，及樂府歌詩，誠亦差肩於子美矣。至若鋪陳終始，排比聲韻，大或千言，次猶數百，辭氣豪邁而風調清深，屬對律切而脱充凡近，則李尚不能歷其藩翰，況堂奥乎！」

元好問《論詩三十首》：「排比鋪張特一途，藩籬如此亦區區。少陵自有連城璧，争奈微之識碔砆。」

李重華《貞一齋詩説》：「五言排律，至杜集觀止。若多止百韻，杜老止存一首，末亦未免補綴完局，緣險韻留剩後幅故也。白香山窺破此法，將險韻參錯前後，略無痕跡，遂得綽有餘裕。故百韻叙事，當以香山爲法。但此亦不必多作，恐涉誇多鬭靡之習。」

贈李八秘書別三十韻①〔一〕

往時中補右，扈蹕上元初〔二〕。反氣凌行在，妖星下直廬〔三〕。六龍瞻漢闕②，萬騎略姚墟③〔四〕。玄朔回天步④，神都憶帝車〔五〕。一戎纔汗馬，百姓免爲魚〔六〕。通籍蟠螭印，差肩列鳳輿〔七〕。事殊迎代邸，喜異賞朱虚〔八〕。寇盗方歸順，乾坤欲晏如。不才同補袞，奉詔許牽裾〔九〕。鴛鷺叨雲閣，騏驎滯玉除⑤〔一〇〕。文園多病後，中散舊交疏〔一一〕。飄泊哀相見，平生意有餘。風烟巫峽遠⑥，臺榭楚宫虚⑦〔一二〕。觸目非論故，新文尚起予〔一三〕。清秋凋碧柳，别浦落紅蕖。消息多旗幟〔一四〕，經過歎里閭。戰連脣齒國〔一五〕，軍急羽毛書。幕府籌頻問，山劍元帥杜相公初屆幕府參籌畫，相公朝謁，今赴後期也〔一六〕。山家藥正鋤。秘書比卧青城山中。台星入朝謁，使節有吹噓〔一七〕。西蜀災長弭，南翁憤始攄〔一八〕。對敭抗士卒⑧，乾没費倉儲〔一九〕。勢藉兵須用，功無禮忽諸〔二〇〕。御鞍金騕褭，宫硯玉蟾蜍〔二一〕。拜舞銀鈎落，恩波錦帕舒〔二二〕。此行非不濟，良友昔相於〔二三〕。去旆依顔色⑨，沿流想疾徐〔二四〕。沈綿疲井臼，倚薄似樵漁〔二五〕。乞去米煩佳客，鈔詩聽小胥〔二六〕。杜陵斜晚照，潏水帶寒淤〔二七〕。莫話清溪髮，蕭蕭白映梳。（1031）

【校】

①八，錢箋校：「一作公。」

②闕，錢箋校：「一作殿。」《草堂》作「殿」。

③略，錢箋校：「一作集。」《草堂》作「集」。　姚，錢箋校：「一作嫣。」

④回，宋本、錢箋校：「一作還。」

⑤玉除，宋本、錢箋、《草堂》校：「一作石渠。」

⑥烟，《草堂》作「塵」，校：「或作烟。」

⑦虛，宋本、錢箋、《草堂》校：「一作除。」

⑧抗，宋本、《九家》作「抗」，據錢箋改。錢箋校：「一作坑。」《草堂》作「坑」。

⑨旆，錢箋校：「一作棹。」《草堂》作「棹」，校：「一作旆。一作帆。」

【注】

黄鶴注：當是大曆二年（七六七）秋七月作。

〔一〕李八秘書：名不詳。時爲杜鴻漸僚屬，秘書當是其兼銜。岑參有《送李司諫歸京》，鄧紹基謂李八即李司諫。恐非是。

〔二〕往時二句：《趙次公先後解》：「中補右，則在中爲右補闕矣。」錢箋：「中者，右補闕屬中書省也。」按，右補闕無有稱補右者。此疑指補右諸衛之類。《唐六典》卷五兵部郎中：「凡左右衛親衛、勳衛、翊衛，及左右率府親勳翊衛，及諸衛之翊衛，通謂之三衛。擇其資蔭高者爲親衛，其次者爲勳衛及率府之親衛，又次者爲翊衛及率府之勳衛。」李八疑爲三衛出身。錢箋：「上元初，謂上之初元，非若《寄題草堂》詩經營上元始也。」此《苕溪漁隱叢話》前集卷一四所引舊説，蓋謂甫罷拾遺在至德初，非上元年。趙注駁其非，謂此言李八，非甫自謂。錢箋蓋以下文「反氣凌行在」亦非上元年事。然上元無有如此解者。

〔三〕反氣二句：班固《西都賦》：「周廬千列。」《文選》李善注：「《漢書音義》張晏曰：直宿曰廬。」陸機《贈尚書郎顧彦先》：「朝游游層城，夕息旋直廬。」

〔四〕六龍二句：六龍，見卷五《別唐十五誡因寄禮部賈侍郎》(0233)注。《趙次公先後解》：「六龍字、萬騎字，皆在天子言之。」「上句言乘輿在鳳翔，而瞻望長安之闕。」《後漢書·郡國志》漢中郡：「成固，媯虚在西北。」注：「《前書》曰：在西城。《帝王世紀》：亦云姚虚，在西北，有舜祠。」《水經注》沔水：「漢水又東逕媯虚灘。《世本》曰：舜居媯汭，在漢中西城縣。或言媯墟在西北，舜所居也。或作姚墟。」錢箋：「此指明皇幸蜀，先至漢中郡也。」朱鶴齡注：「肅宗駐蹕鳳翔，鳳翔與漢中接境，故曰萬騎略姚墟。」此不應插入明皇事，當以朱注爲是。

〔五〕玄朔二句：玄朔，北方。《魏書·禮志》：「秦氏既亡，大魏稱制玄朔。」《詩·小雅·白華》：

「天步艱難。」朱鶴齡注：「肅宗先即位靈武，靈武在朔方，故曰玄朔回天步。」《趙次公先後解》：「神都，則天子所居。」此指長安。參卷七《秋風二首》(0316)注。《史記・天官書》：「斗爲帝車，運於中央。」索隱：「宋均曰：言是大帝乘車巡狩，故無所不紀也。」朱鶴齡注：「憶帝車，言都人皆憶乘輿所在。」

〔六〕一戎二句：《書・武成》：「一戎衣，天下大定。」傳：「衣，服也。一著戎服而滅紂，言與衆同心，動有成功。」汗馬，見卷一〇《收京三首》(0506)注。《左傳》昭公元年：「劉子曰：美哉禹功，明德遠矣。微禹，吾其魚乎。」《趙次公先後解》：「此專言肅宗親治兵以平禍亂。」

〔七〕通籍二句：通籍，見卷九《奉贈太常張卿二十韻》(0414)注。蔡邕《獨斷》卷上：「璽者，印也。印者，信也。天子璽以玉螭虎鈕。古者尊卑共之。」《宋書・禮志》：「乘輿六璽，秦制也。……初，高祖入關，得秦始皇藍田玉璽，螭虎紐。」阮籍《達莊論》：「差肩而坐，恭袖而檢。」鳳輿，猶言鳳輦。見卷二《洗兵馬》(0090)注。

〔八〕事殊二句：《史記・孝文本紀》：「諸吕吕産等欲爲亂，以危劉氏，大臣共誅之，謀召立代王。……太尉乃跪上天子璽符，代王謝曰：『至代邸而議之。』遂馳入代邸。」《吕太后本紀》：「朱虚侯劉章有氣力，東牟侯興居其弟也，皆齊哀王弟，居長安。當是時，諸吕用事擅權，欲爲亂……丞相平乃召朱虚侯佐太尉，太尉令朱虚侯監軍門。……還，馳入北軍，報太尉。太尉起，拜賀朱虚侯曰：『所患獨吕産，今已誅，天下定矣。』」《趙次公先後解》：「孝文帝從諸侯而入繼耳，非若肅宗以皇太子即位也。」「李秘書豈唐之宗子乎？故又用朱虚侯形容之。」朱鶴齡注引《杜詩博議》：「賞異朱虚，惜其不得殊擢。或以爲譏肅宗，非也。」浦起龍云：「美玄、肅父子俱還，不私潛邸之賞。」

〔九〕不才二句：補衮，見卷六《壯游》（0295）注。牽裾，見卷一一《建都十二韻》（0647）注。

〔一〇〕鴛鷺二句：鴛鷺，見卷一四《暮春題瀼西新賃草屋五首》（0984）注。潘岳《秋興賦》序：「以太尉掾兼虎賁中郎將，寓直於散騎之省。高閣連雲，陽景罕曜。」玉除，《趙次公先後解》謂當作石渠，「指言李秘書如騏驎駿馬，留滯石渠而不更遷擢」。班固《兩都賦序》：「内設金馬石渠之署。」《文選》李善注：「《三輔故事》曰：石渠閣在大秘殿北，以閣秘書。」

〔一一〕文園二句：《史記·司馬相如列傳》：「相如拜爲孝文園令。」《晋書·嵇康傳》：「與魏宗室婚，拜中散大夫。」

〔一二〕楚宫：見卷一四《返照》（1021）注。

〔一三〕觸目二句：《晋書·習鑿齒傳》：「觸目悲感，略無歡情。」《論語·八佾》：「起予者商也。」顔師古《匡謬正俗》卷三：「予讀鄭玄注《曲禮》下篇：予，古余字。因鄭此説，近代學者遂皆讀予爲余。」朱鶴齡注：「今公以起予叶平聲用，蓋從後人讀耳。」

〔一四〕消息句：《易·豐·彖》：「天地盈虚，與時消息。」此言旗幟出没。

〔一五〕戰連句：《趙次公先後解》謂指吐蕃寇靈、邠州，靈州、邠州與長安爲脣齒。朱鶴齡注：「言崔旰與楊、柏及張獻誠相攻。」《左傳》僖公五年：「諺所謂輔車相依、脣亡齒寒者，其虞、虢之謂也。」

〔一六〕幕府句：杜相公，杜鴻漸。見卷一四《季夏送鄉弟韶陪黄門從叔朝謁》（1020）注。《史記·留侯世家》：「臣請藉前箸爲大王籌之。」

〔一七〕台星二句：台星，見卷六《昔游》（0288）「三台」注。《趙次公先後解》：「正言杜相公之入覲……必薦李也。」

〔一八〕南翁：《趙次公先後解》謂用《史記·項羽本紀》楚南公曰「楚雖三户，亡秦必楚」。

〔一九〕對敭二句：《書·君牙》：「用奉若於先王，對揚文、武之光命。」司馬相如《上林賦》：「罷車馬之用，抏士卒之精。」《文選》李善注：「郭璞曰：抏，損也，音玩。」吴曾《能改齋漫録》卷六：「初不曉對揚抏士卒爲何等語，讀《上林賦》方悟。抏，挫也，五官切。抏士卒之精，費府庫之財。蓋李方入對，宜論蜀中兵老財匱也。又王褒《四子講德論》曰：『驚邊抏士，屢犯芻蕘。』」《史記·酷吏列傳》：「始爲小吏，乾没。」集解：「徐廣曰：隨勢沈浮也。駰案，服虔曰射成敗也。如淳曰：得利爲乾，失利爲没。」正義：「此二説非也。按，乾没謂無潤及之而取他人也。又云陽浮慕爲乾，心内不合爲没也。」按，唐人用之，義同上下其手、從中牟利。《舊唐書·魏元忠傳》：「萬年縣尉司馬玄景舞文飾智，以邀乾没。」《唐會要》卷四〇：「尚書左丞韋倧勾司農木橦七十價，百姓者四十價，奏其乾没。」對揚領起二句，冀其入朝所奏，抏士卒爲一事，乾没費倉儲爲一事。舊注析句未明。

〔二〇〕勢藉二句：《三國志·吴書·薛綜傳》：「假其威寵，借之形勢，責其成效。」《左傳》文公五年：「臧文仲聞六與蓼滅，曰：『皐陶庭堅不祀，忽諸。德之不建，民之無援，哀哉。』」杜預注：「蓼與六，皆皋陶後也。傷二國之君不能建德，結援大國，忽然而亡。」杜詩作忽略解，蓋同《史記・管蔡世家》太史公曰「叔鐸之祀忽諸」等。杜預注異於他人。朱鶴齡注：「蓋全蜀之勢，今方藉兵，不得不用，而諸將冒功無禮，如所謂抗士卒、費倉儲者，其可忽之而不問乎？是時崔旰雖歸朝，而楊子琳未釋甲，蜀中所在聚兵，軍儲耗蠹，故公因秘書赴幕而及之，言外亦暗規鴻漸。」按，此言借勢，似指杜鴻漸釋崔旰不問，務姑息以弭亂，然崔、柏諸人皆論功奏官，故下句又稍以禮規之。朱注釋爲藉兵，未確。

〔二一〕御鞍二句：金騣裹，見卷五《春日戲題惱郝使君兄》(0217)注。《西京雜記》卷六：「晉靈公家甚瑰壯……其餘器物皆朽爛不可別，唯玉蟾蜍一枚，大如拳腹，空容五合水，光潤如新，（廣川）王取以爲書滴。」

〔二二〕拜舞二句：銀鉤，見卷五《陳拾遺故宅》(0208)注。《趙次公先後解》：「四句則朝廷所以寵賜相公之物。」「拜舞銀鉤落，則所以成宮硯玉蟾蜍之句。」「恩波錦帕舒，所以成御鞍金騣裹之句。蓋恩波所及，併御鞍而賜焉，於是又以錦帕覆其鞍也。」朱鶴齡注：「言秘書此行，將承恩賜馬，馬有錦帕之舒。且入直侍書，見銀鉤之落也。次公指相公言，于上下語勢不接。」按，對敭以下皆就相公落筆，秘書恐不足當。然詩人或未分賓主，而一味讚美。

〔二三〕此行二句：繁欽《定情詩》：「何以結相於，金薄畫幧頭。」曹植《當來日大難》：「廣情故，心相於。」相於謂相愛相親。

〔二四〕去旆二句：《趙次公先後解》：「沿流想其或疾或許，以言李之舟行也。」

〔二五〕沈綿二句：《後漢書·馮衍傳》：「兒女常自操井臼。」《趙次公先後解》：「病之沈綿，則不能服井臼之事。」謝靈運《過始寧墅》：「拙疾相倚薄，還得靜者便。」

〔二六〕乞米二句：《趙次公先後解》：「乞字，公自注去聲，蓋音氣。自我求人謂之乞，則驅一切。自人與我謂之乞，則音氣也。」《漢書·朱買臣傳》：「糧用乏，上計吏卒更乞丐之。」師古注：「乞音氣。」小胥，小吏。《舊唐書·魏少游傳》：「賈明觀者，本萬年縣捕賊小胥。」

〔二七〕潏水：見卷二《義鶻》(0071)注。

寄劉峽州伯華使君四十韻〔一〕

峽内多雲雨，秋來尚鬱蒸。遠山朝白帝，深水謁夷陵①〔二〕。遲暮嗟爲客，西南喜得朋〔三〕。哀猿更起坐②，落雁失飛騰。伏枕思瓊樹，臨軒對玉繩〔四〕。青松寒不落，碧海闊逾澄。昔歲文爲理，羣公價盡增。家聲同令聞，時論以儒稱〔五〕。太后當朝肅③，多才接迹昇〔六〕。翠虚捎魍魎，丹極上鯤鵬〔七〕。宴引春壺滿④，恩分夏簟冰。彫章五色筆，紫殿九華燈〔八〕。學並盧王敏，書偕褚薛能〔九〕。老兄真不墜〔一〇〕，小子獨無承。近有風流作，聊從月繼徵⑤〔一一〕。放蹄知赤驥，捩翅服蒼鷹〔一二〕。卷軸來何晚，襟懷庶可憑〔一三〕。會期吟諷數，益破旅愁凝。雕刻初誰料⑥，纖毫欲自矜〔一四〕。神融躡飛動，戰勝洗侵淩〔一五〕。妙取筌蹄弃，高宜百萬層〔一六〕。白頭遺恨在，青竹幾人登〔一七〕？回首追談笑，勞歌跼寢興〔一八〕。年華紛已矣，世故莽相仍〔一九〕。刺史諸侯貴，郎官列宿應〔二〇〕。潘生驂閣遠⑦，黄霸璽書增⑧〔二一〕。乳竇號攀石，飢鼯訴落藤〔二二〕。藥囊親道士，灰劫問胡僧〔二三〕。憑久烏皮綻⑨，簪稀白帽稜⑩〔二四〕。林居看蟻穴，野食行魚罾⑪〔二五〕。筋力交彫喪，飄零免戰兢。皆爲百里宰⑫，正似六安丞〔二六〕。姹女縈新裹，丹砂冷舊秤〔二七〕。但求椿壽永，莫慮杞天崩〔二八〕。鍊骨調情性，張兵撓棘矜〔二九〕。養生終自惜，伐數必全懲⑬〔三〇〕。政術甘疏誕，詞場愧服膺。展懷詩誦魯，割愛酒如澠。平生所好，消渴止之〔三一〕。咄咄寧書字，冥冥欲避矰〔三二〕。江湖多白鳥，天地有青蠅〔三三〕。（1032）

【校】

① 謁，宋本、錢箋、《草堂》校：「一作出。」

② 更，錢箋校：「一作勞。」

③ 當，錢箋、《草堂》校：「一作臨。」

④滿，宋本、錢箋校：「一作酒。」《草堂》作「酒」。
⑤繼，錢箋校：「一作峽。一作竄。」《草堂》作「竄」，校：「一作繼。」
⑥料，宋本、錢箋校：「一作解。」
⑦潘生驂閣遠，宋本、錢箋、《草堂》校：「一云潘安雲閣遠。」
⑧增，宋本作「曾」，據錢箋等改。
⑨綻，錢箋作「拆」，校：「一作綻。」
⑩稀，錢箋校：「一作間。」　白，錢箋校：「一作皁。」《草堂》校：「疑作皁。」
⑪行，錢箋校：「去聲。一作幸。又作待。」《草堂》作「待」。
⑫皆，錢箋、《草堂》校：「一作昔。」
⑬數，宋本、錢箋、《草堂》校：「一作叛。」

【注】

黄鶴注：當是大曆二年（七六七）在瀼西作。《趙次公先後解》編入大曆元年（七六六）。

〔一〕劉伯華：《元和姓纂》卷五劉沛國相縣：「軸元孫允濟，唐中書舍人。孫伯華，工部郎中。」于邵《送峽州劉使君忠州李使君序》：「國有戎事，今茲十年。……尚書駕部郎中劉公、司門員外郎李公分命之拜，中朝駿選。」約作於廣德間。令狐楚《爲人作奏貶晉陽簿姜鉥狀》：「右，臣劉氏堂外生，即故硤州刺史伯華嫡孫，左補闕某第三女。」峽州夷陵郡：見卷一四《得舍弟觀書自中都已達江陵今兹暮春月末行李合到夔州悲喜相兼團圓可待賦詩即事情見乎詞》（0996）注。

〔二〕遠山二句：《趙次公先後解》：「蓋水至夷陵而愈深，所以謂之謁，以敵朝字。」

〔三〕遲暮二句：《易·坤》：「西南得朋。」《趙次公先後解》：「朋以指言劉使君。」

〔四〕伏枕二句：李陵《贈蘇武》：「思得瓊樹枝，以解長渴飢。」《趙次公先後解》：「瓊樹，指言劉使君……臨軒而坐，直至玉繩星見時也。」玉繩，見卷一四《月三首》（1012）注。

〔五〕家聲二句：《詩·大雅·文王》：「亹亹文王，令聞不已。」《舊唐書·杜審言傳》：「審言子并年十三，懷刃以擊之。季重中傷死，而并亦爲左右所殺。……士友咸哀並孝烈，蘇頲爲墓志，劉允濟爲祭文。」朱鶴齡注：「二公交契之厚可知矣。」劉知幾《自叙》：「復有永城朱敬則、沛國劉允濟、吳興薛謙光、河南元行沖、陳留吳兢、壽春裴懷古，亦以言議見許，道術相知。」

〔六〕太后二句：《新唐書·文藝傳》李適：「武后修《三教珠英》書，以李嶠、張昌宗爲使，取文學士綴集，於是適與王無競、尹元凱、富嘉謨、宋之問、沈佺期、閻朝隱、劉允濟在選。」劉允濟：「河南鞏人，其先出沛國，齊彭城郡丞瓛六世孫。少孤，事母尤孝。工文辭，與王勃齊名。……武后明堂成，奏賦述功德，手詔褒咨，除著作郎。爲來俊臣飛構當死，以母老丐餘年，繫獄，會赦免，貶大庾尉。復爲著作佐郎，修國史。」

〔七〕翠虛二句：翠虛，猶言碧虛。丹極，見卷七《虎牙行》（0338）注。張衡《東京賦》：「捎魑魅，斫獝狂。」《文選》薛綜注：「捎，殺也。」《莊子·逍遥游》：「北冥有魚，其名爲鯤。鯤之大，不知其幾千里也。化而爲鳥，其名爲鵬。鵬之背，不知其幾千里也。……鵬之徙於南冥也，水擊三千里，摶扶摇而上者九萬里。」《趙次公先後解》：「多才進用，如在碧虚、丹極之間，於是弃捐不才，如捎魍魎。賢自得君，如上鯤鵬。」

〔八〕彫章二句：《太平御覽》卷五八六引《三國典略》：「齊蕭慤字仁祖，爲太子洗馬。嘗於秋夜賦詩，其兩句云芙蓉月下落，楊柳月中疏。曰：蕭仁祖之斯文，可謂雕章間出。」鍾嶸《詩品》江淹：「初，淹罷宣城郡，遂宿冶亭，夢一美丈夫，自稱郭璞，謂淹曰：『我有筆在卿處多年矣，可以見還。』淹探懷中，得五色筆以授之，爾後爲詩，不復成語，故世傳江淹才盡。」謝朓《直中書省》：「紫殿肅陰陰，彤庭赫弘敞。」《文選》李善注：「紫殿，紫宫也。《漢書成紀》曰：神光降集紫殿。」《漢武故事》：「王母遣使謂帝曰：『七月七日我當暫來。』帝至日，掃宫内，然九華燈。」

〔九〕學並二句：《趙次公先後解》：「盧則盧照鄰，王則王勃。」「褚則褚遂良，薛則薛稷。」盧王，見卷一一《戲爲六絶句》(0693)注。褚薛，見卷五《觀薛稷少保書畫壁》(0214)注。《法書要録》卷四：「太宗嘗謂侍中魏徵曰：『虞世南死後，無人可與論書。』徵曰：『褚遂良下筆遒勁，甚得王逸少之體。』太宗即日召令侍書。」《唐國史補》卷上：「後輩言筆札者，歐、虞、褚、薛，或有異論。」

〔一〇〕老兄句：蔡邕《與何進書薦邊讓》：「齠齔夙孤，不墜家訓。」

〔一一〕聊從句：《趙次公先後解》：「月繼，則月月相繼而徵索之。」朱鶴齡注謂寠字較繼字爲優，月寠猶言月脅，指峽州明月峽。

〔一二〕放蹄二句：捩翅，參卷二《義鶻》(0071)注。《趙次公先後解》：「皆取其神駿快疾而比之也。」

〔一三〕卷軸二句：《趙次公先後解》：「我之襟懷所望，可憑倚詩卷之來也。」

〔一四〕雕刻二句：賈誼《虡賦》：「妙雕文以刻鏤，舒循尾之采垂。」《趙次公先後解》：「纖毫皆妙，而可矜誇。」

〔一五〕神融二句：《趙次公先後解》：「神融躡飛動，其亦取《列子》：骨肉都融，不覺形之所倚，足之所履，隨風東西之意歟？」飛動，見卷一《夜聽許十誦詩愛而有作》（0036）注。

〔一六〕妙取二句：《莊子·外物》：「荃者所以在魚，得魚而忘荃；蹄者所以在兔，得兔而忘蹄。」釋文：「荃，七全反，崔音孫，香草也，可以餌魚。或云積柴水中，使魚依而食焉。一云魚笱也。蹄，大兮反，兔罝也。又云兔弶也，繫其脚，故云蹄也。」《趙次公先後解》：「以言其詩之不拘泥。」朱鶴齡注：「雕刻初誰料，即《文賦》之『籠天地於形內，挫萬物於筆端』也。纖毫欲自矜，即『考殿最於錙銖，定去留於微芒』也。神融躡飛動，即『精騖八極，心游萬仞』也。戰勝洗侵凌，即『方天機之駿利，夫何紛而不理』也。妙取筌蹄弃，高宜百萬層，即『形不可逐，響難爲繫，塊孤立而特峙，非常言之所緯』也。」

〔一七〕青竹：猶言青簡。見卷九《故武衛將軍挽歌三首》（0480）注。

〔一八〕回首二句：《趙次公先後解》：「追懷劉使君之談笑，故徒勞我之歌詠，而跼蹐於一寢一興之間。」朱鶴齡注引謝混詩「信此勞者歌」，《文選》李善注引《韓詩》「勞者歌其事」。按，勞作動詞，趙注是。

〔一九〕世故句：本書卷二《送樊二十三侍御赴漢中判官》（0086）：「居人莽牢落，游子方迢遰。」參該詩注。

〔二〇〕刺史二句：諸侯貴，見卷一〇《寄彭州高三十五使君適虢州岑二十七長史參三十韻》(0610)注。列宿應，見卷九《承沈八丈東美除膳部員外阻雨未遂馳賀奉寄此詩》(0478)注。

〔二一〕潘生二句：潘岳《秋興賦》：「余春秋三十有二，始見二毛。以太尉掾兼虎賁中郎將，寓直於散騎之省。高閣連雲，陽景罕曜。」《漢書·循吏傳》：「二千石有治理效，輒以璽書勉厲，增秩賜金，或爵至關内侯。」黄霸：「天子以霸治行終長者，下詔稱揚曰：……其賜爵關内侯，黄金百斤，秩中二千石。」參卷七《八哀詩·張公九齡》(0337)注。朱鶴齡注：「潘安，公自謂，承郎官句。黄霸，謂劉使君，承刺史句。」按，四句皆謂劉。仇注：「劉蓋郎官出爲刺史者。」

〔二二〕乳贙二句：乳贙，見卷七《八哀詩·蘇公源明》(0335)注。鼯，見卷一三《自閬州領妻子却赴蜀山行三首》(0867)注。《趙次公先後解》：「此皆道夔州山居之事。」

〔二三〕藥囊二句：《高僧傳》卷一《竺法蘭傳》：「昔漢武穿昆明池底得黑灰，以問東方朔，朔云：『不委，可問西域人。』後法蘭既至，衆人追以問之。蘭云：『世界終盡，劫火洞燒，此灰塵是也。』」《趙次公先後解》：「上句以其病之故，求服食於道士。」「下句以世故之多，形乎憂懼，遂有胡僧之問矣。」

〔二四〕憑久二句：烏皮几，見卷六《阻雨不得歸瀼西甘林》(0296)注。白帽，《隋書·禮儀志》：「帽，自天子下及士人，通冠之。以白紗者，名高頂帽。皇太子在上省則烏紗，在永福省則白紗。」一作皁帽。參卷一二《嚴中丞枉駕見過》(0729)注。稜同棱，兩面相交或凸起之處。《太平廣記》

卷二五九《蘇味道》(出《盧氏雜記》)：「味道無言，但以手摸床棱而已。時謂模棱宰相。」此言支起狀。王嗣奭《杜臆》：「簪稀則帽亦罕著，故棱猶完好也。」

〔二五〕魚罾：《楚辭・九歌・湘夫人》：「鳥萃兮蘋中，罾何爲兮木上。」王逸注：「罾，魚網也。」

〔二六〕皆爲二句：《趙次公先後解》謂皆與昔俱與呰點畫相近，當以呰爲正。呰，古時字。《後漢書・桓譚傳》：「譚復極言讖之非經。帝大怒曰：『桓譚非聖無法，將下斬之！』譚叩頭流血，良久乃得解。出爲六安郡丞，意忽忽不樂，道病卒。」《趙次公先後解》：「蓋公之流落，以言房琯無罪忤肅宗，遂弃不省之也。」朱鶴齡注：「劉峽州疑從省郎遷刺史，故言我爲郎官，應皆出宰百里，今飄零見弃，却似六安丞之貶斥耳。」按，據上下文，此句當爲甫自言。甫出爲華州司功，與郡丞亦相近。詩蓋言衆皆出宰百里，而已略似六安丞之貶。

〔二七〕姹女二句：《雲笈七籤》卷七〇《還金術三篇》：「夫汞者，姹女之別名。」藥裹，見卷七《寄從孫崇簡》(0349)注。丹砂，見卷八《送重表侄王砅評事使南海》(0386)注。

〔二八〕但求二句：《莊子・逍遥游》：「上古有大椿者，以八千歲爲春，八千歲爲秋。」《列子・天瑞》：「杞國有人憂天地崩墜，身亡所寄，廢寢食者。」

〔二九〕鍊骨二句：《雲笈七籤》卷二九《太上九丹上化胎精中記》：「煉髓易骨，節節納真。」卷五六《諸家氣法》引《陰符經》：「夫修煉法，言調和神氣，使周流不竭絶於腎。腎乃命門，故曰命術也。神氣不竭，則身形長生，煉骨化形，游於帝庭，位爲真人。」賈誼《過秦論》：「鉏耰棘矜，非銛於句戟長鎩也。」《史記》集解：「服虔曰：以鉏柄及棘作矛槿也。」索隱：「棘，戟也。矜，戟柄也。」《趙次公先後解》：「方鍊骨以調和情性，而值時吐蕃犯順，乃不皇助之張兵，而甘撓屈棘矜也。」按，《雲笈七籤》卷一三《太清中黄真經》：「静則心孤多感思，撓則心煩怒多起。」詩蓋謂心煩如張棘矜而撓之，故須調和情性。與時亂無涉。

〔三〇〕養生二句：《趙次公先後解》：「言我之養生，終日愛惜，而時之用兵伐叛，叛者亦必懲悔而不復犯順，如此則豈不可調情性而撓棘矜乎？」朱鶴齡注引《七發》「皓齒蛾眉，命曰伐性之斧」，謂：「多欲以伐性，猶之張兵以害身也。故養生之理，貴於自惜，而伐數之事，必全懲之。數即年數之數。」按，《抱朴子·極言》：「或修道晚暮，而先自損傷已深，難可補復，補復之益，未得根據，而疾隨復作，所以剋伐之事，亦何緣得長生哉。」此所謂伐。道家蓋屢言之。不應解爲征伐。《雲笈七籤》卷三八《大戒上品》：「太極真人曰：人之行惡，莫大於嫉、殺、貪、奢、驕、淫也。若此一在心，伐爾年命矣。」卷八一《三尸中經》：「上尸名彭倨，在人頭中，伐人上分。」「中尸名彭質，在人腹中，伐人五臟。」「下尸名彭矯，在人足中。」此皆所謂伐數。

〔三一〕展懷二句：《詩·魯頌·駉》序：「頌僖公也。僖公能遵伯禽之法，儉以足用，寬以愛民，務農重穀，牧於坰野，魯人尊之，於是季孫行父請命于周，而史克作是頌。」朱鶴齡注：「言作詩頌使君，猶史克之頌魯侯也。」《左傳》昭公十二年：「有酒如澠，有肉如陵。」

〔三二〕咄咄二句：《世説新語·黜免》：「殷中軍被廢，在信安，終日恒書空作字。揚州吏民尋義逐之，竊視，唯作咄咄怪事四字而已。」《法言·問明》：「鴻飛冥冥，弋人何篡焉。」矰，見卷七《暇日小園散病將種秋菜督勤耕牛兼書觸目》(0325)注。

〔三三〕江湖二句：《九家》杜田《補遺》：「白鳥有二説。一説謂鷗鷺之類，《詩》言白鳥鶴鶴是也。喻賢者之潔白，而弃置江湖間。一説謂白鳥，蚊蚋也，以譬則小人。言賢者居亂世，欲隱而爲蚊蚋所嚼，欲出則爲青蠅所汙，是無逃於天地之間矣。」引《大戴禮記・夏小正》：「丹鳥羞白鳥。丹鳥者，謂丹良也。白鳥，謂蚊蚋也。其謂之鳥何也？重其養者也。有翼者爲鳥。羞也者，進也，不盡食也。」《古今注》卷中：「螢火……一名丹良鳥。腐草化之，食蚊蚋。」《趙次公先後解》：「韓退之云：朝蠅不須驅，暮蚊不須拍。蠅蚊滿八區，可與盡力格。……亦以蚊蚋之多爲歎。」《詩・小雅・青蠅》：「營營青蠅，止于棘。讒人罔極，交亂四國。」

王十五前閣會〔一〕

楚岸收新雨，春臺引細風。情人來石上，鮮鱠出江中。隣舍煩書札，肩輿强老翁〔二〕。病身虚俊味，何幸飫兒童〔三〕。（1033）

【注】

黄鶴注：當是大曆元年（七六六）春作。

〔一〕王十五：卷一一有《王十五司馬弟出郭相訪兼遺營茅屋貲》（0622），卷一二有《送王十五判官扶侍還黔中》(0811)，疑後者與此爲同一人。

〔二〕隣舍二句：《趙次公先後解》：「王十五者必公之鄰也……以肩輿求迎公也。」

〔三〕病身二句：《苕溪漁隱叢話》後集卷二五引《藝苑雌黄》：「俊味亦有來處，《本草》『葫』注中云：此物煮爲羹臛，極俊美，除風破冷，足爲饌中之俊。」《趙次公先後解》：「饋食於公，持之以歸，故宴及兒輩矣。」

寄韋有夏郎中〔一〕

省郎憂病士，書信有柴胡。飲子頻通汗，懷君想報珠〔二〕。親知天畔少，藥味峽中無。歸楫生衣卧，春鷗洗翅呼〔三〕。猶聞上急水，早作取平途。萬里皇華使〔四〕，爲僚記腐儒。（1034）

【注】

黄鶴注：當是大曆元年（七六六）作。

〔一〕韋有夏：顔真卿《東方先生畫贊碑陰記》：「郡嘗爲德州……真卿去歲拜此郡……亟與數公……朝城主簿韋夏有……同兹謁拜。」天寶十三載作。錢箋引潘淳曰「殆斯人也」，然改原文夏有爲有夏。《歷代法寶記》載大曆元年被杜鴻漸派往白崖山迎請無住出山的諸郎官侍卿有「租庸使韋夏有」，亦即此人，然其名皆與杜詩有異。

〔二〕飲子二句：《金匱要略方論》卷下：「退五臟虚熱，四時加減柴胡飲子方。」《趙次公先後解》：「按《本草》，柴胡爲君，味苦平，主心腹，去腸胃中結氣，飲食積聚，寒熱邪氣，推陳置新。及諸家所説，並無通汗字。今公句云飲子頻通汗，大率傷寒，大小柴胡湯最通表裏之要。此所以爲通汗。」仇注：「古人稱湯藥爲飲子。孫真人有甘露飲子。此詩指柴胡飲子也。」《苕溪漁隱叢話》前集卷二三東坡云：「沈佺期《回波詞》云：『姓名雖蒙齒録，袍笏未换牙緋。』杜子美詩：『飲子頻通汗，懷君想報珠。』以飲子對懷君，亦齒録、牙緋之比也。」《趙次公先後解》引《古今詩話》：「子美以飲子對懷君，及《惡樹》詩『枸杞因吾有，雞栖奈爾何』，殆亦所謂假對也。」

〔三〕歸楫二句：《趙次公先後解》：「以上水更不須楫，所以生衣而卧。生衣者，生水衣於其上也。」按，生衣夏日所服，與熟衣（暖衣）相對而言。《太平御覽》卷二二引《齊人月令》：「四月八日，不宜殺草木，始服生衣。」戎昱《駱家亭子納涼》：「生衣宜水竹，小酒入詩篇。」白居易有《寄生衣與微之因題封上》。峽中天暖，故早服生衣。舊注穿鑿。

〔四〕皇華使：見卷六《毒熱寄簡崔評事十六弟》（0294）注。韋夏有以租庸使出在西川。

寄常徵君〔一〕

白水青山空復春，徵君晚節傍風塵〔二〕。楚妃堂上色殊衆，海鶴堦前鳴向人〔三〕。萬事糾紛猶絶粒，一官羈絆實藏身〔四〕。開州入夏知涼冷，不似雲安毒熱新〔五〕。（1035）

【注】

黄鶴注：當是大曆元年（七六六）夏作。蓋徵君永泰元年秋曾訪公雲安，所以於詩尾及之。

〔一〕常徵君：卷一四有《别常徵君》（0936），雲安作。

〔二〕白水二句：《趙次公先後解》：「言其晚節末路乃傍風塵，豈却出爲官也？」

〔三〕楚妃二句：《趙次公先後解》：「上句言徵君如是妃之妍，有絶衆之色。下句言徵君如海鶴之高，非堦墀之物，而在堦墀鳴向人，則以其傍風塵故也。」朱鶴齡注：「蓋深爲常徵君惜也。」仇注：「楚妃，比朝貴之得寵。海鶴，比處士之依人。」

〔四〕萬事二句：《趙次公先後解》：「蓋言愁疾病苦無事不有矣，猶更有絶糧粒之患，則其困可知。」朱鶴齡注：「糾紛二句，又若爲徵君解者，明其雖仕而非風塵俗吏也。」蓋絶粒有饑饉斷糧者，亦有辟穀或自誓明志者。後二者似皆非徵君所行。

〔五〕開州二句：《舊唐書・地理志》山南西道：「開州，隋巴東郡之盛山縣。……天寶元年，改爲盛山郡。乾元元年，復爲開州。」《太平寰宇記》卷一三七「開州」：「東至夔州雲安縣龍日驛一百九十里，從驛路至夔州二百二十里。」朱鶴齡注：「言開州涼冷，非若雲安之不可居，不猶勝我之旅食乎？時常必官於開州，故復慰之如此。」

寄岑嘉州 州據蜀江外①〔一〕。

不見故人十年餘，不道故人無素書。願逢顔色關塞遠，豈意出守江城居。外江三峽且相接〔二〕，斗酒新詩終日疏②。謝朓每篇堪諷誦，馮唐已老聽吹噓〔三〕。泊船秋夜經春草，伏枕青楓限玉除〔四〕。眼前所寄選何物，贈子雲安雙鯉魚〔五〕。

（1036）

【校】

①州據蜀江外，宋本無，據錢箋補。

②日，錢箋校：「一作自。」《九家》、《草堂》作「自」，校：「一作日。」

【注】

黄鶴注：當是大曆二年（七六七）作。《趙次公先後解》編入大曆元年（七六六）。

〔一〕岑嘉州：岑參。見卷一二《泛江送魏十八倉曹還京因寄岑中允參范郎中季明》（0791）注。杜確《岑嘉州詩集序》：「又出爲嘉州刺史，副元帥相國杜公鴻漸表公職方郎中兼侍御史，列於幕府，無幾使罷，寓居於蜀。」聞一多《岑嘉州繫年考證》考永泰元年十一月，岑參出爲嘉州刺史，因蜀中亂，行至梁州而還。大曆元年隨杜鴻漸入蜀，七月抵成都。二年六月，始赴嘉州刺史任。《元和郡縣圖志》卷三一劍南道：「嘉州，犍爲，中。……北至眉州一百四十里。」

〔二〕外江：見卷一四《送十五弟侍御使蜀》（1006）注。此指岷江，即大江。

〔三〕謝朓二句：《南齊書·謝朓傳》：「朓善草隸，長五言詩，沈約常云二百年來無此詩也。」《梁書·何遜傳》：「世祖著論論之云：詩多而能者沈約，少而能者謝朓、何遜。」《史記·張釋之馮唐列傳》：「武帝立，求賢良，舉馮唐。唐時年九十餘，不能復爲官。」

〔四〕泊船二句：《趙次公先後解》：「公初至雲安，是去年秋時，故云泊船秋夜。今又見春矣，故云經春草。」「限玉除，則公猶念還闕見君也。」玉除，見卷一〇《收京三首》（0504）注。

〔五〕眼前二句：《趙次公先後解》：「寄雙鯉魚，則亦通書而已矣。」見卷一三《送梓州李使君之任》（0829）注。黄鶴注：「其曰雲安魚者，在夔皆可言也。」蓋以爲實指，且作於夔州。

覽物①

曾爲掾吏趨三輔，憶在潼關詩興多〔一〕。巫峽忽如瞻華岳，蜀江猶似見黄河。舟中得病移衾枕，洞口經春長薜蘿〔二〕。形勝有餘風土惡，幾時回首一高歌？（1037）

【校】

① 覽物，《九家》、《草堂》作「峽中覽物」，《草堂》校：「一作舟中。」

【注】

黄鶴注：當是大曆元年（七六六）夏在夔見巫峽蜀江而思華州也。

〔一〕曾爲二句：《漢書·景帝紀》：「三輔舉不如法令者。」注：「應劭曰：京兆尹、左馮翊、右扶風共治長安城中，是爲三輔。」《元和郡縣圖志》卷二關内道：「華州，華陰，四輔。……二漢及晋，爲京兆之地。」唐開元十二年升河中府爲四輔。《趙次公先後解》：「公曾爲華州功曹，故云。」潼關在華陰。

〔二〕舟中二句：《趙次公先後解》謂公初至夔州，卧病舟中，但洞口莫可考其何在。經春，則此詩四月作。

憶鄭南玭①〔一〕

鄭南伏毒守②，瀟洒到江心〔二〕。石影銜珠閣③，泉聲帶玉琴。風杉曾曙倚，雲嶠憶春臨。萬里滄浪外④，龍蛇只自深〔三〕。（1038）

【校】

① 憶鄭南玭，《草堂》無「玭」字。

② 守，錢箋作「寺」，校：「一作守。」

③ 珠，《草堂》作「玭」。

④ 滄浪，錢箋、《草堂》校：「陳作蒼茫。」　外，《草堂》作「水」，校：「一作外。」

【注】

黄鶴注：當是大曆元年（七六六）作。

〔一〕鄭南玭：《趙次公先後解》：「或云鄭南，地名。玭，人名，居於此。意者公之族人，行卑，故不著姓，而特言其名爾。師民瞻本則削去玭字。」錢箋引吴若本注：「玭疑作玼，音泚，玉色鮮潔也。」朱鶴齡注：「鄭南，華州鄭縣之南。詳詩意，只是憶鄭寺舊游耳。玭字或訛或衍。」按，《元和郡縣圖志》卷二華州鄭縣：「古鄭城在縣理西北三里。」本書卷二〇《乾元元年華州試進士策問五首》(1473)：「近者鄭南訓練，城下屯集。」是鄭南指華州。《唐詩品彙》謂玭指其地有石如玉。本書卷一四有《懷錦水居止二首》(0951)，又次篇《懷灞上游》，此詩命題當與之類似，地名後另著一詞。

〔二〕鄭南二句：《九家》趙注謂「守」當作「寺」。劉禹錫有《貞元中侍郎舅氏牧華州時余再忝科第前後由華覲謁陪登伏毒寺屢焉……》詩。張謙宜《絸齋詩談》卷八：「注云寺在華州鄭縣。然此處焉得有江？或是漢中之南鄭縣，彼地呼漢水爲江耳。」

〔三〕萬里二句：《趙次公先後解》引《寰宇記》邵州武岡縣有滄浪水，謂此詩郴、衡所作。朱鶴齡注：「言峽水蒼茫，徒爲龍蛇窟穴耳。歎鄭南江心之不得到也。」

懷灞上游

悵望東陵道，平生灞上游〔一〕。春濃停野騎，夜宿敞雲樓〔二〕。離別人誰在，經

過老自休〔三〕。眼前今古意，江漢一歸舟。（1039）

【注】

黄鶴注：大曆二年（七六七）作，在夔懷長安也。

〔一〕悵望二句：《史記·蕭相國世家》：「召平者，秦故東陵侯。秦破，爲布衣，貧，種瓜于長安城東。瓜美，故世俗謂之東陵瓜。」《秦始皇本紀》：「遂至霸上。」集解：「應劭曰：霸水上地名，在長安東三十里。古名滋水，秦穆公更名霸水。」《趙次公先後解》：「東陵道，指言長安東門外也。……東陵道乃所以往灞上也。」

〔二〕夜宿句：曹植《七啓》：「閑宫顯敞，雲屋皓旰。」

〔三〕離別二句：阮籍《詠懷》：「西游咸陽中，趙李相經過。」

雨

萬木雲深隱，連山雨未開。風扉掩不定，水鳥去仍回①。蛟館如鳴杼，樵舟豈伐枚〔一〕。清涼破炎毒，衰意欲登臺。（1040）

【校】

① 去，錢箋作「過」，校：「舊作去。」《草堂》校：「一作過。」《文苑英華》校：「集作過。」

【注】

黄鶴注：當是大曆元年（七六六）夔州作。

〔一〕蛟館二句：郭璞《江賦》：「淵客築室於岩底，鮫人構館於懸流。」朱鶴齡注改「鮫館」。徐陵《司空徐州刺史侯安都德政碑》：「秋蟀載吟，竟鳴機杼。」李白《贈范金卿》：「百里雞犬静，千廬機杼鳴。」《詩・周南・汝墳》：「遵彼汝墳，伐其條枚。」《趙次公先後解》：「以雨之故，而不能往爲樵，故云豈伐枚也。」

晚晴

返照斜初徹①，浮雲薄未歸。江虹明近飲②，峽雨落餘飛〔一〕。鳧雁終高去③，熊羆覺自肥〔二〕。秋分客尚在，竹露夕微微④。（1041）

【校】

① 返，錢箋校：「一作晚。」《草堂》作「晚」。　徹，錢箋、《九家》校：「一作散。」

②近，錢箋、《九家》作「遠」，校：「一作近。」《草堂》校：「一作遠。」
③雁，錢箋、《草堂》校：「陳作鶴。」
④夕，錢箋校：「一作久。」

【注】

黄鶴注：當是大曆元年（七六六）作。

〔一〕江虹二句：《藝文類聚》卷二引《黄帝占軍訣》：「攻城，有虹從外南方入飲城中者，從虹攻之勝。」又引《異苑》：「晋陵薛原，義熙初，有虹飲其釜澳，吸响便竭。」張正見《游匡山簡寂館》：「鏡似臨峰月，流如飲澗虹。」

〔二〕㲋雁二句：《趙次公先後解》：「熊羆之覺肥，亦以晴而便於求食也……舊注以㲋雁爲喻避世之士能高舉遠引，熊羆喻貪暴者賦民以自豐，穿鑿非是。」黄鶴注：「謂崔旰之亂未彌。」仇注：「鳥獸逢秋而自得，興己之久客未歸。」

夜雨

小雨夜復密，回風吹早秋〔一〕。野涼侵閉户①，江滿帶維舟。通籍恨多病②，爲

郎忝薄游〔二〕。天寒出巫峽，醉別仲宣樓〔三〕。（1042）

【校】

①野，錢箋校：「一作夜。」《草堂》作「夜」。

②恨，錢箋、《草堂》校：「陳作限。」

【注】

黄鶴注：當是大曆二年（七六七）秋作，明年正月果出峽。

〔一〕回風句：《古詩十九首》：「回風動地起，秋草萋已緑。」

〔二〕通籍二句：通籍，見卷九《奉贈太常張卿二十韻》（0414）注。孫綽《孫子》：「或問賈誼不遇漢文，將退耕於野乎？薄游於朝乎？」夏侯湛《東方朔畫贊》：「先生瑰瑋博達，思周變通，以爲濁世不可以富貴也，故薄游以取位。」

〔三〕天寒二句：仲宣樓，見卷五《短歌行》（0249）注。《趙次公先後解》：「此特想像之言，當在冬時可出巫峽，則可到荆州矣。」仇注：「公在夔則思出峽，往荆又思別樓，意在急於北歸也。」

更題

只應踏初雪①，騎馬發荆州。直怕巫山雨，真傷白帝秋。羣公蒼玉珮，天子翠雲裘〔一〕。同舍晨趨侍〔二〕，胡爲淹此留②？（1043）

【校】

①應，《草堂》作「因」。

②淹此，錢箋校：「一云此滯。」

【注】

黄鶴注：大曆二年（七六七）作，與前一詩俱有意於出峽。

〔一〕羣公二句：《晉書·職官志》：「特進品秩第二……五時朝服，佩水蒼玉。」《舊唐書·輿服志》：「諸珮，一品珮山玄玉，二品以下，五品以上，珮水蒼玉。」宋玉《諷賦》：「主人之女，翳承日之華，披翠雲之裘。」元稹《西涼伎》：「大宛來獻赤汗馬，贊普亦奉翠茸裘。」

〔二〕同舍句：《史記·萬石張叔列傳》：「爲郎，事文帝，其同舍有告歸，誤持同舍郎金去。」

峽隘

聞説江陵府，雲沙淨眇然①。白魚如切玉，朱橘不論錢〔一〕。水有遠湖樹，人今何處船〔二〕？青山各在眼②，却望峽中天〔三〕。(1044)

【校】

① 淨，錢箋、《草堂》作「静」，校：「一作淨。」

② 各，錢箋、《草堂》校：「陳作若。」《九家》作「若」。

【注】

黄鶴注：當是大曆二年(七六七)在夔州，有意於往荆南，故作。

〔一〕朱橘句：江陵産橘，見卷一四《暮春題瀼西新賃草屋五首》(0980)注。

〔二〕水有二句：仇注：「遠湖樹，遥指江陵。人何處，想及弟觀也。」

〔三〕青山二句：朱鶴齡注：「言欲去峽而未能。」

存殁口號二首

席謙不見近彈棋，畢耀仍傳舊小詩〔一〕。玉局他年無限笑①，白楊今日幾人悲？道士席謙善彈棋，故曰玉局②〔二〕。（1045）

【校】

①笑，錢箋校：「一作事。」《草堂》校：「魯作事。」

②道士席謙善彈棋故曰玉局，宋本無此注，據錢箋補。

【注】

黄鶴注：大曆元年（七六六）作。

〔一〕席謙二句：席謙，見卷一二《章梓州水亭》（0821）注。畢耀，見卷一〇《秦州見勑目薛三璩授司議郎畢四曜除監察與二子有故遠喜遷官兼述索居三十韻》（0609）注。《世説新語·巧藝》劉孝標注引傅玄《彈棋賦序》：「漢成帝好蹴鞠，劉向以謂勞人體，竭人力，非至尊所宜御，乃因其體作彈棋。今觀其道，蹴鞠道也。」《酉陽雜俎》續集卷四：「今彈棋用棋二十四，以色別貴賤，棋絶後一豆。《座右方》云：白黑各六棋，依六博棋形，頗似枕狀。又魏戲法，先立一棋於局中，鬬餘者白黑圍繞之，十八籌成都。」沈括《夢溪筆談》卷一八：「彈棋今人罕爲之。有譜一卷，蓋唐人所爲。棋局方二尺，中心高如覆盂，其巔爲小壺，四角微隆起。李商隱詩云：『玉作彈棋局，中心最不平。』謂其中高也。樂天詩云：『彈棋局上事，最妙是長斜。』長斜謂抹角斜彈，一發過半局。今譜中具有此法。柳子厚叙棋用二十四棋者，即此戲也。」

〔二〕玉局二句：《趙次公先後解》：「此篇皆言二公之歿矣，故使白楊以見墓木也。」「玉局，觀也。在成都。」洪邁《容齋續筆》卷二：「每篇一存一没，蓋席謙、曹霸存，畢、鄭歿也。黄魯直《荆江亭即事十首》其一云：『閉門覓句陳無己，對客揮毫秦少游。正字不知温飽未，西風吹淚古藤州』，乃用此體。時少游歿而無己存也。」黄鶴注：「每篇言詩畫者一存一亡，故曰存歿口號。」仇注：「此謂席存而畢歿也……席尚存，故望其玉局降仙。」按，玉局，當從原注，非指玉局觀。詩云玉局他年，則席亦歿。當從趙注。

鄭公粉繪隨長夜，曹霸丹青已白頭〔一〕。天下何曾有山水，人間不解重驊騮。

高士滎陽鄭虔善畫山水。曹善畫馬①。（1046）

【校】

①高士滎陽鄭虔善畫山水曹善畫馬，宋本無「善畫山水」四字，據錢箋補。「曹善畫馬」錢箋作「曹霸善

畫馬也」。

【注】

〔一〕鄭公二句：鄭虔，見卷一《醉時歌》(0019)、卷七《八哀詩·鄭公虔》(0336)注。曹霸，見卷四《丹青引》(0201)注。《趙次公先後解》：「此篇一歿一存也。」浦起龍云：「題云存歿口號，謂已存而四人俱歿也。公《遣懷》詩憶高李云『存歿再嗚呼』，時高適、李白俱歿也。……只次篇『已白頭』句，疑曹尚存。然此篇亦追憶廣德二年成都相遇時語耳……蓋謂鄭公長夜之時，正曹霸白頭之日。」説亦通。

日暮

牛羊下來久①〔一〕，各已閉柴門。風月自清夜，江山非故園。石泉流暗壁，草露滴秋根②。頭白明燈裏③，何須花燼繁〔二〕。(1047)

【校】

① 久，《九家》作「夕」，校：「一作久。」

②滴秋根，宋本、錢箋校：「一作滿秋原。」《九家》、《草堂》作「滿秋原」，《九家》校：「一作滴秋原。」《草堂》校：「一作滿秋根。一作滴秋根。」

③明燈，錢箋作「燈明」。

【注】

黃鶴注：當是大曆二年（七六七）在瀼西作。《趙次公先後解》編入大曆元年（七六六）。

〔一〕牛羊句：《詩·王風·君子于役》：「日之夕矣，羊牛下來。」

〔二〕頭白二句：燈花，見卷一〇《獨酌成詩》（0503）注。《趙次公先後解》：「蓋言頭白老矣，何用喜爲哉，故不須燈燼繁結也。」

秋日寄題鄭監湖上亭三首〔一〕

碧草違春意①，沅湘萬里秋〔二〕。池要山簡馬，月淨庾公樓②〔三〕。磨滅餘篇翰，平生一釣舟。高唐寒浪減③，髣髴識昭丘〔四〕。（1048）

【校】

①違，錢箋、《草堂》作「逢」，校：「一作違。」

②浄，錢箋校：「一作静。」《九家》、《草堂》作「静」，校：「一作浄。」

③減，錢箋校：「一作滅。」

【注】

黄鶴注：當是大曆元年（七六六）作。仇注繫於大曆二年（七六七）。

〔一〕鄭監：鄭審。見本卷《秋日夔府詠懷奉寄鄭監審李賓客之芳一百韻》（1030）注。黄鶴注：「湖在峽州，而公在夔，故云寄題。」按，鄭審貶江陵，黄鶴謂湖在峽州，似無據。浦起龍云：「《百韻》詩自注：鄭在江陵。則湖亭明屬江陵矣。黄鶴前後諸注皆云在峽州，何也？」

〔二〕碧草二句：江淹《别賦》：「春草碧色，春水渌波。」沅湘，見卷八《入衡州》（0403）注。《趙次公先後解》：「江陵之下接洞庭、沅湘，爲言萬里秋，故廣言之。」

〔三〕池要二句：山簡，見卷一一《北鄰》（0633）注。庾公樓，武昌南樓。見卷七《八哀詩·張公九齡》（0337）注。《方輿勝覽》卷二八鄂州：「南樓，在郡治南黄鶴山頂上，有登覽之勝。舊基不知其處。中間改爲白雲閣，元祐間守方澤重建，復舊名。《記》文以爲庾亮所登故基，非也。亮所登乃武昌安樂宫端門也。李巽岩燾作《鄂州南樓記》云：吴孫氏更名漢鄂曰武昌，今州東百八十里武昌縣是也。今鄂州乃漢沙羡，當晋咸康時，沙羡未始有鄂及武昌之名，庾亮安復至此。」白居易詩又言庾亮樓在江州，亦附會。

〔四〕高唐二句：高唐，見卷七《晚晴》（0345）注。朱鶴齡注：「據《漢書注》，高唐在雲夢華容縣。後人因巫山神女，遂傳在巫峽。」王粲《登樓賦》：「北彌陶牧，西接昭丘。」《文選》李善注：「《荊州圖記》曰：當陽東南七十里有楚昭王墓，登樓則見，所謂昭丘。」

新作湖邊宅，還聞賓客過。自須開竹逕，誰道避雲蘿。官序潘生拙，才名賈傅多①〔一〕。捨舟應轉地②，鄰接意如何〔二〕？（1049）

【校】

① 傅，《九家》、《草堂》作「誼」，校：「一作傅。」

② 轉，錢箋校：「一作卜。」《草堂》校：「陳作卜。」《九家》作「卜」。

【注】

〔一〕官序二句：潘岳《閑居賦》序：「自弱冠涉乎知命之年，八徙官而一進階，再免，一除名，一不拜職，遷者三而已矣。雖通塞有遇，抑亦拙者之效也。昔通人和長輿之論余也，固謂拙於用多。稱多則吾豈敢，言拙信而有徵。」賈傅，賈誼。朱鶴齡注：「鄭時謫居江陵，故以潘岳、賈誼比之。」

〔二〕捨舟二句：《趙次公先後解》：「公欲往江陵，故有鄰接之問。」

暫阻蓬萊閣①，終爲江海人〔一〕。揮金應物理，拖玉豈吾身〔二〕。羹煮秋蓴滑②，杯迎露菊新③〔三〕。賦詩分氣象，佳句莫頻頻〔四〕。（1050）

【校】

① 阻，錢箋、《草堂》校：「一作住。」

② 滑，錢箋、《草堂》校：「一作弱。」

③ 迎，錢箋校：「一作凝。」《草堂》作「凝」。

【注】

〔一〕暫阻二句：蓬萊閣，見《秋日夔府詠懷奉寄鄭監審李賓客之芳一百韻》（1030）注。謝靈運詩：「韓亡子房奮，秦帝魯連恥。本自江海人，忠義感君子。」

〔二〕揮金二句：張協《詠史》：「揮金樂當年，歲暮不留儲。」詠疏廣事。陶淵明《飲酒》：「雖無揮金事，濁酒聊可恃。」《趙次公先後解》：「應物理，則娛樂者物理之常也。」潘岳《西征賦》：「飛翠緌，拖鳴玉，以出入禁門者衆矣。」朱鶴齡注：「言鄭之不拖玉而揮金者，蓋安物理之常，而悟此身之妄也。」

〔三〕羹煮二句：蓴羹，見卷九《與李十二白同尋范十隱居》（0436）注。陶淵明《飲酒》：「秋菊有佳色，裛露掇其英。」

〔四〕佳句句：《趙次公先後解》：「佳句莫也頻頻有之乎？此莫字與『行雲莫自濕仙衣』、『即今龍厩水，莫帶犬羊羶』之莫同其類。」

謁真諦寺禪師

蘭若山高處〔一〕，烟霞嶂幾重①？凍泉依細石，晴雪落長松。問法看詩妄②，觀身向酒慵〔二〕。未能割妻子，卜宅近前峰〔三〕。（1051）

【校】

① 嶂，錢箋校：「一作障。」

② 妄，錢箋作「忘」，校：「一作妄。」

【注】

黄鶴注：從舊次大曆元年（七六六）冬作。仇注編入大曆二年（七六七）。

〔一〕蘭若：見卷七《大覺高僧蘭若》（0364）注。

〔二〕問法二句：《維摩經·弟子品》：「諸法皆妄見，如夢如焰，如水中月，如鏡中像，以妄想生。」又

《方便品》：「是身如芭蕉，中無有堅。是身如幻，從顛倒起。是身如夢，爲虚妄見。」《文殊師利問疾品》：「觀身無常、苦空、非我，是名爲慧。」

〔三〕未能二句：《南齊書·周顒傳》：「清貧寡欲，終日長蔬食，雖有妻子，獨處山舍。……時何胤亦精信佛法，無妻妾。太子又問顒：『卿精進何如何胤？』顒曰：『三塗八難，共所未免，然各有其累。』太子曰：『所累伊何？』對曰：『周妻何肉。』」

覆舟二首

巫峽盤渦曉，黔陽貢物秋〔一〕。丹砂同隕石，翠羽共沉舟〔二〕。羈使空斜景①，龍居閟積流②〔三〕。篙工幸不溺，俄頃逐輕鷗。（1052）

【校】

① 景，錢箋、《草堂》作「影」。

② 居，錢箋校：「一作宫。」《草堂》作「宫」。

【注】

黄鶴注：當是大曆元年（七六六）秋在夔州作。

〔一〕巫峽二句：盤渦，見卷一《白水縣崔少府十九翁高齋三十韻》(0042)注。黔陽，黔州。見卷六《贈李十五丈別》(0302)注。自黔州入貢，蓋取道夔州入江。

〔二〕丹砂二句：《左傳》僖公十六年：「隕石於宋五，隕星也。」《戰國策·魏策一》：「積羽沉舟，群輕折軸。」《新唐書·地理志》黔州黔中郡：「土貢：犀角、光明丹沙、蠟。」《趙次公先後解》：「丹砂、翠羽，則所貢之物。……故丹砂之覆，貼之以同隕石。……因舟中有翠羽而舟覆，故貼以共沉舟。」

〔三〕羈使二句：《趙次公先後解》：「押船使者船覆無聊……覆船之物多爲龍宮所聚」。仇注：「空斜影，側身落水。闕積流，没入深淵矣。」按，使者落水亡，仇注是。羈使，謂羈旅之使。

竹宮時望拜，桂館或求仙〔一〕。姹女凌波日，神光照夜年〔二〕。徒聞斬蛟劍，無復爨犀船〔三〕。使者隨秋色，迢迢獨上天〔四〕。（1053）

【注】

〔一〕竹宮二句：《漢書·禮樂志》：「以正月上辛用事甘泉圜丘，使童男女七十人俱歌，昏祠至明。夜常有神光如流星止集於祠壇，天子自竹宮而望拜，百官侍祠者數百人皆肅然動心焉。」《郊祀志》：「於是上令長安則作飛廉、桂館，甘泉則作益壽、延壽館，使卿持節設具而候神人。」

〔二〕姹女二句：《後漢書·五行志》桓帝之初童謡：「車班班，入河間。河間姹女工數錢。」曹植《洛神賦》：「凌波微步，羅襪生塵。」《趙次公先後解》：「以言神女之下降。」朱鶴齡注謂喻之河上姹女，「姹女凌波，神光照夜，言天子方修丹房之術，而復大興祠祀，以求長生也。斬蛟四句，方及覆舟。所云使者，疑即方士，故借漢武事以爲諷耳。夢弼注謂刺玄宗，不知唐世人主多好神仙，豈必玄宗耶？」按，朱注所言於史無徵，代宗佞於佛，未有求仙事。詩蓋傷使者之亡，以成仙事緣飾之。

〔三〕徒聞二句：《吕氏春秋・恃君覽》：「荆有次非者，得寶劍于干遂。還反涉江，至於中流，有兩蛟夾繞其船。……於是赴江刺蛟，殺之而復上船。舟中之人皆得活。」《晋書・温嶠傳》：「而後旋於武昌，至牛渚磯，水深不可測，世云其下多怪物，嶠遂毁犀角而照之。須臾，見水族覆滅，奇形異狀，或乘馬車著赤衣者。」

〔四〕迢迢句：《趙次公先後解》：「上天以言見帝也。」仇注：「獨上天，魂升天也。」此亦言使者亡。

秋清

高秋蘇肺氣①〔一〕，白髮自能梳。藥餌憎加減〔二〕，門庭悶掃除。杖藜還客拜，愛竹遣兒書〔三〕。十月江平穩，輕舟進所如。（1054）

【校】

①肺，錢箋作「病」，校：「吴作肺。」

【注】

黄鶴注：當是大曆二年（七六七）謀出峽，故有此作。

〔一〕高秋句：《黄帝内經素問》卷一：「使秋氣平，無外其志，使肺氣清，此秋氣之應，養收之道也，逆之則傷肺。」

〔二〕藥餌句：藥方有加減法，權德輿《代盧相公謝賜方藥並陳乞表》：「或有加減，自合上聞。」王建《宫詞》：「供御香方加減頻，水沈山麝每回新。内中不許相傳出，已被醫家寫與人。」

〔三〕愛竹句：《趙次公先後解》：「遺兒書，則題字於竹上。」王嗣奭《杜臆》：「已未能書，遺兒代書，乞竹栽也。」

哭王彭州掄〔一〕

執友驚淪没〔二〕，斯人已寂寥。新文生沈謝，異骨降松喬〔三〕。北部初高選，東堂早見招〔四〕。蛟龍纏倚劍，鸞鳳夾吹簫〔五〕。歷職漢庭久，中年胡馬驕。兵戈闇兩觀①〔六〕，寵辱事三朝。蜀路江干窄②，彭門地理遥③〔七〕。解龜生碧草，諫獵阻清霄〔八〕。頃壯戎麾出，叨陪幕府要〔九〕。將軍臨氣候〔一〇〕，猛士塞風飆。井漏泉誰汲④，烽疏火不燒〔一一〕。前籌自多暇⑤，隱几接終朝〔一二〕。翠石俄雙表，寒松竟後凋〔一三〕。贈詩焉敢墜，染翰欲無聊〔一四〕。再哭經過罷，離魂去住銷〔一五〕。之官方玉折，寄葬與萍漂〔一六〕。曠望渥洼道，霏微河漢橋〔一七〕。夫人先即世，令子各清標。巫峽長雲雨，秦城近斗杓〔一八〕。馮唐毛髮白〔一九〕，歸興日蕭蕭。（1055）

【校】

①闈，錢箋校：「一作聞。」

②江干，錢箋校：「一作干戈。」《草堂》作「干戈」。

③門，錢箋校：「一作關。」《草堂》作「關」。　理，宋本作「里」，據錢箋等改。

④漏，錢箋校：「一作渫。一作滿。」《草堂》作「渫」，校：「一作滿。」

⑤暇，錢箋校：「一作假。」《草堂》作「假」。

【注】

黄鶴注：當是大曆元年（七六六）在夔州作。

〔一〕王掄：見卷一一《王十七侍御掄許携酒至草堂奉寄此詩便請邀高三十五使君同到》(0711)注。

〔二〕執友句：《禮記・曲禮上》：「執友稱其仁也，交游稱其信也。」

〔三〕新文二句：《趙次公先後解》：「沈則沈約，謝則謝靈運。」按，《梁書・武帝紀》：「高祖與沈約、謝朓、王融、蕭琛、范雲、任昉、陸倕等並游焉，號曰八友。」蕭統《與湘東王書》：「至如近世謝朓、沈約之詩，任昉、陸倕之筆。」沈謝當指沈約、謝朓。班固《西都賦》：「庶松喬之群類，時游從乎斯庭。」《文選》李善注：「《列仙傳》曰：赤松子者，神農時雨師也，服水玉以教神農。又曰：王子喬者，周靈王太子晋也，道人浮丘公接以上嵩高山。」

〔四〕北部二句：《三國志・魏書・武帝紀》：「年二十，舉孝廉爲郎，除洛陽北部尉。」《趙次公先後解》：「言其初官得京畿尉也。」東堂，見卷七《八哀詩・蘇公源明》(0335)注。

〔五〕蛟龍二句：《趙次公先後解》引宋玉《大言賦》「長劍耿耿倚天外」。朱鶴齡注引《越絶書》「當造劍之時，蛟龍奉爐，天帝裝炭」。趙注引蕭史教弄玉以吹簫而鳳凰降集，謂：「豈非言王君爲宗室女夫乎？」見卷七《奉酬薛十二丈判官見贈》(0324)注。

〔六〕兩觀：張衡《東京賦》：「建象魏之兩觀，旌六典之舊章。」

〔七〕蜀路二句：《元和郡縣圖志》卷三一劍南道：「彭州，濛陽。緊。……垂拱二年，於此置彭州，而岷山導江，江出山處，兩山相對，古謂之天彭門，因取以名州。……西南至蜀州一百二十里。」

〔八〕解龜二句：謝靈運《初去郡》：「牽絲及元興，解龜在景平。」《文選》李善注：「解龜，去官也。……《漢書》曰：薛宣爲左馮翊，高陽令楊湛，解印綬付吏。又曰：黄金印，龜鈕，文曰章。」《史記·司馬相如列傳》：「常從上至長楊獵，是時天子方好自擊熊彘，馳逐野獸，相如上疏諫之。」《趙次公先後解》：「王君必已自彭州替罷，而有封事於朝，雖上而不報也。不然，王君素好言事，以遠而阻也。」朱鶴齡注：「掄終於彭州刺史，先嘗以侍御罷官，上書天子不報，故有解龜、諫獵之句。」

〔九〕頃壯二句：《趙次公先後解》：「豈言嚴武節度東西川，提兵而出，亦辟王君爲幕客也？……公在幕府參謀，謂之叨陪幕府要，則王彭州亦在焉，而公陪之矣。」朱鶴齡注引顔延之《五君詠·阮始平》：「屢薦不入官，一麾乃出守。」謂：「戎麾出，謂掄出守彭州。幕府要，謂嚴武辟掄居幕府。」仇注謂唐人多言戎麾，朱注非是。高祖《策秦王天策上將文》：「嚴兵鞏洛，總率戎麾。」德宗《讓皇太子表》：「然臣頃總戎麾，恭憑睿略。」《舊唐書·杜佑傳》致仕制：「累歷藩方，出總戎麾。」則戎麾指節制方面。

〔一〇〕將軍句：《通典》卷一六二《兵·風雲氣候雜占》：「察氣者，軍之大要，常令三五人參馬登高若臨下察之，進退以氣爲候。」

〔一一〕井漏二句：井泉，見卷一二《西山三首》(0825)注。烽火，見卷二《送從弟亞赴安西判官》(0087)注。《趙次公先後解》：「此狀風塵既塞，而用兵閒暇之事。」按，蓋指嚴武用兵西山獲勝。

〔一二〕前籌二句：前籌，見《贈李八秘書别三十韻》(1031)注。隱几，見卷五《大雨》(0237)注。朱鶴齡注：「接終朝，言己居幕府中，得與掄終日相接。」

〔一三〕翠石二句：潘岳《懷舊賦》：「岩岩雙表，列列行楸。」《文選》李善注：「崔豹《古今注》曰：堯設誹謗之木，今華表也，以橫木交柱頭。古人亦施之於墓。」《論語·子罕》：「歲寒然後知松柏之後凋也。」《趙次公先後解》謂上句言嚴武之死，品官之高者其死立雙石爲表；下句言王君之死。

〔一四〕贈詩二句：朱鶴齡注：「贈詩，掄贈公之詩。」仇注：「染翰，公挽章。」

〔一五〕再哭二句：《趙次公先後解》：「或云初聞其死已哭矣，此後靈櫬從舟中歸而經過夔州，則公又再哭焉。」「然以次公觀之，再哭之義，言己嘗哭嚴公靈櫬矣，今又再哭其幕中之王君。」按，詩言「寄葬」，未言靈櫬過夔州。經過罷與去住銷意同，皆謂舊交不再，非言靈櫬經過。駱賓王《遠使海曲春夜多懷》：「別島連寰海，離魂斷戍城。」張九齡《通化門外送別》：「離魂今夕夢，先繞舊林飛。」皆謂別離之魂。

〔一六〕之官二句：庾闡《弔賈生文》：「雖曰玉折，雋才何補。」《藝文類聚》卷八二古詩：「泛泛江漢萍，漂蕩水無根。」

〔一七〕曠望二句：渥洼，見卷一《沙苑行》(0038)、卷二《送李校書二十六韻》(0089)注。河漢橋，見卷一三《玉臺觀》(0853)注。錢箋：「渥洼道，屬令子。河漢橋，屬夫人。」

〔一八〕巫峽二句：《史記·天官書》：「北斗七星……用昏建者杓。杓，自華以西南。」正義：「杓，東北第七星也。華，華山也。言北斗昏建用斗杓，星也。杓，華山西南之地也。」朱鶴齡注：「是秦城正上直斗杓也。」《趙次公先後解》只言長安城謂之北斗城，參卷一〇《元日寄韋氏妹》（0489）、卷一四《月三首》（1011）注。

〔一九〕馮唐：見《寄岑嘉州》（1036）注。

夔府書懷四十韻①

昔罷河西尉，初興薊北師〔一〕。不才名位晚，敢恨省郎遲〔二〕。扈聖崆峒日，端居灔澦時〔三〕。萍流仍汲引，樗散尚恩慈②〔四〕。遂阻雲臺宿③，常懷湛露詩〔五〕。翠華森遠矣，白首颯淒其〔六〕。拙被林泉滯，生逢酒賦欺〔七〕。文園終寂寞，漢閣自磷緇〔八〕。病隔君臣議④，慚紆德澤私〔九〕。揚鑣驚主辱〔一〇〕，拔劍撥年衰。社稷經綸地，風雲際會期〔一一〕。血流紛在眼，涕洒亂交頤〔一二〕。四瀆樓船泛〔一三〕，中原鼓角悲。賊壕連白翟，戰瓦落丹墀〔一四〕。先帝嚴靈寢⑤，宗臣切受遺〔一五〕。恒山猶突騎，遼海競張旗〔一六〕。田父嗟膠漆，行人避蒺藜〔一七〕。總戎存大體，降將飾卑詞〔一八〕。楚貢何年絶，堯封舊俗疑〔一九〕。長吁翻北寇，一望卷西夷〔二〇〕。不必陪玄圃，超然待具茨〔二一〕。凶兵鑄農器⑥，講殿闢書帷〔二二〕。廟算高難測，天憂實在兹〔二三〕。形容真潦倒，答效莫支持〔二四〕。使者分王命，羣公各典司〔二五〕。恐乖均賦斂，不似問瘡痍〔二六〕。萬里煩供給，孤城最怨思〔二七〕。緑林寧小患，雲夢欲難追〔二八〕。即事須嘗膽，蒼生可察眉〔二九〕。議堂猶集鳳⑦，貞觀是元龜⑧〔三〇〕。處處喧飛檄，家家急競錐〔三一〕。蕭車安不定，蜀使下何之〔三二〕？釣瀨疏墳籍，耕岩進弈棋〔三三〕。地蒸餘破扇，冬暖更纖絺〔三四〕。豺遘哀登楚⑨，麟傷泣象尼〔三五〕。衣冠迷適越，藻繪憶游睢〔三六〕。賞月延秋桂，傾陽逐露葵〔三七〕。大庭終反樸，京觀且僵尸〔三八〕。高枕虚眠晝，哀歌欲和誰〔三九〕？南宫載勳業，凡百慎交綏〔四〇〕。（1056）

【校】

① 四十韻，三字宋本小字，據錢箋等改。

② 恩慈，《草堂》作「蒙資」。

③ 雲臺宿，宋本、錢箋校：「一作靈臺伯。」雲，《草堂》校：「一作靈。」

④ 議，錢箋校：「一作識。」

⑤ 靈，宋本、錢箋、《草堂》校：「一作虚。」

⑥ 凶，錢箋、《草堂》校：「一作休。」

⑦ 議，宋本、錢箋校：「一作義。」

⑧貞，宋本、錢箋作「正」，據《草堂》改。

⑨遘，錢箋校：「一作搆。」

【注】

黃鶴注：大曆元年（七六六）作。《趙次公先後解》編入大曆二年（七六七）。

〔一〕昔罷二句：河西尉，見卷九《官定後戲贈》（0483）注。薊，參卷二《夏日歎》（0066）注。《趙次公先後解》：「薊北，用對河西，蓋古詩有《出自薊北門》也。」

〔二〕不才二句：《趙次公先後解》：「嚴武再爲東西川節度，辟公參謀，方爲尚書工部員外郎，故云敢恨其遲也。」

〔三〕扈聖二句：崆峒，見卷二《洗兵馬》（0090）注。《趙次公先後解》：「言初在鳳翔爲拾遺……灩澦石在瞿塘江中，所以言夔州也。」朱鶴齡注：「崆峒山在平涼，公謁肅宗於鳳翔，未嘗至平涼，此蓋以黃帝問道比肅宗也。」

〔四〕萍流二句：《趙次公先後解》：「公自中原入蜀，若萍之漂流矣，而朝論紀録，所謂汲引也。」朱鶴齡注：「汲引，謂嚴武辟請。恩慈，謂除員外郎。」樗散，見卷一〇《送鄭十八虔貶台州司户傷其臨老陷賊之故闕爲面别情見於詩》（0529）注。

〔五〕遂阻二句：雲臺，見卷四《述古三首》（0206）注。《左傳》文公四年：「昔諸侯朝正於王，王宴樂之，於是賦《湛露》，則天子當陽，諸侯用命也。」《趙次公先後解》：「公以病不得起而歸直也……不得預宴爲懷矣。」

〔六〕翠華二句：翠華，見卷二《北征》(0052)注。《詩・邶風・緑衣》：「絺兮綌兮，淒其以風。」

〔七〕拙被二句：朱鶴齡注引《西京雜記》卷四：「梁孝王游於忘憂之館，集諸游士各使爲賦。……鄒陽爲《酒賦》。……韓安國作《几賦》不成，鄒陽代作。……鄒陽、安國，罰酒三升，賜枚乘、路喬如絹人五匹。」王嗣奭《杜臆》：「酒、賦公所深嗜，何云逢、欺？此省愆語。」按，此言酒力文思並衰。

〔八〕文園二句：文園，見《贈李八秘書別三十韻》(1031)注。《論語・陽貨》：「不曰堅乎，磨而不磷；不曰白乎，涅而不緇。」集解：「言至堅者磨之而不薄，至白者染之於涅而不黑。喻君子雖在濁亂，濁亂不能污。」謝靈運《過始寧墅》：「緇磷謝清曠，疲薾慚貞堅。」《趙次公先後解》：「漢閣，指言揚子雲也。」見卷一《醉時歌》(0019)注。

〔九〕病隔二句：《趙次公先後解》：「公被召命，以病不行，不參預國論，徒荷私恩也。」

〔一〇〕揚鑣句：傅毅《舞賦》：「龍驤橫舉，揚鑣飛沫。」《文選》李善注：「鑣，馬勒旁鐵也。」朱鶴齡注：「主辱，謂車駕幸陜。」

〔一一〕風雲句：《漢書・王莽傳》：「比遭際會，安光漢室。」

〔一二〕血流二句：《趙次公先後解》：「以吐蕃之難，用兵不息也。下四句皆是其事矣。」朱鶴齡注謂此下追言肅宗中興事。東方朔《非有先生論》：「俯而深惟，仰而泣下交頤。」

〔一三〕四瀆句：《爾雅・釋詁》：「江河淮濟爲四瀆。」樓船，見卷七《荊南兵馬使太常卿趙公大食刀歌》(0310)注。

〔一四〕賊壕二句：《史記·匈奴列傳》：「晉文公攘戎翟，居於河西圁洛之間，號曰赤翟、白翟。」索隱：「《左氏》：晉師敗狄於箕，郤缺獲白狄子。杜氏以爲白狄之別種，故西河郡有白部胡。又《國語》云：桓公西征，攘白狄之地，遂至於西河也。」《趙次公先後解》：「白翟在西，宜吐蕃與之連矣。」朱鶴齡注：「唐鄜、延二州，即春秋白翟地。禄山反，京畿、鄜坊皆附之，故云連白翟……此追言肅宗中興時事。舊注指吐蕃陷京師，非也。」

〔一五〕先帝二句：《隋書·音樂志》梁宗廟歌：「神宫肅肅，靈寢微微。」《趙次公先後解》：「上句指言肅宗……受遺，受領遺命也。」朱鶴齡注：「嚴靈寢，言收京修寢廟。宗臣，郭子儀也。按史，寶應元年建卯月，上不豫，召子儀入卧内，曰：『河東之事，一以委卿。』所謂切受遺也。」錢箋謂指李輔國，代宗即位，尊輔國爲尚父，「皆紀實以示譏也」。《史記·平津侯主父列傳》：「受遺則霍光、金日磾。」

〔一六〕恒山二句：《元和郡縣圖志》卷一七河北道：「恒州，常山。大都督府。……漢高帝三年，韓信東下井陘，擊破陳餘、趙王歇，以鉅鹿之北境置恒山郡，因恒山爲名。後避文帝諱，改曰常山。」《趙次公先後解》：「史朝義未滅，則恒山猶爲突騎矣。恒山以言河北，安史之巢穴也。」突騎，參卷六《漁陽》(0263)注。遼海，見卷三《後出塞五首》(0135)注。

〔一七〕田父二句：錢箋引吴若本注：「用弃甲事。」吴曾《能改齋漫録》卷七：「爲潼關弃甲也。」《趙次公先後解》：「所以爲言誅求之多，則田父以供輸爲嗟。」《左傳》宣公二年：「宋城，華元爲植，巡功。城者謳曰：『睅其目，皤其腹，弃甲而復。于思于思，弃甲復來。』使其驂乘謂之曰：『牛則有皮，犀兕尚多，弃甲則那。』役人曰：『從其有皮，丹漆若何。』」《趙次公先後解》：「蒺藜者，鐵蒺藜，所以禦馬，所在布蒺藜於地，而行人避之。」《六韜》：「狹路微徑，張鐵蒺藜。」

〔一八〕總戎二句：《史記·漢興以來將相名臣年表》：「陳平作相，條侯總戎。」《趙次公先後解》：「總戎者，元帥也。代宗即位，以雍王适爲天下兵馬元帥。」錢箋引東萊注，謂指代宗，時爲元帥。朱鶴齡注：「按《通鑑》，史朝義死，賊將田承嗣、薛嵩等降，副元帥僕固懷恩恐賊平寵衰，奏留承嗣等分帥河北，自爲黨援，由是諸鎮桀驁不可制。公詩正紀其事，曰『存大體』，爲朝廷隱也。」

〔一九〕楚貢二句：《左傳》僖公四年：齊師伐楚，楚子使與師，管仲對曰：「爾貢包茅不入，王祭不共，無以縮酒，寡人是徵。」《論衡·藝增》：「儒書又言：堯舜之民，可比屋而封。言其家有君子之行，可皆官也。」《趙次公先後解》：「河北、山東蓋皆王土，其尊君戴上之俗既更變亂，可疑其忘之也。」朱鶴齡注謂堯封指薊門。《史記·周本紀》：「乃褒封神農之後於焦……帝堯之後於薊。」

〔二〇〕長吁二句：北寇，《趙次公先後解》、朱鶴齡注謂指安史餘黨，仇注謂指回紇。翻，趙注謂指其亂幸自滅息，傾翻之良不易。朱注謂即翻城之翻。王嗣奭《杜臆》謂昔順今寇，故曰翻。西夷，指吐蕃。

〔二一〕不必二句：玄圃，見卷二《奉先劉少府新畫山水障歌》(0080)注。《莊子·徐无鬼》：「黄帝將見大隗乎具茨之山，方明爲御，昌寓驂乘，張若、謵朋前馬，昆閽、滑稽後車。至於襄城之野，七聖皆迷，無所問途。」《趙次公先後解》：「上句言己身，以譬不必朝列也。」「公心激怒，望帝親征，卷掃之。」朱鶴齡注：「代宗嘗出幸陝州，故用周穆、黃帝事，言我豈必陪車駕於玄圃乎？但望求賢問道，如黃帝之下訪具茨，則凶兵可銷，講殿可御，治平不難致矣。」

〔一一二〕凶兵二句：《老子》三十一章：「兵者不祥之器。」《韓詩外傳》卷九：「鑄庫兵以爲農器。」《後漢書·孝明八王傳》：「羨博涉經書，有威嚴，與諸儒講論於白虎殿。」《漢書·東方朔傳》：「集上書囊以爲殿帷。」朱鶴齡注引《杜詩博議》：「《通鑑》：永泰元年九月庚寅朔，置百高座於資聖、西明兩寺，講《仁王經》。甲辰，吐蕃十萬衆至奉天，京城戒嚴。丙午，罷百高座講。十月己未，復講經於資聖寺。時羌胡外訌，藩鎮内叛，而帝與宰相元載等俱好佛，怠於政事。講殿闢書帷，蓋以諷也。」按，《舊唐書·代宗紀》：大曆元年正月乙酉制：「今宇縣乂寧，文武並備，方投戈而講藝，俾釋菜以行禮。使四科咸進，六藝復興……其宰相朝官、六軍諸將子弟，欲得習學，可並補國子學生。其中身雖有官，欲附學讀書者亦聽。」「二月丁亥朔，釋奠於國學。」講殿即與諸儒講論之義，疑詩所言實指此。如《博議》所言，則與上句言銷兵鑄農語脈不承。

〔一一三〕廟算二句：《孫子·計篇》：「夫未戰而廟算勝者，得算多也。未戰而廟算不勝者，得算少也。」《趙次公先後解》：「或謂天憂爲杞國之人憂天地崩墜，其爲所可憂，正以天之傾圮者，在此非是。此與後篇《諸將》云『獨使至尊憂旰食，諸君何以答昇平』同義。」仇注：「孰知廟算不然，杞人憂天實在於此。」杞人憂天，見《寄劉峽州伯華使君四十韻》(1032)注。

〔二四〕形容二句：李嶠《爲水潦災異陳情表》：「仲山補衮之談，曾微答效。」張九齡《謝賜馬狀》：「荷負無力，答效何階？」此唐人表奏常語。《趙次公先後解》：「此公之自傷於無補也。」

〔二五〕使者二句：《趙次公先後解》：「謂節度各以王命。」按，《舊唐書·代宗紀》：「（大曆元年正月）丙戌，以户部尚書劉晏充東都京畿、河南、淮南、江南東西道、湖南、荆南、山南東道轉運常平鑄錢鹽鐵等使，以户部侍郎第五琦充京畿、關内、河東、劍南西川轉運常平鑄錢鹽鐵等使，至是天下財賦始分理焉。」轉運使於各地設巡院，諸道有租庸轉運鹽鐵等使及院官、推官、巡官等。詩所言疑指此，故下言賦斂事。

〔二六〕恐乖二句：《左傳》成公十八年：「禁淫慝，薄賦斂。」《周禮·地官·大司徒》：「以斂財賦，以均齊天下之政。」《後漢書·張奂傳》：「平均徭賦。」

〔二七〕孤城：《趙次公先後解》：「孤城言夔州。」

〔二八〕緑林二句：《後漢書·劉玄傳》：「於是諸亡命馬武、王常、成丹等往從之，共攻離鄉聚，臧於緑林中。」注：「緑林山，在今荆州當陽縣東北也。」《史記·淮陰侯列傳》：「漢六年，人有上書告楚王信反，高帝以陳平計，天子巡狩會諸侯，南方有雲夢，發使告諸侯會陳：吾將游雲夢。實欲襲信，信弗知。高祖且至楚，信欲發兵反，自度無罪，欲謁上，恐見禽。」《趙次公先後解》：「下句憂藩鎮之跋扈……公意以爲韓信猶可以計追，而藩鎮一跋扈，則雖欲追而不至矣。」黄鶴注：「指崔旰之亂未已矣。」錢箋謂代宗以詐殺來瑱，而藩鎮皆貳，此所謂雲楚欲難追也。來瑱見卷四《太子張舍人遺織成褥段》(0183)注。仇注別引《左傳》楚昭王涉睢濟江、入雲中、盜攻之事：「時代宗幸陝，猶昭王出國……此段本言朝廷遣使擾民耳，於來瑱無預。」按，詩蓋泛言藩鎮事，仍當從趙注。仇注所引亦不當，其解「欲難追」爲追悔無及，尤謬。

〔二九〕即事二句：《史記·越王句踐世家》：「越王句踐反國，乃苦身焦思，置膽於坐，坐卧即仰膽，飲食亦嘗膽也。」《列子·説符》：「晋國苦盗，有郤雍者，能視盗之貌，察其眉睫之間，而得其情。晋侯使視盗，千百無遺一焉。晋侯大喜，告趙文子曰：『吾得一人，而一國盗爲盡矣，奚用多爲？』文子曰：『吾君恃伺察而得盗，盗不盡矣，且郤雍必不得其死焉。』」《趙次公先後解》：「蓋禄山叛，河北諸節度不朝，能不嘗膽爲戒耶？」「蒼生爲盗賊之情，可得於眉睫間，但當撫綏之，則不爲盗耳。」朱鶴齡注：「欲服諸鎮，須嘗膽以圖之。欲蘇民生，則在察其情於眉睫也。」其注察眉，皆不合《列子》原意。可察眉，豈可察眉也。

〔三〇〕議堂二句：《後漢書·鄧騭傳》：「其有大議，乃詣朝堂，與公卿參謀。」此當指政事堂。《舊唐書·職官志》：「舊制，宰相常於門下省議事，謂之政事堂。……開元十一年，中書令張説改政事堂爲中書門下，其政事印，改爲中書門下之印也。」《詩·大雅·卷阿》：「鳳凰于飛，翽翽其羽，亦集爰止。藹藹王多吉士，維君子使，媚于天子。」《書·大禹謨》：「官占，惟先蔽志，昆命於元龜。」傳：「言志定然後卜。」疏：「元龜，謂大龜也。」劉琨《勸進表》：「前事之不忘，後代之元龜也。」《趙次公先後解》：「但以貞觀爲龜鑑可也。」

〔三一〕處處二句：潘岳《關中詩》：「飛檄秦郊，告敗上京。」《左傳》昭公六年：「錐刀之末，將盡争之。」《趙次公先後解》：「上句以言驚急之頻。」「下句以言誅求之細。」

〔三二〕蕭車二句：《漢書・蕭育傳》：「哀帝時，南郡江中多盜賊，拜育爲南郡太守。上以育耆舊名臣，乃以三公使車載育入殿中受策。……育至南郡，盜賊静。」《分門》洙曰：「司馬相如爲郎，使蜀，諭巴蜀父老。」《趙次公先後解》謂用李郃善知天星，知二使入蜀事，「亦以言盜賊禍亂之變，使者無定往而可也。」見《後漢書・李郃傳》。

〔三三〕釣瀨二句：《後漢書・逸民傳》嚴光：「乃耕於富春山，後人名其釣處爲嚴陵瀨焉。」《左傳》昭公十二年：「是能讀三墳、五典、八索、九丘。」《漢書・王貢兩龔鮑傳》：「谷口鄭子真不詘其志，耕於岩石之下，名震於京師。」《趙次公先後解》：「疏墳典而進弈棋，乃其閑曠而言也。」

〔三四〕地蒸二句：潘岳《秋興賦》：「屏輕箑，釋纖絺。」《文選》李善注：「孔安國《尚書傳》曰：纖，細也。絺，細葛也。」參卷三《遣興五首》(0113)注。

〔三五〕豺遘二句：王粲《七哀詩》：「西京亂無象，豺虎方遘患。」粲在荆州作《登樓賦》。《公羊傳》哀公十四年：「西狩獲麟，孔子曰：『吾道窮矣。』」《史記・孔子世家》：「禱於尼丘得孔子……生而首上圩頂，故因名曰丘云。」《左傳》桓公二年：「以類命爲象。」杜預注：「若孔子首象尼丘。」

〔三六〕衣冠二句：《莊子・逍遥游》：「宋人資章甫而適諸越，越人斷髮文身，無所用之。」陳琳《爲曹洪與魏文帝書》：「蓋聞過高唐者，效王豹之謳。游睢涣者，學藻繪之彩。」《文選》李善注：「《陳留記》曰：襄邑，涣水出其南，睢水經其北。傳云睢涣之間出文章，故有黼黻絺繡，日月華蟲，以奉宗廟御服焉。」《趙次公先後解》：「上句則言其欲將離夔而盡南下，且未能即然。」「公少年嘗游宋，故云憶游睢。」

〔三七〕露葵：宋玉《諷賦》：「爲臣炊雕胡之飯，烹露葵之羹。」參卷一《自京赴奉先縣詠懷五百字》(0041)注。

〔三八〕大庭二句：大庭，見卷六《同元使君春陵行》(0276)注。《淮南子·原道訓》：「已雕已琢，還反於樸。」《左傳》宣公十二年：「古者明王伐不敬，取其鯨鯢而封之，以爲大戮，於是乎有京觀，以懲淫慝。」杜預注：「積屍封土其上，謂之京觀。」《趙次公先後解》：「欲僵屍以爲京觀，此又欲一卷西夷之心也。」

〔三九〕哀歌句：左思《詠史》：「哀歌和漸離，謂若傍無人。」

〔四〇〕南宫二句：南宫雲臺，見卷四《述古三首》(0206)注。《詩·小雅·雨無正》：「凡百君子，各敬爾身。」《左傳》文公十二年：「乃皆出戰，交綏。」杜預注：「古名退軍爲綏。秦晉志未能堅戰，短兵未至，争而兩退，故曰交綏。」《趙次公先後解》：「蓋言欲載勳業於南宫者，則無令志之不堅，猶戰者之交綏焉。」仇注：「當時吐蕃陷京，諸將袖手坐觀，故有交綏之歎。」

送李功曹之荆州充鄭侍御判官重贈〔一〕

曾聞宋玉宅，每欲到荆州〔二〕。此地生涯晚，遥悲水國秋①。孤城一柱觀，落日九江流〔三〕。使者雖光彩，青楓遠自愁〔四〕。(1057)

【校】

① 悲，錢箋校：「一作通。」《草堂》作「通」。

【注】

黄鶴注：大曆元年（七六六）作。

〔一〕李功曹：名不詳。鄭侍御：名不詳。當以侍御史充荆南某使職，以李功曹爲其判官。

〔二〕曾聞二句：《九家》杜時可《補遺》：「按余知古《渚宫故事》曰：庾信因侯景之亂自建康遁歸江陵，居宋玉故宅，宅在城北三里。《哀江賦》：誅茅宋玉之宅，穿逕臨江之府。」姚寬《西溪叢語》卷上：「然子美《移居夔州入宅》詩云：『宋玉歸州宅，雲通白帝城。』蓋歸州亦有宋玉宅，非止荆州。」參卷一四《奉漢中王手札》（0941）注。錢箋别引《水經注》沔水宜城南有宋玉宅，此其里居，爲另一宅。

〔三〕孤城二句：一柱觀，見卷七《送高司直尋封閬州》（0359）注。九江，見卷一三《游子》（0847）注。

〔四〕使者二句：使者，指鄭侍御。《趙次公先後解》謂指李功曹，不確。《楚辭·招魂》：「湛湛江水兮上有楓，目極千里兮傷春心。」

上卿翁請修武侯廟遺像缺落時崔卿權夔州〔一〕

大賢爲政即多聞，刺史真符不必分〔二〕。尚有西郊諸葛廟，卧龍無首對江濆〔三〕。

（1058）

【注】

黄鶴注：崔卿權州必在大曆二年（七六七），此當是二年作。

〔一〕卿翁：此稱崔卿爲卿翁。卷一六有《奉送卿二翁統節度鎮軍還江陵》（1210）。黄鶴注：「卿二翁，姓崔，乃公舅氏。」岑參有《送張郎中赴隴右覲省卿公時張卿公亦充節度留後》。其人當兼九卿銜。杜甫大曆元年到夔州時柏中丞爲夔州防禦使，崔卿當在其後權知夔州。武侯廟，見卷一四《諸葛廟》（1016）注。

〔二〕大賢二句：《論語·爲政》：「多聞闕疑，慎言其餘，則寡尤。」《漢書·文帝紀》：「初與郡守爲銅虎符、竹使符。」注：「師古曰：與郡守爲符者，謂各分其半，右留京師，左以與之。」《趙次公先後解》：「真符不必，則言其權爲州也。」

〔三〕尚有二句：《三國志·蜀書·諸葛亮傳》：徐庶謂先主曰：「諸葛孔明者，卧龍也。」

孤雁①

孤雁不飲啄〔一〕，飛鳴聲念羣②。誰憐一片影，相失萬重雲〔二〕。望盡似猶見③，哀多如更聞④。野鴉無意緒，鳴噪自紛紛⑤。（1059）

【校】

①孤雁，宋本、錢箋校：「一云後飛雁。」

②飛鳴聲念羣，宋本、錢箋校：「一作聲聲飛念羣。」《草堂》校：「一作聲疑飛念羣。」

③盡，錢箋校：「一作斷。」

④如更，錢箋、《文苑英華》校：「一作更復。」

⑤鳴，《文苑英華》作「聲」。　自，錢箋、《文苑英華》校：「一作亦。」

【注】

黄鶴注：似是大曆元年（七六六）在夔州作。

〔一〕飲啄：見卷三《鳳凰臺》（0151）注。

〔二〕相失句：蕭綱《賦得隴坻雁初飛》：「霧暗早相失，沙明還共飛。」

遣愁

養拙蓬爲户〔一〕，茫茫何所開？江通神女館，地隔望鄉臺〔二〕。漸惜容顔老，無由弟妹來。兵戈與人事，回首一悲哀。（1060）

【注】

黄鶴注：當是大曆元年（七六六）在夔州作，二年弟觀至自江陵。仇注編入成都詩内。

〔一〕養拙句：《禮記·儒行》：「儒有一畝之宫，環堵之室，篳門圭窬，蓬户甕牖。」

〔二〕江通二句：宋玉《高唐賦》：「妾在巫山之陽，高丘之阻，旦爲朝雲，暮爲行雨，朝朝暮暮，陽臺之下。旦朝視之，如言，故爲立廟，號爲朝雲。」見卷六《雨》（0297）注。《方輿勝覽》卷五七夔州：「高唐神女廟，在巫山縣西北二百五十步，有陽臺。」望鄉臺，在成都。見卷一一《雲山》（0631）注。《趙次公先後解》：「則主隔成都而言之。」

奉寄李十五秘書二首文嶷①〔一〕

避暑雲安縣，秋風早下來〔二〕。暫留魚復浦②，同過楚王臺〔三〕。猿鳥千崖窄，江湖萬里開。竹枝歌未好，畫舸莫遲回③〔四〕。（1061）

【校】

① 文嶷，二字宋本無，據錢箋補。《草堂》此二字在「秘書」下。

② 留，錢箋校：「刊作之。」

③ 莫，錢箋校：「陳作且。」 遲，錢箋校：「一作輕。」

【注】

黄鶴注：大曆元年（七六六）在夔州作。李時在雲安縣，故寄以此詩。

〔一〕李文嶷：事迹不詳。黄鶴注謂與卷六《贈李十五丈别》（0302）爲同一人，恐非是。

〔二〕避暑二句：《趙次公先後解》：「約李秘書早來也。自雲安來夔，所以謂之下來。」

〔三〕暫留二句：魚復浦，見卷一四《入宅三首》（0961）注。楚王臺，陽臺。見卷一四《返照》

（1021）注。

〔四〕竹枝二句：劉禹錫《竹枝詞》序：「四方之歌，異音而同樂。歲正月，余來建平，里中兒聯歌竹枝，吹短笛擊鼓以赴節。歌者揚袂睢舞，以曲多爲賢。聆其音，中黄鍾之羽，卒章激訐，如吴聲。雖傖儜不可分，而含思宛轉，有淇澳之艷。」《樂府詩集》卷八一《近代曲辭》：「《竹枝》本出巴渝。唐貞元中，劉禹錫在沅湘，以俚歌鄙陋，乃依騷人《九歌》作《竹枝》新辭九章，教里中兒歌之，由是盛於貞元、元和之間。」《雲仙雜記》卷四：「張旭醉後唱《竹枝曲》，反復必至九回乃止。」則開元中已歌之。

行李千金贈，衣冠八尺身。飛騰知有策，意度不無神。班秩兼通貴，公侯出異人〔一〕。玄成負文彩〔二〕，世業豈沉淪。（1062）

【注】

〔一〕班秩二句：《唐律疏議》卷二《名例》：「議曰：五品以上之官，是爲通貴。」《趙次公先後解》謂秘書郎從六品上，所以謂之通貴，恐非是。趙注又謂：「李秘書必宗室之子。」

〔二〕玄成：見卷六《贈李十五丈别》（0302）注。

即事①

天畔羣山孤草亭，江中風浪雨冥冥。一雙白魚不受釣，三寸黄甘猶自青〔一〕。多病馬卿無日起，窮途阮籍幾時醒〔二〕？未聞細柳散金甲，腸斷秦川流濁涇②〔三〕。

（1063）

【校】

①即事，錢箋校：「一云天畔。」

②川，錢箋校：「一作州。」

【注】

黄鶴注：大曆二年（七六七）作。

〔一〕一雙二句：仇注引張純曰：「峽中有嘉魚，長身細鱗，肉白如玉，春社前出，秋社即歸。時已九月，故云不受釣。」三寸甘，見卷六《阻雨不得歸瀼西甘林》（0296）注。

〔二〕多病二句：馬卿，司馬相如。朱鶴齡注：「公詩葛亮、馬卿，或疑不當截字用。然六朝人已有之，庾信碑文：渡瀘五月，葛亮有深入之兵。薛道衡碑文：尚寢馬卿之書，未允梁松之奏。」

〔三〕未聞二句：細柳，見卷一三《春遠》（0842）「亞夫營」注。黄鶴注：「當是指大曆二年九月，吐蕃寇邠、靈州，京師戒嚴。」

灔澦

灔澦既没孤根深，西來水多愁太陰〔一〕。江天漠漠鳥雙去，風雨時時龍一吟。舟人漁子歌回首，估客胡商淚滿襟〔二〕。寄語舟航惡年少，休翻鹽井横黄金①〔三〕。

（1064）

【校】

① 横，錢箋校：「一云摸。又作擲。」《草堂》校：「一作擲。」

【注】

黄鶴注：當是大曆二年（七六七）作。《趙次公先後解》編入大曆元年（七六六）夏。

〔一〕灔澦二句：灔澦，見卷六《柴門》（0274）注。《趙次公先後解》：「謂之既没，非指夏時而言邪？」楊泉《五湖賦》：「太陰之所毖，玄靈之所游。」仇注引朱瀚曰：「水即太陰也。」《淮南子·天文訓》：「積陰之寒氣爲水，水氣之精者爲月。」

〔二〕舟人二句：《趙次公先後解》：「舟人漁子歌回首，則言其習水而輕之也。」「估客胡商淚滿襟，以水之泛漲，不行則滯留，行則憂舟有傾沈之患。」

〔三〕寄語二句：鹽井，見《秋日夔府詠懷奉寄鄭監審李賓客之芳一百韻》（1030）注。《趙次公先後解》：「此蓋言販鹽之惡年少者，不顧危亡而欲行舟，必沈溺弃鹽於水，是横費黄金也。」朱鶴齡注：「翻鹽井以逐厚利，必不顧沈溺之患，故公以戒之。」仇注：「翻乃翻飛之意，舟行疾也。擲，换也，又賭錢也。若作横，讀去聲，謂非理横取也。」翻鹽井與舟航爲二事，仇注不確。

白帝

白帝城中雲出門①，白帝城下雨翻盆〔一〕。高江急峽雷霆鬬，翠木蒼藤日月昏②。戎馬不如歸馬逸③，千家今有百家存④〔二〕。哀哀寡婦誅求盡〔三〕，慟哭秋原何處村。（1065）

【校】

① 城中雲出門，錢箋校：「一作城頭雲若屯。」《九家》、《草堂》作：「城頭雲若屯。」《草堂》校：「一作白

帝城中雲出門。」

②翠，錢箋、《草堂》校：「一作古。」

③戎，錢箋、《草堂》校：「一作去。」

④百，錢箋校：「一作十。」《草堂》校：「或作一。」

【注】

黄鶴注：大曆元年（七六六）秋作。

〔一〕雨翻盆：《趙次公先後解》：「雨翻盆，乃蜀人方言耳。傅玄詩云：霖雨如倒井。亦此之義。」

〔二〕戎馬二句：黄鶴注：「當是指崔旰之亂。」

〔三〕誅求：見卷四《送韋諷上閬州録事參軍》（0196）注。

黄草

黄草峽西船不歸，赤甲山下行人稀①〔一〕。秦中驛使無消息，蜀道兵戈有是非②〔二〕。萬里秋風吹錦水，誰家别淚濕羅衣？莫愁劍閣終堪據，聞道松州已被圍〔三〕。（1066）

【校】

① 行人，錢箋校：「一云人行。」《九家》、《草堂》作「人行。」

② 兵，錢箋校：「一云干。」

【注】

黄鶴注：按舊史，廣德元年（七六三）吐蕃陷松州、維州，則是作於其年秋。朱鶴齡注：此詩首二語，乃夔州作無疑。編入大曆元年（七六六）作。

〔一〕黄草二句：《水經注》江水：「江水東逕陽關巴子梁……江水又東，右逕黄葛峽，山高險，全無人居。江水又左逕明月峽，東至梨鄉，歷雞鳴峽。」楊守敬疏：「《初學記》八引《益州記》作黄葛峽，而杜甫詩云黄草峽西船不歸。又《通鑑》：唐大曆四年，涪州守捉使王守仙伏兵黄草峽。胡氏引此注，謂即一峽。蓋葛、草形近錯出也。惟《明・地理志》謂大江入涪州，東逕黄草峽。《蜀游日記》：黄葛峽約在明月峽之下約百餘里。與酈氏先叙黄葛、後叙明月不合。考《名勝志》引《圖經》云：塗山之足，有古黄葛樹，其下有黄葛渡。《一統志》謂即黄葛峽谷也。則同在今巴東縣。」《四川通志》卷二三謂黄葛峽在巴縣東，黄草峽在涪州西，是兩存之。嚴耕望《唐代交通圖考》：「就唐世言，黄草峽在涪州之西，自無問題，若酈注述次不誤，是在明月峽之西者，當别爲一峽，即明、清黄葛渡處，在巴縣之東也。」赤甲山，見卷一四《入宅三首》（0960）注。

〔二〕秦中二句：《分門》鮑曰：「崔寧之亂，郭英乂犯寧家室，寧逐之，是也；以大義責之，則寧以偏禅逐大將，非也。」朱鶴齡注：「按史，杜鴻漸至蜀，崔旰與楊子琳、柏茂林等各授刺史防禦，而不正旰專殺主將之罪，故有兵戈是非之語。蓋言崔氏亂成都，柏、楊討之，其是非不可無辨也。然旰本建功西山，郭英乂通其妾媵，其罪有不專在旰者。未幾釋甲，隨鴻漸入朝，而吐蕃則歲歲爲蜀患。故末語又不憂劍閣而憂松州也。」崔旰，後改名寧。事見《舊唐書·郭英乂傳》、《崔寧傳》。

〔三〕莫愁二句：吐蕃廣德元年圍松州，見卷一二《警急》(0815)注。《趙次公先後解》：「今歲大曆二年之間，豈復松州而又圍之耶？若如此，則句之義蓋云：勿謂劍閣之險可恃而欲割據，雖松州在劍閣之内，已有圍之者矣。」朱鶴齡注：「松州先爲吐蕃所陷，此云已被圍，必中間嚴武又收復……黄鶴疑松州被圍謂廣德元年事，因以秦中驛使爲李之芳使吐蕃，蜀道兵戈爲徐知道據劍閣，全解俱謬。」按，廣德二年九月，嚴武拔吐蕃當狗城，遂取鹽川城。《四川通志》卷二七謂當狗城在保縣西，距松州尚遠。《崔寧傳》謂崔旰下吐蕃城寨數四，拓地數百里，以糧盡還師，亦未至松州。其自西山率衆襲成都，攻郭英乂，自不能距成都過遠。疑此乃虚言唐軍圍松州，蓋誇言崔旰之軍勢。詩意乃謂如郭英乂者以劍閣之險可據而恣意胡爲，孰料崔旰以西山之軍反攻而致其大敗。

吹笛

吹笛秋山風月清①，誰家巧作斷腸聲？風飄律吕相和切，月傍關山幾處

明②〔一〕。胡騎中宵堪北走，武陵一曲想南征〔二〕。故園楊柳今摇落③，何得愁中曲盡生④〔三〕？（1067）

【校】

① 山風，錢箋校：「一云風山。」

② 傍，《草堂》作「倚」，校：「一作傍。」

③ 摇，錢箋校：「一作摧。一作花。」《草堂》校：「一作零。」

④ 曲，錢箋校：「王原叔得甫詩稿，曲作却。」《草堂》作「却」，校：「一作曲，非是。」

【注】

黄鶴注：當在大曆元年（七六六）作。

〔一〕風飄二句：《樂府詩集》卷二三《横吹曲辭》：「《樂府解題》曰：《關山月》，傷離别也。古《木蘭詩》曰：萬里赴戎機，關山度若飛。朔氣傳金柝，寒光照鐵衣。」

〔二〕胡騎二句：《晉書·劉琨傳》：「在晉陽，常爲胡騎所圍數重，城中窘迫無計，琨乃乘月登樓清嘯，賊聞之，皆淒然長歎。中夜奏胡笳，賊又流涕歔欷，有懷土之切。向曉復吹之，賊並弃圍而走。」《樂府詩集》卷七四《雜曲歌辭》：「《武溪深行》，一曰《武陵深行》。崔豹《古今注》曰：《武溪深》，馬援南征之所作也。援門生爰寄生善吹笛，援作歌，令寄生吹笛以和之，名曰《武溪深》。」錢箋引《古今注》，徑改爲「武陵深」。吳曾《能改齋漫録》卷六：「杜子美《吹笛》……上句取陳周宏讓《長笛吐清氣》詩『胡騎争北歸，遍知別鄉苦』，下句取陳賀徹《長笛吐清氣》詩『方知出塞客，不憚武陵深』。」黄鶴注：「此當是指吐蕃而言。按《通鑑》，永泰元年吐蕃與回紇入寇，子儀免胄釋甲，投鎗而進，回紇酋長皆下馬羅拜，子儀責之云云，再成和約。吐蕃聞之，夜引兵遁去。」

〔三〕故園二句：《宋書·五行志》：「太康末，京洛始爲《折楊柳》之歌，其曲始有兵革苦辛之詞，終以禽獲斬截之事。」《舊唐書·音樂志》：「漢靈帝好胡笛。五胡亂華，石遵玩之不絕音。《宋書》云：有胡篪出於胡吹，則謂此。梁《胡吹歌》云：快馬不須鞭，反插楊柳枝。下馬吹橫笛，愁殺路傍兒。此歌辭元出北國之橫笛。」

垂白①

垂白馮唐老②，清秋宋玉悲〔一〕。江喧長少睡，樓迥獨移時。多難身何補，無家病不辭。甘從千日醉，未許七哀詩〔二〕。（1068）

【校】

① 垂白，宋本、錢箋、《草堂》校：「一云白首。」

②垂白，錢箋校：「一云白首。」

【注】

黄鶴注：大曆元年（七六六）秋在夔州作。

〔一〕垂白二句：馮唐，見《寄岑嘉州》(1036)注。宋玉《九辯》：「悲哉秋之爲氣也，蕭瑟兮草木摇落而變衰。」

〔二〕甘從二句：《博物志》卷一〇：「昔劉玄石與中山酒家沽酒，酒家與『千日酒』，忘言其節度。歸至家當醉，而家人不知，以爲死也，權葬之。酒家計千日滿，乃憶玄石前來沽酒，醉向醒耳。往視之，云：『玄石亡來三年，已葬。』於是開棺，醉始醒。俗云：玄石飲酒，一醉千日。」王粲、曹植、阮瑀等有《七哀詩》。

草閣

草閣臨無地〔一〕，柴扉永不關。魚龍回夜水，星月動秋山〔二〕。久露清初濕①，
高雲薄未還。泛舟慚小婦，飄泊損紅顔〔三〕。(1069)

【校】

①久，宋本、錢箋校：「一作夕。」　清，錢箋、《草堂》校：「一作晴。」

【注】

黄鶴注：草閣當在瀼西、東屯間，乃大曆二年（七六七）秋作。仇注編入大曆元年（七六六）。

〔一〕草閣句：王巾《頭陀寺碑文》：「飛閣逶迤，下臨無地。」

〔二〕魚龍二句：陸佃《埤雅》卷一：「酈元《水經》曰：魚龍以秋日爲夜。按，龍秋分而降則蟄寢於淵，龍以秋日爲夜，豈謂是乎？」《九家》杜《補遺》引此及「魚龍寂寞秋江冷」之句，謂二詩皆秋時，是以言。《趙次公先後解》謂此與《秦州雜詩》（0549）「水落魚龍夜，山空鳥鼠秋」所用不同。

〔三〕泛舟二句：《趙次公先後解》：「恐其小兒之婦以我飄薄之故，愁損紅顏。」仇注引邵注：「蜀中多是婦人刺船。」謂指船婦。按，唐人言小婦，每指妓妾。崔顥《渭城少年行》：「小婦春來不解羞，嬌歌一曲楊柳花。」李頎《古意》：「遼東小婦年十五，慣彈琵琶解歌舞。」劉長卿《過李將軍南鄭林園觀妓》：「小婦秦家女，將軍天上人。」此稱「紅顏」，恐非指兒婦，更非船婦。

江月

江月光於水①，高樓思殺人〔一〕。天邊長作客，老去一霑巾。玉露團清影，銀

河没半輪。誰家挑錦字，滅燭翠眉嚬②〔二〕？（1070）

【校】

①於，錢箋校：「一作如。」

②滅燭，錢箋校：「一云燭滅。」《草堂》作「燭滅」，校：「一作滅燭。」

【注】

黃鶴注：當是大曆元年（七六六）在夔州西閣作。《趙次公先後解》編入大曆二年（七六七）。

〔一〕江月二句：庾肩吾《和徐主簿望月》：「樓上徘徊月，窗中愁思人。」

〔二〕誰家二句：《晉書·列女傳》竇滔妻蘇氏：「滔苻堅時爲秦州刺史，被徙流沙，蘇氏思之，織錦爲回文旋圖詩以贈滔。宛轉循環以讀之，詞甚淒惋。」何遜《相送聯句》：「君還舊聚處，爲我一嚬眉。」

洞房

洞房環珮冷〔一〕，玉殿起秋風。秦地應新月，龍池滿舊宮①〔二〕。繫舟今夜遠，清漏往時同。萬里黃山北，園陵白露中〔三〕。（1071）

【校】

① 池，錢箋校：「一作蛇。」

【注】

黄鶴注：自此詩至《鬬雞》四篇皆因明皇升遐而感傷之，梁權道編在大曆元年（七六六），恐是。《趙次公先後解》編入大曆二年（七六七）秋，謂以下《宿昔》、《能畫》、《鬬雞》、《歷歷》、《洛陽》、《驪山》、《提封》八篇蓋一時之作。

〔一〕洞房句：《楚辭·招魂》：「姱容修態，絙洞房些。」《史記·孔子世家》：「夫人自帷中再拜，環珮玉聲璆然。」傅玄《挽歌》：「平生坐玉殿，没歸都幽宫。」此指陵寢。參卷一《橋陵詩三十韻因呈縣内諸官》（0037）注。朱鶴齡注：「洞房環珮，追言貴妃往時也。」何焯謂指奉陵之人。

〔二〕龍池：在興慶宫。見卷四《韋諷録事宅觀曹將軍畫馬圖》（0195）注。

〔三〕萬里二句：《漢書·地理志》右扶風：「槐里，周曰犬丘……有黄山宫。」《元和郡縣圖志》卷二鳳翔府興平縣：「漢黄山宫，在縣西南三十里。武帝微行，西至黄山宫，即此也。」錢箋：「按，漢武帝茂陵在興平縣東北十七里，正黄山宫之北。蓋借茂陵以喻玄宗泰陵也。」

宿昔

宿昔青門裏，蓬萊仗數移〔一〕。花嬌迎雜樹，龍喜出平池〔二〕。落日留王母①，微風倚少兒〔三〕。宮中行樂秘〔四〕，少有外人知。（1072）

【校】

① 日，錢箋校：「一作月。」《草堂》作「月」。

【注】

〔一〕宿昔二句：青門，見卷九《故武衛將軍挽歌三首》（0482）注。蓬萊，指蓬萊殿，見卷四《病橘》（0189）注。

〔二〕龍喜句：《分門》洙曰引柳芳《傳信記》：「天寶中，興慶宮小龍嘗游於宮垣南溝水中。」《趙次公先後解》謂當指蓬萊殿後之太液池。

〔三〕落日二句：《漢武故事》：「七月七日，上於承華殿齋，日正中，忽見有青鳥從西方來集殿前。……王母至，乘紫車。」《史記·外戚世家》：「衛皇后姊衛少兒，少兒生子霍去病，以軍功封冠軍侯。」《趙次公先後解》：「王母以言楊貴妃，少兒以言妃之諸姨矣。」朱鶴齡注：「微風倚少兒，蓋合用少兒、飛燕事。」引《飛燕外傳》：「帝令后所愛侍郎馮無方吹笙，以倚后歌，歌酣風起，后揚袖曰：『仙乎仙乎，去故而就新乎？』帝乃令無方持后履。」

〔四〕宮中句：《漢書·周仁傳》：「於後宮秘戲，仁常在旁，終無所言。」李白有《宮中行樂詞》。

能畫

能畫毛延壽，投壺郭舍人〔一〕。每蒙天一笑，復似物皆春①〔二〕。政化平如水，皇恩斷若神②。時時用抵戲，亦未雜風塵〔三〕。（1073）

【校】

①似，錢箋校：「一作以。」　皆，錢箋校：「一作初。」

②恩，錢箋校：「晋作明。」

【注】

〔一〕能畫二句：《西京雜記》卷二：「元帝後宮既多，不得常見，乃使畫工圖形，案圖召幸之。諸宮人皆賂畫工，多者十萬，少者亦不減五萬，獨王嬙不肯，遂不得見。匈奴入朝求美人爲閼氏，於是上案圖以昭君行。及去，召見，貌爲後宮第一，善應對，舉止閑雅。帝悔之，而名籍已定。帝重信於外國，故不復更人。乃窮案其事，畫工皆弃市。籍其家，資皆巨萬。畫工有杜陵毛延壽，爲人形，醜好老少，必得其真。……同日弃市，京師畫工，於是差稀。」又卷五：「武帝時郭舍人善投壺，以竹爲矢，不用棘也。古之投壺取中而求還，故實小豆，惡其矢躍而出也。郭舍人則激矢令還，一矢百餘反，謂之爲驍，言如博之擥梟於掌中爲驍傑也。每爲武帝投壺，輒賜金帛。」黄鶴注：「公託以喻明皇爲技巧所移。」

〔二〕每蒙二句：《太平御覽》卷一三引《神異傳》：「東王公與玉女投壺，誤而不接，天爲之笑，開口流光，今電是也。」朱鶴齡注：「物皆春，言畫之工可回春色。」

〔三〕時時二句：《漢書·武帝紀》：「三年春，作角抵戲，三百里内皆觀。」《刑法志》：「春秋之後，滅弱吞小，併爲戰國，稍增講武之禮，以爲戲樂，用相誇視。而秦更名角抵，先王之禮没於淫樂中矣。」《趙次公先後解》：「言至用抵戲而止，不甚雜民俗之風塵事也，豈美其不微行者乎？」

洪邁《容齋三筆》卷六：「第三聯意味頗與前語不相聯貫，讀者或以爲疑。按杜之旨，本謂技藝倡優不應蒙人主顧盼賞接，然使政化如水，皇恩若神，爲治大要既無所損，則時時用此輩亦亡害也。」王嗣奭《杜臆》：「若使政平而親疏一視，恩斷而信賞必罰，雖時時用以當戲劇，亦未必啓衅召亂，而自雜於風塵也。雜風塵，如玄宗之播遷。」按，詩意只追憶承平時事，雖時有抵戲之樂，而未有風塵之警。諸説皆求深而致迂曲。

鬭雞

鬭雞初賜錦，舞馬既登床①〔一〕。簾下宮人出，樓前御柳長②。仙游終一閟，女樂久無香〔二〕。寂寞驪山道〔三〕，清秋草木黄。（1074）

【校】

①既，錢箋、《草堂》校：「一作解。」

②柳，宋本、錢箋校：「一作曲。」

【注】

〔一〕鬭雞二句：鬭雞，見卷六《壯游》(0295)注。《東城老父傳》：「當時天下號爲神雞童，時人爲之語曰：生兒不用識文字，鬭雞走馬勝讀書。賈家小兒年十三，富貴榮華代不如。能令金距期勝負，白羅繡衫隨軟轝。父死長安千里外，差夫持道挽喪車。」《明皇雜録》補遺：「玄宗嘗命教舞馬四百蹄，各爲左右，分爲部目，爲某家寵、某家驕。時塞外亦有善馬來貢者，上俾之教習，無不曲盡其妙。因命衣以文繡，絡以金銀，飾其鬃鬣，間雜珠玉。其曲謂之《傾杯樂》者數十回，奮首鼓尾，縱横應節。又施三層板床，乘馬而上，旋轉如飛。或命壯士舉一榻，馬舞於榻上，樂工數人立左右前後，皆衣淡黄衫、文玉帶，必求少年而姿貌美秀者。每千秋節，命舞於勤政樓下。其後上既幸蜀，舞馬亦散在人間。」

〔二〕仙游二句：《趙次公先後解》：「仙游終，以言明皇上昇。明皇上昇矣，宜女樂之久無香也。」朱鶴齡注引《開元傳信記》、《異聞録》玄宗夢游月宮事，謂女樂指梨園弟子。

〔三〕驪山：見卷一《奉同郭給事湯東靈湫作》(0035)等注。

鸚鵡①

鸚鵡含愁思，聰明憶别離。翠衿渾短盡，紅觜漫多知。未有開籠日，空殘舊宿枝。世人憐復損，何用羽毛奇〔一〕。(1075)

【校】

①鸚鵡，宋本、《草堂》校：「一云翦羽。」

【注】

黄鶴注：此詩句句含不遇之意，公蓋託以自況，梁權道編在大曆元年(七六六)夔州詩内。

〔一一〕世人二句：《趙次公先後解》：「此篇多使禰衡《（鸚鵡）賦》中字意。聰明字，則『才聰明以識機』也。憶別，則『眷西路而長懷，望故鄉而延佇』，又曰『痛母子之永隔，哀伉儷之生離』也。翠衿、紅觜字，則『紺趾丹觜，緑衣翠衿』也。渾欲短，則『顧六翮之殘毀，雖奮迅其焉如』也。漫多知，則『豈言語以階亂，將不密以致危』也。未有開籠日，則『閉以雕籠，翦其翅羽』也。空殘宿舊枝，則『想崑山之高峻，思鄧林之扶疏』，而轉入離鳥悲舊林之意也。末句羽毛奇，則『雖同俗於羽毛，故殊智而異心』也。」仇注：「詠鸚鵡，有離鄉之感。」

歷歷

歷歷開元事，分明在目前①。無端盜賊起，忽已歲時遷。巫峽西江外，秦城北斗邊〔一〕。爲郎從白首，卧病數秋天〔二〕。（1076）

【校】

①目，錢箋作「眼」。

【注】

黄鶴注：當是大曆元年（七六六）夔州作。

〔一〕巫峽二句：《趙次公先後解》：「蜀江至荆楚處，楚人名之曰西江。」引《莊子・外物》「激西江之水」。參卷一四《舍弟觀歸藍田迎新婦送示兩篇》（1018）注。秦城北斗邊，見《哭王彭州掄》（1055）注。

〔二〕爲郎二句：《趙次公先後解》：「雖實道其身，而暗用馮唐白首爲郎也。」按，「馮唐白首爲郎」見《白氏六帖》，後人有辨。見卷一四《承聞河北諸道節度入朝歡喜口號絶句十二首》（0990）注。

江上

江上日多雨，蕭蕭荆楚秋。高風下木葉，永夜攬貂裘〔一〕。勳業頻看鏡，行藏獨倚樓〔二〕。時危思報主，衰謝不能休。（1077）

【注】

黄鶴注：當是大曆元年（七六六）夔州作。《趙次公先後解》編入大曆三年（七六八）荆南所作。

〔一〕高風二句：《楚辭・九歌・湘夫人》：「裊裊兮秋風，洞庭波兮木葉下。」《戰國策・秦策一》：蘇秦「説秦王書十上而説不行，黑貂之裘弊，黄金百斤盡」。

〔二〕勳業二句：潘岳《楊仲武誄》：「名器雖光，勳業未融。」顔之推《古意》：「白髮窺明鏡，憂傷没餘齒。」庾信《擬詠懷》：「匣中取明鏡，披圖自照看。」行藏，見卷六《壯游》（0295）注。陳師道《后山詩話》：「裕陵嘗謂杜子美詩云『勳業頻看鏡，行藏獨倚樓』，謂甫之詩皆不迨此。」張表臣《珊瑚鉤詩話》卷一：「予讀杜詩云『江漢思歸客，乾坤一腐儒』，『勳業頻看鏡，行藏獨倚樓』，歎其含蓄如此。」

中夜

中夜江山静，危樓望北辰。長爲萬里客，有愧百年身〔一〕。故國風雲氣，高堂戰伐塵〔二〕。胡雛負恩澤，嗟爾太平人〔三〕。（1078）

【注】

黄鶴注：當作於大曆二年（七六七）。

〔一〕長爲二句：鮑照《行藥至城東橋》：「争先萬里途，各事百年身。」

〔二〕故國二句：《草堂》夢弼注：「謂杜陵舊廬爲寇所焚也。」仇注謂概言華屋。按，崔顥《贈盧八象》：「客從巴水渡，傳爾溯行舟。是日風波霽，高堂雨半收。青山滿蜀道，緑水向荆州。」李群玉《宿巫山廟》：「寂寞高堂别楚君，玉人天上逐行雲。」又卷一六《夔州歌十絶句》（1294）：「閬風玄圃與蓬壺，中有高唐天下無。」高唐一作高堂。唐人或以高堂爲高唐之異寫。

〔三〕胡雛二句：《九家》趙注：「當是史朝義之亂未除，而興感亂階自禄山也。」黄鶴注：「茲云高堂戰伐塵者，乃指吐蕃入寇。胡雛當是指吐蕃也。唐嘗以公主和親，其恩澤不爲不厚。而吐蕃負恩入寇故云。」《晉書·石勒載記》：「年十四，隨邑人行販洛陽，倚嘯上東門。王衍見而異之，顧謂左右曰：『向者胡雛，吾觀其聲視有奇志，恐將爲天下之患。』」《新唐書·張九齡傳》：「安禄山初以范陽偏校入奏，氣驕蹇，九齡謂裴光庭曰：『亂幽州者，此胡雛也。』……九齡曰：『禄山狼子野心，有逆相，宜即事誅之，以絶後患。』帝曰：『卿無以王衍知石勒而害忠良。』卒不用。」仇注引此，而謂以吐蕃爲胡雛者誤。

江漢

江漢思歸客，乾坤一腐儒〔一〕。片雲天共遠，永夜月同孤。落日心猶壯，秋風病欲蘇①〔二〕。古來存老馬，不必取長途〔三〕。（1079）

【校】

① 蘇，錢箋作「疏」，校：「一作蘇。」

【注】

黄鶴注：當是大曆二年（七六七）夔州作。《趙次公先後解》編入大曆三年（七六八）荆南所作。仇注編入大曆四年（七六九）湖南詩。

〔一〕江漢二句：《趙次公先後解》：「公在荆州，正用江漢爲宜。」《史記·黥布列傳》：「上折隨何之功，謂何爲腐儒，爲天下安用腐儒。」

〔二〕落日二句：黄生曰：「前輩有病此詩日月並見者，不知此詠懷，非寫景，何病之有？」

〔三〕古來二句：《趙次公先後解》謂用管仲事。見卷一〇《觀安西兵過赴關中待命二首》（0599）注。

洛陽

洛陽昔陷没，胡馬犯潼關〔一〕。天子初愁思，都人慘别顔。清笳去宫闕，翠蓋出關山。故老仍流涕，龍髯幸再攀〔二〕。（1080）

【注】

黄鶴注：當是大曆元年（七六六）在夔州作。

〔一〕洛陽二句：見卷一《白水縣崔少府十九翁高齋三十韻》(0042)、卷二《北征》(0052)注。

〔二〕故老二句：《趙次公先後解》：「上皇至自蜀郡，此所謂故老仍流涕、龍髯幸再攀也。」龍髯，見卷九《行次昭陵》(0410)「鼎湖」注。

驪山

驪山絶望幸，花萼罷登臨〔一〕。地下無朝燭，人間有賜金〔二〕。鼎湖龍去遠①，銀海雁飛深〔三〕。萬歲蓬萊日，長懸舊羽林〔四〕。(1081)

【校】

① 去遠，《草堂》作「遠去」。

【注】

黄鶴注：同是大曆元年(七六六)作。

〔一〕花萼句：花萼相輝之樓，見卷七《八哀詩・汝陽王》(0417)注。

〔二〕地下二句：《趙次公先後解》：「凡朝在早，則秉燭而受朝。」王維《早朝》：「銀燭已成行，金門儼騶馭。」韋應物《觀早朝》：「煌煌列明燭，朝服照華鮮。」

〔三〕鼎湖二句：鼎湖，見卷九《行次昭陵》(0410)注。《史記·秦始皇本紀》：始皇陵「以水銀爲百川江河大海，機相灌輸」。何遜《行經孫氏陵》：「銀海終無浪，金鳧會不飛。」《初學記》卷一四引《三輔故事》：「秦始皇葬驪山……水銀爲大海，金銀爲鳧雁。」詩用此。

〔四〕萬歲二句：蓬萊指蓬萊殿，見卷四《病橘》(0189)注。《趙次公先後解》：「舊日充宿衛之兵，今則守護陵寢，乃所謂舊羽林也。」羽林軍，見卷一《自京赴奉先縣詠懷五百字》(0041)注。黄鶴注：「《禮樂志》：芬樹羽林，雲景杳冥。師古曰：言所樹羽葆，其盛若林，芬然衆多。今言蓬萊殿惟有羽葆，而明皇不見耳。若以羽林爲軍，不可言懸。」

提封

提封漢天下，萬國尚同心〔一〕。借問懸車守①，何如儉德臨〔二〕。時徵俊乂入，草竊犬羊侵②。願戒兵猶火，恩加四海深〔三〕。(1082)

【校】

① 車，錢箋校：「一作軍。」

②草竊，宋本、錢箋、《草堂》校：「一作莫慮。」

【注】

黄鶴注：同是大曆元年（七六六）作。

〔一〕提封二句：《漢書·刑法志》：「一同百里，提封萬井。」注：「李奇曰：提，舉也。舉四封之内也。」又《東方朔傳》注：「師古曰，提封亦謂提舉四封之内，總計其數也。」

〔二〕借問二句：《國語·齊語》：「懸車束馬，逾太行與辟耳之谿拘夏，西服流沙西吴。」韋昭注：「三者皆山險谿谷，故懸鈎其車，偪束其馬，而以度也。」《史記·孫子吴起列傳》：「武侯浮西河而下，中流，顧而謂吴起曰：『美哉乎山河之固，此魏國之寶也。』起對曰：『在德不在險。』」

〔三〕願戒二句：《左傳》隱公四年：「夫兵猶火也，弗戢，將自焚也。」《孟子·梁惠王上》：「故推恩足以保四海，不推恩無以保妻子。」

白露

白露團甘子，清晨散馬蹄〔一〕。圃開連石樹〔二〕，船渡入江溪。憑几看魚樂，回鞭急鳥棲①〔三〕。漸知秋實美，幽徑恐多蹊〔四〕。（1083）

【校】

① 急，錢箋校：「一作至。」

【注】

黄鶴注：當是大曆二年（七六七）在瀼西往東屯作。

〔一〕白露二句：謝朓《京路夜發》：「猶霑餘露團，稍見朝霞上。」《文選》李善注：「《毛詩》曰：野有蔓草，零露團兮。」《鄭風·野有蔓草》作「零露漙兮」。曹植《白馬篇》：「仰手接飛猱，俯身散馬蹄。」

〔二〕石樹：見《秋日夔府詠懷奉寄鄭監審李賓客之芳一百韻》（1030）注。

〔三〕憑几二句：《莊子·秋水》：「惠子曰：『子非魚，安知魚之樂？』莊子曰：『子非我，安知我不知魚之樂？』」《趙次公先後解》：「自清晨散馬蹄，至晚而歸矣。」

〔四〕漸知二句：《史記·李將軍列傳》：「諺曰：桃李不言，下自成蹊。」《趙次公先後解》：「公亦不自私其美實而許人采摘之。」仇注：「幽徑多蹊，恐有竊取，亦愛甘而故爲戲詞耳。」

孟氏

孟氏好兄弟〔一〕，養親唯小園。承顔胝手足，坐客强盤飧〔二〕。負米力葵

外①〔三〕，讀書秋樹根。卜鄰慚近舍，訓子學誰門②〔四〕？（1084）

【校】

① 力，錢箋、《草堂》校：「晋作寒。一作夕。」

② 學，錢箋校：「一作覺。」 誰，錢箋校：「一作先。」《草堂》作「先」。

【注】

黄鶴注：大曆二年（七六七）夔州作。

〔一〕孟氏句：黄鶴注：「當是指孟十二倉曹與十四主簿。」見本卷《九月一日過孟十二倉曹十四主簿兄弟》（1119）。

〔二〕承顔二句：《亢倉子·訓道》：「夫善事父母，敬順爲本，意以承之，順承顔色，無所不至。」盤飧，見卷一《示從孫濟》（0024）注。《趙次公先後解》：「强字如强飯之强。」

〔三〕負米句：《説苑·建本》子路曰：「昔者，由事二親之時，常食藜藿之實，而爲親負米百里之外。」

〔四〕卜鄰二句：孟鄰，見卷一〇《寄張十二山人彪三十韻》（0612）注。《趙次公先後解》：「題是孟氏，故使孟家本事。」仇注：「學誰門，言舍孟氏之外，更學誰門乎？」

吾宗 衛倉曹崇簡〔一〕。

吾宗老孫子，質樸古人風。耕鑿安時論〔二〕，衣冠與世同。在家常早起，憂國願年豐。語及君臣際，經書滿腹中〔三〕。（1085）

【注】

黄鶴注：當是大曆元年（七六六）作。《趙次公先後解》編入大曆二年（七六七）。

〔一〕杜崇簡：卷七有《寄從孫崇簡》（0349），參該詩注。衛倉曹：諸衛倉曹參軍。《唐六典》卷二四左右衛：「倉曹參軍事各二人，正八品下。」

〔二〕耕鑿：《淮南子·齊俗訓》：「鑿井而飲，耕田而食。」

〔三〕經書句：《後漢書·邊韶傳》：「腹便便，五經笥。」《世説新語·排調》：「郝隆七月七日出日中仰卧，人問其故，答曰：『我曬書。』」

第五弟豐獨在江左近三四載寂無消息覓使寄此二首〔一〕

亂後嗟吾在，羈栖見汝難〔二〕。草黄騏驥病，沙晚鶺鴒寒①〔三〕。楚設關城險，吴吞水府寬〔四〕。十年朝夕淚，衣袖不曾乾。（1086）

【校】

① 晚，錢箋校：「一作暖。」《草堂》作「暖」。

【注】

黄鶴注：當是大曆元年（七六六）在夔州作。

〔一〕杜豐：參卷三《乾元中寓居同谷縣作歌七首》（0154）注。又卷一七《元日示宗武》注：「第五弟豐漂泊江左，近無消息。」

〔二〕羈栖：見卷三《石櫃閣》（0166）注。

〔三〕鶺鴒：見卷一〇《得弟消息二首》（0548）注。

〔四〕楚設二句：《史記·楚世家》：「蜀伐楚，取兹方，於是楚爲扞關以距之。」《後漢書·郡國志》巴陵：「魚復，扞水有扞關。」《岑彭傳》：「公孫述遣其將任滿、田戎、程汎，將數萬人乘枋箄下江關。」注：「《華陽國志》曰：巴、楚相攻，故置江關。舊在赤甲城，後移在江南岸，對白帝城，故基在今夔州魚復縣南。」木華《海賦》：「爾其水府之内，極深之庭。」

聞汝依山寺，杭州定越州〔一〕。風塵淹别日，江漢失清秋①。影著啼猿樹，魂飄結蜃樓〔二〕。明年下春水，東盡白雲求②。（1087）

【校】

①失，宋本、錢箋、《草堂》校：「一作共。」

②求，錢箋校：「一作游。」

【注】

〔一〕杭州句：定，定是。此表疑問。《趙次公先後解》：「其杭州邪？豈定是越州邪？」《元和郡縣圖志》卷二五江南道：「杭州，餘杭。……東南取浙江至越州一百三十里。」卷二六江南道：「越州，會稽。都督府。……西北至杭州一百四十里。」

〔二〕影著二句：盧照鄰《巫山高》：「莫辨啼猿樹，徒看神女雲。」《趙次公先後解》：「公自言其所在之處，故云影著。」《漢書·天文志》：「海旁蜃氣象樓臺。」趙注：「指其弟豐所在，故思之而魂飄。」

送李八秘書赴杜相公幕①〔一〕

青簾白舫益州來〔二〕，巫峽秋濤天地回。石出倒聽楓葉下〔三〕，灩澦堆。櫓搖皆指菊花開②。貪趨相府今晨發，恐失佳期後命催。南極一星朝北斗，五雲多處是三台〔四〕。（1088）

【校】

①秘，《文苑英華》作「校」，校：「集作秘。」

②皆，錢箋校：「一作背。」

【注】

黃鶴注：當是大曆二年（七六七）七月作。《趙次公先後解》定爲九月作。

〔一〕李八秘書：見本卷《贈李八秘書別三十韻》（1031）。杜相公：杜鴻漸。見卷一四《季夏送鄉弟韶陪黃門從叔朝謁》（1020）注。《舊唐書·代宗紀》：「（大曆二年）六月戊戌，山南、劍南副元帥杜鴻漸自蜀入朝。」「（三年八月）辛未，以門下侍郎、同中書門下平章事、山劍副元帥、太清宮使、崇玄館大學士杜鴻漸兼東都留守。」朱鶴齡注：「鴻漸還朝，仍以平章事領山劍副元帥，故稱相公幕。」

〔二〕青簾句：楊漢公《明月樓》：「吴興城闕水雲中，畫舫青簾處處通。」仇注引邵注：「青簾白舫，官舟也。」恐爲臆説。益州，成都。

〔三〕石出句：《趙次公先後解》：「石出者，指言灩滪之石。……石出則行之候也。」參卷一四《長江二首》(0943)注。仇注謂指峽中山崖，非是。

〔四〕南極二句：《趙次公先後解》：「南極一星，以言李秘書。其在楚而往，是爲南極之星。」按，南極，言楚地。星，謂星使。五雲，五色雲。《周禮·春官·保章氏》：「以五雲之物，辨吉凶，水旱降豐荒之祲象。」鄭注：「物，色也。視日旁雲氣之色。」三台，見卷六《昔游》(0288)注。《趙次公先後解》：「北斗，指言長安。」「三台，指言杜相公。」

巫峽弊廬奉贈侍御四舅别之澧朗①〔一〕

江城秋日落，山鬼閉門中〔二〕。行李淹吾舅，誅茅問老翁〔三〕。赤眉猶世亂，青眼只途窮〔四〕。傳語桃源客，人今出處同〔五〕。（1089）

【校】

① 澧，宋本作「灃」，據錢箋等改。

【注】

黄鶴注：當大曆元年（七六六）夔州作。《趙次公先後解》編入大曆二年（七六七）。

〔一〕侍御四舅：崔姓，名不詳。《舊唐書·地理志》江南西道：「澧州，下，隋澧陽郡。……天寶初，割屬山南東道。」「朗州，下，隋武陵郡。……天寶初，割屬山南東道。」

〔二〕江城二句：《趙次公先後解》：「屈原《九歌》有《山鬼》一篇，乃楚地之事。」按，卷七《奉酬薛十二丈判官見贈》（0324）：「卧病識山鬼，爲農知地形。」又《虎牙行》（0338）：「杜鵑不來猿狖寒，山鬼幽憂雪霜逼。」此蓋當地傳説。白居易《送客之湖南》：「山鬼趫跳唯一足，峽猿哀怨過三聲。」

〔三〕行李二句：行李，見卷八《贈蘇四徯》（0362）注。誅茅，見卷四《寄題江外草堂》（0203）注。

〔四〕赤眉二句：《後漢書·劉盆子傳》：「琅邪人樊崇起兵於莒……恐其衆與莽兵亂，乃皆朱其眉以相識别，由是號曰赤眉。」青眼，見卷一〇《秦州見勑目薛三璩授司議郎畢四曜除監察與二子有故遠喜遷官兼述索居凡三十韻》（0609）注。途窮，見卷九《敬贈鄭諫議十韻》（0415）注。

〔五〕傳語二句：桃源，見卷二《北征》（0052）注。《易·繫辭上》：「子曰：君子之道，或出或處，或默或語。」

溪上

峽内淹留客，溪邊四五家。古苔生迮地①〔一〕，秋竹隱疏花。塞俗人無井〔二〕，山田飯有沙。西江使船至，時復問京華。（1090）

【校】

① 迮，宋本、《草堂》校：「一作濕。」錢箋校：「一作濕。又作窄。」

【注】

黃鶴注：當是大曆二年（七六七）秋在瀼西作。

〔一〕古苔句：《三國志·蜀書·張飛傳》：「山道迮狹，前後不得相救。」《説文》：「迮，迮迮，起也。」段注：「引申訓爲迫迮，即今之窄字也。」《玉篇》：「迮，又阻格切，迫迮也。」

〔二〕無井：見卷六《引水》（0260）注。

樹間

岑寂雙甘樹，婆娑一院香〔一〕。交柯低几杖〔二〕，垂實礙衣裳。滿歲如松碧，同時待菊黄〔三〕。幾回霑葉露①，乘月坐胡床〔四〕。（1091）

【校】

① 葉，錢箋校：「一作落。」

【注】

黄鶴注：當是廣德二年（七六四）在成都府中作。

〔一〕岑寂二句：鮑照《舞鶴賦》：「去帝鄉之岑寂，歸人寰之喧卑。」婆娑，見卷一一《惡樹》(0678)注。

〔二〕交柯句：任昉《落日泛舟東溪》：「交柯溪易陰，反景澄餘映。」

〔三〕滿歲二句：《趙次公先後解》：「周滿一歲，冬夏青青如松也。橘熟於九月，則爲待菊黄矣。」

〔四〕胡床：見卷一一《少年行》(0718)注。

八月十五夜月二首

滿目飛明鏡，歸心折大刀〔一〕。轉蓬行地遠，攀桂仰天高〔二〕。水路疑霜雪，林棲見羽毛。此時瞻白兔，直欲數秋毫〔三〕。（1092）

【注】

黃鶴注：永泰元年（七六五）八月，僕固懷恩及吐蕃、回紇、党項、羌、渾、奴剌寇邊，故有「刁斗皆催曉」之句。是時公在雲安。《趙次公先後解》與《十六夜玩月》、《十七對月》同繫於大曆二年（七六七）。

〔一〕滿目二句：《古樂府》：「藁砧今何在，山上復有山。何當大刀頭，破鏡飛上天。」吳兢《樂府古題要解》卷下：「藁砧今何在，藁砧，趺也，問夫何處也。山上復有山，重山爲出也，言夫不在也。何當大刀頭，刀頭有環，問夫何時當還也。破鏡飛上天，言月半當還也。」

〔二〕轉蓬二句：轉蓬，見卷八《贈蘇四徯》（0362）注。月中桂樹，見卷一〇《一百五日夜對月》（0492）注。《楚辭·招隱士》：「猿狖群嘯兮虎豹嗥，攀援桂枝兮聊淹留。」

〔三〕此時二句：白兔指月兔，見卷一〇《月》（0507）注。仇注：「秋毫，即指兔毫，蓋因月中之兔，想見地下之兔也。」

稍下巫山峽，猶銜白帝城。氣沈全浦暗，輪仄半樓明①。刁斗皆催曉，蟾蜍且自傾〔一〕。張弓倚殘魄，不獨漢家營〔二〕。（1093）

【校】

①仄，《草堂》作「側」。

【注】

〔一〕刁斗二句：刁斗，見卷二《夏夜歎》(0067)注。蟾蜍，見卷一〇《月》(0507)注。

〔二〕張弓二句：《禮記·鄉飲酒義》：「讓之三也，象月之三日而成魄也。」釋文：「魄，普百反，《說文》作霸，云月始生魄然也。」《藝文類聚》卷一引《乾鑿度》：「月三日成魄，八日成光。」《趙次公先後解》：「言軍營處處皆見此月，時方與吐蕃交兵。」

十六夜玩月

舊挹金波爽，皆傳玉露秋〔一〕。關山隨地闊，河漢近人流〔二〕。谷口樵歸唱，孤城笛起愁。巴童渾不寢，半夜有行舟。（1094）

【注】

黄鶴注：此詩當是大曆元年（七六六）在夔州作。

〔一〕舊挹二句：金波，見卷一〇《一百五日夜對月》（0492）注。江淹《麗色賦》：「金波照户，玉露曖天。」《子夜四時歌》：「金風扇素節，玉露凝成霜。」

〔二〕關山二句：《古詩》：「招摇西北馳，天漢東南流。」仇注引秦曰：「夔州地高，去河漢爲近。」

十七夜對月

秋月仍圓夜，江村獨老身。捲簾還照客，倚杖更隨人。光射潛虬動，明翻宿鳥頻〔一〕。茅齋依橘柚，清切露華新。（1095）

【注】

黄鶴注：當是大曆二年（七六七）在瀼西作。

〔一〕光射二句：左思《蜀都賦》：「下高鵠，出潛虬。」謝靈運《登池上樓》：「潛虬媚幽姿，飛鴻響遠音。」

傷秋

村僻來人少①，山長去鳥微。高秋收畫扇②，久客掩荊扉③。懶慢頭時櫛，艱難帶減圍〔一〕。將軍猶汗馬〔二〕，天子尚戎衣。白蔣風飇脆，殷檉曉夜稀〔三〕。何年減豺虎④，似有故園歸。（1096）

【校】

① 村，錢箋作「林」。

② 收畫扇，宋本、錢箋、《草堂》校：「一云藏羽扇。」

③ 荊，錢箋校：「一作柴。」《草堂》作「柴」，校：「一作荊。」

④ 減，錢箋、《草堂》校：「一作滅。」

【注】

黃鶴注：當是大曆二年（七六七）作，蓋其年九月吐蕃寇靈州、邠州，京師戒嚴。

〔一〕艱難句：《梁書·昭明太子傳》：「體素壯，腰帶十圍，至是減削過半。」

〔二〕汗馬：見卷一〇《收京三首》(0506)注。

〔三〕白蔣二句：張衡《南都賦》：「其草則藨苧薠莞，蔣蒲蒹葭。」《文選》李善注：「《説文》曰：蔣，菰蔣也。」《爾雅·釋木》：「檉，河柳。」江淹《草木頌·檉》：「木貴冬榮，檉實寒色。停黛峰頂，插翠石側。碧葉罨藹，頳柯翕艴。方陋筠櫝，遠笑荆棘。」

秋峽

江濤萬古峽，肺氣久衰翁〔一〕。不寐防巴虎，全生狎楚童〔二〕。衣裳垂素髮，門巷落丹楓。常怪商山老①，兼存翊贊功〔三〕。（1097）

【校】

①常，《草堂》作「嘗」。

【注】

黄鶴注：當是大曆二年（七六七）東屯作。

〔一〕江濤二句：卷七《寄薛三郎中據》(0363)：「峽中一卧病，瘧癘終冬春。春復加肺氣，此病蓋有因。」

〔二〕不寐二句：《莊子・養生主》：「緣督以爲經，可以保身，可以全生。」《趙次公先後解》：「言爲客於外，年老而不敢恃，雖童稚亦狎熟，免其猜忌爲害，乃所以全生也。」

〔三〕常怪二句：商山老，見卷六《昔游》（0288）注。《三國志・蜀書・吕凱傳》：「受遺托孤，翊贊季興。」

秋興八首

玉露凋傷楓樹林，巫山巫峽氣蕭森〔一〕。江間波浪兼天涌，塞上風雲接地陰〔二〕。叢菊兩開他日淚①，孤舟一繫故園心〔三〕。寒衣處處催刀尺，白帝城高急暮砧〔四〕。（1098）

【校】

①兩，宋本、錢箋、《草堂》校：「一作重。」

【注】

黄鶴注：當是大曆元年（七六六）夔州作，自永泰元年至雲安，及今爲菊兩開也。《九家》趙注：

蓋公於夔州見菊者二年矣。繫於大曆二年（七六七）。

〔一〕玉露二句：李密《淮陽感秋》：「金風蕩秋節，玉露凋晚林。」巫山巫峽，見卷四《古柏行》（0180）注。張協《雜詩》：「溪壑無人跡，荒楚鬱蕭森。」

〔二〕江間二句：《九家》趙注：「夔以白帝城爲塞。」參卷三《貽阮隱居》（0093）注。

〔三〕叢菊二句：朱鶴齡注：「公至夔州已經二秋，時艤舟以俟出峽，故言再見菊開，仍隕他日之淚；孤舟久繫，惟懷故園之心也。」

〔四〕寒衣二句：《古詩爲焦仲卿妻作》：「左手持刀尺，右手執綾羅。」郭泰機《答傅咸》：「衣工秉刀尺，弃我忽若遺。」曹毗《夜聽擣衣》：「纖手疊輕素，朗杵叩鳴砧。」《子夜四時歌》：「佳人理寒服，萬結砧杵勞。」

夔府孤城落日斜，每依南斗望京華①〔一〕。聽猿實下三聲淚，奉使虛隨八月查〔二〕。畫省香爐違伏枕，山樓粉堞隱悲笳〔三〕。請看石上藤蘿月，已映洲前蘆荻花〔四〕。（1099）

【校】

① 南，錢箋校：「一作北。」《草堂》作「北」，校：「一作南，非。」

【注】

〔一〕夔府二句：《九家》趙注：「南斗，師民瞻作北斗，蓋長安上直北斗。」《草堂》夢弼注引《春秋説題辭》：「南斗爲吴。」按，駱賓王《從軍中行路難》：「南中南斗映星河，秦川秦塞阻烟波。」蘇味道《使嶺南聞崔馬二御史並拜臺郎》：「遠從南斗外，遥仰列星文。」孫逖《送趙評事攝御史監軍嶺南》：「明年拜真月，南斗使星歸。」南斗亦可泛言南方。此言在南望北。

〔二〕聽猿二句：《水經注》江水：「自三峽七百里中，兩岸連山，略無闕處……每至晴初霜旦，林寒澗肅，常有高猿長嘯，屬引淒異，空谷傳響，哀轉久絶。故漁者歌曰：巴東三峽巫峽長，猿鳴三聲淚沾裳。」八月查，見卷一《送孔巢父謝病歸游江東兼呈李白》(0026)、卷一〇《送翰林張司馬南海勒碑》(0525)注。《九家》趙注：「公屢使爲張騫，蓋承用之熟也。」

〔三〕畫省二句：《初學記》卷二四引蔡質《漢官典職》：「省中皆以胡粉塗壁，紫素界之，畫古烈士也。」又卷一一引應劭《漢官儀》：「尚書郎入直臺，廨中給女侍史二人，皆選端正妖麗，執香爐香囊燒薰護衣服。」沈佺期《送韋商州弼》：「累年同畫省，四海接文場。」《九家》趙注：「違去畫省香爐者，以伏枕之故也。」「山樓粉堞，指白帝城。」蕭綱《雍州曲・北渚》：「岸陰垂柳葉，平江含粉堞。」曹丕《與吴質書》：「清風夜起，悲笳微吟。」

〔四〕請看二句：范雲《貽何秀才》：「有鷕鶩蘋芰，綿蠻弄藤蘿。」《西曲歌・烏夜啼》：「巴陵三江口，蘆荻齊如麻。」

千家山郭静朝暉，一日江樓坐翠微①〔一〕。信宿漁人還泛泛〔二〕，清秋燕子故飛飛。匡衡抗疏功名薄，劉向傳經心事違〔三〕。同學少年多不賤，五陵衣馬自輕肥〔四〕。（1100）

【校】

① 一日，宋本、錢箋校：「一作百處。」《草堂》作「日日」，校：「一作一日。」

【注】

〔一〕翠微：見卷九《重題鄭氏東亭》（0421）注。

〔二〕信宿：《詩·小雅·九罭》：「公歸不復，於女信宿。」《左傳》莊公三年：「凡師，一宿爲舍，再宿爲信。」

〔三〕匡衡二句：匡衡，見卷六《同元使君春陵行》（0276）注。《漢書·劉向傳》：「上方精於《詩》、《書》，觀古文，詔向領校中五經秘書。向見《尚書·洪範》箕子爲武王陳五行陰陽休咎之應，向乃集合上古以來歷春秋六國至秦漢符現災異之記，推跡行事，連傳禍福，著其占驗，比類相從，各有條目，凡十一篇，號曰《洪範五行傳論》，奏之。天子心知向忠精，故爲鳳兄弟起此論也，然終不能奪王氏權。」《九家》趙注：「功名薄，自言其爲左拾遺時雖有諫諍如匡衡，而緣此帝不加省以出，比之則功名薄也。」錢箋：「公抗疏不減匡衡，而近侍移官，一斥不復，故曰功名薄。若劉向雖數奏封事不用，而猶居近侍，典校五經，公則白頭幕府，深愧平生，故曰心事違也。」

〔四〕同學二句：五陵，見卷七《錦樹行》（0339）注。《論語·雍也》：「乘肥馬，衣輕裘。」《九家》趙注：「五陵衣馬，言貴公子也。」錢箋：「《七歌》云：長安卿相多少年。所謂同學者，蓋長安卿相也。曰少年，曰輕肥，公之目當時卿相如此。」

聞道長安似弈棋，百年世事不勝悲①〔一〕。王侯第宅皆新主，文武衣冠異昔時〔二〕。直北關山金鼓振，征西車馬羽書遲②〔三〕。魚龍寂寞秋江冷，故國平居有所思〔四〕。（1101）

【校】

① 勝，錢箋校：「一作堪。」《文苑英華》作「堪」。

② 馬，錢箋、《草堂》校：「樊作騎。」《文苑英華》作「騎」，校：「集作馬。」　遲，錢箋、《草堂》校：「一作馳。」《文苑英華》作「馳」。

【注】

〔一〕聞道二句：《左傳》襄公二十五年：「今甯子視君不如弈棋，其何以免乎？弈者舉棋不定，不勝其耦，而況置君而弗定乎？」錢箋：「言謀國者如弈棋之無定算，故貽禍於百年之後，而不勝其悲也。」王嗣奭《杜臆》：「長安一破於禄山，再亂於朱泚，三陷於吐蕃，如弈棋之迭爲勝負，而百年世事有不勝悲者。」按，朱泚事在此後。

〔二〕王侯二句：《舊唐書·馬璘傳》：「天寶中，貴戚勳家，已務奢靡，而垣屋猶存制度。然衛公李靖家廟，已爲嬖臣楊氏馬厩矣。及安史大亂之後，法度隳弛，内臣戎帥，競務奢豪，亭館第舍，力窮乃止，時謂木妖。」錢箋引此，謂：「王侯第宅，指誤國之人，如林甫、國忠輩也。玄宗寵任蕃將，而肅宗信向中官，俾居朝右，文武衣冠皆異於昔時也。」王嗣奭《杜臆》：「王侯奔竄，第宅皆新主矣。軍功濫進，衣冠異昔時矣。」

〔三〕直北二句：《九家》趙注：「直北關山金鼓振，言夔州之北用兵，乃隴右關輔間也。」王嗣奭《杜臆》：「北憂回紇，西困吐蕃，俱可悲也。」朱鶴齡注：「金鼓、羽書，謂吐蕃頻年入寇。」

〔四〕魚龍二句：《九家》趙注：「夔峽積水之府有魚龍焉。」參《草閣》(1069)注。阮籍《詠懷》：「念我平居時，鬱然思妖姬。」

蓬萊宮闕對南山①，承露金莖霄漢間〔一〕。西望瑶池降王母，東來紫氣滿函關〔二〕。雲移雉尾開宮扇，日繞龍鱗識聖顔〔三〕。一卧滄江驚歲晚，幾回青瑣點朝班②〔四〕？（1102）

【校】

①對，《草堂》校：「一作望。」

②點，錢箋、《草堂》作「照」，校：「一作點。」

【注】

〔一〕蓬萊二句：蓬萊宮，大明宮。見卷一〇《奉和賈至舍人早朝大明宮》(0521)注。承露金莖，見卷六《贈李十五丈别》(0302)注。

〔二〕西望二句：瑶池，見卷一《同諸公登慈恩寺塔》(0023)注。函關，見卷一四《承聞河北諸道節度入朝歡喜口號絶句十二首》(0992)注。錢箋：「天寶元年，田同秀見玄元皇帝降于永昌街，云有靈寶符在函谷關尹喜宅旁，上發使求得之。」「王母、函關，記天寶承平盛事，而荒淫失政，亦略見矣。」

〔三〕雲移二句：雉尾扇，見卷九《喜聞官軍已臨賊寇二十韻》(0495)注。司馬相如《子虛賦》：「衆色炫耀，照爛龍鱗。」揚雄《法言·淵騫》：「攀龍鱗，附鳳翼。」仇注：「雲移，狀障扇之兩開。龍鱗，謂衮衣之龍章。」

〔四〕一卧二句：青瑣，見卷九《奉贈太常張卿二十韻》(0414)注。錢箋：「幾回青瑣，追數其近侍奉引，時日無幾也。」楊慎《丹鉛總録》卷一五引宋樓鑰説：「點與玷同，古詩多用之。束晳《補亡詩》：鮮侔晨葩，莫之點辱。左思《唐林兄弟贊》：二唐潔己，乃點乃污。陸厥《答内兄希叔詩》：既叨金馬署，復點銅駝門。杜子美詩：幾回青瑣點朝班。正承諸賢用字例也。」朱鶴齡注引此。焦竑《焦氏筆乘》卷四：「若作玷字，不得用幾回字。王建詩：殿前傳點各依班，召對西來八詔鑾。蓋唐人屢用之，亦可證杜詩之不音玷矣。」仇注引此。朱鶴齡注：「此歎長安之洊經喪亂也。金鼓、羽書，謂吐蕃頻年入寇。前三章俱主夔州言，此章以下皆及長安之事。」

瞿唐峽口曲江頭，萬里風烟接素秋〔一〕。花萼夾城通御氣，芙蓉小苑入邊愁〔二〕。朱簾繡柱圍黃鶴，錦纜牙檣起白鷗〔三〕。回首可憐歌舞地，秦中自出帝王州①〔四〕。（1103）

【校】

① 出，錢箋、《草堂》作「古」。

【注】

〔一〕瞿唐二句：瞿塘峽，見卷三《龍門閣》(0165)注。曲江，見卷一《九日寄岑參》(0025)注。《初學記》卷三引梁元帝《纂要》：「秋曰白藏……亦曰三秋、九秋、素秋。」

〔二〕花萼二句：《舊唐書・地理志》京師：「南內曰興慶宮，在東內之南隆慶坊，本玄宗在藩時宅也。自東內達南內，有夾城複道，經通化門達南內。人主往來兩宮，人莫知之。宮之西南隅，有花萼相輝、勤政務本之樓。」芙蓉園，見卷一《樂游園歌》(0030)注。朱鶴齡注謂小苑指宜春苑，宜春苑即曲江。《九家》趙注：「通御氣，則以南内爲主耳。本游幸之地，今乃有邊愁入於其間，以紀吐蕃之亂，嘗陷京師故也。」錢箋：「禄山反報至，上欲巡幸，登興慶宫花萼樓，置酒，四顧悽愴，此所謂入邊愁也。舊箋謂並指吐蕃陷長安，非也。」

〔三〕朱簾二句：《九家》趙注：「上句蓋言繡窠作雙鶴……乃所謂鞠豹盤鳳之類。」錢箋謂鶴通作鵠。朱鶴齡注引《西京雜記》卷一：「始元元年，黄鵠下太液池上。」錦纜、牙檣，見卷九《城西陂泛舟》(0445)注。朱鶴齡注：「言泛舟曲江。」施鴻保謂：「上句芙蓉小苑入邊愁，已説到由盛而衰，不應此二句復説盛時。詩意即承上句，説衰時景象。珠簾繡柱之間但圍黄鵠，錦纜牙檣之處亦起白鷗也。」

〔四〕回首二句：劉希夷《白頭吟》：「但看舊來歌舞地，唯有黄昏鳥雀悲。」《史記·秦始皇本紀》：「吾聞周文王都豐，武王都鎬，豐鎬之間，帝王之都也。」朱鶴齡注：「此歎曲江歌舞之盛，不可復睹也。」

昆明池水漢時功，武帝旌旗在眼中〔一〕。織女機絲虛月夜①，石鯨鱗甲動秋風〔二〕。波漂菰米沉雲黑，露冷蓮房墜粉紅〔三〕。關塞極天唯鳥道，江湖滿地一漁翁〔四〕。(1104)

【校】

①月夜，錢箋校：「一作夜月。」《草堂》作「夜月」。

【注】

〔一〕昆明二句：《史記·平準書》：「是時越欲與漢用船戰逐，仍大修昆明池，列觀環之。治樓船，高十餘丈，旗幟加其上，甚壯。」《西京雜記》卷六：「昆明池中有戈船、樓船各數百艘，樓船上建樓櫓，戈船上建戈矛，四角悉垂幡旄旍葆麾蓋，照灼涯涘。」

〔二〕織女二句：班固《西都賦》：「集乎豫章之宇，臨乎昆明之池。左牽牛而右織女，似雲漢之無涯。」《文選》李善注：「《漢宮闕疏》曰：昆明池有二石人，牽牛織女象。」《西京雜記》卷一：「昆明池刻玉石爲魚，每至雷雨，魚常鳴吼，鬐尾皆動。漢世祭之以祈雨，往往有驗。」

〔三〕波漂二句：菰米，見卷六《行官張望補稻畦水歸》(0283)注。《九家》趙注：「上句言菰之多，其望之長遠黯黯如雲之黑也。」謂杜田以此指茭鬱之黑實者非是。錢箋引《西京賦》「昆明靈沼，黑水玄阯」，謂指水色黑。《爾雅·釋草》：「荷，芙渠。……其實蓮，其根藕，其中的，的中薏。」郭璞注：「蓮謂房也。」朱鶴齡注引楊慎曰：「菰米不收而聽其沈波，蓮房不采而任其墜露。讀二語，兵戈亂離之狀具見矣。」

〔四〕關塞二句：謝朓《暫使下都夜發新林至京邑贈西府同僚》：「風雲有鳥路，江漢限無梁。」《文選》李善注：「《南中八志》曰：交趾郡治龍編縣，自興古鳥道四百里。」李白《蜀道難》：「西當太白有鳥道，可以横絶峨眉巔。」朱鶴齡注：「此歎昆明荒涼。玄宗窮兵南詔，旋致禍亂。故借漢武以發歎也。織女以下，極狀昆明清秋景物，故國舊君之感，言外悽然。」

昆吾御宿自逶迤，紫閣峰陰入渼陂①〔一〕。香稻啄餘鸚鵡粒②，碧梧栖老鳳凰枝〔二〕。佳人拾翠春相問，仙侣同舟晚更移〔三〕。綵筆昔游干氣象③，白頭吟望苦低垂〔四〕。（1105）

【校】

①渼，宋本作「漢」，據錢箋等改。錢箋校：「晋作漾。」「昆吾」至「渼陂」，錢箋校：「一云紫閣峰陰入漾陂，昆吾御宿自逶迤。」《草堂》校「紫閣」句云：「别本此句在上句之上。」

②香稻，錢箋校：「一作紅稻。一作紅飯。」《草堂》作「紅豆」。　餘，錢箋、《草堂》校：「一作殘。」

③游，錢箋校：「一作曾。」《草堂》作「曾」。

【注】

〔一〕昆吾二句：揚雄《羽獵賦》：「武帝廣開上林，東南至宜春、鼎湖，御宿、昆吾。」《文選》注：「晋灼曰：昆吾，地名，上有亭。」李善注：「《三秦記》曰：樊川，一名御宿。」渼陂，見卷一《渼陂行》（0031）注。岑參《因假歸白閣西草堂》：「雷聲傍太白，雨在八九峰。東望白閣雲，半入紫閣松。」清《陝西通志》卷九鄠縣：「紫閣峰、白閣峰、黄閣峰，俱在縣東南三十里。」

〔二〕香稻二句：沈括《夢溪筆談》卷一四：「此亦語反而意全。韓退之《雪詩》『舞鏡鸞窺沼，行天馬度橋』，亦効此體。然稍牽强，不若前人之語渾成也。」羅大經《鶴林玉露》卷一二：「杜詩有反言之者，如云『久判野鶴如雙鬢』，若正言之，當云雙鬢如野鶴也。又云『黄鵠高於五尺童，化爲白鳧似老翁』，若正言之，當云五尺童時似黄鵠，化爲老翁似白鳧也。他如『紅豆啄殘鸚鵡粒，碧梧栖老鳳凰枝』，亦然。《左氏傳》曰室于怒、市于色，曾南豐曰室于議、塗于歎，皆如此類。」《九家》趙注：「特紀其舊游渼陂之所見，尚餘紅稻在地，乃宫中所供鸚鵡之餘粒。又觀所種之梧，年深即老，却鳳凰所栖之枝。既以紅稻、碧梧爲主，則句法不得不然也。」

〔三〕佳人二句：曹植《洛神賦》：「或采明珠，或拾翠羽。」《後漢書·郭太傳》：「始見河南尹李膺，膺大奇之，遂相友善，於是名震京師。後歸鄉里，衣冠諸儒送至河上，車數千兩。林宗唯與李膺同舟而濟，衆賓望之，以爲神仙焉。」錢箋：「此指游宴渼陂之事也。仙侣同舟，指岑參兄弟也。」其又箋謂此詩亦連躡上章而來，蓋武帝建元中微行數出，廣開上林，昆吾御宿二句正指武帝所開城南故地，言自逶迤者，躡昆明池水言之。

〔四〕綵筆二句：卷九《奉留贈集賢院崔于二學士》（0479）：「氣衝星象表，詞感帝王尊。」錢箋謂即此詩所言。朱鶴齡注引張性曰：「自聞道長安以後五詩，皆以前六句詠長安之事，末乃歎其不得歸也。」

胡震亨《唐音癸籤》卷一〇：「況律詩凡一題數篇者，前後皆有微度脈絡。此《秋興》八首，首咏夔府，二、三從夔府漸入京華，四方概言長安，五、六、七、八又各言長安一景。八首只作一首，若相次相引者。通讀之，始知其命篇之意與一切貫穿映帶之法。未有于中獨摘其第一首及第六首，能悉其妙，可詫爲壓卷者。」

錢箋：「玉露凋傷一章，秋興之發端也。江間塞上，狀其悲壯。叢菊孤舟，寫其悽緊。末二句結上生下，故即以夔府孤城次之。絶塞高城，杪秋薄暮，俄看落日，俄見南斗，爐烟熠而哀猿號，急杵斷而悲笳發。蘿月蘆花，淒清滿眼；蕭辰遥夜，攢簇一時。請看二字，緊映每依南斗。即連上城高暮砧，當句呼應耳。夜夜如此，朝朝亦然；日日如此，信宿亦然。心抱南斗京華之思，身與漁人燕子爲侣。遠則匡衡、劉向之不如，近則同學輕肥之相笑。第三章正中秋興名篇之意，古人所謂文之心也。然每依北斗望京華一句，是三章中吃緊鬣節。蕭條歲晚，身事如此；長安棋局，世事如此。企望京華，平居寂寞，故曰百年世事不勝悲也。次下乃重章以申之。蓬萊宫闕一章，思全盛日之長安也。瞿唐峽口一章，思陷没後之長安也。昆明池水一章，思自古帝王之長安也。昆吾御宿一章，思承平昔游之長安也。由瞿唐鳥道之區，指曲江禁近之地。兵塵秋氣，萬里連延，首章即云塞上風雲接地陰也。唐時游幸，莫盛於曲江，故悲陷没則先舉曲江。漢朝形勝，莫壯於昆明，故追隆古則特舉昆明。曰漢時，曰武帝，正尅指自古帝王也。此章蓋感嘆遺跡，企想其妍麗，而自傷遠不得見，乃疊申曲江。末句文勢了然，今以爲概指喪亂則迂矣。天寶之禍，干戈滿地，營壘俱在國西。及郭令收西京，陳於香積寺北，灃水之東，皆漢上林苑地，在昆明御宿之間。然城南故地，風景無恙，故曰自逶迤也。碧梧紅豆，秋色依然；拾翠同舟，春游如昨。追綵筆於壯盛，感星象於至尊。豈非神游化人，夢回帝所？低垂吟望，至是而秋興之能事畢矣。此詩一事疊爲八章，章雖有八，重重鈎攝，有無量樓閣門在。今人都理會不到，但少分理會，便恐隨逐穿穴，如鼷鼠入牛角中耳。」

吴喬《圍爐詩話》卷四：「凡讀唐人詩，孤篇須看通篇意，有幾篇者須合看諸篇意，然後作解，庶幾可得作者之意，不可執一二句、一二字輕立論也。《秋興》八首皆是追昔傷今，絶無譏刺。且肅、代時干戈擾攘，日不暇給，何曾有學仙之事？《宿昔》詩之王母是比貴妃，此八首中絶無此意。宋人詩話謂此詩（「蓬萊宫闕對南山」）首句言天子，次句譏學仙，次聯應首句，第三聯應次句，名爲二字貫串格。其胸中無史書時事，固非所責，獨不可於八首中通求作者之意乎？唐人詩被宋人一説便壞，莫如之何。此詩前六句皆是興，結以賦出正意，與《吹笛》篇同體，不可以起承轉合之法求之也。」

趙翼《甌北詩話》卷二：「黄山谷謂少陵夔州以後詩不煩繩削而自合。此蓋因集中有『老去漸于詩律細』一語，而妄以爲愈老愈工也。今觀夔州後詩，惟《秋興》八首及《詠懷古跡》五首細意熨貼，一唱三嘆，意味悠長。其他則意興衰颯，筆亦枯率，無復舊時豪邁沈雄之概。入湖南後，除《岳陽樓》一首外，並少完璧。即《岳麓道林》詩爲當時所推者，究亦不免粗莽。其他則拙澀者十之七八矣。朱子嘗云：魯直只一時有所見，創爲此論。今人見魯直説好，便都説好，矮人看場耳。斯實杜詩定評也。」

社日兩篇〔一〕

九農成德業①，百祀發光輝〔二〕。報効神如在，馨香舊不違〔三〕。南翁巴曲醉，北雁塞聲微。尚想東方朔，詼諧割肉歸〔四〕。（1106）

【校】

① 九農，錢箋校：「一作秋豐。」

【注】

黄鶴注：當是大曆元年（七六六）秋社在夔州作。《趙次公先後解》編入大曆二年（七六七）。

〔一〕社日：顧炎武《日知録》卷六：「《月令》：擇元日，命民社。注：祀社日用甲。據《郊特牲》文：日用甲，用日之始也。……潘尼《皇太子社詩》：孟月涉初旬，吉日惟上酉。則不但用酉，又用孟月。唐武后長壽元年制，更以九月爲社。玄宗開元十八年，詔移社日就千秋節。皆失古人用甲之義矣。」見卷四《遭田父泥飲美嚴中丞》(0232)注。

〔二〕九農二句：《左傳》昭公十七年：「九扈爲九農正，扈民無淫者也。」杜預注：「扈有九種也。……以九扈爲九農之號，各隨其宜以教民事。」《禮記·檀弓下》：「虞人致百祀之木。」注：「百祀，畿内百縣之祀也。」

〔三〕報効二句：《論語·八佾》：「祭如在，祭神如神在。」《左傳》僖公五年：「神所馮依，將在德矣。若晉取虞而明德以薦馨香，神其吐之乎？」

〔四〕尚想二句：《漢書·東方朔傳》：「伏日，詔賜從官肉。大官丞日晏下來，朔獨拔劍割肉，謂其同官曰：『伏日當蚤歸，請受賜。』即懷肉去。大官奏之，朔入，上曰：『昨賜肉，不待詔，以劍割肉而去之，何也？』朔免冠謝。上曰：『先生起，自責也。』朔再拜曰：『朔來朔來，受賜不待詔，何無禮也。拔劍割肉，一何壯也。割之不多，又何廉也。歸遺細君，又何仁也。』上笑曰：『使先生自責，乃反自譽。』」姚寬《西溪叢語》卷上：「杜甫詩『尚想東方朔，詼諧割肉歸』，社日用伏日事，蘇、黄皆以爲誤也。《史記年表》：秦德公二年，始作伏祠。社乃同日。至漢方有春秋二社，與伏分也。」錢箋引此。按，杜詩本用事之誤，伏祠在六月伏日，非與社同日。姚説非是。

陳平亦分肉，太史竟論功〔一〕。今日江南老，他時渭北童①〔二〕。歡娛看絶塞，涕淚落秋風。鴛鷺回金闕，誰憐病峽中〔三〕。（1107）

【校】

① 北，宋本、錢箋校：「一作水。」

【注】

〔一〕陳平二句：《史記·陳丞相世家》：「里中社，平爲宰，分肉食甚均。父老曰：『善，陳孺子之爲宰。』平曰：『嗟乎，使平得宰天下，亦如是肉矣。』」太史公曰：「陳丞相平少時，本好黄帝、老子之術。方其割肉俎上之時，其意固已遠矣。」

〔二〕今日二句：《趙次公先後解》：「此云江南，亦是夔江之南矣。」「渭北，則咸陽也……公昔有家焉。」

〔三〕鴛鷺二句：鴛鷺，見卷一四《暮春題瀼西新賃草屋五首》(0984)注。仇注：「此時金闕諸臣分肉而歸，又誰憐峽中病客耶。」

秋野五首

秋野日疏蕪①，寒江動碧虚。繫舟蠻井絡②，卜宅楚村墟〔一〕。棗熟從人打③，葵荒欲自鋤④。盤飧老夫食，分減及溪魚⑤〔二〕。(1108)

【校】

①疏，錢箋校：「一作荒。」《草堂》作「荒」，校：「一作疏。」

②絡，錢箋校：「一作路。」

③從，宋本、錢箋、《草堂》校：「一作行。」

④自，宋本、錢箋、《草堂》校：「一作且。」

⑤溪，錢箋校：「一作樵。」

【注】

黄鶴注：當是大曆元年（七六六）在夔州作，是時賃居瀼西。《趙次公先後解》編入大曆二年（七六七）。

〔一〕繫舟二句：左思《蜀都賦》：「遠則岷山之精，上爲井絡。」《文選》劉逵注：「《河圖括地象》曰：岷山之地，上爲井絡。帝爲會昌，神以建福，上爲天井。言岷山之地，上爲東井維絡。岷山之精，上爲天之井星也。」《趙次公先後解》：「著蠻字……夔者楚之附庸，而楚在春秋爲蠻夷也。」

〔二〕盤飧二句：《法苑珠林》卷四九引《百緣經》：「子吝不聽，乃至計食與母，母故分減施佛及僧。」

易識浮生理，難教一物違〔一〕。水深魚極樂，林茂鳥知歸〔二〕。吾老甘貧病，榮華有是非。秋風吹几杖，不厭此山薇①〔三〕。（1109）

【校】

①此，錢箋校：「一作北。」

【注】

〔一〕易識二句：浮生，見卷一《三川觀水漲》(0043)注。《墨子・親士》：「聖人者，事無辭也，物無違也。」

〔二〕水深二句：《淮南子・説山訓》：「水積而魚聚，木茂而鳥集。」《趙次公先後解》：「一物不可違者何也？水深魚極樂，水淺則魚不樂矣。林茂鳥知歸，林淺則鳥不歸矣。」

〔三〕秋風二句：几杖，見卷七《八哀詩・鄭公虔》(0336)注。《史記・伯夷叔齊列傳》：「隱於首陽山，采薇而食之。」

禮樂攻吾短，山林引興長〔一〕。掉頭紗帽仄，曝背竹書光〔二〕。風落收松子，天寒割蜜房〔三〕。稀疏小紅翠，駐屐近微香。(1110)

【注】

〔一〕禮樂二句：《趙次公先後解》：「禮樂攻吾短，則嵇康所謂禮法之士疾之如讎之意也。」仇注：「攻，治也。」「掉頭二句，言檢身之疏，所謂短於禮樂也。」引《莊子》「禮樂之士敬容」。按，《論衡・問孔》：「武伯憂親，懿子違禮。攻其短，答武伯云父母唯其疾之憂，對懿子亦宜言唯水火之變乃違禮。」此詩所本，謂禮樂固吾所短，不免遭人指責。仇注釋攻爲治，不確。

〔二〕掉頭二句：掉頭，搖頭。見卷一《送孔巢父謝病歸游江東兼呈李白》(0026)注。《周書・獨孤信傳》：「嘗因獵日暮，馳馬入城，其帽微側。詰旦，而吏民有戴帽者，咸慕信而側帽焉。」《列子・楊朱》：「昔者宋國有田夫，常衣緼黂，僅以過冬。暨春東作，自曝於日，不知天下之有廣廈隩室，綿纊狐貉，顧謂其妻曰：『負日之暄，人莫知者。以獻吾君，將有重賞。』」《趙次公先後解》：「貼以竹書，則所謂竹簡之書，暗用郝隆七月七日曬腹中書事也。」朱鶴齡注：「執書以曝日，故云竹書光。」仇注：「謂書映日光。」趙注意似長。

〔三〕天寒句：左思《蜀都賦》：「丹沙艴熾出其坂，蜜房鬱毓被其阜。」《文選》劉逵注：「巴西漢昌縣，多野蜂蜜蠟。」

遠岸秋沙白，連山晚照紅。潛鱗輸駭浪，歸翼會高風〔一〕。砧響家家發，樵聲箇箇同〔二〕。飛霜任青女，賜被隔南宮〔三〕。(1111)

【注】

〔一〕潛鱗二句：《趙次公先後解》引《淮南子・覽冥訓》「河九折注於海，而流不絶者，崑崙之輸也」，謂是此之輸。朱鶴齡注引《南都賦》「長輸遠逝」，《文選》注：「《廣雅》曰：輸，寫也。」仇注：

「如輸送之輸，是逐浪而去。」按，此當作輸贏之輸，瀉者言水，不可言鱗。輸駭浪與會高風對偶。曹丕《雜詩》：「惜哉時不遇，適與飄風會。」

〔二〕砧響二句：謝惠連《擣衣》：「櫚高砧響發，楹長杵聲哀。」《分門》洙曰：「峽中樵人常唱大昌歌，以弔柳青，每聲闕即呼柳青，然不知所爲也。」

〔三〕飛霜二句：《淮南子·天文訓》：「至秋三月……青女乃出，以降霜雪。」高誘注：「青女，天神。青娀玉女，主霜雪也。」《太平御覽》卷二一五引《漢官儀》：「尚書郎給青縑白綾被，以錦被、帷帳、氈褥、通中枕。」《後漢書·藥崧傳》：「家貧爲郎，常獨直臺上，無被，枕杫，食糟糧。帝每夜入臺，輒見崧，問其故，甚嘉之，自此詔太官賜尚書以下朝夕餐，給帷被皁袍，及侍史二人。」南宮，尚書省。見卷五《別唐十五誡因寄禮部賈侍郎》(0233)注。

身許騏驎畫，年衰鴛鷺羣〔一〕。大江秋易盛，空峽夜多聞。逕隱千重石，帆留一片雲。兒童解蠻語，不必作參軍〔二〕。(1112)

【注】

〔一〕身許二句：騏驎畫，見卷七《荊南兵馬使太常卿趙公大食刀歌》(0310)注。鴛鷺羣，見卷一四《暮春題瀼西新賃草屋五首》(0984)注。

〔二〕兒童二句：《世說新語·排調》：「郝隆爲桓公南蠻參軍。三月三日會，作詩，不能者罰酒三升。隆初以不能受罰，既飲，攬筆便作一句云：『娵隅躍清池。』桓問：『娵隅是何物？』答曰：『蠻名魚爲娵隅。』桓公曰：『作詩何以作蠻語？』隆曰：『千里投公，始得蠻府參軍，那得不作蠻語也？』」王嗣奭《杜臆》：「尾句亦謔詞，見客巴之久也。」按，不必作參軍，謂辭蜀後無入幕事。

詠懷古跡五首〔一〕

支離東北風塵際，漂泊西南天地間〔二〕。三峽樓臺淹日月，五溪衣服共雲山〔三〕。羯胡事主終無賴〔四〕，詞客哀時且未還。庾信平生最蕭瑟，暮年詩賦動江關〔五〕。（1113）

【注】

黄鶴注：當是大曆元年（七六六）至夔州後作。《趙次公先後解》編入大曆二年（七六七）。

〔一〕朱鶴齡注：「吳本作詠懷一章，古跡四首。」王嗣奭《杜臆》：「五首各一古跡，第一首古跡不曾説明，蓋庾信宅也。借古跡以詠懷，非詠古跡也。」浦起龍云：「此題四字，本兩題也，或同時所作，訛合爲一耳。」「（第一首）詠懷也，與古跡無涉，與下四首亦無關會。……且詩中只言庾信，不言其宅，而宅又在荆州，公身未到，何得詠及之？」

〔二〕支離二句：支離，見卷七《晚晴》（0345）注。《趙次公先後解》：「上句追言其安禄山之亂時在賊中也。」仇注：「此詩作流離之意。」施鴻保謂：「細玩詩意，疑只就現在説。支離當作離析解，謂幽薊諸鎮逆命，又浙東袁晁之亂方平，餘黨反覆，是東北尚離析於風塵之際，而己則久客西南，浮泊天地間也。」

〔三〕三峽二句：《趙次公先後解》：「樓臺指白帝城之屬。」五溪，見卷七《敬寄族弟唐十八使君》（0353）注。《趙次公先後解》：「五溪蠻夷所歸，馬援所征之地，與夔、施相接，衣服異制，而公歎與之雜歸也。」

〔四〕羯胡：見卷一《白水縣崔少府十九翁高齋三十韻》（0042）注。

〔五〕庾信二句：庾信，見卷一一《戲爲六絶句》（0691）注。庾信《傷心賦》：「對玉關而羈旅，坐長河而暮年。」仇注：「末二句即用其賦語。」王嗣奭《杜臆》：「荆州有庾信宅，江關正指其地。」此江關非指夔州江關，長江關隘均可稱江關。陸倕《以詩代書别後寄贈》：「江關寒事早，夜露傷秋草。心屬姑蘇臺，目送邯鄲道。」皇甫冉《途中送權三兄弟》：「淮海風濤起，江關憂思長。」

摇落深知宋玉悲①，風流儒雅亦吾師〔一〕。悵望千秋一灑淚，蕭條異代不同時。江山故宅空文藻，雲雨荒臺豈夢思〔二〕。最是楚宫俱泯滅〔三〕，舟人指點到今

疑。（1114）

【校】

① 玉，宋本、錢箋校：「一作爲主。」

【注】

〔一〕搖落二句：宋玉《九辯》：「悲哉秋之爲氣也，蕭瑟兮草木搖落而變衰。」庾信《枯樹賦》序：「殷仲文風流儒雅，海内知名。」盧思道《北齊興亡論》：「光禄大夫元景，風流儒雅，師範搢紳。」仇注：「宋玉以屈原爲師，杜公又以宋玉爲師，故曰亦吾師。」

〔二〕雲雨句：宋玉宅，見《送李功曹之荆州充鄭侍御判官重贈》（1057）注。雲雨荒臺，見卷六《雨》（0297）注。《趙次公先後解》：「荒臺之雲雨，蓋誠有之，豈是夢思乎。」仇注：「豈夢思，言本無此夢。」按，豈，猶言豈非、豈不，豈夢思即豈非夢思。

〔三〕最是句：最是，正是，尤其是。《晋書·杜預傳》：「臣不勝愚意，竊謂最是今日之實益也。」楚王宫，見卷一四《返照》（1021）注。仇注：「俱泯滅，與故宅俱亡矣。」蕭滌非謂：「俱泯滅，專對楚宫言……反形宋玉故宅，乃如靈光之巋然獨存。」

羣山萬壑赴荆門，生長明妃尚有村〔一〕。一去紫臺連朔漠，獨留青塚向黄

昏〔二〕。畫圖省識春風面，環珮空歸月夜魂〔三〕。千歲琵琶作胡語①，分明怨恨曲中論②〔四〕。歸州有昭君村。（1115）

【校】

① 歲，錢箋作「載」，校：「一作歲。」

② 怨，錢箋、《草堂》校：「一作愁。」

【注】

〔一〕羣山二句：荆門，見卷三《桔柏渡》（0167）注。白居易《過昭君村》注：「村在歸州東北四十里。」見卷七《負薪行》（0321）注。石崇《王明君詞》序：「王明君者，本是王昭君，以觸文帝諱改焉。」文帝謂司馬昭。

〔二〕一去二句：江淹《恨賦》：「若夫明妃去時，仰天太息。紫臺稍遠，關山無極。」《文選》李善注：「紫臺，猶紫宫也。」《分門》杜曰：「單于既死，子達立，昭君謂達曰：『將爲漢？將爲胡？』曰：『爲胡。』於是昭君服毒而死。單于舉國葬之。胡中多白草，而此塚獨青。前代詞人爲作歌詩以弔之。」蓋據《琴操》。《太平寰宇記》卷三八振武軍金河縣：「青塚在縣西北，漢王昭君葬於此，其上草色常青，故曰青塚。」《遼史·地理志》西京道：「豐州，天德軍……青塚，即王昭君墓。」

〔三〕畫圖二句：見《能畫》(1073)注。《趙次公先後解》謂上句言後人多畫昭君於圖，公自言其在畫圖中得見昭君之美態。朱鶴齡注：「畫圖之面，本非真容，不曰不識，而曰省識，蓋婉詞。」《後漢書・南匈奴傳》漢章帝詔：「老母寡妻設虚祭，飲泣淚，想望歸魂於沙漠之表，豈不哀哉。」

〔四〕千歲二句：石崇《王明君詞》序：「昔公主嫁烏孫，令琵琶馬上作樂，以慰其道路之思。其送明君，亦必爾也。其造新曲，多哀怨之聲。」《樂府古題要解》卷上《昭君怨》：「石崇有妓曰緑珠，善歌舞，以此曲教之，而自製《王明君歌》，其文悲雅，『我本漢家子』是也。」引《琴操》：「昭君恨帝始不見遇，乃作怨思之歌。」《趙次公先後解》：「若於琵琶謂之胡語，則琵琶本胡中之樂。」

蜀主窺吴幸三峽，崩年亦在永安宫〔一〕。翠華想像空山裏①，玉殿虚無野寺中②〔二〕。古廟杉松巢水鶴，歲時伏臘走村翁〔三〕。武侯祠屋常鄰近，一體君臣祭祀同〔四〕。殿今爲寺，廟在宫東。(1116)

【校】

①空，宋本、錢箋、《草堂》校：「一作寒。」

②玉殿虚無野寺中，《草堂》注：「甫自注曰：山有卧龍寺，先主祠在焉。」此僞洙注。

【注】

〔一〕蜀主二句：《三國志·蜀書·先主傳》：「（章武二年六月）陸議大破先主軍於猇亭，將軍馮習、張南皆没。先主自猇亭還秭歸，收合離散兵，遂弃船舫，由步道還魚復，改魚復縣曰永安。」「（三年）夏四月癸巳，先主殂於永安宫。」《水經注》江水：「江水又東逕南鄉峽，東逕永安宫南，劉備終於此，諸葛亮受遺處也。其間平地可二十許里，江山迥闊，入峽所無。城周十餘里，背山面江，頽墉四毁。」陸游《入蜀記》卷六：「夔州，州在山麓沙上，所謂魚復永安宫也。宫今爲州倉，而州治在宫西北，甘夫人墓西南。景德中，轉運使丁謂、薛顔所徙，比白帝頗平曠，然失關險，無復形勢。在瀼之西，故一曰瀼西。」

〔二〕翠華二句：翠華，天子之旗。見卷四《韋諷録事宅觀曹將軍畫馬圖》（0195）注。《方輿勝覽》卷五七夔州路：「蜀先主廟，去奉節縣六里。」《分門》洙曰：「山有卧龍寺，先主祠在焉。」

〔三〕伏臘：見《秋日夔府詠懷奉寄鄭監審李賓客之芳一百韻》（1030）注。

〔四〕武侯二句：夔州武侯祠，見卷一四《諸葛廟》（1016）注。王褒《四子講德論》：「蓋君爲元首，臣爲股肱，明其一體，相待而成。」

諸葛大名垂宇宙，宗臣遺像肅清高〔一〕。三分割據紆籌策，萬古雲霄一羽毛〔二〕。伯仲之間見伊吕，指揮若定失蕭曹〔三〕。福移漢祚難恢復①，志決身殲軍務

勞〔四〕。（1117）

【校】

①福，錢箋校：「一作運。」《草堂》作「運」，校：「一作福。」　難恢復，錢箋校：「一作終難復。」《草堂》作「終難復」，校：「終一作恢。」

【注】

〔一〕諸葛二句：《漢書·蕭何曹參傳》贊：「唯何、參擅功名，位冠群臣，聲施後世，爲一代之宗臣。」遺像，參見本卷《上卿翁請修武侯廟遺像缺落時崔卿權夔州》(1058)。

〔二〕三分二句：諸葛亮《出師表》：「先帝創業未半，而中道崩徂。今天下三分，益州罷弊，此誠危急存亡之秋也。」朱鶴齡注：「言孔明籌策特屈於三分，若其聲名飛揚，卓絶萬古，如雲霄一羽，誰能匹之。公詩有『飛騰戰伐名』，可悟雲霄羽毛之義。焦氏《筆乘》云：言人以三分割據爲孔明功業，不知此乃其所輕爲，正如雲霄間一羽毛耳。説亦通。」仇注引蔣氏曰：「雲霄羽毛，正與清高相應。」引《晉書·陶侃傳》「志凌雲霄」，蕭綱《與劉孝儀令》「威鳳一毛」，以爲焦説非是。酈炎詩：「舒吾陵霄羽，奮此千里足。」乃詩人常喻。

〔三〕伯仲二句：曹丕《典論·論文》：「傅毅之於班固，伯仲之間耳。」張輔《名士優劣論》：「余以爲睹孔明之忠，奸臣立節矣。殆將與伊呂争儔，豈徒樂毅爲伍哉。」《史記·陳丞相世家》：「誠各去其兩短，襲其兩長，天下指麾則定矣。」《太平御覽》卷六〇三引《後魏書》崔浩與毛循論曰：「夫亮之相劉備，當九州鼎沸之會，英雄奮發之時，君臣相得，魚水爲喻，而不能與曹氏争天下，委弃荆州，退入巴蜀，誘奪劉璋，僞連孫氏，守窮崎嶇之地，僭號邊夷之間，此策之下者。可與趙它爲偶，而以爲管、蕭之亞匹，不亦過乎？」謂陳壽《三國志》貶亮，非爲失實。錢箋：「此詩所以正浩之過論也。」朱鶴齡注：「公此詩以伊吕、蕭曹相提而論，所以伸張輔之説，而抑崔浩之黨陳壽也。」按，《三國志》陳壽言「亮之器能政理，抑管、蕭之亞匹」，此崔浩論所據。錢箋所引本則作「蕭曹亞匹」。《趙次公先後解》：「其指揮初未定也，使其事定，則一掃中原，坐通江右，天下混一，雖蕭何、曹參之功亦隱失矣。」

〔四〕福移二句：鍾會《檄蜀文》：「往者漢祚衰微，率土分崩。」《三國志·蜀書·諸葛亮傳》注引《魏氏春秋》：「亮使至，問其寢食及其事之煩簡，不問戎事。使對曰：『諸葛公夙興夜寐，罰二十以上，皆親攬焉。所啖食不至數升。』宣王曰：『亮將死矣。』」《趙次公先後解》：「所謂志決身殲軍務勞，於此可見。」仇注：「志決身殲，即《出師表》所謂『鞠躬盡瘁，死而後已』者。軍務勞，即《蜀志》所云巨細咸決及南征北伐之類。」

送田四弟將軍將夔州柏中丞命，起居江陵節度陽城郡王衛公幕①〔一〕。

離筵罷多酒，起地發寒塘〔二〕。回首中丞座，馳牋異姓王〔三〕。燕辭楓樹日，雁

度麥城霜〔四〕。空醉山翁酒②，遥憐似葛强〔五〕。（1118）

【校】

①將夔州柏中丞命起居江陵節度陽城郡王衛公幕，此句錢箋等與前大字連題。錢箋、《草堂》校：「一云夔府送田將軍赴江陵。」

②空，錢箋校：「晋作定。」

【注】

黄鶴注：當是大曆元年（七六六）秋作。《趙次公先後解》編入大曆二年（七六七）。仇注：衛伯玉封王在大曆二年，此詩亦二年所作。

〔一〕田四弟：名不詳。柏中丞：柏貞節。見卷七《覽柏中允兼子侄數人除官制詞因述父子兄弟四美載歌絲綸》（0308）注。衛公：衛伯玉。見卷七《荆南兵馬使太常卿趙公大食刀歌》（0310）注。起居：問候起居。張九齡有《酬通事舍人寓直見示篇中兼起居陸舍人景獻》。

〔二〕起地句：《趙次公先後解》：「言田將軍所起發之地在夔州之寒塘也。」

〔三〕回首二句：《趙次公先後解》：「御史中丞謂之獨座也。」《後漢書·宣秉傳》：「光武特詔御史中丞與司隸校尉、尚書令會同並專席而坐，故京師號曰三獨坐。」

〔四〕燕辭二句：《趙次公先後解》：「田之行在秋之八月。」《水經注》漳水：「漳水又南逕當陽縣，又南逕麥城東，王仲宣登其東南隅，臨漳水而賦之曰夾清漳之通浦，倚曲沮之長洲是也。」《輿地紀勝》卷七八荊門軍當陽縣：「麥城，《元和郡縣志》：在當陽縣東五十里。關羽保麥城，在沮、漳二水之間。」

〔五〕空醉二句：山翁，山簡。葛强，併見卷六《壯游》（0295）注。《趙次公先後解》：「句以山簡比柏中丞，以葛强比田將軍也。」仇注：「山簡，比衛。葛强，比田。」

九月一日過孟十二倉曹十四主簿兄弟〔一〕

藜杖侵寒露，蓬門啓曙烟。力稀經樹歇，老困撥書眠。秋覺追隨盡，來因孝友偏〔二〕。清談見滋味，爾輩可忘年〔三〕。（1119）

【注】

黄鶴注：當是大曆二年（七六七）作。

〔一〕孟十二倉曹十四主簿：參見本卷《孟氏》（1084）。

〔二〕秋覺二句：《趙次公先後解》：「自言其所追隨之處已盡，不能再往，即今所來孟氏之家，因重其兄弟孝友偏篤也。」黄生曰：「地一隅曰偏，人一意亦曰偏。言不他往也。」按，詩意即偏因孝友來。

〔三〕清談二句：《晋書·王衍傳》：「終日清談，而縣務亦理。」鍾嶸《詩品》序：「五言居文詞之要，是衆作之有滋味者也。」《梁書·何遜傳》：「南鄉范雲見其對策，大相稱賞，因結忘年交好。」

過客相尋

窮老真無事，江山已定居。地幽忘盥櫛，客至罷琴書。挂壁移筐果，呼兒問煮魚①〔一〕。時聞繫舟楫，及此問吾廬。(1120)

【校】

① 問，錢箋校：「一作闖。」《草堂》作「間」。

【注】

《趙次公先後解》編入大曆二年(七六七)。

〔一〕挂壁二句：《趙次公先後解》：「此篇有兩問字，問煮魚應錯，然不可妄填改也。」黄生曰：「五句趙謂客至乃移，見居室淺陋是也。第要知此亦呼兒爲之，以五字套裝於下句之中。

『次第尋書札，呼兒檢贈詩』，亦此法也。問煮魚，家偶烹鮮，客至即以同享，因呼兒問其熟否耳。」

孟倉曹步趾領新酒醬二物滿器見遺老夫〔一〕

楚岸通秋屐，胡床面夕畦。藉糟分汁滓，甕醬落提攜〔二〕。飯糲添香味，朋來有醉泥〔三〕。理生那免俗〔四〕，方法報山妻。（1121）

【注】

《趙次公先後解》編入大曆二年（七六七）。

〔一〕步趾：陳琳《贈五官中郎將》：「所親一何篤，步趾慰我身。」《文選》李善注：「《左氏傳》：蔿啓强曰：今君親步玉趾。」猶言親臨。

〔二〕藉糟二句：劉伶《酒德頌》：「先生於是方奉罌承槽，銜杯漱醪，奮髯箕踞，枕麴藉糟。」《文選》李善注：「藉，鋪也。……旋復枕麴鋪糟而卧也。」仇注藉作籍，謂乃漉酒之具，無據。汁滓，見卷六《槐葉冷淘》（0282）注。《周禮・天官・膳夫》：「醬用百有二十甕。」仇注：「凡新醬入甕，有時浮溢，故提攜而來，常有旁落者。」按，題言「滿器」，故用落字。

〔三〕醉泥：見卷一三《將赴成都草堂途中有作先寄嚴鄭公五首》(0861)注。

〔四〕理生句：《世説新語·任誕》：「仲容以竿挂大布犢鼻褌於中庭。人或怪之，答曰：『不能免俗。』」

課小豎鉏斫舍北果林枝蔓荒穢淨訖移床三首①

病枕依茅棟，荒鉏淨果林。背堂資僻遠，在野興清深。山雉防求敵，江猿應獨吟〔一〕。洩雲高不去，隱几亦無心〔二〕。(1122)

【校】

①課小豎鉏斫舍北果林枝蔓荒穢淨訖移床三首，錢箋、《草堂》校：「一云秋日閑居三首。」《趙次公先後解》：「舊本三首，後兩篇一本云秋日閑居二首。」

【注】

黄鶴注：當是大曆二年(七六七)在瀼西作。

〔一〕山雉二句：潘岳《射雉賦》：「伊義鳥之應敵，啾擭地以厲響。」《文選》徐爰注：「義鳥，媒也。

爲人致敵，故名曰義媒。見野雉紛紜難中，啾然擭地而鳴，引令來鬭。」仇注：「雉性善鬭，見求敵則防。」《長門賦》：「孔雀集而相存兮，玄猿嘯而長吟。」

〔二〕洩雲二句：左思《魏都賦》：「窮岫泄雲，日月恒翳。」《文選》李善注：「泄，猶出也。」隱几，見卷五《大雨》（0237）注。

衆壑生寒早，長林卷霧齊。青蟲懸就日，朱果落封泥①〔一〕。薄俗防人面②，全身學馬蹄〔二〕。吟詩坐回首③，隨意葛巾低〔三〕。（1123）

【校】

①封，錢箋校：「一作成。」

②人，錢箋、《草堂》校：「一作狸。」

③坐，錢箋校：「一作重。」《草堂》校：「晋作重。」

【注】

〔一〕朱果句：《趙次公先後解》：「園家愛惜好果，以泥封之。」仇注：「果之隕落者，封埋泥土。」

〔二〕薄俗二句：《趙次公先後解》：「薄俗防人面，使人面獸心之義，蓋言薄俗之可防也。」仇注引《杜臆》：「防人面，恐招尤也。」王嗣奭《杜臆》：「薄俗則唯恐失人之歡，全身則唯率其真性而已。」《史記・五帝世家》：「以禦螭魅。」集解：「服虔曰：螭魅，人面獸身，四足，好惑人，山林異氣所生，以爲人害。」又《山海經》多載人面獸身、人面鳥身之怪。《莊子・馬蹄》：「馬，蹄可以踐霜雪，毛可以禦風寒，齕草飲水，翹足而陸，此馬之真性也。」黄生云：「上句以人面影獸心，下句以篇題括篇意。」

〔三〕葛巾：見卷八《早發》(0398)注。

籬弱門何向〔一〕，沙虛岸只摧①。日斜魚更食，客散鳥還來。寒水光難定，秋山響易哀。天涯稍曛黑，倚杖更徘徊②。（1124）

【校】

①只，錢箋、《草堂》校：「一作自。」

②更，錢箋校：「一作獨。」

【注】

〔一〕籬弱句：《趙次公先後解》：「言籬觸處損壞，門無定向也。」

峽口二首

峽口大江間①，西南控百蠻②〔一〕。城欹連粉堞，岸斷更青山。開闢多天險③，防隅一水關〔二〕。亂離聞鼓角，秋氣動衰顏。（1125）

【校】

①間，《草堂》校：「一作闊。」

②百，《草堂》校：「一作白。」

③多，錢箋校：「一作當。」《草堂》作「當」，校：「一作多。」

【注】

黄鶴注：當是大曆元年（七六六）秋在夔州作。《趙次公先後解》編入大曆二年（七六七）。

〔一〕峽口二句：《趙次公先後解》：「施、黔連五溪之蠻也。」《詩·大雅·韓奕》：「以先祖受命，因時百蠻。」柳晉《奉和晚日揚子江應教》：「西流控岷蜀，東泛邇蓬瀛。」

〔二〕開闢二句：《趙次公先後解》：「言峽口有鐵鎖爲關防也。」參卷七《後苦寒行二首》（0344）注。

時清關失險，世亂戟如林。去矣英雄事，荒哉割據心〔一〕。蘆花留客晚，楓樹坐猿深。疲苶煩親故〔二〕，諸侯數賜金。主人柏中丞頻分月俸①。（1126）

【校】

① 主人柏中丞頻分月俸，宋本無此注，據錢箋、《草堂》補。

【注】

〔一〕去矣二句：卷四《丹青引》（0201）：「英雄割據雖已矣，文彩風流今尚存。」《趙次公先後解》：「公孫述、劉備皆以英雄而割據一隅也。」

〔二〕疲苶句：謝靈運《過始寧墅》：「淄磷謝清曠，疲薾慚貞堅。」《文選》李善注：「《莊子》曰：薾然疲而不知所歸。司馬彪曰：薾，極貌也。」薾同苶。

村雨

雨聲傳兩夜，寒事颯高秋。挈帶看朱紱①，開箱覩黑裘〔一〕。世情只益睡，盜賊敢忘憂。松菊新霑洗，茅齋慰遠游。（1127）

【校】

① 挈，錢箋、《草堂》校：「一作攬。」

【注】

黄鶴注：當是廣德二年（七六四）在草堂作。《趙次公先後解》編入大曆二年（七六七）。

〔一〕挈帶二句：朱紱，見卷九《寄高三十五書記》（0443）注。黄鶴注：「是公得賜緋未久時作。」説似拘。黑貂之裘，見《江上》（1077）注。

寒雨朝行視園樹

柴門雜樹向千株，丹橘黄甘此地無〔一〕。江上今朝寒雨歇，籬中秀色畫屏紆①。桃蹊李逕年雖故②，梔子紅椒艷復殊〔二〕。鎖石藤梢元自落，倚天松骨見來枯③〔三〕。林香出實垂將盡〔四〕，葉蒂辭枝不重蘇④。愛日恩光蒙借貸，清霜殺氣得憂虞〔五〕。衰顔動覓藜床坐⑤〔六〕，緩步仍須竹杖扶。散騎未知雲閣處〔七〕，啼猿僻在楚山隅。（1128）

【校】

①中秀，宋本、錢箋、《草堂》校：「一作邊新。」

②故，錢箋校：「一作古。」《草堂》作「古」。

③倚，錢箋校：「刊作到。」

④辭，錢箋校：「一作離。」《草堂》作「離」。　枝，《草堂》校：「一作柯。」

⑤動，錢箋作「更」，校：「一作動。」

【注】

黄鶴注：詩必作於大曆二年（七六七）冬。

〔一〕丹橘句：《趙次公先後解》：「甘橘自是楚地之所有耳，故曰北地無。」謂「此」字誤。

〔二〕桃蹊二句：《史記·李將軍列傳》：「諺曰：桃李不言，下自成蹊。」《史記·貨殖列傳》：「千畝卮茜。」集解：「徐廣曰：卮音支，鮮支也。」《説文》：「梔，黄木，可染者。」段注：「各本篆文誤作栀。……梔，今之梔子樹，實可染黄。相如賦謂之鮮支。《史記》假卮爲之。」蜀地出椒。陸暢《成都送别費冠卿》：「紅椒花落桂花開，萬里同游俱未回。」《説文》：「茮，茮莍也。」段注：「茮莍蓋古語，猶《詩》之椒聊也。單呼曰茮，參呼曰茮莍、茮聊。《唐風》椒聊之實，毛曰：椒聊，椒也。《釋木》曰：椒，椴，醜莍。椴，大椒。《神農本草經》有蜀椒，又有秦椒。」

〔三〕見來：《趙次公先後解》：「元自、見來之語，皆言其久遠如此矣。」按，見來，現在、現已，來爲語助詞。《太平廣記》卷三〇六《冉遂》（出《奇事記》）：「爾家翁見來投我，爾當速去。」

〔四〕林香句：庾信《詠畫屏風》：「水影搖藂竹，林香動落梅。」

〔五〕愛日二句：《左傳》文公七年：「趙衰，冬日之日也。趙盾，夏日之日也。」杜預注：「冬日，可愛。夏日，可畏。」江淹《雜體詩・鮑參軍昭戎行》：「豪士枉尺璧，宵人重恩光。」《禮記・月令》仲秋之月：「殺氣寖盛，陽氣日衰。」

〔六〕衰顔句：庾信《小園賦》：「況乎管寧藜床，雖穿而可坐。」《奉和趙王隱士詩》：「鹿裘披稍裂，藜床坐欲穿。」

〔七〕散騎句：散騎雲閣，見《贈李八秘書別三十韻》（1031）注。

偶題

文章千古事，得失寸心知〔一〕。作者皆殊列，名聲豈浪垂〔二〕。騷人嗟不見，漢道盛於斯〔三〕。前輩飛騰入，餘波綺麗爲〔四〕。後賢兼舊利①，歷代各清規〔五〕。法自儒家有，心從弱歲疲〔六〕。永懷江左逸，多病鄴中奇②〔七〕。騄驥皆良馬，騏驎帶好兒〔八〕。車輪徒已斲，堂構惜仍虧③〔九〕。漫作潛夫論，虛傳幼婦碑④〔一〇〕。緣情慰漂蕩，抱疾屢遷移〔一一〕。經濟慚長策，飛棲假一枝〔一二〕。塵沙傍蜂蠆〔一三〕，江峽繞蛟螭。蕭瑟唐虞遠，聯翩楚漢危〔一四〕。聖朝兼盜賊〔一五〕，異俗更喧卑。鬱鬱星辰劍，蒼蒼雲雨池〔一六〕。兩都開幕府，萬㝢插軍麾⑤〔一七〕。南海殘銅柱，東風避月支⑥〔一八〕。音書恨烏鵲，號怒怪熊羆〔一九〕。稼穡分詩興，柴荆學土宜〔二〇〕。故山迷白閣，秋水憶黃陂⑦〔二一〕。不敢要佳句，愁來賦別離。（1129）

【校】

①利，錢箋作「列」，校：「一云制。一云利。別本作例。」《草堂》校：「一作刊。或作列。別本作例。」

②病，錢箋、《草堂》校：「一作謝。」

③惜，錢箋校：「一作肯。」

④碑，錢箋校：「一作詞。」

⑤㝢，錢箋、《草堂》作「寓」。

⑥支，《草堂》校：「或作氏。」

⑦憶，錢箋作「隱」，校：「一作憶。」

【注】

黃鶴注：當是大曆元年（七六六）在夔州作。《趙次公先後解》編入大曆二年（七六七）。

〔一〕文章二句：曹丕《典論・論文》：「蓋文章經國之大業，不朽之盛事。」曹植《與楊德祖書》：「文之佳惡，吾自得之。」

〔二〕作者二句：《趙次公先後解》：「若曰某人能詩，某人能賦，某人能文，是之謂殊列。」陶淵明《感士不遇賦》：「禀神智以藏照，兼三五而垂名。」浪，空，徒然。李白《少年行》：「衣冠半是征戰士，窮儒浪作林泉民。」

〔三〕騷人二句：蕭統《文選序》：「騷人之文，自兹而作。」《趙次公先後解》：「嗟不見，則屈、宋遠矣。」《論語・泰伯》：「唐虞之際，於斯爲盛。」《趙次公先後解》：「亦以言惟漢爲盛，傷今不如也。」仇注：「自蘇、李輩倡爲五言，漢道於斯爲盛。」

〔四〕前輩二句：《文心雕龍・誇飾》：「揚雄《甘泉》，酌其餘波。」劉楨《公宴詩》：「投翰長歎息，綺麗不可忘。」李白《古風》：「自從建安來，綺麗不足珍。」《趙次公先後解》：「文章至於綺麗，乃騷雅之末流矣，故謂之餘波。」

〔五〕後賢二句：張載《贈司隸傅咸》：「猗歟清規，允迪斯沖。」蕭衍《請徵謝朏何胤表》：「清規雅裁，兼擅其美。」《趙次公先後解》：「此言後輩兼取前輩之所利以爲規範，乃公所謂遞相祖述也。」仇注：「兼舊制，取材者廣。各清規，命意特新。」

〔六〕法自二句：《文心雕龍・通變》：「望今制奇，參古定法。」《趙次公先後解》：「此則公自謂也。言文章之法，自是吾儒家者流所有，而吾之用心已自弱冠時疲苦至今也。」仇注引張遠注：「公祖審言以詩名家，故云儒家有，即所謂詩是吾家事也。」

〔七〕永懷二句：《宋書·顔延之傳》：「自潘岳、陸機之後，文士莫及也，江左稱顔、謝焉。」《文心雕龍·才略》：「觀夫後漢才林，可參西京；晉世文苑，足儷鄴都。」《趙次公先後解》：「魏文帝好文，其在鄴也，有七子皆能文……而其間劉楨者多病……多病者指言劉楨，爲鄴中之奇也。公亦多病，故專以自比。」引謝靈運《擬魏太子鄴中集·劉楨》序「文最有氣，所得頗經奇」。

〔八〕騄驥二句：曹丕《典論·論文》：「今之文人，魯國孔融文舉，廣陵陳琳孔璋，山陽王粲仲宣，北海徐幹偉長，陳留阮瑀元瑜，汝南應瑒德璉，東平劉楨公幹，斯七子者於學無所遺，於辭無所假，咸以自騁騏驥於千里，仰齊足而並馳。」《趙次公先後解》：「蓋言文士必有佳子，而自歎其子之文不逮於己也。」王嗣奭《杜臆》：「永懷江左之逸，而不能無病於鄴中之奇。病猶歉也。蓋江左諸公，猶之騄驥，無非良馬。乃曹家父子，如麒麟又帶好兒，此其獨擅之奇也。予之疲心於此，自信車輪已斲，而兒懶失學，堂構仍虧，能如曹家父子乎？雖潛夫有論，幼婦有碑，莫爲繼述，皆虚謾耳。此予所病於鄴中者也。」仇注引胡夏客曰：「麒麟好兒，借用徐陵兒事。」見卷四《徐卿二子歌》(0187)注。

〔九〕車輪二句：《莊子·天道》：「桓公讀書於堂上，輪扁斲輪於堂下……輪扁曰：『臣也以臣之事觀之。斲輪，徐則甘而不固，疾則苦而不入。不徐不疾，得之於手而應於心，口不能言，有數存焉於其間。臣不能以喻臣之子，臣之子亦不能受之於臣，是以行年七十而老斲輪。』」《書·大誥》：「若考作室，既底法，厥子乃弗肯堂，矧肯構？」傳：「以作室喻治政也。父已至法，子乃不肯爲堂基，況肯構立屋乎？不爲其易，則難者可知。」朱鶴齡注：「言驥子麟兒難得，斲輪雖巧，肯構無人，我之著作，亦空傳耳。」

〔一〇〕漫作二句：潛夫論，見卷一一《晚晴》(0698)注。《世説新語·捷悟》：「魏武嘗過曹娥碑下，楊修從。碑背上見題作『黄絹幼婦，外孫虀臼』八字，魏武謂修曰：『解不？』答曰：『解。』魏武曰：『卿未可言，待我思之。』行三十里，魏武乃曰：『吾已得。』令修别記所知。修曰：『黄絹，色絲也，於字爲絶。幼婦，少女也，於字爲妙。外孫，女子也，於字爲好。虀臼，受辛也，於字爲辭，所謂絶妙好辭也。』」《趙次公先後解》：「此又歎其文章如此，雖兒子之不逮，而自流傳也。」

〔一一〕緣情二句：陸機《文賦》：「詩緣情而綺靡。」《趙次公先後解》：「蓋公已自緣情慰漂蕩而下，轉入悼已傷時之事矣。」

〔一二〕經濟二句：經濟，見卷八《上水遣懷》(0390)注。《莊子·逍遥游》：「鷦鷯巢於深林，不過一枝。」

〔一三〕蜂蠆：見卷六《除草》(0267)注。

〔一四〕蕭瑟二句：崔琦《四皓頌》：「於是四公退而作歌曰：……唐虞世遠，吾將何歸。」《趙次公先後解》：「蕭瑟唐虞遠，歎治古之復見。聯翩楚漢危，傷戰争之不能安。」

〔一五〕聖朝句：《趙次公先後解》：「聖朝雖聖，而兼有盜賊。」

〔一六〕鬱鬱二句：《趙次公先後解》：「蓋言如劍之埋而未呈，如蛟龍之在池而未出。」星辰劍，用豐城劍事，見卷七《可歎》(0328)注。《三國志·吴書·周瑜傳》：「恐蛟龍得雲雨，終非池中物也。」

〔一七〕兩都二句：兩都皆曾陷兵火。《趙次公先後解》：「則兩都曷嘗不置軍營而開幕府邪？下句則天下皆用兵矣。」按，時雍王适爲天下兵馬元帥，李光弼、馬璘、王縉先後爲河南副元帥，王縉持節都統河南等諸道節度行營事，郭子儀加關內、河中副元帥，路嗣恭充關內副元帥，此所謂兩都開幕府。

〔一八〕南海二句：銅柱，見卷八《詠懷二首》(0388)注。《史記・匈奴列傳》：「當是之時，東胡彊而月氏盛。」正義：「《括地志》云：涼、甘、肅、延、沙等州地，本月氏國。」《漢書・西域傳》：「大月氏國，治監氏城，去長安萬一千六百里。……本居敦煌、祁連間，至昌頓單于攻破月氏，而老上單于殺月氏，以其頭爲飲器，月氏乃遠去，過大宛，西擊大夏而臣之，都嬀水北爲王庭。」《趙次公先後解》：「上句則在南亦有侵犯者，如廣德二年西原蠻陷邵州，大曆二年桂州山獠反是已。」「下句則月支胡在漢爲梗，今以比吐蕃也。」

〔一九〕音書二句：《西京雜記》卷三：「乾鵲噪而行人至。」《趙次公先後解》：「道路阻塞，怒家信之不通。」

〔二〇〕土宜：《左傳》文公六年：「使毋失其土宜。」

〔二一〕故山二句：白閣峰，見卷一《渼陂西南臺》(0032)注。黃陂，皇子陂，見卷九《重過何氏五首》(0460)注。

雨晴

雨時山不改，晴罷峽如新。天路看殊俗，秋江思殺人。有猿揮淚盡，無犬附

書頻①〔一〕。故國愁眉外，長歌欲損神。（1130）

【校】

① 附，《草堂》作「送」。

【注】

黃鶴注：當是大曆元年（七六六）夔州作。《趙次公先後解》編入大曆二年（七六七）。

〔一〕有猿二句：有猿，見《秋興八首》（1099）注。《晉書·陸機傳》：「初，機有駿犬名曰黃耳，甚愛之。既而羈寓京師，久無家問，笑語犬曰：『我家絕無書信，汝能齎書取消息不？』犬搖尾作聲。機乃爲書，以竹筩盛之，而繫其頸。犬尋路南走，遂至其家，得報還洛。其後因以爲常。」

晚晴吳郎見過北舍〔一〕

圃畦新雨潤①，愧子廢鉏來〔二〕。竹杖交頭拄②〔三〕，柴扉掃徑開③。欲栖羣鳥亂，未去小童催。明日重陽酒，相迎自醱醅④〔四〕。（1131）

【校】

①新，宋本、錢箋、《草堂》校：「一作佳。」

②拄，宋本作「挂」，據錢箋改。《草堂》作「柱」。

③掃，錢箋作「隔」，校：「一云掃。」

④醱，《草堂》校：「一作撥。」

【注】

黄鶴注：當是大曆元年（七六六）秋作。《趙次公先後解》編入大曆二年（七六七）。

〔一〕吴郎：與卷一四《簡吴郎司法》(1026)、《又呈吴郎》(1027)爲同一人。

〔二〕圃畦二句：周賀《酬吴處士》：「蕩槳期南去，荒園久廢鋤。」然杜詩似謂鋤園已畢。

〔三〕竹杖句：《四分律行事鈔》卷下之三：「凡食家並准僧祇，慎無喧笑及交頭雜説。」此謂兩杖相交。

〔四〕明日二句：《太平御覽》卷三二引《事類賦》：「重陽之日，必以糕酒登高眺迴，爲時宴之游賞，以暢秋志。酒必采茱萸、甘菊以泛之，既醉而還。」庾信《春賦》：「石榴聊泛，蒲桃醱醅。」李白《襄陽歌》：「遥看漢水鴨頭緑，恰似蒲桃初醱醅。」《類編》：「酘謂之醱。」岳珂《愧郯録》卷五：「《禮經》：五齊三酒。今醅酒，其齊冬以二十五日，春秋十五日，夏十日撥醅，瓮而浮蟻涌於面，今謂之撥醅，豈其所謂泛齊耶？接取撥醅，其下齊汁與滓相將，今謂之醅芽，豈其所謂醴齊耶？」沈沈《酒概》卷二：「初熟酒曰醱醋，一曰潑醅。重釀酒曰酘，開酒曰醱醅。」沈自南《藝林彙考》卷五飲食篇：「《酒爾雅》：……醱，重醞酒也。……醅，未沛之酒也。」

解悶十二首

草閣柴扉星散居〔一〕，浪翻江黑雨飛初。山禽引子哺紅果，溪友得錢留白魚①〔二〕。（1132）

【校】

① 友，宋本、錢箋、《草堂》校：「一作女。」

【注】

黄鶴注：當是大曆元年（七六六）夔州作。《趙次公先後解》編入大曆二年（七六七）。

〔一〕草閣句：庾信《寒園即目》：「寒園星散居，摇落小村墟。」

〔二〕溪友：《趙次公先後解》：「溪女，一作溪友，當以女爲正，蓋公嘗使溪女字，如云負鹽出井此溪女。」

商胡離別下揚州①，憶上西陵故驛樓②〔一〕。爲問淮南米貴賤，老夫乘興欲東流③〔二〕。（1133）

【校】

① 胡，《草堂》校：「一作客。」

② 西，宋本、錢箋、《草堂》校：「一作蘭。」

③ 流，錢箋校：「一作游。」《草堂》作「游」，校：「一作流。」

【注】

〔一〕商胡二句：《舊唐書·蘇瓌傳》：「揚州地當要衝，多富商大賈，珠翠珍怪之産。」《鄧景山傳》：「劉展作亂，引平盧副大使田神功兵馬討賊，神功至揚州，大掠居人資産，鞭笞發掘略盡，商胡大食、波斯等商旅死者數千人。」西陵，錢箋引《水經注》漸江水：「范蠡築城於浙江之濱，言可以固守，謂之固陵，今之西陵也。」按，此與詩言淮南事不合。疑西陵當作蘭陵，指潤州丹陽。《隋書·地理志》：「延陵，舊置南徐州、南東海郡，梁曰蘭陵郡，陳又改爲東海。開皇九年州郡並廢，又廢丹徒縣入焉。十五年置潤州，大業初州廢。」王維《同崔傅答賢弟》：「揚州時有下江兵，蘭陵鎮前吹笛聲。」蔣渙《途次維揚望京口寄白下諸公》：「雲白蘭陵渚，烟青建業岑。」皆以揚州、潤州隔江相對而連言。

〔二〕爲問二句：錢箋引《越絕書》秦皇東游之會稽事。今詩言淮南米，知其説謬。

一辭故國十經秋，每見秋瓜憶故丘①〔一〕。今日南湖采薇蕨②，何人爲覓鄭瓜州③？今鄭監審④〔二〕。（1134）

【校】

① 丘，宋本、錢箋校：「一作侯。」

② 南，錢箋校：「一作東。」《草堂》作「東」。

③ 瓜，宋本、錢箋、《草堂》校：「一作袁。」

④ 鄭監，錢箋等作「鄭秘監」。

【注】

〔一〕每見句：《趙次公先後解》：「長安之東門曰青門，故侯邵平種瓜於此，時號邵平瓜。」見卷二《喜晴》（0077）「東門瓜」注。

〔二〕今日二句：本卷《秋日夔府詠懷奉寄鄭監審李賓客之芳一百韻》（1030）：「東郡時題壁，南湖日扣舷。」參該詩注。薇即蕨，見卷三《積草嶺》（0149）注。錢箋引張禮《游城南記》：「瓜州村在申店潏水之陰。」「注：瓜州村與鄭莊相近，鄭莊，虔郊居也。審爲虔之侄，其居必在瓜州村。

所謂每見秋瓜憶故丘也。」按，《游城南記》原文爲「瓜洲村」，朱鶴齡注引錢箋已改，然謂：「州當作洲，與秋瓜憶故丘緊相應。或以大曆中審嘗任袁州刺史，改作袁州，生趣便索然矣。」二人説皆穿鑿。胡震亨《唐音癸籤》卷二二、顧炎武《日知録》卷二七均疑鄭審或曾官隴右之瓜州，然其時間難以確定。

沈范早知何水部，曹劉不待薛郎中〔一〕。獨當省署開文苑，兼泛滄浪學釣翁。

水部郎中據①〔二〕。（1135）

【校】

① 據，錢箋、《九家》作「薛據」。

【注】

〔一〕沈范二句：《梁書·何遜傳》：「南鄉范雲見其對策，大相稱賞，因結忘年交好……沈約亦愛其文，嘗謂遜曰：『吾每讀卿詩，一日三復，猶不能已。』」「還爲安西安成王參軍事，兼尚書水部郎。」曹劉，曹植、劉楨。《趙次公先後解》：「若薛據者，恨不與曹子建、劉楨同時，而言二人不待之也。」薛據，見卷七《寄薛三郎中據》（0363）注。

〔二〕獨當二句：《趙次公先後解》：「末句言薛在省部時已擅文章而開文苑……今在荆南有江湖之

樂。」省署，尚書省各部。姚合《和膳部李郎中秋夕》：「猶分省署直，何日是歸休。」

李陵蘇武是吾師〔一〕，孟子論文更不疑①。一飯未曾留俗客②，數篇今見古人詩。校書郎雲卿③〔二〕。（1136）

【校】

① 李陵蘇武是吾師孟子論文更不疑，錢箋校：「一云第二句作首句。」

② 留，《草堂》作「延」。

③ 雲卿，宋本作「虞卿」，據錢箋改。《九家》、《草堂》作「孟雲卿」。

【注】

〔一〕李陵句：《文選》收李陵、蘇武詩。庾信《哀江南賦》：「李陵之雙鳧永去，蘇武之一雁空飛。」

〔二〕孟雲卿：見卷二《湖城東遇孟雲卿復歸劉顥宅宿宴飲散因爲醉歌》（0081）、卷一〇《酬孟雲卿》（0533）注。

復憶襄陽孟浩然，清詩句句盡堪傳。即今耆舊無新語，漫釣槎頭縮頸鯿①〔一〕。

（1137）

【校】

① 頸，錢箋校：「一作項。」《草堂》作「項」，校：「一作頸。」

【注】

〔一〕復憶四句：見卷三《遣興五首》（0122）注。《趙次公先後解》：「言浩然已死，今耆舊之間不能復造新語以言鯿魚，但漫釣之而已。」

陶冶性靈在底物①，新詩改罷自長吟〔一〕。孰知二謝將能事，頗學陰何苦用心②〔二〕。（1138）

【校】

① 在，錢箋校：「一作存。」《草堂》作「存」。

② 學，錢箋、《草堂》校：「一作覺。」

【注】

〔一〕陶冶二句：《淮南子·俶真訓》：「包裹天地，陶冶萬物。」《顏氏家訓·文章》：「至於陶冶性靈，從容諷諫，入其滋味，亦樂事也。」《趙次公先後解》：「存底物，言用何物以爲陶冶性靈者，惟有詩而已，故下句曰長吟。」

〔二〕孰知二句：《趙次公先後解》：「孰知者，稔孰之孰……公自言其稔孰知謝靈運、謝惠連。」朱鶴齡注：「二謝，謝靈運、謝朓。」孰知，參卷二《垂老别》(0064)注。鍾嶸《詩品》稱謝惠連爲小謝，後人則以謝靈運、謝朓爲南朝二謝。《陳書·阮卓傳》：「時有武威陰鏗，字子堅，梁左衛將軍子春之子。幼聰慧，五歲能誦詩賦，日千言。及長，博涉史傳，尤善五言詩，爲當時所重。釋褐梁湘東王法曹參軍。」何，何遜。仇注：「將能事，將近其能事。」曹慕樊謂此用《論語·子罕》：「固天縱之將聖，又多能也。」將訓大，唐人習言「將聖多能」。按，能事與用心爲對，曹説不確。卷四《戲題畫山水圖歌》(0178)：「能事不受相促迫，王宰始肯留真跡。」意同此。將能事，謂運用能事。

不見高人王右丞〔一〕，藍田丘壑漫寒藤①。最傳秀句寰區滿，未絶風流相國能。右丞弟，今相國縉〔二〕。（1139）

【校】

① 漫，錢箋校：「陳作蔓。」《草堂》作「蔓」，校：「一作漫。」

【注】

〔一〕王右丞：王維。見卷九《崔氏東山草堂》(0489)注。

〔二〕最傳二句：鍾嶸《詩品》謝朓：「然奇章秀句，往往警遒。」《舊唐書·王縉傳》：「少好學，與兄維早以文翰著名。縉連應草澤及文辭清麗舉，累授侍御史、武部員外。……時兄維陷賊，受僞署，賊平，維付吏議，縉請以己官贖維之罪，特爲減等。……廣德二年，拜黄門侍郎、同平章事。」《王維傳》：「代宗時，縉爲宰相。代宗好文，常謂縉曰：『卿之伯氏，天寶中詩名冠代，朕嘗於諸王座聞其樂章。今有多少文集，卿可進來。』縉曰：『臣兄開元中詩百千餘篇，天寶事後，十不存一。比於中外親故間相與編綴，都得四百餘篇。』翌日上之，帝優詔褒賞。」《唐語林》卷五：「王縉多與人作碑志，有送潤筆者誤致王右丞院。右丞曰：『大作家在那邊。』」

先帝貴妃今寂寞①，荔枝還復入長安〔一〕。炎方每續朱櫻獻，玉座應悲白露團〔二〕。（1140）

【校】

① 今，錢箋、《草堂》校：「陳作俱。」

【注】

〔一〕荔枝：見卷四《病橘》(0189)注。

〔二〕炎方二句：《九家》杜《補遺》：「《唐史遺事》云：乾元初，明皇幸蜀回，適嶺南進荔枝，上感念楊妃，不覺悲慟追絶，高力士於御座旁設位享之，上稍蘇息。」《趙次公先後解》：「言自楊妃死，今明皇見荔支入貢追念而悲也。」錢箋：「此詩爲蜀貢荔枝而作。謂仙游久閟，時薦未改，自傷流落，不獲與炎方花果共薦寢園，不勝園陵白露清秋草木之悲也。題云解悶者，覩朱櫻之續獻，喜宗廟之再安。《收京》詩云『歸及薦櫻桃』，即此意也。」仇注：「據李綽《歲時記》，櫻桃薦廟，取之内園，不出蜀貢。此特言其夏薦櫻桃，而荔枝繼獻耳。」按，詩意謂炎方所貢荔枝續獻於朱櫻之後。

憶過瀘戎摘荔枝，青楓隱映石逶迤〔一〕。京中舊見君顔色①，紅顆酸甜只自知〔二〕。(1141)

【校】

① 京中舊見君顔色，錢箋、《草堂》校：「陳作京華應見無顔色。」　君，錢箋作「無」。

【注】

〔一〕憶過二句：見卷一四《宴戎州楊使君東樓》(0929)注。《元和郡縣圖志》卷三二劍南道：「瀘州，瀘川。下府。……西至戎州水路三百一十里，陸路二百四十里。山路險峻或不通。」隱映，見卷六《往在》(0291)注。

〔二〕京中二句：錢箋：「次下三首，檃括張曲江《荔枝賦》而作。……今詩瀘戎一首，言物之以不知爲輕也。賦曰：『亭十里兮莫致，門九重兮曷通。山五嶠兮白雲，江千里兮青楓。』此非所謂有『青楓隱映石逶迤』乎？賦又曰：『何斯美之獨遠，嗟爾命之不逢。每被銷於凡口，罕獲知於貴躬。』非所謂『京華應見無顏色，紅顆酸甜只自知』乎？」

(1142)

翠瓜碧李沈玉甃①〔一〕，赤梨蒲萄寒露成。可憐先不異枝蔓，此物娟娟長遠生〔二〕。

【校】

① 梨，《草堂》作「架」。

【注】

〔一〕甃：見卷一〇《銅瓶》(0598)注。

〔二一〕可憐二句：《趙次公先後解》：「此物，應言荔支也。瓜、李、梨、蒲萄，備言一歲之果。言同是果實，可憐先與荔支不異枝蔓，他處所有，而此物長於遠地，娟娟然生，所以歎異荔支之爲物也。」錢箋：「翠瓜一首，言味之以無比而疑也。賦曰：『受精氣於离震，爰負陽以從宜。蒙休和之所播，涉寒暑而匪虧。』肇氣含滋，備四時之氣，非瓜李夏榮、梨萄寒成之可擬也。賦又曰：『沈美李而莫取，浮甘瓜而自退。柿何稱乎梁侯，梨何幸乎張公。』諸果雖枝蔓相同，而荔枝以遠方獨異，固將欲神醴露，不數甘橘，而無比見疑，牽連凡果，不唯妄擬蒲萄，抑且下同瓜李。此可爲歎息也。」

側生野岸及江蒲①〔二一〕，不熟丹宮滿玉壺。雲壑布衣鮐背死，勞生重馬翠眉須②〔二二〕。（1143）

【校】

① 蒲，錢箋、《草堂》校：「一作浦。」

② 鮐，錢箋、《九家》作「駘」。　生重，錢箋校：「荆作人害。」《草堂》作「人害」。　翠眉須，宋本原作「翠眉疏」，據錢箋、《草堂》等改。

【注】

〔一〕側生句：左思《蜀都賦》：「旁挺龍目，側生荔枝。」張九齡《荔枝賦》：「陋下澤之沮沼，惡層崖之嶮巇。彼前志之或妄，何側生之見疵。」《趙次公先後解》：「江蒲，則自戎僰而下以畝爲蒲，今官私契約皆然，因以押韻。師民瞻本作江浦，非是。」錢箋：「《左氏》曰：董澤之蒲，可勝既乎。澤之産蒲明矣。而趙注以畝爲蒲，或又引劉熙《釋名》，以菴爲蒲，皆曲解可笑也。」

〔二〕雲壑二句：《苕溪漁隱叢話》前集卷一〇山谷云：「雲壑布衣，臨武長唐羌上書諫荔支也。見《後漢·和帝紀》。生當作𤯔，武后改人爲𤯔，因而誤寫。……翠眉，謂妃子也。」《九家》杜《補遺》：「時布衣賢士不能搜訪駢召，至於老死山谷之間。以貴妃須荔枝之故，反勞人害馬力求於千里之外。」《趙次公先後解》：「唐羌既爲縣令，即非布衣。……鮐背，則老者之狀曰黃髮鮐背。」《書·泰誓》：「播弃犂老。」傳：「鮐背之耇稱老。」《釋名》：「九十曰鮐背。背有鮐文也。」朱鶴齡注：「此章又申上二章意，傷荔支徒側生南裔，不得熟於禁近之地，即有驛致京華者，不過因貴妃一笑之故。此與布衣老死雲壑者何以異哉。」

復愁十二首〔一〕

人烟生處僻①，虎跡過新蹄。野鶻翻窺草②，村船逆上溪。（1144）

【校】

① 生，《草堂》校：「或作遠。」錢箋校：「一云遠處。」

② 鶻，錢箋校：「一作鶴。又作鶡。晋作雉。」《草堂》校：「晋作雉。」

【注】

黃鶴注：當是大曆二年（七六七）在瀼溪作。

〔一〕復愁：《趙次公先後解》：「前題曰解悶，而此題曰復愁，悶既解之以詩矣，而又有可愁之事也。」

釣艇收緡盡，昏鴉接翅稀①〔一〕。月生初學扇，雲細不成衣〔二〕。（1145）

【校】

① 鴉，宋本、錢箋、《草堂》校：「一作鷗。」稀，錢箋作「歸」，校：「吴作稀。」

【注】

〔一〕釣艇二句：《詩·召南·何彼襛矣》：「其釣維何，維絲伊緡。」傳：「緡，綸也。」《趙次公先後解》：「昏鴉接翅稀，變何遜之語。公於『有待至昏鴉』之下自注：何遜云昏鴉接翅歸。然今改一稀字，意義遂與遜詩不同矣。」見卷一八《對雪》（1390）。

〔二〕月生二句：李義府《堂堂》：「鏤月成歌扇，裁雲作舞衣。」

萬國尚防寇，故園今若何？昔歸相識少，早已戰場多〔一〕。（1146）

【注】

〔一〕昔歸二句：朱鶴齡注：「公乾元初嘗歸東都。東都，田園所在。」《趙次公先後解》謂指長安：「豈不以安史亂於前，而吐蕃亂於後邪？」

身覺省郎在①〔一〕，家須農事歸②。年深荒草逕，老恐失柴扉。（1147）

【校】

①身，《草堂》作「須」。

②須，《草堂》作「貧」。

【注】

〔一〕身覺句：《趙次公先後解》：「言覺得省郎之身在也，此牛僧孺所謂見在身矣。」按，身，人自稱。見卷三《前出塞九首》（0126）注。

金絲鏤箭鏃①，皂尾製旗竿②〔一〕。一自風塵起，猶嗟行路難。（1148）

【校】

① 鏤，錢箋校：「一作縷。」《草堂》作「縷」，校：「一作鏤。」

② 製，錢箋、《草堂》校：「一作掣。」

【注】

〔一〕金絲二句：《分門》洙曰：「金絲箭、皂尾旗，皆胡服也。」《趙次公先後解》：「首兩句蓋貴將之物。」仇注：「箭飾金鏤，旗裝皂尾，賊恃利器以作逆者。」《爾雅·釋器》：「金鏃翦羽謂之鍭。」注：「今之錍翦是也。」《周書·突厥傳》：「其徵兵發馬，科稅雜畜，輒刻木爲數，並一金鏃箭，蠟封印之，以爲信契。」後唐明宗《賜高麗王敕》：「行竿箭二百隻，貼金一百隻。」《通典》卷一四九《兵·法制》：「大唐衛公李靖兵法曰：諸軍將五旗，各准方色：……皂，北方，水。」易静《兵要望江南·占鳥》：「必有大軍來擊我，皂旗黄杆引師行。」又注：「如見赤色鳥入軍營，覆將帳幕，以皂旗白竿立帳前三日，厭吉。」是旗幟、旗竿皆有色别。

胡虜何曾盛，干戈不肯休。閭閻聽小子，談話覓封侯①〔一〕。（1149）

【校】

①話，錢箋校：「一作笑。」《草堂》作「笑」。

【注】

〔一〕閭閻二句：《趙次公先後解》：「此篇公蓋憤生事邀功，濫冒榮寵者矣。……蓋其意在於己身之富貴，所以閭閻小子亦説取封侯耳。」王績《晚年叙志示翟處士正師》：「明經思待詔，學劍覓封侯。」王昌齡《閨怨》：「忽見陌頭楊柳色，悔教夫婿覓封侯。」

貞觀銅牙弩①，開元錦獸張〔一〕。花門小前好②，此物弃沙場〔二〕。（1150）

【校】

①貞，宋本、《草堂》作「正」，避宋諱。

②前，宋本、錢箋、《草堂》校：「一作箭。」

【注】

〔一〕貞觀二句：《書·太甲》：「若虞機張。」傳：「機，弩牙也。」《唐六典》卷一六武庫令：「弩之制有七……鈎弦者曰牙，似牙齒也。牙外曰郭，爲牙之規郭也。合名之曰機，言如機之巧也，亦言如門户樞機，開闔有節也。」《九家》杜《補遺》：「《南越志》云：龍川唐時常有銅弩牙流出，水皆銀黄，雕鏤取之製弩。父老云其地蓋越王弩營也。」《分門》師曰：「錦獸張，射設侯也。」《趙次公先後解》：「所謂錦獸張者，亦弩之物耳。」仇注：「侯畫熊羆，當時或以錦爲之耳。」射侯，見《周禮・夏官・射人》。《玉海》卷一五〇「唐𧆓弩」：「《儀衛志》：親王鹵簿，𧆓弩一。一品、二品、四品、萬年令皆有之。《宋志》：漢京兆尹司隸前驅持弓，以射窺者。今制，每弩加箭一，有靫，畫雲氣弓箭。每弓加箭二，有靫，同𧆓弩。杜甫詩：貞觀銅牙弩，開元錦獸張。」此又似謂箭箙。《周禮・夏官・司弓矢》：「中秋獻矢箙。」注：「箙，盛矢器也，以獸皮爲之。」靫同叉，箭室，即矢箙。李白《北風行》：「别時提劍救邊去，遺此虎紋金鞞靫。中有一雙白羽箭，蜘蛛結網生塵埃。」按，賜弩及箙較近情理，貞觀、開元互文耳。

〔二〕花門二句：《趙次公先後解》：「詳此詩末句，則銅牙弩、錦獸張乃貞觀、開元所以賜蠻夷者。花門回紇恃其有助順討安賊之功，輕小前好，而銅牙弩、錦獸張者弃之於沙場。」朱鶴齡注：「按史，收東京時，郭子儀戰不利，回紇於黄埃中發十餘矢，賊驚顧曰：『回紇至矣。』遂潰。花門小箭好，此一證也。安史之亂，皆借回紇兵收復，中國勁弩反失其長技，公所以歎之。」當以趙注爲是，作小箭者非是。阮瑀《爲曹公作書與孫權》：「無一日而忘前好。」

今日翔麟馬①，先宜駕鼓車〔一〕。無勞問河北，諸將覺榮華②〔二〕。（1151）

【校】

①翔，《草堂》校：「一作祥。」

②覺，宋本校：「一作角。」錢箋校：「一作角。樊作摧。」《草堂》作「角」，校：「一作覺。樊作摧。」

【注】

〔一〕今日二句：《趙次公先後解》引薛倉舒説，引《唐志》、《續通典》，以祥麟爲厩名。《通典》卷一四五「樂」：「今翔麟、鳳苑厩有蹀馬。」《唐詩紀事》卷九「李適」：「初，中宗景龍二年，始於修文館置大學士四人……冬幸新豐，歷白鹿觀，上驪山，賜浴湯池，給香粉蘭澤，從行給翔麟馬。」《唐會要》卷七二《馬》：「貞觀二十一年八月十七日，骨利幹遣使朝貢，獻良馬百匹，其中十匹尤駿。太宗奇之，各爲製名，號曰十驥。……九曰翔麟紫。」《草堂》夢弼注引此。前説較妥。駕鼓車，見卷二《送從弟亞赴安西判官》（0087）注。《趙次公先後解》：「先欲駕鼓車，則公欲息兵休戰矣。」

〔二〕無勞二句：《趙次公先後解》：「言此馬不勞問遺河北，徒使諸將角勝於榮華而已。」朱鶴齡注：「言河北諸將，方以爵上競相雄長，朝廷雖有戰馬，安所用之？時降將羈縻，代宗專事姑息。公度非兵力所制，故此詩云然。」仇注：「郭子儀將略威名，足以懾服降將，今置之閑散，猶祥麟之馬不用於戰陣，而先駕鼓車矣。彼河北諸將，競相角勝榮華，誰復起而問之乎。」按，仍以息戰之説近是。諸家引申過甚。

任轉江淮粟，休添苑囿兵〔一〕。由來貔虎士，不滿鳳皇城〔二〕。（1152）

【注】

〔一〕任轉二句：黃鶴注：「唐自天寶之後，輿地半爲盜區。所賴江湖之地不失，猶得藉以爲國。故史有唐得江淮財，用濟中興之語。」《舊唐書·食貨志》：「洎（劉）晏掌國計，復江淮轉運之制，歲入米數十萬斛以濟關中。代第五琦領鹽務，其法益密。」《劉晏傳》晏遺元載書：「晏自尹京，入爲計相，共五年矣。京師三輔百姓，唯苦税畝傷多。若使江湖米來每年三二十萬，即頓減徭賦，歌舞皇澤，其利一也。東都殘毀，百無一存。若米運流通，則飢人皆附，村落邑廛，從此滋多。受命之日，引海陵之倉以食鞏洛，是計之得者，其利二也。諸將有在邊者，諸戎有侵敗王略者，或聞三江五湖，貢輸紅粒；雲帆桂楫，輸納帝鄉。軍志曰：先聲後實，可以震耀夷夏。其利三也。」朱鶴齡注：「按史，永泰元年，魚朝恩以神策軍屯苑中，公詩所云殿前兵馬也……言禁兵不必添設，但當轉運以實京師。」

〔二〕由來二句：《趙次公先後解》：「秦穆公女吹簫，鳳降其城，因號丹鳳城。其後言京都之城曰鳳城者，承用此也。」「公之意蓋在責天下勤王而已，不在長安之多兵也。」沈佺期《昆明池侍宴應制》：「春仗過鯨沼，雲旗出鳳城。」朱鶴齡注：「末二句即天子有道、守在四夷之意。代宗寵任朝恩，由是宦官典兵，卒以亡唐。公此詩所諷，豈徒爲冗兵慮哉。」

江上亦秋色，火雲終不移。巫山猶錦樹〔一〕，南國且黃鸝。（1153）

【注】

〔一〕錦樹：《趙次公先後解》：「樹變青而丹，謂之錦樹。」卷七有《錦樹行》（0339）。

每恨陶彭澤，無錢對菊花〔一〕。如今九日至，自覺酒須賒〔二〕。（1154）

【注】

〔一〕每恨二句：《藝文類聚》卷四引《續晉陽秋》：「陶潛嘗九月九日無酒，宅邊菊叢中摘菊盈把，坐其側久，望見白衣至，乃王弘送酒也，即便就酌，醉而後歸。」

〔二〕自覺句：卷一一《遣意二首》（0663）：「鄰人有美酒，稚子夜能賒。」

病減詩仍拙，吟多意有餘。莫看江總老，猶被賞時魚〔一〕。（1155）

【注】

〔一〕莫看二句：江總，見卷一〇《晚行口號》（0502）注。《趙次公先後解》：「魚應是魚袋之魚。」參卷九《陪鄭廣文游何將軍山林十首》（0453）、卷一三《春日江村五首》（0896）注。朱鶴齡注：

「言我雖老，若江總猶有銀魚之賜，則流落亦未足爲恨也。」

諸將五首

漢朝陵墓對南山，胡虜千秋尚入關〔一〕。昨日玉魚蒙葬地，早時金盌出人間〔二〕。見愁汗馬西戎逼，曾閃朱旗北斗閑①〔三〕。多少材官守涇渭，將軍且莫破愁顔〔四〕。（1156）

【校】

①閑，錢箋作「殷」。

【注】

黄鶴注：當是嚴武死後作，乃是永泰元年（七六五）秋在雲安作。《趙次公先後解》編在大曆元年（七六六）。

〔一〕漢朝二句：南山，終南山。見卷一《九日寄岑參》（0025）注。錢箋：「此詩指漢朝陵墓，以喻唐也。宮闕陵墓，並對南山，有充奉屯衛之盛，而不能禁胡虜之人，故曰千秋尚入關也。禄山作逆，繼以吐蕃，焚毁未已，騣騣有發掘之虞。」朱鶴齡注：「關，潼關也。禄山入長安，諸陵必遭焚毁。公不忍斥言，故託之漢朝陵墓耳。」按，《舊唐書·代宗紀》：「（永泰元年二月）戊寅，党項羌寇富平，焚定陵寢殿。」詩或因此而發。《資治通鑑》廣德元年十月太常博士柳伉上疏謂：「犬戎犯關度隴，不血刃而入京師，劫宫闈，焚陵寢。」蓋誇言，非實録。朱注更屬想當然。錢箋謂有發掘之虞，較有分寸。關，蕭滌非謂指蕭關。

〔二〕昨日二句：《分門》洙曰：「《西京雜記》（錢箋作「韋述西京新記」，當是《兩京新記》）：長安大明宫宣政殿，此殿初就，每夜見數騎衣鮮麗，游往其間。高宗使巫祝劉明奴、王湛然問其所由，鬼云：『我是漢楚王戊太子，死葬於此。』明奴等曰：『按《漢書》，戊與七國反，誅死無後。焉得其子葬於此？』鬼曰：『我當時入朝，以路遠不從坐。後病死，天子於此葬我。《漢書》自有遺誤耳。』明奴因宣詔與改葬，鬼喜曰：『我昔日亦是近屬豪貴，今在天子宫内，出入不安，改卜極爲幸甚。今在殿東北入地丈餘，我死時天子歛我玉魚一雙，今猶未朽。必以此相送，勿見奪也。』明奴以事奏聞，有勅改葬苑外。及發掘，玉魚宛然見在。棺槨之屬，朽爛已盡。自是其事遂絶。」《漢武故事》：「居歲餘，鄠縣又有一人於市貨玉杯，吏疑其御物，欲捕之，因忽不見。縣送其器，推問又茂陵中物也。（霍）光自呼吏問之，説市人形貌如先帝。光於是默然，乃赦前所繫者。」《九家》杜《補遺》：「沈炯字初明，爲魏所虜，嘗獨行經漢武通天臺，爲表奏之，陳己思鄉之意。其略曰：甲帳珠簾，一朝零落；茂陵玉盌，遂出人間。竊詳是詩，首句云漢朝陵墓對南山，即盌出人間，乃茂陵事也，但金、玉字異爾。元注（洙注）引盧充金盌事，恐不類。」胡應麟

《詩藪》外編卷四：「說者謂杜本用茂陵玉碗遂出人間語，以上有玉魚字，遂易作金碗。或謂盧充幽婚，自有金碗事，杜不應竄易原文。然單主盧充，又落汗漫。二説迄今紛拏。不知杜蓋以金碗字入玉碗語，一句中事詞串用，兩無痕跡。如《伯夷傳》雜取經子，熔液成文，正此老爐錘妙處。」顧炎武《日知録》卷二一「詩人改古事」：「李太白《行路難》詩：華亭鶴唳詎可聞，上蔡蒼鷹安足道。杜子美《諸將》詩：昨日玉魚蒙葬地，早時金碗出人間。改黃犬爲蒼鷹，改玉碗爲金碗，亦同此病。」

〔三〕見愁二句：《分門》洙曰：「子美父名閑。集中兩處用閑字，皆非是。」《趙次公先後解》：「諸將所以汗馬者，以西戎之逼也。然閃朱旗於北斗城中，而翻閑暇焉，則以不措意於勤王，及犬戎之既去爲不及事也。蔡伯世本改北斗殷，師民瞻本改作北斗間，蓋皆牽於杜公父名閑，必不使閑字，而以意改耳。……朱旗之閃何至殷北斗乎？若北斗間，則間字語弱，别無含蓄之意。……今所云北斗閑，皆臨文不諱。如韓退之父名卿，而退之豈不使卿字邪？」《文苑英華辨證》卷八：「又有避家諱者，如杜甫《宴王使君宅》諱『留歡上夜關』。世謂子美不避家諱，詩中兩押閑字。麻沙傳孫氏觀《杜詩押韻》作卜夜閑、北斗閑，今《文苑》元本亦作卜夜閑，其實皆非也。或改作夜闌，又不在韻。按卞氏圜集注杜詩及别本，自是『留歡上夜關』。蓋有投轄之意。上字誤爲卜字，關字訛爲閑字耳。北斗閑者，《漢書》有『朱旗絳天』，今子美《諸將》七言詩既云『曾閃朱旗北斗閑』，則是因朱旗絳天，閃見斗亦赤，本是殷字，於顔切，紅色也。後本殷周之殷，於今切，盛貌。修書時宣宗諱殷正緊，音雖不同，字則一體，或改作閑。今既祧不諱，則是殷字何疑。」朱鶴齡注：「《左傳》：三辰旂旗。疏云畫北斗七星。……此詩北斗殷，當以旗言之。」

〔四〕多少二句：《漢書・高帝紀》：「乃發上郡、北地、隴西車騎，巴蜀材官及中尉卒三萬人。」注：「應劭曰：材官，有材力者。張晏曰：材官，騎士。習射御騎馳戰陳。」《趙次公先後解》：「此言費材官以守涇渭之水，則深防寇賊之禍，爲將軍者且莫破愁顔而爲樂也。」朱鶴齡注：「禄山之禍未已，吐蕃又屢告警急，曾不思朱旗閃斗，軍容何盛，而但任其深入内地，涇渭戒嚴，爾諸將獨不憂及陵墓耶？」

韓公本意築三城，擬絶天驕拔漢旌〔一〕。豈謂盡煩回紇馬，翻然遠救朔方兵〔二〕。胡來不覺潼關隘，龍起猶聞晋水清〔三〕。獨使至尊憂社稷，諸君何以答升平〔四〕？（1157）

【注】

〔一〕韓公二句：張仁愿封韓國公。《舊唐書・張仁愿傳》：「先，朔方軍北與突厥以河爲界，河北岸有拂雲神祠。突厥將入寇，必先詣祠祭酹求福，因牧馬料兵而後渡河。時突厥默啜盡衆西擊突騎施娑葛，仁愿請乘虚奪取漠南之地，於河北築三受降城，首尾相應，以絶其南寇之路。……六旬而三城俱就。以拂雲祠爲中城，與東西兩城相去各四百餘里，皆據津濟，遥相應接，北拓地三百餘里，於牛頭朝那山北置烽候一千八百所。自是突厥不得度山放牧，朔方無復寇掠，減鎮兵數萬人。」天驕，見卷二《留花門》（0068）注。

〔二〕豈謂二句：錢箋：「汾陽以朔方孤軍收復兩都，皆賴回紇助順之力，故曰豈謂盡煩回紇馬也。」參《留花門》注。朔方兵，見卷二《洗兵馬》（0090）注。

〔三〕胡來二句：潼關隘，《趙次公先後解》謂指哥舒翰失守。錢箋謂指廣德元年吐蕃入寇，代宗幸陝，恐吐蕃東出潼關，徵子儀詣行在。朱鶴齡注引《杜詩博議》謂指回紇爲僕固懷恩所誘，連兵入寇，「潼關設險，本以控制山東，而今朔方失守，胡騎反從西北蹂躪三輔，則潼關之險失矣」。仇注：「果如其説，何不云蕭關、散關乎？」浦起龍云：「舊謂安賊，最是。蓋安賊自東來，故言潼關。」玄宗《并州置北都制》：「我國家以神武聖德，應天受命，龍躍晋水，鳳翔太原。」一行《起義堂頌序》：「我高祖感之，乃龍躍晋水，鳳翔太原。」《册府元龜》卷二一《帝王部·徵應》：「（高祖）次龍門縣，河水變清。」《舊唐書·五行志》載乾元二年七月，嵐州合河關黄河水，四十里間清如井水。仇注引趙次公注，謂此龍起晋水清之一證也。《趙次公先後解》：「肅宗龍飛，而晋水復清矣。」仇注：「詩蓋以祖宗之起兵晋陽，比廣平之興復京師。廣平王即代宗，故下文接以至尊。」按，諸説解「胡來」句皆嫌與前後文意不順，此「胡」承上文，當即指回紇。其助唐軍收長安，復過潼關收洛陽，此所謂不覺關隘。因其助順功著，故有肅宗龍起，唐室再造。如此方文意順暢。

〔四〕獨使二句：朱鶴齡注：「此責諸將之借助於回紇也。自回紇助順，肅宗之復兩京，雍王之討朝義，皆用回紇兵力，卒之恃功侵擾，反合吐蕃入寇。公故追感晉陽起義之盛，而歎諸將之不能爲天子分憂也。……所以勉子儀者至矣。」錢箋：「有言末章二句，屬勸勉汾陽之詞。汾陽自相州罷歸，部曲離散，承詔日麾下才數十騎，僅免於朝恩、元振交口訾嚙。少陵於此時惜之可也，訟之可也，又何庸執三寸之管，把其短長乎？」

洛陽宮殿化爲烽，休道秦關百二重〔一〕。滄海未全歸禹貢，薊門何處盡堯封〔二〕？朝庭衮職雖多預①，天下軍儲不自供〔三〕。稍喜臨邊王相國，肯銷金甲事春農〔四〕。（1158）

【校】

①庭，錢箋作「廷」。雖多預，錢箋校：「一作誰争補。」《九家》、《草堂》作「誰争補」，《草堂》校：「一作雖多預，非是。」

【注】

〔一〕洛陽二句：曹植《送應氏》：「洛陽何寂寞，宮室盡燒焚。」《趙次公先後解》：「謂舉烽燧於殿上。」《史記·高祖本紀》：「秦，形勝之國，帶河山之險，縣隔千里，持戟百萬，秦得百二焉。」集解：「應劭曰：……得天下之利百二也。」「蘇林曰：得百中之二焉。秦地險固，二萬人足當諸侯百萬人也。」

〔二〕滄海二句：《趙次公先後解》：「滄海，指言山東。薊門，指言河北。」《書・禹貢》：「禹别九州，任土作貢。」堯封，見《夔府書懷四十韻》(1056)注。朱鶴齡注：「滄海、薊門，即河北幽瀛等州。時節度使李懷仙等收安史餘黨，相與蟠據其地。」

〔三〕朝庭二句：《詩・大雅・烝民》：「衮職有闕，維仲山甫補之。」朱鶴齡注：「補衮，宰相之職。唐諸道節度，多加中書令、平章事，兼領内銜，所謂衮職雖多預也。府兵法壞，兵農遂分，天下軍須皆仰給饋餉，而不自食其地，所謂軍儲不自供也。」仇注引顧注：「衮職誰補，言相皆出將。儲不自供，言兵弗知農。」

〔四〕稍喜二句：《舊唐書・代宗紀》：「(廣德二年)八月丁卯，宰臣王縉爲侍中，持節都統河南、淮西、淮南、山南東道節度行營事。……癸巳，王縉兼領東京留守。」錢箋引王縉請減諸道軍資錢四十萬貫修洛陽宫，在永泰元年十一月。然其事與事春農無關。朱鶴齡注：「此責諸將坐視河北淪弃，不修屯營之制，而猶有取於王相國。曰稍喜者，亦不滿之辭。」仇注引顧注：「當時李抱真爲潞澤節度使，籍民，免其租税，給弓矢，使農隙講武。既不廢朝廷廪給，而府庫亦充實。郭子儀以河中乏食，自耕百畝，將士效之，皆不勸而耕。此即軍儲之能自供者。詩但舉王縉而不及李、郭，時縉爲河南副元帥，特就河北諸帥而較論之耳。」按，李抱真事當在大曆十二年後。

回首扶桑銅柱標，冥冥氛祲未全銷①〔一〕。越裳翡翠無消息，南海明珠久寂

寥〔二〕。殊錫曾爲大司馬，總戎皆插侍中貂〔三〕。炎風朔雪天王地，只在忠臣翊聖朝②〔四〕。（1159）

【校】

①未，錢箋、《草堂》校：「一作不。」

②臣，錢箋、《草堂》校：「陳作良。」

【注】

〔一〕回首二句：扶桑，見卷六《壯游》(0295)注。銅柱，見卷八《詠懷二首》(0388)注。《趙次公先後解》：「扶桑以言王國之東，銅柱以言王國之南。」楊倫云：「此扶桑字特借指南海。」氛祲，見卷七《久雨期王將軍不至》(0318)注。

〔二〕越裳二句：《漢書·平帝紀》：「元始元年春正月，越裳氏重譯獻白雉一、黑雉二。」注：「師古曰：越裳，南方遠國也。」《通典》卷一八八「邊防」：「林邑國，秦象郡林邑縣地。漢爲象林縣，屬日南郡。古越裳之界也。在交趾南海，行三千里。其地縱廣可六百里，去日南界四百餘里。其南水步道二百餘里，有西屠夷，亦稱王焉。馬援所植兩銅柱，表漢界處也。」南海明珠，見卷六《自平》(0266)注。

〔三〕殊錫二句：《宋書·武帝紀》：「敬授殊錫，光啓疆宇。」總戎，見《夔府書懷四十韻》(1056)注。

《後漢書·輿服志》：「侍中、中常侍加黄金璫，附蟬爲文，貂尾爲飾。」《唐六典》卷八門下省：「左散騎與侍中左貂，右散騎與中書令右貂，謂之八貂。」錢箋：「此深戒朝廷不當使中官出將也。……李輔國以中官拜大司馬，所謂殊錫也。魚朝恩等以中官爲觀軍容使，所謂總戎也。」仇注引澤州陳冢宰曰力辨其非：「大司馬者，應指副元帥、都統、節度使、都督府、都護等官，專征伐之柄者言……總戎皆插侍中貂，當指節度使而帶宰相之銜者。」按，《唐六典》卷一三公：「太尉一人，正一品。……武帝元狩四年，置大司馬，當太尉之職。」大司馬指唐之太尉，此則概言檢校三公者。陳氏所言稍寬。李輔國判元帥行軍司馬，非拜大司馬。侍中爲門下省長官。李光弼、王縉、李懷仙曾兼侍中，李光弼、郭子儀進位太尉。諸節鎮檢校三公、同中書門下平章事者爲常。

〔四〕炎風二句：《禮記·曲禮下》：「君天下，曰天子。……臨諸侯，畛於鬼神，曰天王某甫。」朱鶴齡注：「此因南荒不靖，責諸將名位益崇，不思銷氛祲以報聖朝也。」

錦江春色逐人來，巫峽清秋萬壑哀。正憶往時嚴僕射，共迎中使望鄉臺〔一〕。
主恩前後三持節，軍令分明數舉杯。西蜀地形天下險，安危須仗出羣材〔二〕。

（1160）

【注】

〔一〕正憶二句：嚴僕射，嚴武。見卷七《八哀詩·嚴公武》(0332)注。望鄉臺，見卷一一《雲山》(0631)注。

〔二〕西蜀二句：錢箋：「此言蜀中將帥也。崔旰殺郭英乂，柏茂琳、李昌巎、楊子琳舉兵討旰，蜀中大亂。杜鴻漸受命鎮蜀，畏旰，數薦之於朝，請以節制讓旰。……如武者真出羣之材，可以當安危之寄，而今之非其人，居可知也。」

九日五首①

重陽獨酌杯中酒②，抱病起登江上臺③。竹葉於人既無分，菊花從此不須開〔一〕。殊方日落玄猿哭，舊國霜前白雁來〔二〕。弟妹蕭條各何往，干戈衰謝兩相催。(1161)

【校】

①九日五首，宋本、錢箋題下注：「闕一首。」《趙次公先後解》以《登高》「風急天高」一首補之。

②獨酌，錢箋、《九家》、《草堂》校：「一云少飲。」

③ 豈，宋本校：「一云起。」錢箋、《草堂》作「起」，校：「一作獨。又作起。」

【注】

黄鶴注：當是大曆二年（七六七）在夔州作，是年九月吐蕃寇邠州、靈州，京師戒嚴。《趙次公先後解》編入大曆元年（七六六）。

〔一〕竹葉二句：張協《七命》：「乃有荆南烏程，豫北竹葉，浮蟻星沸，飛華蓱接。」《文選》李善注：「張華《輕薄篇》曰：『蒼梧竹葉清，宜城九醖酒。』」庾信《春日離合詩》：「三春竹葉酒，一曲鵾雞絃。」《荆楚歲時記》九月九日：「今北人亦重此節。佩茱萸，食餌，飲菊花酒，云令人長壽。」

〔二〕殊方二句：庾信《擬連珠》：「是以烏江艤楫，知無路可歸；白雁抱書，定無家可寄。」沈括《夢溪筆談》卷二四：「北方有白雁，似雁而小，色白，秋深則來。白雁至則霜降，河北人謂之霜信。杜甫詩云故國霜前白雁來，即此也。」

舊日重陽日，傳杯不放杯〔一〕。即今蓬鬢改，但愧菊花開。北闕心長戀，西江首獨回。茱萸賜朝士①，難得一枝來。（1162）

【校】

① 茱萸，錢箋校：「晋作萸房。」《草堂》校：「晋作萸芳。」

【注】

〔一〕舊日二句：《太平廣記》卷七一《葛玄》（出《神仙傳》）：「玄爲客致酒，無人傳杯，杯自至人前，或飲不盡，杯亦不去。」《唐摭言》卷一三：「偶於知聞處見干，與之傳杯酌。」上官昭容《九月九日上幸慈恩寺登浮圖群臣上菊花壽酒》：「却邪萸入佩，獻壽菊傳杯。」王嗣奭《杜臆》：「見古人只用一杯，諸客傳飲，非若今人各自一杯也。」

舊與蘇司業，兼隨鄭廣文〔一〕。采花香泛泛①，坐客醉紛紛。野樹歌還倚②，秋砧醒却聞。歡娛兩冥莫③，西北有孤雲〔二〕。（1163）

【校】

① 泛泛，錢箋、《草堂》校：「一云簇簇。一云漠漠。」

② 歌，錢箋校：「一作欹。」《草堂》作「欹」。

③ 莫，《九家》、《草堂》作「漠」。

【注】

〔一〕舊與二句：見卷一《戲簡鄭廣文虔兼呈蘇司業源明》（0033）注。

〔二〕西北句：曹丕《雜詩》：「西北有浮雲，亭亭如車蓋。」《趙次公先後解》：「義則懷望長安也。」

故里樊川菊，登高素滻源〔一〕。他時一笑後①，今日幾人存？巫峽蟠江路②，終南對國門。繫舟身萬里，伏枕淚雙痕。爲客裁烏帽，從兒具緑樽〔二〕。佳辰對羣盜③，愁絶更堪論④。（1164）

【校】

① 笑，錢箋校：「荆作醉。」《草堂》校：「王作醉。」

② 蟠，《草堂》作「盤」。

③ 對，宋本、錢箋、《草堂》校：「一作帶。」

④ 堪，錢箋作「誰」，校：「吴作堪。」

【注】

〔一〕故里二句：《長安志》卷一一萬年縣：「樊川，一名後寬川。在縣南三十五里。《十道志》曰：其地即杜陵之樊鄉，漢高祖至櫟陽，以將軍樊噲灌廢丘功，乃賜噲食邑於此，故曰樊川。《三秦記》曰：長安正南秦嶺，嶺根水流爲秦川，一名樊川。」素滻，見卷一《苦雨奉寄隴西公兼呈王徵士》(0022)注。

〔二〕爲客二句：烏帽，見卷五《相從歌》(0248)注。仇注：「暗用孟嘉事，亦兼用管寧皂帽家居事。」沈約《酬謝宣城朓》：「賓至下塵榻，憂來命緑樽。」《文選》張協《七命》李善注引盛弘之《荆州記》：「渌水出豫章康樂縣，其烏程鄉，有酒官，取水爲酒，酒極甘美，與湘東酃湖酒，年常獻之，世稱酃渌酒。」

九日諸人集于林①

九日明朝是，相要舊俗非〔一〕。老翁難早出，賢客幸知歸。舊采黄花賸，新梳白髮微。漫看年少樂，忍淚已霑衣。（1165）

【校】

① 九日，錢箋校：「一云日高。一云登高。」

【注】

黄鶴注：梁權道編在大曆元年（七六六）。

〔一〕九日二句：《分門》洙曰：「非昔日游賞之地也。」盧元昌曰：「舊俗，九日登山飲酒，以免災厄。集諸人於林，亦似登山飲酒，而非如舊俗之免災厄。」仇注：「九日之期，明朝猶是，而相邀之地，舊俗已非……集乃公會，是他人相約，而公先作詩以告之，蓋因老年難於早出，故預道其意也。」

杜工部集卷第十六

近體詩一百三十二首 居夔州作

宗武生日〔一〕

小子何時見，高秋此日生〔二〕。自從都邑語〔三〕，已伴老夫名①。詩是吾家事，人傳世上情。熟精文選理，休覓綵衣輕〔四〕。凋瘵筵初秩，攲斜坐不成〔五〕。流霞分片片②，涓滴就徐傾〔六〕。宗武小名驥子。曾有詩：驥子好男兒。（1166）

【校】

① 伴，錢箋、《草堂》校：「一作律。」

②分，錢箋校：「一作飛。」《草堂》作「飛」，校：「一作分。」　片片，錢箋、《草堂》校：「一作幾片。」

【注】

黄鶴注：梁權道從舊次編在大曆元年（七六六），然詩云「小子何時見」，則是時宗武不在侍旁。意是寶應元年（七六二）秋在梓州作。仇注編入大曆元年夔州作。

〔一〕宗武：見卷六《催宗文樹雞柵》（0284）、卷九《遣興》（0488）注。

〔二〕小子二句：仇注：「小子何時見其生乎，此日正其墮地時也。起作問答之詞。」

〔三〕都邑語：仇注：「都邑語，成都之人誇語也。」

〔四〕熟精二句：《九家》趙注：「前年學語時，則才三歲耳。今云熟精文選理，則已能誦書。自至德二載至寶應元年已六年，則宗武九歲矣。」仇注：「至德二載公陷賊中，此時宗武約計五歲矣。其後自乾元二年至蜀，及永泰元年去蜀，中歷八年，宗武約十四歲左右矣。此詩都邑乃指成都，則知作此詩又在成都之後矣。」綵衣，見卷二《送李校書二十六韻》（0089）注。《九家》趙注：「公所望其子者，在學而已。」

〔五〕凋瘵二句：凋瘵，見卷四《石犀行》（0172）注。《詩·小雅·賓之初筵》：「賓之初筵，左右秩秩。」《九家》趙注：「以凋瘵才始，如筵之初秩，豈謂之臨時用之，與《詩》句不同邪？」仇注：「宗武侍筵，故有筵秩。凋瘵欹斜，自述老病。」

〔六〕流霞二句：《抱朴子·祛惑》：「河東蒲坂有項曼都者，與一子入山學仙。十年而歸家，家人問其故，曼曰：『……仙人但以流霞一杯與我，飲之輒不飢渴。』」仇注：「流霞涓滴，思得仙漿以起疾也。」

又示宗武

覓句新知律，攤書解滿床。試吟青玉案，莫羨紫羅囊①〔一〕。假日從時飲，明年共我長〔二〕。應須飽經術〔三〕，已似愛文章。十五男兒志，三千弟子行〔四〕。曾參與游夏，達者得升堂〔五〕。（1167）

【校】

① 羨，錢箋校：「陳作帶。」《草堂》校：「一作帶。」

【注】

黄鶴注：同上篇爲寶應元年（七六二）作。《趙次公先後解》編入大曆三年（七六八）。

〔一〕試吟二句：張衡《四愁詩》：「美人贈我錦繡段，何以報之青玉案。」《晉書·謝玄傳》：「玄少好佩紫羅香囊，安患之，而不欲傷其意，因戲賭取，即焚之，於此遂止。」

〔二〕假日二句：《楚辭・離騷》：「奏九歌而舞韶兮，聊假日以媮樂。」《古詩爲焦仲卿妻作》：「新婦初來時，小姑如我長。」

〔三〕應須句：《詩・大雅・既醉》：「既醉以酒，既飽以德。」

〔四〕十五二句：《論語・爲政》：「子曰：吾十有五而志於學。」《趙次公先後解》：「公丙申至德元載陷賊中，而家在鄜州，有詩云『驥子好男兒，前年學語時』，學語時兩歲三歲矣。自丙申至今年戊申，凡十三年，通學語時正十五年矣。」《史記・孔子世家》：「孔子以詩書禮樂教，弟子蓋三千焉。」

〔五〕曾參二句：《論語・里仁》：「子曰：『參乎，吾道一以貫之。』曾子曰：『唯。』」《先進》：「柴也愚，參也魯。」又：「文學子游、子夏。」「子曰：『由也升堂矣，未入於室也。』」

夜①

露下天高秋水清②，空山獨夜旅魂驚。疏燈自照孤帆宿，新月猶懸雙杵鳴〔一〕。南菊再逢人卧病③〔二〕，北書不至雁無情④。步蟾倚杖看牛斗⑤〔三〕，銀漢遥應接鳳城〔四〕。（1168）

【校】

①夜，錢箋、《草堂》校：「一云秋夜客舍。」

②天高，錢箋校：「一云空山。」

③菊，錢箋、《草堂》校：「一作國。」

④至，錢箋校：「一作到。」

⑤蟾，宋本、錢箋校：「一作簷。」《草堂》作「簷」。

【注】

黄鶴注：當是大曆元年（七六六）夔州作。《趙次公先後解》編入大曆四年（七六九）潭州詩。

〔一〕雙杵：楊慎《丹鉛總録》卷二〇《搗衣》：「《字林》云：直舂曰搗。古人搗衣，兩女子對立，執一杵，如舂米然。今易作臥杵，對坐搗之，取其便也。嘗見六朝人畫《搗衣圖》，其制如此。」雙杵者時必有兩杵，朱鶴齡注謂兩人對舉之故曰雙，恐非是。

〔二〕南菊句：《趙次公先後解》謂大曆三年秋在荆南見菊，今年在潭州又見菊。

〔三〕步蟾：《趙次公先後解》作步櫩。司馬相如《上林賦》：「步櫩周流，長途中宿。」《文選》李善注：「步櫩，步廊也。」櫩，同簷。謝惠連詩：「房櫳引傾月，步簷結春風。」

〔四〕鳳城：見卷一五《復愁十二首》（1152）注。

上白帝城

城峻隨天壁，樓高更女墻①〔一〕。江流思夏后，風至憶襄王〔二〕。老去聞悲角，人扶報夕陽。公孫初恃險，躍馬意何長〔三〕。（1169）

【校】

①更，錢箋校：「一作望。」《草堂》作「望」，校：「謝作更。」

【注】

黄鶴注：當是大曆元年（七六六）初至夔時作。

〔一〕城峻二句：《趙次公先後解》：「天壁，天然自立之石壁。」仇注：「謂壁高插天。」《左傳》襄公六年：「傅於堞。」杜預注：「堞，女墻也。」宣公十二年：「守陴者皆哭。」疏：「陴、堞、俾倪、短墻、短垣、女墻，皆一物也。《説文》云：堞，城上女垣也。《廣雅》云：陴倪，女墻也。《釋名》云：城上垣曰陴，於其孔中俾倪非常。亦言陴益也，助城之高也。或曰女墻言其卑小，比之於城，如女子之於丈夫也。」

〔二〕江流二句：郭璞《江賦》：「若乃巴東之峽，夏后疏鑿。」宋玉《風賦》：「楚襄王游於蘭臺之宮，宋玉、景差侍。有風颯然而至，王乃披襟而當之曰：『快哉此風，寡人所與庶人共者邪？』」

〔三〕公孫二句：左思《蜀都賦》：「公孫躍馬而稱帝，劉宗下輦而自王。」參卷一二《送元二適江左》（0820）注。

宿江邊閣

暝色延山徑，高齋次水門〔一〕。薄雲岩際宿，孤月浪中翻〔二〕。鸛鶴追飛静①，豺狼得食喧〔三〕。不眠憂戰伐，無力正乾坤。（1170）

【校】

①静，錢箋、《草堂》校：「一作盡。」

【注】

黄鶴注：當是大曆元年（七六六）作。

〔一〕高齋：《太平御覽》卷一八五引《襄沔記》：「金城内刺史院有高齋，梁昭明太子於此齋造《文選》。」朱鶴齡注引此。按，其地在襄陽，與此詩無涉。

〔二〕薄雲二句：何遜《入西塞示南府同僚》：「薄雲岩際出，初月波中上。」

〔三〕鸛鶴二句：《詩·豳風·東山》：「鸛鳴于垤，婦歎于室。」傳：「鸛好水，長鳴而喜也。」豺狼，黄鶴注：「指崔旰輩羣起也。」

別崔潩因寄薛據孟雲卿 内弟潩赴湖南幕職〔一〕。

志士惜妄動，知深難固辭①〔二〕。如何久磨礪，但取不磷緇〔三〕。夙夜聽憂主，飛騰急濟時。荆州過薛孟②，爲報欲論詩。（1171）

【校】

① 知深，錢箋校：「陳作深知。」

② 過，錢箋、《草堂》校：「晋作遇。」

【注】

黄鶴注：當是大曆元年（七六六）在夔州作。

〔一〕崔漢：元結《別王佐卿序》：「癸卯歲，京兆王契佐卿年四十六……佐卿頃日去西蜀，對酒欲別……與佐卿去者有清河崔漢。」卷八《聶耒陽以僕阻水書致酒肉療飢荒江》（0408）注：「聞崔侍御漢乞師于洪府，師至袁州北。」則漢先在西川幕府。薛據，見卷七《寄薛三郎中據》（0363）注。孟雲卿，見卷二《湖城東遇孟雲卿復歸劉顥宅宿宴飲散因爲醉歌》（0081）、卷一〇《酬孟雲卿》（0533）注。二人時在荆南幕府。

〔二〕志士二句：《趙次公先後解》：「志士本惜妄動，而受知之深，則難固辭。此以言漢赴幕職於湖南也。」

〔三〕如何二句：見卷一五《夔府書懷四十韻》（1056）注。

武侯廟〔一〕

遺廟丹青落①，空山草木長。猶聞辭後主，不復臥南陽〔二〕。（1172）

【校】

① 落，錢箋校：「一作古。」《草堂》作「古」。

【注】

黄鶴注：當在大曆元年（七六六）作。

〔一〕武侯廟：見卷一四《諸葛廟》（1016）、卷一五《上卿翁請修武侯廟遺像缺落時崔卿權夔州》（1058）注。

〔二〕猶聞二句：《趙次公先後解》：「辭後主，則建興五年率諸軍北駐漢中，臨發，上表辭行，而竟死於軍中。」朱鶴齡注：「武侯爲昭烈驅馳，未見其忠，惟以後主昏庸，而盡瘁出師，不復有歸卧南陽之意，此則雲霄萬古者耳。」《三國志・蜀書・諸葛亮傳》注引《漢晋春秋》：「亮家於南陽之鄧縣，在襄陽城西二十里，號曰隆中。」

八陣圖〔一〕

功蓋三分國，名成八陣圖。江流石不轉，遺恨失吞吴〔二〕。（1173）

【注】

黄鶴注：當是大曆元年（七六六）公初至夔州作。

〔一〕八陣圖：見卷一五《秋日夔府詠懷奉寄鄭監審李賓客之芳一百韻》（1030）注。

〔二〕江流二句：《東坡志林》卷一：「僕嘗夢見人云是杜子美，謂僕曰：世人多誤解吾詩《八陣圖》。……人皆以爲先主、武侯皆欲與關羽復讎，故恨其不能滅吴，非也。我本意謂吴蜀脣齒之國，不當相圖。晉之所以能取蜀者，以蜀有吞吴之意。此爲恨耳。此理甚長。」錢箋：「按先主征吴敗績，還至魚復，孔明歎曰：『法孝直若在，必能制主上東行，不至傾危矣。』公詩意亦如此。世傳子瞻云云，坡無此言，纖兒僞託耳。」朱鶴齡注：「子美此詩，正謂孔明不能止征吴之舉，致秭歸挫辱，爲生平遺恨。東坡之説殊非。」仇注：「今按下句有四説，以不能滅吴爲恨，此舊説也。以先主之征吴爲恨，此東坡説也。不能制主上東行，而自以爲恨，此《杜臆》、朱注説也。以不能用陣法，而致吞吴失師，此劉氏（逴）之説也。」

奉送韋中丞之晉赴湖南〔一〕

寵渥徵黄漸，權宜借寇頻〔二〕。湖南安背水，峽内憶行春〔三〕。王室仍多故，蒼生倚大臣。還將徐孺子①〔四〕，處處待高人。（1174）

【校】

①子，錢箋、《草堂》校：「一作榻。」

【注】

黄鶴注：蓋作於大曆二年（七六七）。仇注編入大曆四年（七六九）衡州作。

〔一〕韋之晋：《舊唐書·代宗紀》：「（大曆四年二月）辛酉，以湖南都團練觀察使、衡州刺史韋之晋爲潭州刺史。因是徙湖南軍於潭州。」常衮《授韋之晋御史大夫制》：「銀青光禄大夫、檢校秘書監、兼衡州刺史、御史中丞、充湖南都團練守捉觀察處置等使、上柱國、扶陽縣開國男韋之晋……可兼御史大夫。」黄鶴注：「此詩送韋爲衡州刺史而作也。詩云『峽内憶行春』，韋嘗在峽内作守，故云。後進大夫，卒于潭州。有《哭韋大夫》詩。」所考甚是。仇注誤引其注。崔祐甫《廣喪朋友議》：「忽憶永泰中，於穆鄂州寧會客席，與故湖南觀察韋大夫之晋同宴。」則永泰中曾至鄂州。

〔二〕寵渥二句：徵黄霸，見卷一三《送梓州李使君之任》（0829）注。借寇恂，見卷七《鄭典設自施州歸》（0314）注。

〔三〕湖南二句：朱鶴齡注：「洞庭湖枕衡州之北，故曰背水。舊注引韓信背水陣，非是。」盧元昌曰：「湖南之地，形勢背水，地屬險要，界接夷獠，非中丞不足安之。」《後漢書·鄭弘傳》：「太守第五倫行春，見而深奇之。」

〔四〕還將句：徐穉字孺子，見卷六《贈李十五丈別》（0302）「解榻」注。

謁先主廟〔一〕

慘澹風雲會，乘時各有人。力侔分社稷，志屈偃經綸。復漢留長策，中原仗老臣〔二〕。雜耕心未已，歐血事酸辛〔三〕。霸氣西南歇，雄圖曆數屯〔四〕。錦江元過楚，劍閣復通秦〔五〕。舊俗存祠廟，空山立鬼神①。虚簷交鳥道②，枯木半龍鱗〔六〕。竹送清溪月③，苔移玉座春。閭閻兒女换④，歌舞歲時新〔七〕。絶域歸舟遠，荒城繫馬頻。如何對摇落，况乃久風塵。孰與關張並⑤，功臨耿鄧親〔八〕。應天才不小⑥，得士契無鄰⑦〔九〕。遲暮堪帷幄，飄零且釣緡〔一〇〕。向來憂國淚，寂寞洒衣巾。

（1175）

【校】

① 立，錢箋、《草堂》校：「一作泣。」

② 交，宋本、錢箋、《草堂》校：「一作扶。」 道，錢箋校：「一作過。」

③ 清，錢箋校：「樊作青。」

④兒女，《草堂》作「女兒」。
⑤孰，錢箋校：「荆作勢。」《草堂》校：「一作勢。」
⑥應，宋本、錢箋校：「一作繼。」
⑦士，錢箋校：「晋作土。」

【注】

黄鶴注：當是大曆元年（七六六）作。《趙次公先後解》編入大曆二年（七六七）。

〔一〕先主廟：見卷一五《詠懷古跡五首》（1116）注。

〔二〕復漢二句：諸葛亮《出師表》：「當獎率三軍，北定中原，庶竭駑鈍，攘除奸凶，興復漢室，還於舊都。此臣所以報先帝，而忠陛下之職分也。」

〔三〕雜耕二句：《三國志·蜀書·諸葛亮傳》：「十二年春，亮悉大衆由斜谷出，以流馬運，據武功五丈原，與司馬宣王對於渭南。亮每患糧不繼，使己志不申，是以分兵屯田，爲久駐之基。耕者雜於渭濱居民之間，而百姓安堵，軍無私焉。相持百餘日。其年八月，亮疾病，卒於軍，時年五十四。」注引《魏書》：「亮糧盡勢窮，憂恚歐血，一夕燒營遁走，入谷，道發病卒。」

〔四〕霸氣二句：《三國志·蜀書·先主傳》：「故議郎陽泉侯劉豹……等上言：『……臣父群未亡時，言西南數有黄氣，直立數丈，見來積年，時時有景雲祥風，從璿璣下來應之，此爲異瑞。……願大王應天順民，速即洪業，以寧海内。』」《史記·越王句踐世家》：「霸王之氣，見於地户。」王勃《江寧吴少府宅餞宴序》：「霸氣盡而江山空，皇風清而市朝改。」《書・大禹謨》：「天之曆數在汝躬，汝終陟元后。」傳：「曆數謂天道。」《易・屯・象》：「屯，剛柔始交而難生。動乎險中，大亨貞。」

〔五〕錦江二句：朱鶴齡注：「過楚、通秦，傷其未久而復合於晉。」

〔六〕虚簷二句：《趙次公先後解》：「廟在山中，故云虚簷交鳥道。鳥道，則山中之險道也。」

〔七〕閭閻二句：《趙次公先後解》：「此言夔州之人所事先主者如此。」仇注：「見廟祀長存。」

〔八〕孰與二句：《三國志・蜀書・先主傳》注引《傅子》：「徵士傅幹曰：『劉備寬仁有度，能得人死力。諸葛亮達治知變，正而有謀，而爲之相。張飛、關羽勇而有義，皆萬人之敵，而爲之將。此三人者，皆人傑也。以備之略，三傑佐之，何爲不濟也？』」《趙次公先後解》：「今言諸葛與關羽、張飛之器孰與乎並。」朱鶴齡注：「申言諸葛之功，可軼關張而追耿鄧也。」耿弇、鄧禹，見卷四《述古三首》(0206)注。

〔九〕應天二句：朱鶴齡注：「言非先主應天之才，不能得士如諸葛，有魚水之契也。」

〔一〇〕遲暮二句：仇注：「今年齒遲暮，豈堪更參帷幄，祇作磻溪釣叟而已。」

白鹽山〔一〕

卓立群峰外，蟠根積水邊。他皆任厚地，爾獨近高天①〔二〕。白牓千家邑，清

秋萬估船②〔三〕。詞人取佳句，刻畫竟誰傳③？（1176）

【校】

①爾，《文苑英華》作「我」，校：「集作爾。」

②估，錢箋校：「一作里。」《九家》校：「一作古。」《文苑英華》作「里」，校：「集作估。」

③刻畫竟誰，《文苑英華》作「刷鍊始堪」，校：「集作刻畫竟難。」

【注】

黃鶴注：當是大曆元年（七六六）秋作。

〔一〕白鹽山：見卷七《寄裴施州》（0323）注。

〔二〕他皆二句：仇注引《杜臆》：「山高者必基大，此山卓立羣峰之表，乃蟠根於積水之邊，望若懸空，是不任地而近天矣。」

〔三〕白牓二句：《趙次公先後解》：「白牓，則言縣額以白爲牌耳。」李治《敬齋古今黈》卷六：「樓觀題牓，以人情度之，宜必先定。豈有大殿已成，而使匠石輩遽挂白牓哉。」白牓謂牓上無字。估船，謂商賈之船。《世説新語·文學》：「聞江渚間估客船上有詠詩聲。」

灩澦堆

巨積水中央①，江寒出水長。沈牛答雲雨，如馬戒舟航〔一〕。天意存傾覆，神功接混茫。干戈連解纜，行止憶垂堂〔二〕。（1177）

【校】

① 積，錢箋、《草堂》校：「陳作石。」

【注】

黃鶴注：當是大曆元年（七六六）作。

〔一〕沈牛二句：見卷六《柴門》（0274）、卷一四《長江二首》（0943）注。

〔二〕干戈二句：《史記·袁盎晁錯列傳》：「臣聞千金之子，坐不垂堂。」索隱：「張揖云：恐簷瓦墮中人。」

白帝城樓

江度寒山閣，城高絶塞樓。翠屏宜晚對，白谷會深游〔一〕。急急能鳴雁，輕輕不下鷗〔二〕。夷陵春色起〔三〕，漸擬放扁舟。（1178）

【注】

黄鶴注：此詩當是大曆二年（七六七）歲晏作，明年正月公出峽。《趙次公先後解》編入大曆元年（七六六）。

〔一〕翠屏二句：《趙次公先後解》：「白谷，疑是夔州谷名。」卷六《課伐木》（0276）：「持斧入白谷。」《雨》（0297）：「白谷變氣候。」

〔二〕急急二句：《莊子·山木》：「命豎子殺雁而烹之。豎子請曰：『其一能鳴，其一不能鳴，請奚殺？』」不下鷗，見卷一二《倚杖》（0790）注。

〔三〕夷陵：峽州夷陵郡，見卷一四《得舍弟觀書自中都已達江陵》（0996）注。

寄杜位頃者與位同在故嚴尚書幕〔一〕。

寒日經簷短，窮猿失木悲〔二〕。峽中爲客恨①，江上憶君時②。天地身何往③，風塵病敢辭。封書兩行淚，霑洒裛新詩〔三〕。（1179）

【校】

①中，錢箋校：「一作筵。」

②上，錢箋校：「一作並。」

③往，錢箋作「在」，校：「吴作往。」

【注】

黄鶴注：當是大曆元年（七六六）冬在雲安作。

〔一〕杜位：見卷一三《寄杜位》（0913）注。

〔二〕寒日二句：《淮南子·覽冥訓》：「虎豹襲穴而不敢咆，猿狖顛蹶而失木枝。」

〔三〕霑洒句：裛，濕也。見卷六《牽牛織女》（0293）注。

冬深①

花葉隨天意，江溪共石根。早霞隨類影②，寒水各依痕③〔一〕。易下楊朱淚，難招楚客魂〔二〕。風濤暮不穩，捨棹宿誰門？（1180）

【校】

① 冬深，錢箋、《草堂》校：「一云即日。」

② 類，錢箋校：「一云淚。」

③ 依，錢箋、《草堂》校：「一云流。」

【注】

黄鶴注：當是永泰元年（七六五）在雲安作。《趙次公先後解》編入大曆元年（七六六）夔州作。仇注編入大曆三年（七六八）作。

〔一〕早霞二句：《趙次公先後解》：「隨類影，言其變態不常，隨所類之影而呈現也。」謝赫《古畫品》：「畫有六法……四隨類賦彩是也。」張九齡《酬王履震游園林見貽》：「舊徑稀人跡，前池耗水痕。」

〔二〕易下二句：楊朱淚，見卷四《早發射洪縣南途中作》(0211)注。招魂，見卷一四《返照》(1021)注。

不寐

瞿唐夜水黑，城内改更籌〔一〕。翳翳月沉霧〔二〕，輝輝星近樓。氣衰甘少寐，心弱恨和愁①。多壘滿山谷②，桃源無處求。(1181)

【校】

①和，宋本校：「一作知。」錢箋校：「一作知。陳作多。或作容。」《草堂》作「知」，校：「一作和。陳作多。或作容。」

②多壘，錢箋校：「陳作疊恨。」

【注】

黃鶴注：當是大曆元年(七六六)夔州作。

〔一〕瞿唐二句：蘇頌《新儀象法要》卷下：「昏爲初更，每更有五籌。」黃麟《郡中客舍》：「蟲響亂啾啾，更人正數籌。」張少博《尚書郎上直聞春漏》：「銀箭聽將盡，銅壺滴更新。催籌當五夜，移刻及三春。」

〔二〕翳翳：見卷三《成都府》（0170）注。

奉送十七舅下邵桂〔一〕

絶域三冬暮，浮生一病身。感深辭舅氏，別後見何人？縹緲蒼梧帝①，推遷孟母鄰〔二〕。昏昏阻雲水，側望苦傷神。（1182）

【校】

①帝，《草堂》作「野」。

【注】

黄鶴注：當是大曆元年（七六六）在夔州作。

〔一〕十七舅：名不詳。邵桂：《元和郡縣圖志》卷二九江南道：「邵州，邵州。下。……東北至潭州陸路五百三十里。」「郴州，桂陽。中。西北至衡州三百七十里。」

〔二〕縹緲二句：《漢書·武帝紀》：「五年冬，行南巡狩，至於盛唐。望祀虞舜於九嶷。」注：「應劭曰：舜葬蒼梧，九嶷，山名。今在零陵營道。」參卷一《同諸公登慈恩寺塔》(0023)注。孟母鄰，見卷一〇《寄張十二山人彪三十韻》(0612)注。《趙次公先後解》：「孟母，指言十七舅之母。意者公本與十七舅鄰居，今其去，則孟母所以與鄰之意推遷而往矣。」朱鶴齡注：「時舅必奉母同往，故云。」

送覃二判官〔一〕

先帝弓劍遠①，小臣餘此生〔二〕。蹉跎病江漢，不復謁承明〔三〕。餞爾白頭日，永懷丹鳳城〔四〕。遲遲戀屈宋，渺渺卧荆衡〔五〕。魂斷航舸失，天寒沙水清。肺肝若稍愈，亦上赤霄行〔六〕。（1183）

【校】

① 帝，錢箋、《草堂》校：「一作皇。」

【注】

黃鶴注：當是大曆元年(七六六)夔州作，覃是時歸長安也。《趙次公先後解》編入大曆三年(七六八）公安作。

〔一〕覃二判官：名不詳。

〔二〕先帝二句：見卷九《行次昭陵》(0410)注。《列仙傳》卷上黄帝：「還葬橋山，山崩，柩空無屍，唯劍舄在焉。」

〔三〕謁承明：見卷一二《送李卿曄》(0772)注。

〔四〕餞爾二句：丹鳳城，指長安。《長安志》卷六：「東内大明宫……南面五門，正南曰丹鳳門。」又參卷一五《復愁十二首》(1152)注。

〔五〕遲遲二句：仇注：「屈宋，自比賦詩。荆衡，謂荆門、衡岳。」

〔六〕肺肝二句：劉向《九歎》：「譬若王僑之乘雲兮，載赤霄而凌太清。」仇注引《太宗實録》九成宫赤霄殿，當爲丹霄殿之誤。

夜宿西閣曉呈元二十一曹長〔一〕

城暗更籌急，樓高雨雪微。稍通綃幕霽，遠帶玉繩稀〔二〕。門鵲晨光起①，墻烏宿處飛②〔三〕。寒江流甚細，有意待人歸。(1184)

【校】

① 起，宋本、錢箋校：「一作喜。」

② 墻，錢箋校：「一作檣。」

【注】

黄鶴注：當是大曆二年（七六七）冬在夔州作。《趙次公先後解》編入大曆元年（七六六）。仇注引顧宸注：大曆元年公自雲安縣至夔州，秋寓於西閣，終歲居之。明年春，始自西閣遷居赤甲，故凡西閣詩皆自秋及冬作也。

〔一〕元二十一曹長：見卷六《七月三日亭午已後較熱退晚加小凉穩睡有詩因論壯年樂事戲呈元二十一曹長》（0292）。

〔二〕稍通二句：《趙次公先後解》：「綃幕，則又言天幕之色，其薄如綃，故云綃幕霽。」朱鶴齡注：「綃幕，以綃爲之也。」潘岳《河陽縣作》：「登城眷南顧，凱風揚微綃。」《文選》李善注：「《禮記》曰：綃幕也。鄭玄曰：綃，縑也。」按，《禮記·檀弓上》：「布幕，衛也。縿幕，魯也。」注：「幕，所以覆棺上也。縿，縑也。縿讀如綃。」綃義如《禮記》注，杜詩用《文選》注義。玉繩，見卷一四《月三首》（1012）注。

〔三〕門鵲二句：《趙次公先後解》謂此墻烏爲檣杆上刻爲烏形。朱鶴齡注：「門鵲、墻烏，皆言曉景。舊注門鵲指門端刻鵲，檣烏船檣上刻烏形，皆曲説也。」

西閣口號呈元二十一①。

山木抱雲稠，寒江繞上頭。雪崖纔變石，風幔不依樓②〔一〕。社稷堪流涕，安危在運籌。看君話王室，感動幾銷憂〔二〕。（1185）

【校】

①西閣口號，宋本題下無「呈元二十一」注，據錢箋補。《草堂》大字連題。

②不，《草堂》作「下」。

【注】

黄鶴注：當是大曆二年（七六七）作。《趙次公先後解》編入大曆元年（七六六）。

〔一〕雪崖二句：《趙次公先後解》：「言雪下漫崖，變其石色爲白也。」

〔二〕社稷四句：《趙次公先後解》：「後四句應是同元二十一曹長共宿，而元話當日之事乎，故感動也。」

有歎

壯心久零落，白首寄人間。天下兵常鬭①，聞蜀官軍自圍普還②。江東客未還〔一〕。窮猿號雨雪，老馬泣關山③。武德開元際，蒼生豈重攀。（1186）

【校】

①下，宋本校：「一作泣。」

②聞蜀官軍自圍普還，宋本無此注，據錢箋補。《九家》此注在題下。《九家》、《草堂》作「傳蜀官軍自圍普遂」。

③泣，錢箋、《草堂》作「怯」，校：「一作望。一作泣。」

【注】

黃鶴注：當是大曆二年（七六七）冬夔州作，是年吐蕃入寇，京師兩戒嚴。《趙次公先後解》編入大曆元年（七六六）。

〔一〕天下二句：從《九家》本注，普、遂當指普州、遂州。《元和郡縣圖志》卷三三劍南道東川：「普州，安岳。中。……正北微東至遂州一百三十里。」黃鶴注：「江東客，公自謂也。」朱鶴齡注謂指第五弟豐，時客江東，引《元日》詩「不見江東弟」。盧元昌引《水經》江水「又東逕赤甲……又東逕夔城」，故曰江東客，非弟豐在江左之謂。按，盧説甚怪，從無如此解法。

西閣雨望

樓雨霑雲幔，山寒著水城①。逕添沙面出，湍減石稜生。菊蘂淒疏放，松林駐遠情。滂沲朱檻濕，萬慮傍簷楹②〔一〕。（1187）

【校】

①寒，錢箋校：「一作高。」《草堂》校：「魯作高。」

②萬，錢箋校：「一作方。」　傍，錢箋校：「一作倚。」

【注】

黃鶴注：當是大曆元年（七六六）秋在夔州作。

〔一〕簷楹：《趙次公先後解》：「簷楹，簷邊之柱也。」

不離西閣二首

江柳非時發，江花冷色頻。地偏應有瘴，臘近已含春。失學從愚子，無家任老身①。不知西閣意，肯別定留人②〔一〕？（1188）

【校】

①任，《草堂》校：「一作住。」錢箋作「住」，校：「一作任。」

②留，宋本、錢箋、《草堂》校：「一作何。」

【注】

黃鶴注：當是大曆元年（七六六）冬作。

〔一〕不知二句：《趙次公先後解》：「西閣之意肯令我別乎？莫定要留人也？」仇注：「肯別定留人，是疑詞。杭州定越州亦然。」參卷一五《第五弟豐獨在江左近三四載寂無消息覓使寄此二首》（1087）注。

西閣從人別，人今亦故亭〔一〕。江雲飄素練①，石壁斷空青②〔二〕。滄海先迎日，銀河倒列星〔三〕。平生耽勝事，吁駭始初經。（1189）

【校】

① 練，宋本、錢箋、《草堂》校：「一作葉。」

② 斷，錢箋校：「一作斬。」

【注】

〔一〕西閣二句：《趙次公先後解》：「西閣從人別，則以成前篇肯別之意。人今亦故亭，西閣所以任從人別之而去者，以人之身亦如一故亭而已。」鄭明選《鄭侯升集》卷三二：「按《復古編》云：停本作亭，後人別作停。則此亭字，即古停字。言西閣既從人別，而不我留人，今亦故停而不去也。」

〔二〕江雲二句：空青，礦物，可爲顔料。《政和證類本草》卷三「空青」引陶隱居云：「越嶲屬益州，今出銅官者色最鮮深，出始興者弗如。益州諸郡無復有，恐久不采之故也。涼州西平郡有空青山，亦甚多。今空青但圓實如鐵珠，無空腹者，皆鑿土石中取之。又以合丹，成則化鉛爲金矣。諸石藥中惟此最貴，醫方乃稀用之。而多充畫色，殊爲可惜。」江淹有《空青賦》。此形容山林之色。庾信《道士步虚詞》：「碧玉成雙樹，空青爲一林。」仇注解作「石壁斷而空處皆青」，大謬。

〔三〕滄海二句：《趙次公先後解》：「在滄海之先已迎日矣，以見西閣之高而見日之早。銀河倒列星，則已見日而星河猶分明。」仇注：「曉登樓而海日先迎，夜臨窗而星河倒列，此閣上遠景。」

送鮮于萬州遷巴州〔一〕

京兆先時傑，琳琅照一門〔二〕。朝廷偏注意①，接近與名藩〔三〕。祖帳排舟數②〔四〕，寒江觸石喧。看君妙爲政，他日有殊恩。（1190）

【校】

① 意，錢箋、《草堂》校：「一作璽。」

② 排，錢箋、《草堂》校：「陳作維。」

【注】

黄鶴注：當是大曆元年（七六六）在夔州作。

〔一〕鮮于萬州：鮮于炅，仲通子。顔真卿《中散大夫京兆尹漢陽郡太守贈太子少保鮮于公神道碑銘》：「公諱向，字仲通，以字行。……有子六人……叔曰萬州刺史炅，雅有父風，頗精吏道。肅宗之幸鳳翔也，竭誠幕府，以佐公家。今上之命庶僚也，由華原之政驟登省闥，作牧萬州，政績尤異，有詔遷秘書少監，尋又改牧巴州。」文作於永泰二年（大曆元年）改元前。《舊唐書・地理志》山南西道：「巴州中，隋清化郡。……（武德）二年，割歸仁、永穆置萬州。貞觀元年，廢萬州，以歸仁來屬。天寶元年，改爲清化郡。乾元元年，復爲巴州。」山南東道：「萬州，隋巴東郡之南浦縣。……（武德）八年，廢南浦州，以南浦、梁山屬夔州，武寧屬臨州。其年復立浦州，依舊領三縣。貞觀八年，改爲萬州。天寶元年，改爲南浦郡。乾元元年，復爲萬州。」按，炅自萬州赴巴州，當取陸路北赴開州，然詩云「祖帳排舟數」，或已至夔州，有詔改牧巴州，復乘舟西還。

〔二〕京兆二句：鮮于仲通天寶十一載官京兆尹，見卷九《奉贈鮮于京兆二十韻》(0416)注。琳琅，見卷九《奉贈太常張卿二十韻》(0414)注。

〔三〕接近句：《趙次公先後解》：「巴於萬爲近，自萬遷巴，故云接近與名藩也。」

〔四〕祖帳：見卷四《陪章留後惠義寺餞嘉州崔都督赴州》(0197)注。

西閣三度期大昌嚴明府同宿不到〔一〕

問子能來宿，今疑索故要〔二〕。匣琴虛夜夜，手板自朝朝〔三〕。金吼霜鐘徹，花

摧臘炬銷①〔四〕。早旹江檻底，雙影漫飄颻〔五〕。（1191）

【校】

① 臘，錢箋校：「一作蠟。」

【注】

黄鶴注：當是大曆元年（七六六）冬在夔州作。

〔一〕嚴明府：名不詳。《舊唐書・地理志》夔州：「大昌，晋分巫、秭歸縣置建昌縣，又改爲大昌。隋不改。」

〔二〕問子二句：《趙次公先後解》：「索者，尋索之索。」朱鶴齡注：「《韻會》：故，古通作固。索故要，言明府不來，疑索我之固要而後至也。」《南齊書・高逸傳》褚伯玉：「近故要其來此，冀慰日夜。」故要即一再邀請。

〔三〕匣琴二句：《宋書・禮志》：「手板，則古笏矣。」《隋書・禮儀志》笏：「晋宋以來，謂之手板，此乃不經，今還謂之笏，以法古名。自西魏已降，通用象牙，六品已下，兼用竹木。」《趙次公先後解》：「下句則言嚴明府自持手板以入官府於朝朝也。」朱鶴齡注：「自朝朝，候明府之久也。或曰明府勤於參謁上官，故期而不至也。」

〔四〕金吼二句：《山海經・中山經》：「又東南三百里曰豐山……有九鐘焉，是知霜鳴。」注：「霜降則鐘鳴，故言知也。」《南齊書·樂志》齊雩祭歌：「霜鐘鳴，冥陵起。」李白《聽蜀僧濬彈琴》：「客心洗流水，餘響入霜鐘。」臘炬，同蠟炬。《趙次公先後解》：「古蠟字惟有臘耳。」

〔五〕早鳧二句：《趙次公先後解》謂用王喬鳧舄事。見卷一《橋陵詩三十韻因呈縣内諸官》（0037）注。

曉望白帝城鹽山〔一〕

徐步移班杖〔二〕，看山仰白頭。翠深開斷壁，紅遠結飛樓①。日出清江望②，暄和散旅愁。春城見松雪，始擬進歸舟。（1192）

【校】

①紅，宋本、錢箋校：「一作江。」

②清，錢箋、《草堂》校：「一作寒。」

【注】

黃鶴注：當是大曆元年（七六六）春在夔州作。

〔一〕鹽山：白鹽山。見卷七《寄裴施州》(0323)注。

〔二〕斑杖：仇注：「斑杖，斑竹杖也。」到溉有《餉任新安班竹杖因贈》。

西閣二首

巫山小搖落，碧色見松林①〔一〕。百鳥各相命，孤雲無自心②〔二〕。層軒俯江壁，要路亦高深〔三〕。朱紱猶紗帽，新詩近玉琴〔四〕。功名不早立，衰疾謝知音③。哀世無王粲④，終然學越吟⑤〔五〕。（1193）

【校】

① 見，《九家》作「是」。

② 無，錢箋校：「一作非。」

③ 疾，《草堂》校：「一作病。」錢箋作「病」，校：「一作疾。」

④ 非，錢箋校：「一作無。」《草堂》作「無」。

⑤ 然，錢箋校：「一作朝。」《草堂》作「朝」。

【注】

黃鶴注：當是大曆元年（七六六）秋晚作。

〔一〕巫山二句：《趙次公先後解》：「小摇落，則七月也。言楚地暖，其摇落也小小而已。」參《大曆二年九月三十日》(1271)注。

〔二〕百鳥二句：王粲《登樓賦》：「獸狂顧以求群兮，鳥相鳴而舉翼。」《文選》李善注：「《大戴禮·夏小正》：鳴也者，相命也。」陶淵明《歸去來兮辭》：「雲無心以出岫，鳥倦飛而知還。」

〔三〕層軒二句：《趙次公先後解》：「雖要衝之路亦在高深間，此可以見其皆山行而已。」

〔四〕朱紱二句：朱紱，見卷九《寄高三十五書記》(0443)注。紗帽，見卷一五《秋日夔府詠懷奉寄鄭監審李賓客之芳一百韻》(1030)注。

〔五〕哀世二句：王粲《登樓賦》：「鍾儀幽而楚奏兮，莊舄顯而越吟。」《史記·張儀列傳》：「惠王曰：『子去寡人之楚，亦思寡人不？』陳軫對曰：『王聞夫越人莊舄乎？』王曰：『不聞。』曰：『越人莊舄仕楚執珪，有頃而病。楚王曰：「舄，故越之鄙細人也，今仕楚執珪，貴富矣，亦思越不？」對曰：「凡人之思故，在其病也。彼思越則越聲，不思越則楚聲。」使人往聽之，猶尚越聲也。今臣雖弃逐之楚，豈能無秦聲哉。』」

懶心似江水，日夜向滄洲〔一〕。不道含香賤，其如鑷白休〔二〕。經過調碧柳①，蕭索倚朱樓②〔三〕。畢娶何時竟，消中得自由〔四〕。豪華看古往③，服食寄冥搜〔五〕。詩盡人間興，兼須入海求〔六〕。（1194）

【校】

① 調，錢箋校：「一作凋。」《草堂》作「凋」。

② 索，錢箋、《草堂》校：「一作瑟。」

③ 豪，錢箋、《草堂》校：「一作榮。」

【注】

〔一〕滄洲：見卷二《幽人》(0098)注。

〔二〕不道二句：《初學記》卷一一引應劭《漢官儀》：「尚書郎含雞舌香，伏奏事，黄門郎對揖跪受。」鑷白，見卷一〇《秦州雜詩二十首》(0563)注。

〔三〕經過二句：王延壽《王孫賦》：「時遼落以蕭索，乍睥睨以容與。」陶淵明《自祭文》：「天寒夜長，風氣蕭索。」

〔四〕畢娶二句：《後漢書·逸民傳》：「尚長字子平，河内朝歌人也。隱居不仕，性尚中和……建武中，男女娶嫁既畢，勑斷家事勿相關，當如我死也。於是遂肆意，與同好北海禽慶俱游五岳名山，竟不知所終。」消中，見卷六《客堂》(0269)注。

〔五〕冥搜：見卷一《同諸公登慈恩寺塔》(0023)注。

〔六〕詩盡二句：《趙次公先後解》：「緣公方欲盡南而下，故宜有入海之語。」朱鶴齡注：「公詩『到今有餘恨，不得窮扶桑』，又云『蓬萊如可到，衰白問羣仙』，末二語即此意。」

卜居

歸羨遼東鶴，吟同楚執珪〔一〕。未成游碧海，著處覓丹梯〔二〕。雲障寬江北①，春耕破瀼西〔三〕。桃紅客若至，定似昔人迷②〔四〕。(1195)

【校】

①障，錢箋、《草堂》校：「陳作嶂。」北，錢箋作「左」，校：「一云北。」

②昔，錢箋、《草堂》校：「一作晋。」

【注】

黄鶴注：當是大曆二年(七六七)作，公是年三月自赤甲遷居瀼西。

〔一〕歸羨二句：遼東鶴，見卷一三《陪李七司馬皂江上觀造竹橋即日成往來之人免冬寒入水聊題短作簡李公二首》(0909)注。楚執珪，見《西閣二首》(1193)注。

〔二〕未成二句：著處，到處，見卷七《清明》(0405)注。丹梯，見卷四《丈人山》(0184)注。

〔三〕瀼西：見卷六《柴門》(0274)注。

〔四〕桃紅二句：用桃花源事。見卷二《北征》(0052)注。

玉腕騮 江陵節度衛公馬也〔一〕。

聞説荊南馬，尚書玉腕騮〔二〕。頓驂飄赤汗①，跼蹐顧長楸〔三〕。胡虜三年入，乾坤一戰收〔四〕。舉鞭如有問，欲伴習池游〔五〕。(1196)

【校】

①頓驂，錢箋、《草堂》校：「陳作驂驔。」

【注】

黄鶴注：當是大曆元年(七六六)在夔州作。

〔一〕江陵節度衛公：衛伯玉。見卷七《荊南兵馬使太常卿趙公大食刀歌》(0310)注。

〔二〕聞説二句：仇注引邵注：「前足腕肉白，曰玉腕。」

〔三〕頓驂二句：仇注作「驂驔」，引《吴都賦》「趁趕瓝𦋺」，李善注：「相隨驅逐衆多貌。」喬知之《羸駿篇》：「蹀躞朝馳過上苑，趁趕暝走發章臺。」亦寫作驂驔。上官昭容《駕幸新豐温泉宫獻詩》：「鸞旂掣曳拂空回，羽騎驂驔躡景來。」長楸，見卷四《韋諷録事宅觀曹將軍畫馬圖》（0195）注。

〔四〕胡虜二句：朱鶴齡注：「按《伯玉傳》：乾元二年，大破思明僞將李歸仁於彊子坂。豈指此歟？」

〔五〕習池：見卷一一《王十七侍御掄許携酒至草堂奉寄此詩便請邀高三十五使君同到》（0711）注。

見王監兵馬使説近山有白黑二鷹羅者久取竟未能得王以爲毛骨有異他鷹恐臘後春生騫飛避暖勁翮思秋之甚眇不可見請余賦詩①〔一〕

雲飛玉立盡清秋②，不惜奇毛恣遠游〔二〕。在野只教心力破③，千人何事網羅求④？一生自獵知無敵，百中争能恥下韝〔三〕。鵬礙九天須却避，兔藏三穴莫深憂⑤〔四〕。（1197）

【校】

① 見王監兵馬使説近山有白黑二鷹羅者久取竟未能得王以爲毛骨有異他鷹恐臘後春生騫飛避暖勁翮思秋之甚眇不可見請余賦詩，《草堂》有「二首」二字。

② 雲，錢箋作「雪」，校：「别本俱作雲。」

③ 力，錢箋、《草堂》校：「一作膽。」

④ 千，錢箋校：「晋作干。或作于。」《草堂》作「于」，校：「晋、謝皆作干。」

⑤ 藏，錢箋校：「一作經。」 藏三穴，錢箋校：「一作營三窟。」

【注】

黄鶴注：當與《二角鷹歌》同是大曆元年（七六六）在夔州作。《趙次公先後解》編入大曆三年（七六八）荆南作。

〔一〕王兵馬使：見卷七《王兵馬使二角鷹》（0311）注。

〔二〕雲飛二句：《趙次公先後解》：「此篇專詠白鷹，如雲之飛，如玉之立，皆言其白。」

〔三〕一生二句：庾信《奉和永豐殿下言志》：「野鶴能自獵，江鷗解獨漁。」《趙次公先後解》：「鷹所以用獵也，謂其野鷹，所以自獵。」下鞲，見卷一《去矣行》（0040）注。

〔四〕鵬礙二句：《藝文類聚》卷九一引《後幽明録》：「楚文王時，有人獻一鷹，俄而雲際有一物，凝翔鮮白，鷹便竦翮而升，須臾羽墮如雪，血下如雨，有大鳥墮地，兩翅廣數十里。衆莫能知，時博物君子曰：此鵰雛也。」《戰國策・齊策》：「狡兔有三窟，僅得免其死耳。」

黑鷹不省人間有，度海疑從北極來。正翮摶風超紫塞，立冬幾夜宿陽臺①〔一〕？虞羅自各虛施巧，春雁同歸必見猜〔二〕。萬里寒空衹一日，金眸玉爪不凡材②〔三〕。

(1198)

【校】

① 立，錢箋校：「陳作玄。」《草堂》作「玄」，校：「一作立。」

② 不，錢箋校：「刊作未。」

【注】

〔一〕正翮二句：紫塞，見卷一二《官池春雁二首》(0747)注。陽臺，在巫山，見卷六《雨》(0297)注。

〔二〕虞羅二句：魏澹《鷹賦》：「遇犬則驚猜，得人則馴擾。」劉孝威《烏生八九子》：「虞機衡網不得施，猜鷹鷙隼無由逐。」《趙次公先後解》：「序所謂臘後春生，鶱飛避暖，故云與雁同歸北塞，而雁有見猜之理矣。」按，鷹性驚警，故有猜鷹之説。此言雁見猜於鷹。

〔三〕萬里二句：《西京雜記》卷四：「茂陵少年李亨，好馳駿狗，逐狡獸。或以鷹鷂逐雉兔，皆爲之佳名。……鷹則有青翅、黃眸、青冥、金距之屬。」

鷗

江浦寒鷗戲，無他亦自饒〔一〕。却思翻玉羽，隨意點春苗〔二〕。雪暗還須浴①，風生一任飄。幾羣滄海上，清影日蕭蕭〔三〕。（1199）

【校】

①浴，錢箋校：「一作落。」《草堂》校：「晋作俗。」

【注】

黄鶴注：當是大曆元年（七六六）夔州作。

〔一〕江浦二句：《説文》：「鷗，水鴞也。」左思《吴都賦》：「鶄鷗鷛鸝。」《文選》劉逵注：「《蒼頡篇》曰：鷗大如鳩。郭璞《山海經注》曰：鷗，水鴞也。」《太平御覽》卷九二五引《南越志》：「江鷗，一名海鷗。在漲海中隨潮上下，常以三月風至，乃還洲嶼。生卵似鷄卵，色青。頗知風雲，若羣飛至岸必風。漁人及度海者皆以此爲候。」《本草綱目》卷四七：「時珍曰：鷗者，浮水上輕漾如漚也。鷖者，鳴聲也。鴞者，形似也。在海者名海鷗，在江者名江鷗。江夏人訛爲江鵞也。海中一種隨潮往來，謂之信凫。」《趙次公先後解》：「無他，言無他憂虞也。所以亦自饒縱而浮泛。」

〔二〕却思二句：《趙次公先後解》：「又思明年之春田有新苗，翻玉羽而點之，斯爲飛翻之隨意矣。」羅大經《鶴林玉露》甲編卷五：「言浦鷗閑戲，使無他事，亦自饒美。奈何不免口腹之累，故閑戲未足，已思翻玉羽而點春苗，爲謀食之計，雖風雪凌厲，有所不暇顧。」浦起龍云：「惟其心裏無他，所以寬饒也。羅大經以翻羽、點苗爲逐逐於謀食，則失江鷗本色矣。」盧元昌曰：「春苗，當是青苗。夔有青苗陂。」仇注：「既云寒鷗，不當言春苗矣。」

〔三〕幾羣二句：羅大經《鶴林玉露》：「末言海鷗之曠逸，清影翛然不爲泥滓所點染，非浦鷗所能及。以興士當高舉遠引，歸潔其身如海鷗，不當逐逐於聲利之場，以自取賤辱若浦鷗也。」

猿

裊裊啼虛壁，蕭蕭挂冷枝。艱難人不免①，隱見爾如知〔一〕。慣習元從衆，全生或用奇〔二〕。前林騰每及，父子莫相離〔三〕。（1200）

【校】

① 免，錢箋作「見」，校：「一作免。」

【注】

黃鶴注：大曆元年（七六六）作。

〔一〕艱難二句：朱鶴齡注：「言挂枝、啼壁，如識隱見之機，人反有不如者矣。」

〔二〕慣習二句：《趙次公先後解》：「言其於便捷之中得以全生，如搏矢避弓之事。」仇注：「從衆，能挂枝。用奇，能騰踔。此爲隱見指實。」《論語·子罕》：「吾從衆。」

〔三〕前林二句：左思《吴都賦》：「其上則猿父哀吟，貚子長嘯。」《世説新語·黜免》：「桓公入蜀，至三峽中，部伍中有得猿子者。其母緣岸哀號，行百餘里不去，遂跳上船，至便即絶。破其腹中，腸皆寸寸斷。」《南史·齊武帝諸子傳》：「他日出景陽山，見一猨透擲悲鳴，問後堂丞：『此猨何意？』答曰：『猨子前日墮崖致死，其母求之不見，故爾。』」盧元昌曰：「此父子相離之類。」

黃魚

日見巴東峽，黃魚出浪新〔一〕。脂膏兼飼犬〔二〕，長大不容身。筒桶相沿久①，風雷肯爲神②〔三〕。泥沙卷涎沫，回首怪龍鱗〔四〕。（1201）

【校】

①桶，錢箋校：「一作篇。」《草堂》校：「一作篇。」

②神，錢箋校：「一作伸。」《草堂》作「伸」，校：「一作神。」

【注】

黄鶴注：當是大曆元年（七六六）在夔州作。

〔一〕日見二句：《爾雅·釋魚》注：「鱣，大魚，似鱏而短，鼻口在頷下，體有邪行甲，無鱗，肉黄，大者長二三丈，今江東呼爲黄魚。」疏：「陸機云：鱣出江海，三月中從河下頭來上。鱣，身形似龍，鋭頭，口在頷下，背上腹下皆有甲，縱廣四五尺。今於盟津東石磧上釣取之，大者千餘斤，可蒸爲臛，又可爲鮓，魚子可爲醬。」《詩·衛風·碩人》傳：「鱣，鯉也。」《説文》：「鯉，鱣也。」段注：「鯉者，俗通行之語……然則凡鯉曰鯉，大鯉曰鱣……而要各爲類也。」《太平御覽》卷九三六引《魏武四時食制》：「鱣，一名黄魚，大數百斤，骨軟可食。出江陽犍爲。」馬永卿《嬾真子》卷四：「（峽中）黄魚極大，至數百斤，小者亦數十斤。」引此詩。

〔二〕脂膏句：《論衡·定賢》：「彭蠡之濱，以魚食犬豕。」

〔三〕筒桶二句：《趙次公先後解》：「筒桶散布水中以繫餌，觀其没以爲驗，而隨其困以取之也。」《草堂》夢弼注：「筒篇，捕魚器也。」

〔四〕泥沙二句：《趙次公先後解》：「黄魚徒大似龍鱗，乃不能起風雷，此所以爲可怪也。」

白小

白小羣分命，天然二寸魚〔一〕。細微霑水族，風俗當園蔬〔二〕。入肆銀花亂，傾箱雪片虛。生成猶拾卵①，盡取義何如〔三〕？（1202）

【校】

① 拾，錢箋校：「一作捨。」

【注】

黄鶴注：當是大曆元年（七六六）夔州作。

〔一〕白小二句：白居易《即事寄微之》：「衣縫紕纇黄絲絹，飯下腥鹹白小魚。」黄鶴注：「當是今所謂麵條魚者。」厲荃《事物異名録》卷三八：「即銀魚也。」

〔二〕細微二句：趙與旹《賓退録》卷二：「《靖州圖經》載其俗，居喪不食酒肉鹽酪，而以魚爲蔬。今湖北多然，謂之魚菜，不特靖也。老杜《白小》詩云……正指此。蓋老杜嘗往來荆楚，而此詩則嘉興魯氏定爲夔門所作，夔亦與湖北相鄰故也。注杜詩者皆不及此。《韻語陽秋》云：言白小與菜無異，豈復有厚味哉。非其指矣。」按，杜詩非指居喪。趙説不確。

〔三〕生成二句：《禮記·王制》：「不麛，不卵，不殺胎，不殀夭，不覆巢。」張衡《西京賦》：「擭胎拾卵，蚳蝝盡取。」《文選》李善注：「《國語》曰：鳥翼鷇卵，蟲舍蚳蝝。」《趙次公先後解》：「今言取白小生成之物，遂猶拾卵而盡取矣，言白小之微細，所當有也。」朱鶴齡注：「言生成之道，卵猶不忍弃。魚雖小而盡取之，豈得爲義乎？」按，張衡賦乃謂取及胎卵，杜詩雖用其語，然實有出入，蓋同《王制》不卵之義。朱注曲爲彌合。

麂〔一〕

永與清溪別，蒙將玉饌俱。無才逐仙隱，不敢恨庖厨〔二〕。亂世輕全物，微聲及禍樞〔三〕。衣冠兼盜賊，饕餮用斯須〔四〕。（1203）

【注】

黃鶴注：當是大曆元年（七六六）夔州作。

〔一〕麂：《政和證類本草》卷一八引《圖經》：「麂音几，出東南山谷，今有山林處皆有，而均房湘漢間尤多。實麞也。謹按《爾雅》：麐與几同，大麕，旄毛狗足。釋曰：麐亦麞也。旄毛，猥長毛也。大麞毛長狗足者名麐。南人往往食其肉，然堅韌不及麞味美，多食之則動痼疾。其皮作履舃，勝於衆皮。頭亦入藥，用采無時。又有一種類麐而更大，名麖，不堪藥用。《山海經》曰：女几之山，其獸多麖麐。是此。」引《衍義》：「麂，獐之屬，又小於獐。但口兩邊有長牙，好鬭，則用其牙。皮爲第一，無出其右者，然多牙傷痕。四方皆有，山深處則頗多，其聲如擊破鈸。」

〔二〕無才二句：《白氏六帖事類集》卷四：「《神仙傳》：葛仙公憑桐木几，於女几山學仙，得道後几化爲白麂三足，時出於山上。」《太平御覽》卷三七六引《晏子春秋》：「麂生於山野，命懸於庖厨。」浦起龍云：「此詠獵得之麂，非生麂也。」

〔三〕亂世二句：《趙次公先後解》：「似言聖世猶不至於暴殄天物，而亂世輕全生之物，才聞麂鳴微聲，則禍隨之矣。」仇注：「全乃全活之全。」

〔四〕衣冠二句：《趙次公先後解》：「衣冠之人行如盜賊，惟知饕餮而已，故使人多害生物，用以充庖，止在斯須之間焉。」仇注：「衣冠乃食肉者，盜賊乃捕獸者，徇口腹之欲，而戕命於斯須，則衣冠亦等於盜賊矣。」

雞

紀德名標五，初鳴度必三〔一〕。殊方聽有異，失次曉無慚〔二〕。問俗人情似，充

庖爾輩堪〔三〕。氣交亭育際，巫峽漏司南〔四〕。（1204）

【注】

黄鶴注：當是大曆元年（七六六）夔州作。

〔一〕紀德二句：《韓詩外傳》卷二：「君獨不見夫雞乎？首戴冠者，文也。足傅距者，武也。敵在前敢鬬者，勇也。得食相告，仁也。守夜不失時，信也。雞有此五德，君猶日瀹而食之者何也？」《禮記・文王世子》：「雞初鳴而衣服。」《史記・曆書》：「時雞三號，卒明。」索隱：「三號，三鳴也。言夜至雞三鳴則天曉。」

〔二〕失次句：《趙次公先後解》：「此失字，乃陳壽《三國志》所謂失旦之雞者矣。」

〔三〕問俗二句：《禮記・王制》：「充君之庖。」《趙次公先後解》：「蓋言以雞充庖者，皆風俗人情之常爾。」

〔四〕氣交二句：《老子》五十一章：「故道生之，德畜之，長之育之，亭之毒之。」河上公本「亭之毒之」作「成之熟之」。畢沅曰：「亭、成，毒、熟，聲義相近。」《梁書・武帝紀》：「思隨乾覆，布兹亭育。」《趙次公先後解》：「言雞之所以充庖，以其生息之繁，蓋一氣之所亭育也。」朱鶴齡注：「自昏而曉，正造化氣候所交，故曰氣交亭育際。」黄生謂指時在冬春之交。《韓非子・有度》：「故先王立司南以端朝夕。」《論衡・是應》：「司南之杓，投之於地，其柢指南。」《趙次公先後解》引《晋書》司南車，謂：「今公借字以言氣之司於南方耳。」朱鶴齡注：「夔州在南，雞司昏曉，今失其司晨之職，故曰巫峽漏司南也。」仇注引顧注：「雞爲火德之精，南方屬火，故曰司南。」又引遠注：「指南車有南北定向，如雞鳴有子午之候。」黄生曰：「司南猶司晨也。」仇注：「當子半亭育之時，而巫峽漏聲早有司南之報，雞鳴果安在哉？」

別蘇徯赴湖南幕〔一〕。

故人有游子，弃擲傍天隅〔二〕。他日憐才命，居然屈壯圖〔三〕。十年猶塌翼，絶倒爲驚吁〔四〕。消渴今如在，提携愧老夫〔五〕。豈知臺閣舊，先拂鳳凰鶵①〔六〕。得實翻蒼竹，棲枝把翠梧〔七〕。北辰當宇宙，南岳據江湖〔八〕。國帶風塵色，兵張虎豹符〔九〕。數論封内事，揮發府中趨〔一〇〕。贈爾秦人策②，莫鞭轅下駒〔一一〕。(1205)

【校】

① 先，錢箋、《草堂》校：「陳作洗。」

② 爾，錢箋、《草堂》校：「一作汝。」

【注】

黄鶴注：當是大曆元年(七六六)作。《趙次公先後解》編入大曆二年(七六七)。

〔一〕蘇徯：卷七有《贈蘇四徯》(0362)。朱鶴齡注：「公爲拾遺時，徯父在臺閣，故曰臺閣舊。按史，肅宗收京，蘇源明擢考功郎中、知制誥，豈徯乃源明之子耶？」仇注：「源明卒於廣德二年，不應喪制未終，而急趨幕府，知非源明子矣。」

〔二〕故人二句：《文選》李陵詩：「風波一失所，各在天一隅。」仇注：「公蓋蘇徯父接也。」

〔三〕他日二句：《趙次公先後解》：「他日，前日也。前日嘗憐愛蘇之才命，以爲必超騰矣，而今居然猶壯圖之屈也。」《宋書・文九王傳》：「授鉞南討，本非才命。」《新唐書・藝文志》著録張鷟撰《才命論》一卷。

〔四〕十年二句：陳琳《爲袁紹檄豫州》：「垂頭拓翼，莫所憑恃。」絶倒，見卷二《蘇端薛復筵簡薛華醉歌》(0078)注。

〔五〕消渴二句：消渴，見卷六《同元使君舂陵行》(0276)「渴太甚」注。《趙次公先後解》：「公自言其有消渴之病，不能提携蘇徯爲愧也。」在，存也。《論語・八佾》：「祭如在。」疏：「如其親存。」

〔六〕豈知二句：《三國志・魏書・盧毓傳》：「魏世事統臺閣，重内輕外，故八座尚書，即古六卿之任也。」仇注：「臺閣舊人，必徯父交而力能提携者。」「湖南幕主，亦徯父交而昔日同朝者。」朱注謂指徯父，不確。

〔七〕得實二句：《莊子・秋水》：「夫鵷雛，發於南海而飛於北海，非梧桐不止，非練實不食，非醴泉不飲。」

〔八〕北辰二句：《趙次公先後解》：「上句言帝都。」「次句言湖南。」

〔九〕兵張句：《漢書・文帝紀》：「初與郡守爲銅虎符、竹使符。」注：「應劭曰：銅虎符第一至第五，國家當發兵，遣使者至郡合符，符合乃聽受之。」

〔一〇〕揮發句：《陌上桑》：「盈盈公府步，冉冉府中趨。」

〔一一〕贈爾二句：《左傳》文公十三年：「(士會)乃行，繞朝贈之以策，曰：『子無謂秦無人，吾謀適不用也。』」杜預注：「策，馬檛。臨別授之馬檛，並示己所策以展情。繞朝，秦大夫。」疏引服虔云，以策爲策書。《史記・魏其武安侯列傳》：「今日廷論，局趣效轅下駒。」正義：「應劭云：駒馬駕著轅下，局趣，纖小之貌。」《趙次公先後解》：「莫鞭轅下駒，戒之以無妄舉。」仇注：「勸之以志圖遠大，而勿局於近小。」

月圓

孤月當樓滿，寒江動夜扉。委波金不定，照席綺逾依〔一〕。未缺空山静，高懸列宿稀〔二〕。故園松桂發①，萬里共清輝〔三〕。(1206)

【校】

① 桂，宋本、錢箋、《草堂》校：「一作菊。」

【注】

黃鶴注：當是大曆元年（七六六）在夔州西閣作。

〔一〕委波二句：謝莊《月賦》：「委照而吴業昌，淪精而漢道融。」《漢書・郊祀志》郊祀歌：「月穆穆以金波，日華耀以宣明。」鄒陽《酒賦》：「綃綺爲席，犀璩爲鎮。」江淹《雜體詩・休上人怨別》：「膏爐絶沈燎，綺席生浮埃。」

〔二〕未缺二句：《禮記・禮運》：「三五而盈，三五而闕。」疏：「月有虧盈之理。」《趙次公先後解》：「未缺，言月之尚圓。」謝莊《月賦》：「列宿掩縟，長河韜映。」

〔三〕故園二句：謝莊《月賦》：「美人邁兮音塵闕，隔千里兮共明月。」沈約《八詠・登臺望秋月》：「凝華入黼帳，清輝懸洞房。」

中宵

西閣百尋餘，中宵步綺疏〔一〕。飛星過水白，落月動沙虚。擇木知幽鳥，潛波想巨魚。親朋滿天地，兵甲少來書。（1207）

【注】

黃鶴注：當是大曆元年（七六六）作。

〔一〕西閣二句：《後漢書·梁冀傳》：「窗牖皆有綺疏青瑣。」注：「綺疏，謂鏤爲綺文。」陸機《贈尚書郎顧彦先》：「玄雲拖朱閣，振風薄綺疏。」

白帝樓

漠漠虛無裏，連連睥睨侵①〔一〕。樓光去日遠，峽影入江深。臘破思端綺，春歸待一金②〔二〕。去年梅柳意，還欲攬邊心〔三〕。（1208）

【校】

① 睥睨，《草堂》校：「一作埤堄。」

② 一，《草堂》作「鎰」。

【注】

黃鶴注：當是大曆二年（七六七）歲晏作。《趙次公先後解》編入大曆元年（七六六）。

〔一〕漠漠二句：《釋名》：「城上垣曰睥睨，言於其孔中睥睨非常也。」參《上白帝城》（1169）「女墻」注。《趙次公先後解》：「侵，則侵虚無之裏，言其高也。」

〔二〕臘破二句：《古詩十九首》：「客從遠方來，遺我一端綺。」《趙次公先後解》：「臘破思端綺，所以禦寒，且爲新服。春歸待一金，所以充費，且以爲賞。」

〔三〕去年二句：仇注：「思端綺、一金製春服而作行資尚不可得，恐仍似去年之留滯耳，故對梅柳而還動邊心。」

送王十六判官〔一〕

客下荆南盡，君今復入舟。買薪猶白帝，鳴櫓少沙頭①。江陵吴船至，泊於郭外沙頭〔二〕。衡霍生春早，瀟湘共海浮〔三〕。荒林庾信宅〔四〕，爲仗主人留。（1209）

【校】

①少，錢箋、《草堂》校：「一作已。」

【注】

黄鶴注：當是大曆元年（七六六）在夔州作。

〔一〕王十六判官：名不詳。

〔二〕鳴櫓句：卷六《雨二首》(0299)：「水深雲光廓，鳴櫓各有適。」《方輿勝覽》卷二七江陵府：「沙頭市，去府十五里。四方之商賈輻輳，舟車駢集。」

〔三〕衡霍二句：郭璞《江賦》：「衡霍磊落以連鎮，巫廬嵬崛而比嶠。」此指衡山。參卷三《昔游》(0097)「廬霍」注。朱鶴齡注：「蓋王自江陵而適湖南也。」

〔四〕荒林句：卷一五《送李功曹之荊州充鄭侍御判官重贈》(1057)《九家》杜時可《補遺》：「余知古《渚宮故事》曰：庾信因侯景之亂，自建康遁歸江陵，居宋玉故宅。宅在城北三里。《哀江賦》：誅茅宋玉之宅，穿逕臨江之府。」

奉送卿二翁統節度鎮軍還江陵〔一〕

火旗還錦纜，白馬出江城〔二〕。嘹唳吟笳發①〔三〕，蕭條別浦清。寒空巫峽曙，落日渭陽明②〔四〕。留滯嗟衰疾，何時見息兵？（1210）

【校】

① 吟，錢箋校：「一作鳴。」《草堂》作「鳴」，校：「一作吟。」

②明，錢箋、《草堂》校：「一作情。」

【注】

黃鶴注：當是大曆二年（七六七）作。《趙次公先後解》編入大曆元年。

〔一〕卿二翁：見卷一五《上卿翁請修武侯廟遺像缺落時崔卿權夔州》（1058）注。《舊唐書・地理志》夔州：「（乾元）二年，刺史唐論請升爲都督府，尋罷之。」柏貞節大曆元年仍爲夔州都督，其罷都督府或即崔卿權州之時歟？

〔二〕火旗二句：李白《送程劉二侍郎兼獨孤判官赴安西幕府》：「天外飛霜下葱海，火旗雲馬生光彩。」《趙次公先後解》：「火旗，朱旗也。還錦纜，則軍從舟中歸矣。」白居易《送令狐相公赴太原》：「青衫書記何年去，紅旆將軍昨日歸。」注：「藩鎮例驅紅旆。」葉夢得《石林燕語》卷六：「節度使旌節門旗二，龍虎旌一，節一，麾槍二，豹尾二，凡八物。旗以紅繒爲之，九幅，上爲塗金龍頭，以揭旌，加木盤。……旌則綢以紅繒，節及麾槍則綢以碧油，故謂之碧油紅旆。」還，猶言還有，還復，非往還之還。許敬宗《奉和喜雪應制》：「飄河共瀉銀，委樹還重碧。」李白《襄陽曲》：「頭上白接羅，倒著還騎馬。」錦纜，見卷九《城西陂泛舟》（0445）注。

〔三〕嘹唳句：陶弘景《寒夜怨》：「夜雲生，夜鴻驚，淒切嘹唳傷夜情。」陳子昂《西還至散關答喬補闕知之》：「葳蕤蒼梧鳳，嘹唳白露蟬。」

〔四〕寒空二句：《趙次公先後解》：「落日渭陽明一句説長安，所以懷鄉，又暗有卿二翁乃公舅翁之義也。」《詩·秦風·渭陽》:「我送舅氏,曰至渭陽。」序:「《渭陽》,康公念母也。康公之母,晋獻公之女。文公遭麗姬之難,未反,而秦姬卒。穆公納文公,康公時爲大子,贈送文公於渭之陽,念母之不見也。我見舅氏,如母存焉。及其即位,思而作是詩也。」

閣夜

歲暮陰陽催短景,天涯霜雪霽寒宵〔一〕。五更鼓角聲悲壯,三峽星河影動搖〔二〕。野哭幾家聞戰伐①,夷歌是處起漁樵②〔三〕。卧龍躍馬終黄土,城上有白帝祠,郭外有孔明廟③〔四〕。人事依依漫寂寥④。(1211)

【校】

①幾,錢箋、《草堂》校:「晋作千。」

②是,錢箋作「數」,校:「晋作是。」《草堂》校:「晋作幾。或作數。」

③城上有白帝祠郭外有孔明廟,錢箋:「吴若本注:夔州有白帝城,郭外有孔明廟。」

④人事依依漫寂寥,宋本校:「一云人事音塵日寂寥。」《草堂》校:「一作人事音書謾寂寥。一作人事音塵日寂寥。」依依漫,錢箋校:「一作音塵日。一作音書頻。」

【注】

黄鶴注：大曆元年（七六六）作，是時崔旰之亂未息。仇注編入大曆二年（七六七）。

〔一〕歲暮二句：《古詩十九首》：「浩浩陰陽移，年命如朝露。」郭璞《客傲》：「駮狼之長暉，玄陸之短景。」

〔二〕五更二句：《後漢書・文苑傳》禰衡：「衡方爲《漁陽參撾》，蹀躞而前，容態有異，聲節悲壯。」《史記・天官書》：「天一、槍、棓、矛、盾動摇，角大，兵起。」《漢書・天文志》：「元光中，天星盡摇，上以問候星者，對曰：『星摇者，民勞也。』」《苕溪漁隱叢話》前集卷一〇引《西清詩話》：「杜少陵云：作詩用事，要如禪家語，水中著鹽，飲水乃知鹽味。此説詩家秘密藏也。如『五更鼓角聲悲壯，三峽星河影動摇』，人徒見凌轢造化之工，不知乃用事也。」引《禰衡傳》及《漢武故事》。賀裳《載酒園詩話》卷一：「余意解則妙矣，然少陵當日正是古今貫串胸中，觸手逢源，譬如秫和麴蘖而成醴，嘗者更辨其孰爲黍味，孰爲麥味耳。」施閏章《蠖齋詩話》：「注杜詩者，謂杜語必有出處。然添却故事，減却詩好處。如『五更鼓角聲悲壯，三峽星河影動摇』，蓋言峽流傾注，上撼星河，語有興象。竹坡乃引《天官書》天一槍棓矛盾動摇、角大兵起，謂語中暗見用兵之意，頓覺索然。且上句已明言鼓角矣，何復暗用爲哉？」

〔三〕野哭二句：《禮記・檀弓上》：「孔子惡野哭者。」左思《蜀都賦》：「陪以白狼，夷歌成章。」

〔四〕卧龍句：《三國志・蜀書・諸葛亮傳》：徐庶謂先主曰：「諸葛孔明者，卧龍也。」躍馬，見《上白帝城》(1169)注。白帝祠，見卷一三《上白帝城二首》(0925)注。

《苕溪漁隱叢話》前集卷一〇引東坡云：「七言之偉麗者，子美云：『旌旗日暖龍蛇動，宮殿風微燕雀高。』『五更鼓角聲悲壯，三峽星河影動摇。』爾後寂寥無聞焉。直至永叔云：『蒼波萬古流不盡，白鳥雙飛意自閑。』『萬馬不嘶聽號令，諸番無事著耕耘。』可以並驅争先矣。小生亦云：『令嚴鐘鼓三更月，野宿貔貅萬竈烟。』又云：『露布朝馳玉關塞，捷書夜至甘泉宮。』亦庶幾焉耳。」

白帝城最高樓

城尖徑昃旌旆愁①〔一〕，獨立縹緲之飛樓。峽坼雲霾龍虎睡②，江清日抱黿鼉游③〔二〕。扶桑西枝對斷石④，弱水東影隨長流〔三〕。杖藜歎世者誰子，泣血迸空回白頭〔四〕。（1212）

【校】

① 昃，宋本、錢箋、《草堂》校：「一作翼。」《九家》作「仄」，校：「一作翼。」

②睡，錢箋作「卧」，校：「吴作睡。」

③江清，《草堂》作「清江」。

④對，錢箋校：「一作封。」

【注】

黄鶴注：當是大曆元年（七六六）到夔時登此樓所作。

〔一〕徑昃：《趙次公先後解》作「徑仄」，謂昃字非。

〔二〕峽坼二句：《趙次公先後解》：「峽壁開坼，而雲氣霾龍虎之睡，江水澄清，而日光抱黿鼉之游。」

〔三〕扶桑二句：《山海經·海外東經》：「湯谷上有扶桑，十日所浴。」《淮南子·天文訓》：「日出於暘谷，浴於咸池，拂於扶桑。」弱水，見卷二《送韋十六評事充同谷郡防禦判官》（0088）注。曹植《游仙詩》：「東觀扶桑曜，西臨弱水流。」《趙次公先後解》謂道書言蓬萊隔弱水三十萬里，以弱水在東，所以言東影，舊注引《禹貢》弱水非是。按，道家亦恒言崑崙弱水。朱鶴齡注：「峽之高，可望扶桑西向。江之遠，可接弱水東來。」仇注：「扶桑西枝，是就東言西。弱水東影，是就西言東。」

〔四〕杖藜二句：曹植《七哀詩》：「借問歎者誰，言是宕子妻。」阮籍《詠懷》：「所憐者誰子，明察自照妍。」

趙翼《甌北詩話》卷八：「拗體七律，如『鄭縣亭子澗之濱』、『獨立縹緲之飛樓』之類，杜少陵集最多。乃專用古體，不諧平仄。中唐以後，則李商隱、趙嘏輩創爲一種以第三、第五字平仄互易，如『溪雲初起日沈閣，山雨欲來風滿樓』，『殘星幾點雁横塞，長笛一聲人倚樓』之類，别有擊撞波折之致。」

覽鏡呈柏中丞〔一〕

渭水流關内，終南在日邊〔二〕。膽銷豺虎窟，淚入犬羊天〔三〕。起晚堪從事，行遲更覺仙①〔四〕。鏡中衰謝色，萬一故人憐〔五〕。（1213）

【校】

① 覺，錢箋作「學」，校：「舊作覺。」《草堂》校：「一作學。」

【注】

黄鶴注：大曆元年（七六六）作。

〔一〕柏中丞：柏貞節。見卷七《覽柏中允兼子侄數人除官制詞因述父子兄弟四美載歌絲綸》

（0308）注。

〔二〕渭水二句：《晋書·明帝紀》：「年數歲，嘗坐置膝前，屬長安使來，因問帝曰：『汝謂日與長安孰遠？』對曰：『長安近。不聞人從日邊來，居然可知也。』」《趙次公先後解》：「故凡言帝都者，以日邊言之。」李白《行路難》：「閑來垂釣坐溪上，忽復乘舟夢日邊。」

〔三〕膽銷二句：黄鶴注：「蓋以吐蕃自廣德元年至永泰元年入寇，故云。」

〔四〕起晚二句：《趙次公先後解》：「凡仕有官者必早起，起晚矣可堪從事乎？仙者身輕步疾，老而行遲矣，那更覺爲仙乎？豈因覽鏡見衰而遂歎其終不能仙矣乎？」錢箋：「言步履遲緩，更可以學仙乎？正衰謝之意也。」朱鶴齡注：「或曰《仙傳》載薊子訓行若遲徐，走馬不及。左慈著木履，拄一竹杖，孫討逆鞭馬追之，終不能及。此所云行遲更學仙也。戲言之以見其衰謝之意耳。」按，仙疑爲音近假借或方言詞，别有義。

〔五〕萬一：表希企冀望。《後漢書·皇后紀》：「如有萬一，援不朽於黄泉矣。」顧非熊《陳情上鄭主司》：「懇情今吐盡，萬一冀哀憐。」劉駕《出門》：「進猶希萬一，退復何所如。」

西閣夜

恍惚寒山暮①，逶迤白霧昏。山虚風落石②，樓静月侵門。擊柝可憐子，無衣

何處村〔一〕？ 時危關百慮，盜賊爾猶存。（1214）

【校】

① 山，《九家》作「空」。

② 石，《草堂》作「木」。

【注】

黄鶴注：當是大曆元年（七六六）作，盜賊指崔旰也。

〔一〕擊柝二句：《趙次公先後解》：「白帝上有屯戍，則每夜有擊柝之役。」《易·繫辭下》：「重門擊柝，以待暴客。」

瀼西寒望

水色含羣動，朝光切太虛〔一〕。年侵頻悵望①〔二〕，興遠一蕭疏。猿挂時相學〔三〕，鷗行炯自如。瞿塘春欲至，定卜瀼西居。（1215）

【校】

①侵，錢箋校：「一作終。」

【注】

黃鶴注：當是大曆元年（七六六）冬作，明年春晚果自赤甲遷居瀼西。

〔一〕水色二句：陶淵明《雜詩》：「日入羣動息，歸鳥趨林鳴。」曹植《仙人篇》：「萬里不足步，輕舉凌太虚。」

〔二〕年侵句：陸機《豫章行》：「前路既已多，後塗隨年侵。」

〔三〕猿挂句：蕭衍《草書狀》：「若白水之游群魚，叢林之挂騰猿。」何遜《渡連圻》：「魚游若擁劍，猿挂似懸瓜。」

陪柏中丞觀宴將士二首

極樂三軍士，誰知百戰場。無私齊綺饌，久坐密金章〔一〕。醉客霑鸚鵡，佳人指鳳皇①〔二〕。幾時來翠節，特地引紅粧〔三〕？（1216）

【校】

① 皇，錢箋作「凰」。

【注】

黄鶴注：作於大曆元年（七六六）。

〔一〕無私二句：鮑照《數詩》：「八珍盈雕俎，綺肴紛錯重。」何遜《擬輕薄篇》：「象床沓繡被，玉盤傳綺食。」參卷七《種萵苣》（0315）注。《趙次公先後解》：「銅章墨綬，縣令之章飾。而公今所言，則指將士之金帶耳。」按，此仍當指金印。蓋軍將兼銜受封，亦有章服。鮑照《建除詩》：「開壤襲朱紱，左右佩金章。」

〔二〕醉客二句：《九家》杜田云：「鸚鵡，杯名。雕刻海蠡而爲之，像鸚鵡形。昔人以之勸酒，並爲罰爵。」引《南海異物志》：「鸚鵡螺，狀如覆杯，形如鳥頭，向其腹視之，似鸚鵡，故以爲名。」及《酉陽雜俎》：「梁宴魏使，酒至鸚鵡杯。」《趙次公先後解》：「佳人指鳳凰，則筵上或畫圖，或繡帳上有之。」《嶺表録異》卷下：「鸚鵡螺，旋尖處屈而朱，如鸚鵡嘴，故以此名。殼上青緑斑文，大者可受三升。殼内光瑩如雲母，裝爲酒杯，奇而可玩。」朱鶴齡注引此。又引《唐會要》袍文宰相飾以鳳凰，尚書飾以對雁，謂：「鸚鵡，蒙綺饌；鳳凰，蒙金章。……可證鳳凰乃當時章服也。」仇注：「指鳳凰，彈琴也。」引《西京雜記》趙后有寶琴曰鳳凰，又慶安世善鼓琴，能爲雙鳳離鸞之曲，趙后悦之。浦起龍云：「公意隱以羣官之會，當鳳凰之集，故借佳人之指以祝之。」

引《異苑》劉穆之居京口，鳳凰集其庭。按，上句言酒具當不錯，仇注以指爲彈琴，似無此用法。武元衡有《四川使宅有韋令公時孔雀存焉暇日與諸公同玩座中兼故府賓妓興嗟久之》，時和者甚多。南中有飼養孔雀者，疑此鳳凰乃代指孔雀之類。

〔三〕幾時二句：朱鶴齡注：「時柏中丞尚未拜節度，故云然。」仇注：「翠節，符節，以旄牛尾爲之。」按，《文獻通考》卷一一五：「旌節，唐天寶中置，節度使受命日賜之，得以專制軍事，行即建節，府樹六纛。……麾槍設髹漆木盤，綢以紫繒複囊，又綢以碧油絹袋。」卷一一七：「金節，隋制也。……王公以下皆有節，制同金節，韜以碧油。」故唐人稱碧油幢。翠節或指此。宋以後習用。

繡段裝簷額，金花帖鼓腰〔一〕。一夫先舞劍，百戲後歌樵①〔二〕。江樹城孤遠，雲臺使寂寥〔三〕。漢朝頻選將，應拜霍嫖姚。〔四〕(1217)

【校】

① 樵，錢箋、《草堂》校：「一作譙。」

【注】

〔一〕繡段二句：《趙次公先後解》：「上句則樂工之飾，下句則工所擊之鼓。」仇注：「裝簷額，即今人宴會結綵於簷之類。」强至《彭及之邀吴仲源楊公濟與某夜會望湖樓》：「天邊鳥翼愁簷額，雨後虹光轉檻腰。」此宋人所用。

〔二〕一夫二句：《舊唐書·音樂志》：「散樂者，歷代有之，非部伍之聲，俳優歌舞雜奏。……如是雜變，總名百戲。」《趙次公先後解》：「歌樵，則戲爲夔峽樵歌之音也。公前篇《閣夜》詩曰夷歌是處起漁樵是已。舊注本作歌鐎，乃引《李廣傳》刁斗曰以銅作鐎，然考之韻書，音焦，云温器，三足而有柄。別無歌義。」

〔三〕雲臺句：南宫雲臺，見卷四《述古三首》(0206)注。仇注：「雲臺使，策功之使臣也。」

〔四〕漢朝二句：見卷二《後出塞五首》(0133)注。

奉漢中王手札報韋侍御蕭尊師亡〔一〕

秋日蕭韋逝，淮王報峽中。少年疑柱史①，多術怪仙公〔二〕。不但時人惜，祇應吾道窮〔三〕。一哀侵疾病，相識自兒童〔四〕。處處鄰家笛，飄飄客子蓬。强吟懷舊賦，已作白頭翁〔五〕。（1218）

【校】

① 少，錢箋校：「一作小。」《文苑英華》作「小」，校：「集作少。」

黄鶴注：當是大曆元年(七六六)在夔州作，蓋永泰元年王已出峽。

【注】

〔一〕漢中王：見卷一四《奉漢中王手札》(0941)注。韋侍御：名不詳。尊師：唐人稱道士。

〔二〕少年二句：《史記·張丞相列傳》：「秦時爲御史，主柱下方書。」索隱：「周秦皆有柱下史，謂御史也。所掌及侍立恒在殿柱之下，故老子爲周柱下史。」《神仙傳》卷六：「淮南王劉安，好神仙之道，海内方士從其游者多矣。一旦，有八公詣之，容狀衰老，枯槁傴僂。……於是振衣整容，立成童幼之狀。……各能吹噓風雨，震動雷電，傾天駭地，回日駐流，役使鬼神，鞭撻魔魅，出入水火，移易山川，變化之事，無所不能也。」朱鶴齡注：「韋以年少而亡，故疑之。蕭學仙而亦亡，故怪之。」按，韋侍御卒時當非年少。此言其容顔甚少而使人疑，尊師多術亦使人驚怪。

〔三〕衹應句：《公羊傳》哀公十四年：「西狩獲麟，孔子曰：『吾道窮矣。』」

〔四〕一哀二句：《禮記·檀弓上》：「孔子之衛，遇舊館人之喪，入而哭之哀。出，使子貢説驂而賻之。子貢曰：『於門人之喪，未有所説驂，説驂於舊館，無乃已重乎？』夫子曰：『予鄉者入而哭之，遇於一哀而出涕。予惡夫涕之無從也？小子行之。』」

〔五〕處處四句：向秀《思舊賦》序：「鄰人有吹笛者，發聲寥亮，追想曩昔游宴之好，感音而歎。」

南極

南極青山衆，西江白谷分[一]。古城疏落木，荒戍密寒雲。歲月蛇常見，風飇虎或聞①。近身皆鳥道，殊俗自人羣。睥睨登哀柝，矛弧照夕曛②[二]。亂離多醉尉，愁殺李將軍[三]。（1219）

【校】

① 或，錢箋、《草堂》校：「一作忽。」

② 矛，《草堂》作「蝥」，校：「一作矛。」

【注】

黄鶴注：當是大曆元年（七六六）冬作，時在夔州。《趙次公先後解》編入大曆二年（七六七）。

〔一〕南極二句：《趙次公先後解》：「南極，乃星名老人之南極也。」黄希注：「南極當是用《爾雅》四極中南極字，言夔州去長安爲遠，非取南極星也。」《爾雅·釋地》：「東至於泰遠，西至於邠國，南至於濮鉛，北至於祝栗，謂之四極。」白谷，見《白帝城樓》（1178）注。

〔二〕睥睨二句：睥睨，見《白帝樓》(1208)注。《趙次公先後解》謂矛弧當作蝥弧，矛、弧兩物，不當對睥睨之一名。《左傳》隱公十一年：「潁考叔取鄭伯之旗蝥弧以先登。」按，《史記・日者列傳》：「此夫爲盜不操矛弧者也，攻而不用弦刃者也。」此當用其成語。

〔三〕亂離二句：《史記・李將軍列傳》：「還至霸陵亭，霸陵尉醉，呵止廣。廣騎曰：『故李將軍。』尉曰：『今將軍尚不得夜行，何乃故也。』止廣宿亭下。居無何，匈奴入殺遼西太守，敗韓將軍，後韓將軍徙右北平，於是天子乃召拜廣爲右北平太守，廣即請霸陵尉與俱，至軍而斬之。」

摇落

摇落巫山暮，寒江東北流。烟塵多戰鼓，風浪少行舟。鵝費羲之墨，貂餘季子裘〔一〕。長懷報明主，卧病復高秋。(1220)

【注】

黄鶴注：大曆二年(七六七)九月，吐蕃寇邠州、靈州，京師戒嚴，當是其年作。

〔一〕鵝費二句：鵝費，見卷一一《得房公池鵝》(0766)注。仇注引顧注：「公詩『九齡書大字，有作成一囊』。公本善書，故自比羲之。」貂裘，見卷一四《江上》(1077)注。

季秋江村

喬木村墟古，疏籬野蔓懸。素琴將暇日①，白首望霜天〔一〕。登俎黄甘重，支床錦石圓〔二〕。遠游雖寂寞，難見此山川。（1221）

【校】

①素，宋本、《草堂》校：「一作清。」錢箋作「清」，校：「一作素。」

【注】

黄鶴注：以前篇考之，當是大曆二年（七六七）作。

〔一〕素琴二句：《趙次公先後解》：「言將琴往江村，當暇日也。」仇注引顧注：「將，送也。此言借琴以遣暇日。」按，將，持也。此謂持素琴以度暇日。

〔二〕登俎二句：《左傳》隱公五年：「鳥獸之肉不登於俎。」《史記・龜策列傳》：「南方老人用龜支床足。」

季秋蘇五弟纓江樓夜宴崔十三評事韋少府侄三首〔一〕

峽險江驚急，樓高月迥明。一時今夕會，萬里故鄉情。星落黃姑渚，秋辭白帝城〔二〕。老人因酒病，堅坐看君傾。（1222）

【注】

黃鶴注：當是大曆二年（七六七）在夔州作。

〔一〕蘇五弟纓：本卷有《戲寄崔評事表侄蘇五表弟韋大少府諸侄》（1253）。崔十三評事：見卷一四《贈崔十三評事公輔》（0942）注。韋少府：即韋大少府。名不詳。

〔二〕星落二句：《趙次公先後解》：「黃姑渚三字，天河之別名也。」《東飛伯勞歌》：「東飛伯勞西飛燕，黃姑織女時相見。」《荆楚歲時記》：「河鼓、黃姑，牽牛也。皆語之轉。」張邦基《墨莊漫録》卷四：「予後讀緯書，始見引張平子《天象賦》云：河鼓集軍，以嘈雜囋。張茂先、李淳風等注云：河鼓三星，在牽牛星北，主軍鼓，蓋天子三軍之象。昔傳牽牛織女見此星是也。故《爾雅》河鼓謂之牽牛。又古詩云：東飛伯勞西飛燕，黃姑織女時相見。黃姑即河鼓也，音訛而然。今之學者，或謂是列舍，牽牛而會織女，故於此析其疑。又張茂先《小家賦》曰：九坎至牽牛，織女期河鼓。石鍊注云：河鼓星在牽牛北，天鼓也，主軍鼓，主鈇鉞。李淳風：自昔相傳牽牛織女七月七日相見者，乃此星也。予因此始知黄姑乃河鼓也，爲牽牛之別名。」方以智《通雅》卷一一：「黄姑當爲河鼓也。河鼓三星，見《天官》。《説文》引何鼓，是荷負也，故俗名擔鼓星。《古樂苑》《東飛伯勞歌》曰：黄姑織女時相見。子美用星落黄姑渚。蓋因河鼓音近，而訛爲黄姑也。王道俊《玄象博議》謂：黄姑乃牛宿之異名。智嘗笑馬永卿不知《爾雅》有兩牽牛，今王君又爾邪。」

明月生長好，浮雲薄漸遮①。悠悠照邊塞，悄悄憶京華。清動杯中物，高隨海上查②〔一〕。不眠瞻白兔，百過落烏紗〔二〕。（1223）

【校】

① 漸，錢箋校：「晋作暫。」

② 查，《草堂》作「槎」。

【注】

〔一〕海上查：見卷一〇《送翰林張司馬南海勒碑》(0525)、《秦州雜詩二十首》(0556)注。

〔二〕不眠二句：月兔，見卷一〇《月》(0507)注。烏紗帽，見卷五《相從歌》(0248)注。

對月那無酒，登樓況有江。聽歌驚白鬢，笑舞拓秋窻。樽蟻添相續〔一〕，沙鷗並一雙。盡憐君醉倒，更覺片心降①〔二〕。（1224）

【校】

①片，宋本、錢箋、《草堂》校：「一作我。」

【注】

〔一〕樽蟻：見卷九《贈特進汝陽王二十韻》(0417)注。

〔二〕盡憐二句：《詩・召南・草蟲》：「亦既見止，亦既覯止，我心則降。」

送孟十二倉曹赴東京選〔一〕

君行別老親，此去苦家貧〔二〕。藻鏡留連客，江山憔悴人〔三〕。秋風楚竹冷，夜雪鞏梅春〔四〕。朝夕高堂念，應宜綵服新〔五〕。（1225）

【注】

黄鶴注：當在大曆二年（七六七）作。

〔一〕孟十二倉曹：見卷一五《九月一日過孟十二倉曹十四主簿兄弟》(1119)注。《唐會要》卷七五《東都選》：「開耀元年十月，崇文館直學士崔融議選事曰：關外諸州，道里迢遞，洛河之邑，天地之中。伏望詔東西二曹，兩京都分簡留放，既畢，同赴京師。」

〔二〕君行二句：《説苑·建本》：「子路曰：負重而道遠者，不擇地而休；家貧親老者，不擇禄而仕。昔者由事二親之時，常食藜藿之食而爲親負米百里之外，親没之後，南游於楚，從車百乘，積粟萬鍾，累茵而作，列鼎而食，願食藜藿負米之時不可復得也。枯魚銜索，幾何不蠹，二親之壽，忽如過隙。草木欲長，霜露不使，賢者欲養，二親不待。故曰：家貧親老不擇禄而仕也。」

〔三〕藻鏡二句：《陳書·姚察傳》：「藻鏡人倫，良所期寄。」《趙次公先後解》：「題是送赴東京選，故用藻鏡事。」「既是赴選，則須等候，藻鏡之所取，非旬日之事，故云留連客也。」

〔四〕夜雪句：鞏，鞏縣。范雲《别詩》：「洛陽城東西，長作經時别。昔去雪如花，今來花似雪。」仇注謂夜雪鞏梅本此。

〔五〕朝夕二句：見卷二《送李校書二十六韻》(0089)注。

憑孟倉曹將書覓土婁舊莊〔一〕

平居喪亂後，不到洛陽岑。爲歷雲山問，無辭荆棘深。北風黄葉下，南浦白

頭吟〔二〕。十載江湖客，茫茫遲暮心。（1226）

【注】

黄鶴注：大曆二年（七六七）作。

〔一〕土婁：《草堂》夢弼注：「土婁村在今洛陽東。」黄鶴注：「公有先墓在河南，又有莊墅。土婁，河南地名也。」韓愈《河南府王屋縣尉畢君墓志銘》：「從葬偃師之土婁。」何焯云：「方云：土婁在今偃師四十里。」錢泳《履園叢話》卷一九《唐工部郎杜甫墓》：「案《河南通志》云：唐工部郎杜甫墓在河南府偃師縣之土婁村，元和八年元微之志其墓。劉昫《舊唐書》載：宗武子嗣業遷甫之柩，歸葬於偃師西首陽山之前。《墓志》亦云：啓子美之柩，襄祔事於偃師。祔者，祔當陽侯墓也。是墓在偃師土婁無疑矣。自《河南府志》有鞏人與事之語，遂沿司馬温公《詩話》，誤載入鞏縣，反駁元微之祔葬偃師，爲江陵途次懸擬之詞。豈《舊唐書》亦不可據耶？以嗣業數千里乞丐焦勞，遷柩歸葬，豈不知其祖平日不忘本、不忘仁之言？祔葬當陽，以慰泉壤，禮也。乃去土婁咫尺，遷就葬鞏，既違祖遺志，而又悖元公襄祔之言，斷無是理。乾隆初年，爲村民所侵耕爲麥地。邑令朱公訪出造營碑記，以復舊制。閲四十餘年，又復侵削。舊時墓前本有杜公祠，爲鄉民改祀土穀神。欲復其舊不可，乃於城西五里堡專建焉。前臨通衢，過者易識。後洛水暴漲，棟宇摧頹。五十二年，邑令南皮湯公毓倬又爲清理，廣其兆域，崇其塚封。」按，甫所祔應爲杜審言墓。參卷二〇《唐故范陽太君盧氏墓志》（1483）注。

〔二〕北風二句：江淹《別賦》：「送君南浦，傷如之何。」仇注：「時在魚復浦也。」

耳聾

生年鶡冠子，歎世鹿皮翁〔一〕。眼復幾時暗，耳從前月聾。猿鳴秋淚缼，雀噪晚愁空〔二〕。黄落驚山樹，呼兒問朔風〔三〕。（1227）

【注】

黄鶴注：當是大曆二年（七六七）秋晚作。

〔一〕生年二句：《漢書·藝文志》：「《鶡冠子》一篇。楚人，居深山，以鶡爲冠。」《藝文類聚》卷六七引劉向《别録》：「鶡冠子常居深山，以鶡爲冠，故號鶡冠子。」又卷三六引袁淑《真隱傳》：「鶡冠子，或曰楚人，隱居幽山，衣敝履空，以鶡爲冠，莫測其名，因服成號，著書言道家。馮諼常師事之，後顯於趙，鶡冠子懼其薦己也，乃與諼絶。」鹿皮翁，見卷三《遣興三首》（0096）注。

〔二〕猿鳴二句：《玉篇》：「缺，亦作缼。」《增修禮部韻略》：「《唐李嗣真傳》：太常缼黄鍾。張九齡《選舉疏》：每一官缼，以不次用之。此與欠闕、空闕、虧闕之闕同義。又毁也，玷也。江文通《上楚平王書》：坐貽謗缼。」《趙次公先後解》：「以耳聾之故，而幸其不聞也。」

〔三〕黄落二句：《趙次公先後解》：「但見山木葉落而不聞風聲，所以呼兒而問也。」仇注：「下四寫耳聾之狀，但五六屬無聞，七八說有見，仍與眼耳相關。」

小園

由來巫峽水，本自楚人家〔一〕。客病留因藥，春深買爲花〔二〕。秋庭風落果，瀼岸雨頹沙。問俗營寒事〔三〕，將詩待物華。（1228）

【注】

黄鶴注：當是大曆二年（七六七）在瀼西作。

〔一〕由來二句：《趙次公先後解》：「此篇蓋須水以爲用之詩也。楚俗難得水，故以爲詠矣。」王嗣奭《杜臆》：「灌園之水總出巫峽，却自人家引來，見其不易。」按，蓋因峽中無井，取水不便。

〔二〕客病二句：《趙次公先後解》：「藥須水以洗濯，故留水者因藥也。」「花須以水灌沃，故買水者爲花也。」王嗣奭《杜臆》：「此園因客病而留之，爲其可以種藥。追遡買時，蓋在春深，因有花可以娱情。」

〔三〕問俗句：王嗣奭《杜臆》：「素不慣習，則問俗而營寒。」

自瀼西荆扉且移居東屯茅屋四首〔一〕

白鹽危嶠北，赤甲古城東〔二〕。平地一川穩，高山四面同。烟霜淒野日，秔稻熟天風〔三〕。人事傷蓬轉，吾將守桂叢〔四〕。（1229）

【注】

黄鶴注：公以大曆二年（七六七）秋移居東屯，當是其年作。

〔一〕東屯：王應麟《困學紀聞》卷一八：「東屯乃公孫述留屯之所，距白帝五里。稻米爲蜀第一，郡給諸官俸廪，以高下爲差，帥漕月得九斗。」注：「東屯有青苗陂。」陸游《東屯高齋記》：「少陵先生晚游夔州，愛其山川不忍去，三徙居皆名高齋。質於其詩，曰次水門者，白帝城之高齋也。曰依藥餌者，瀼西之高齋也。曰見一川者，東屯之高齋也。故其詩又曰：高齋非一處。……獨東屯有李氏者，居已數世，上距少陵財三易主，大曆中故券猶在。而高齋負山帶谿，氣象良是。」《全蜀藝文志》卷三九于貞《修夔州東屯少陵故居記》：「峽中多高山峻谷，地少平曠。獨東屯距白帝五里，而近稻田。禾畦延袤之百頃，前帶清溪，後枕崇崗，樹林葱倩，氣象深秀，稱高人逸士之居。……少陵既出峽，其地三易主，近世始屬李氏。少陵手書之券猶在。至子襄頗好事，講求故跡，復置高齋。用涪翁名少陵詩意，創大雅堂。臨溪又建草堂，繪其遺像。歷歲滋久，屋且頽圮弗治，券亦爲有力者取去。而前賢舊隱，幾爲荆榛之墟。」何宇度《益部談資》卷下：「工部舊日草堂，在城東十餘里外，尚有遺址可尋。止一碑存數字，題重修東屯草堂記，似亦元物。」

〔二〕白鹽二句：白鹽山，見卷七《寄裴施州》(0323)注。赤甲城，見卷六《引水》(0260)注。

〔三〕秔稻：《集韻》：「秔，《説文》：稻屬。或作稉、粳。」《急就篇》：「秔謂稻之不黏者，以別於稬也。秔字或作稉。」

〔四〕桂叢：《楚辭·招隱士》：「桂樹叢生兮山之幽，偃蹇連蜷枝相繚。」仇注：「曰桂叢，時蓋八月矣。」

東屯復瀼西，一種住青溪。來往皆茅屋①，淹留爲稻畦。市喧宜近利，西居近市。林僻此無蹊〔一〕。若訪衰翁語，須令賸客迷〔二〕。(1230)

【校】

① 皆，錢箋校：「陳作兼。」《草堂》校：「一作兼。」

【注】

〔一〕市喧二句：《趙次公先後解》：「此無蹊，此字則指東屯與瀼西也。」仇注：「市喧，指瀼西。公詩『市暨瀼西頭』可證。」按，上句言瀼西近市，據注「西居近市」可知。下句言東屯地僻。

〔二〕若訪二句：《草堂》夢弼注引陸機詩「游賞愧賸客」，未詳所出。

道北馮都使，高齋見一川〔一〕。子能渠細石，吾亦沼清泉。枕帶還相似①〔二〕，柴荆即有焉。斫畬應費日，解纜不知年〔三〕。（1231）

【校】

① 帶，宋本、錢箋、《草堂》校：「一作席。」

【注】

〔一〕道北二句：都使，都知兵馬使。《舊唐書·德宗紀》建中元年正月詔：「常參官、諸道節度觀察防禦等使、都知兵馬使、刺史、少尹……等，授訖三日，於四方館上表讓一人以自代。」《資治通鑑》天寶六年胡三省注：「至德以後，都知兵馬使率爲藩鎮儲帥。」其實掌兵權，又有衙前都知兵馬使、衙内都知兵馬使、馬步都知兵馬使等名號。參嚴耕望《唐史研究叢稿·唐代方鎮使府僚佐考》。李白有《贈劉都使》。

〔二〕枕帶：見卷一《白水縣崔少府十九翁高齋三十韻》(0042)注。

〔三〕斫畲二句：《趙次公先後解》：「斫畲兩字是楚人語。楚俗燒榛種田曰畲，先以刀芟治林木，曰斫畲。」參卷一五《秋日夔府詠懷奉寄鄭監審李賓客之芳一百韻》(1030)注。

牢落西江外，參差北户間〔一〕。久游巴子宅①〔二〕，卧病楚人山。幽獨移佳境，清深隔遠關〔三〕。寒空見鴛鷺〔四〕，回首憶朝班②。(1232)

【校】

①宅，錢箋作「國」，校：「吴作宅。」

②憶，錢箋校：「晋作想。」《草堂》校：「一作想。」

【注】

〔一〕牢落二句：牢落，見卷二《送樊二十三侍御赴漢中判官》(0086)注。西江、北户，見卷一四《舍弟觀歸藍田迎新婦送示兩篇》(1018)注。

〔二〕久游句：巴子國，見卷一四《諸葛廟》(1016)注。

〔三〕幽獨二句：魚復江關，見卷一五《第五弟豐獨在江左近三四載寂無消息覓使寄此二首》(1086)注。

〔四〕寒空句：鴛鷺行，見卷一〇《至日遣興奉寄北省舊閣老兩院故人二首》(0545)注。

題柏大兄弟山居屋壁二首〔一〕

叔父朱門貴，郎君玉樹高〔二〕。山居精典籍，文雅涉風騷。江漢終吾老，雲林得爾曹。哀弦繞白雪，未與俗人操〔三〕。(1233)

【注】

黄鶴注：柏大乃貞節之猶子，當是大曆二年(七六七)作。

〔一〕柏大兄弟：黄鶴謂是柏貞節猶子。葛立方《韻語陽秋》卷六謂此與《題柏學士茅屋》皆不及功名之事，疑爲貞節邛州立功前事。黄生謂柏學士與柏貞節爲二人，安見中丞有子侄，學士遂不當有子侄哉？按，柏學士與貞節僅姓偶同，然柏大兄弟究爲誰之子侄仍難判定。

〔二〕叔父二句：《趙次公先後解》：「魏宋以來，貴人之子曰郎君，叔侄則亦父子，故可使郎君。」《後漢書·西南夷傳》：「天子以張翕有遺愛，仍拜其子湍爲太守，夷人歡喜，奉迎道路，曰：『郎君儀貌類我府君。』」《世説新語·言語》：「謝太傅問諸子侄：『子弟亦何預人事，而正欲使其佳？』諸人莫有言者，車騎答曰：『譬如芝蘭玉樹，欲使其生於階庭耳。』」

〔三〕哀弦二句：宋玉《對楚王問》：「客有歌於郢中者，其始曰《下里》、《巴人》，國中屬而和者數千人。其爲《陽阿》、《薤露》，國中屬而和者數百人。其爲《陽春》、《白雪》，國中屬而和者不過數十人。」

野屋流寒水，山籬帶薄雲。静應連虎穴，喧已去人羣。筆架霑牕雨，書籤映隙曛。蕭蕭千里馬①，箇箇五花文〔一〕。（1234）

【校】

①馬，錢箋、《草堂》作「足」，錢箋校：「荆作馬。」《草堂》校：「王作馬。」

【注】

〔一〕蕭蕭二句：《詩·小雅·車攻》：「蕭蕭馬鳴，悠悠旆旌。」《趙次公先後解》：「箇箇，指言五花文之箇箇，非謂馬一匹爲一箇也。」五花文，見卷一《高都護驄馬行》(0012)注。

瞑

日下四山陰①，山庭嵐氣侵〔一〕。牛羊歸徑險，鳥雀聚枝深②。正枕當星劍，收

書動玉琴〔二〕。半扉開燭影，欲掩見清砧。（1235）

【校】

① 四，《草堂》作「西」。

② 枝，《草堂》作「林」。

【注】

黄鶴注：當是大曆二年（七六七）在瀼西作。

〔一〕日下二句：謝靈運《晚出西射堂》：「曉霜楓葉丹，夕曛嵐氣陰。」

〔二〕正枕二句：《趙次公先後解》：「星劍，則劍上有七星之像也。」庾肩吾《爲南康王讓丹陽尹表》：「臣聞劍鏤七星，非有司天之用。」吴均《邊城將》：「刀含四尺影，劍抱七星文。」

茅堂檢校收稻二首

香稻三秋末，平田百頃間。喜無多屋宇，幸不礙雲山。御裌侵寒氣〔一〕，嘗新破旅顔。紅鮮終日有，玉粒未吾慳〔二〕。（1236）

【注】

黃鶴注：當是大曆二年（七六七）瀼西作，蓋是年秋末又自東屯返瀼西也。仇注引盧注：瀼西有果園而無稻田，公以課園責之豎子，以稻畦責之行官，前詩自明。鶴注作瀼西茅屋，誤矣。

〔一〕裌：《集韻》：「袷，《説文》：衣無絮也。或從夾。」

〔二〕紅鮮二句：《趙次公先後解》：「紅鮮，似言魚也。」仇注引遠注：「稻有紅白二種。」卷六《行官張望補稻畦水歸》（0283）：「玉粒定晨炊，紅鮮任霞散。」知二句皆言稻。

稻米炊能白，秋葵煮復新。誰云滑易飽，老藉軟俱勻〔一〕。種幸房州熟，苗同伊闕春〔二〕。無勞映渠盌，自有色如銀〔三〕。（1237）

【注】

〔一〕誰云二句：卷一〇《佐還山後寄三首》（0604）：「味豈同金菊，香宜配緑葵。老人他日愛，正想滑流匙。」卷二《閿鄉姜七少府設鱠戲贈長歌》（0082）：「偏勸腹腴愧年少，軟炊香飯緣老翁。」

〔二〕種幸二句：《趙次公先後解》：「房州熟、伊闕春，蓋稻名也。」按，稻種爲房州産，下句謂苗如伊闕所生。《元和郡縣圖志》卷二一山南道：「房州，房陵。下。……東至襄州四百二十里。」伊闕，見卷一《游龍門奉先寺》（0004）注。朱鶴齡注：「伊闕縣屬河南府，公有莊墅在焉。」

〔三〕無勞二句：《趙次公先後解》：「渠椀，則車渠椀也。」曹丕《車渠碗賦》序：「車渠，玉屬也。多纖理縟文，生於西國，其俗寶之，小以繫頸，大以爲器。」謝朓《金谷聚》：「渠碗送佳人，玉杯邀上客。」

朝二首

清旭楚宮南〔一〕，霜空萬嶺含。野人時獨往，雲木曉相參。俊鶻無聲過，飢烏下食貪。病身終不動，搖落任江潭〔二〕。（1238）

【注】

黄鶴注：當是大曆元年（七六六）夔州作。

〔一〕清旭句：郭璞《江賦》：「督雰祲於清旭。」

〔二〕病身二句：《趙次公先後解》：「末句蓋公盡欲南下而未能也。」「十月而言搖落，則楚地暖故也。」庾信《枯樹賦》：「昔年移柳，依依漢南。今看搖落，悽愴江潭。」

浦帆晨初發，郊扉冷未開〔一〕。村疏黄葉墜①，野静白鷗來。礎潤休全濕，雲

晴欲半回〔二〕。巫山冬可怪，昨夜有奔雷〔三〕。（1239）

【校】

①村，錢箋校：「一作林。」《草堂》作「林」。

【注】

〔一〕浦帆二句：《趙次公先後解》：「帆音去聲，今官韻亦收矣。師民瞻本疑之，乙其字爲帆浦，非是。」《廣韻》去聲六十梵扶泛切：「帆，又音凡。」

〔二〕礎潤二句：《淮南子·説林訓》：「山雲蒸，柱礎濕。」《初學記》卷一引作「柱礎潤」。

〔三〕巫山二句：《禮記·月令》：「仲冬行夏令，則其國乃旱，氛霧冥冥，雷乃發聲。」張衡《陽嘉二年京師地震對策》：「夫動静無常，變改正道，則有奔雷土裂之異。」

晚

杖藜尋晚巷①，炙背近墻暄〔一〕。人見幽居僻，吾知拙養尊〔二〕。朝廷問府主，耕稼學山村〔三〕。歸翼飛棲定，寒燈亦閉門〔四〕。（1240）

【校】

①晚巷，錢箋、《草堂》校：「一作巷晚。」

【注】

黄鶴注：當是大曆元年（七六六）夔州作。

〔一〕炙背：見卷一四《赤甲》（0963）注。

〔二〕吾知句：養拙，見卷五《營屋》（0255）注。

〔三〕朝廷二句：《趙次公先後解》：「蓋言朝廷以務農重穀之事問府主，故以化而學山村耕稼也。」朱鶴齡注：「朝廷之事，則問府主，正見養拙意。」

〔四〕歸翼二句：庾信《就蒲州使君乞酒》：「鳥寒栖不定，池凝聚未流。」

夜二首

白夜月休弦，燈花半委眠①〔一〕。號山無定鹿，落樹有驚蟬。暫憶江東鱠，兼懷雪下船〔二〕。蠻歌犯星起，重覺在天邊②。（1241）

【校】

①半委，錢箋、《草堂》校：「一作委半。」

②重，《草堂》校：「一作空。」錢箋作「空」，校：「一作重。」

【注】

黄鶴注：當是大曆二年（七六七）夔州作。

〔一〕白夜二句：仇注：「無心看月，故云休弦。待燈花半落，身方就眠。」

〔二〕暫憶二句：江東鱠，見卷二《洗兵馬》（0090）注。雪下船，見卷九《冬日有懷李白》（0464）注。

城郭悲笳暮，村墟過翼稀。甲兵年數久，賦斂夜深歸〔一〕。暗樹依岩落，明河繞塞微。斗斜人更望，月細鵲休飛〔二〕。（1242）

【注】

〔一〕甲兵二句：《趙次公先後解》：「言村落之民入市供官賦斂，以夜深而後歸也。」

〔二〕月細句：曹操《短歌行》：「月明星稀，烏鵲南飛。」

東屯月夜

抱疾漂萍老，防邊舊穀屯〔一〕。春農親異俗，歲月在衡門〔二〕。青女霜楓重，黄牛峽水喧〔三〕。泥留虎鬬跡，月挂客愁村。喬木澄稀影，輕雲倚細根。數驚聞雀噪，暫睡想猿蹲〔四〕。日轉東方白，風來北斗昏。天寒不成寢①，無夢有歸魂②。(1243)

【校】

① 寢，《草堂》作「寐」，校：「一作寢。」

② 有，《草堂》校：「一作寄。」錢箋作「寄」，校：「一作有。」

【注】

黄鶴注：大曆二年(七六七)秋公自瀼西移居東屯，當是其年作。

〔一〕抱疾二句：漂萍，見卷九《贈翰林張四學士》(0469)注。《趙次公先後解》：「東屯所以得名者，防邊而屯戍之地也。」

〔二〕春農二句：《趙次公先後解》：「蓋公中原人，而遠客於夔，故稱之爲異俗。」衡門，見卷一《秋雨歎三首》(0017)注。

〔三〕青女二句：青女，見卷一四《秋野五首》(1111)注。黄牛峽，見卷一一《送韓十四江東覲省》(0702)注。

〔四〕暫睡句：薛道衡《和許給事善心戲場轉韻》：「麞鹿下騰倚，猴猿或蹲跂。」《趙次公先後解》：「月照樹白，是雀驚而噪。猿以有照，不得久睡，故暫而已。」

東屯北崦①

盜賊浮生困，誅求異俗貧〔一〕。空村惟見鳥，落日未逢人②。步壑風吹面，看松露滴身。遠山回白首，戰地有黄塵〔二〕。(1244)

【校】

① 崦，宋本作「俺」，據錢箋等改。

② 未，宋本、錢箋校：「一作不。」

【注】

黃鶴注：大曆二年（七六七）移居東屯作。

〔一〕盜賊二句：《趙次公先後解》：「人之所以爲盜賊者，以浮生之困也。」説似鑿。詩意仍謂盜賊而致浮生之困。此盜賊指叛亂者。

〔二〕遠山二句：黃鶴注謂指是年吐蕃寇邠、靈州，京師戒嚴。

雲

龍以瞿唐會①，江依白帝深〔一〕。終年常起峽，每夜必通林②〔二〕。收穫辭霜渚，分明在夕岑〔三〕。高齋非一處，秀氣豁煩襟。（1245）

【校】

① 以，宋本、《草堂》校：「一作自。」錢箋作「似」，校：「一作自。一作以。」《文苑英華》作「似」，校：「集作以。」

② 通，《文苑英華》校：「一作過。」

【注】

黃鶴注：當是大曆二年（七六七）東屯作。

〔一〕龍以二句：《易·乾·文言》：「雲從龍。」仇注：「龍以江爲窟也。」

〔二〕終年二句：《趙次公先後解》：「起字、通字，所以言雲也。」

〔三〕收穫二句：《趙次公先後解》：「公自言其見雲之處，句謂初在霜渚中，收穫至，辭出時乃見雲在岑分明也。」

月

四更山吐月〔一〕，殘夜水明樓。塵匣元開鏡，風簾自上鈎〔二〕。兔應疑鶴髮，蟾亦戀貂裘〔三〕。斟酌姮娥寡，天寒奈九秋〔四〕。（1246）

【注】

黃鶴注：當是在夔州作，梁權道編在大曆二年（七六七）。《趙次公先後解》編入大曆元年（七六六）。

〔一〕四更句：吴均《登壽陽八公山》：「疏峰時吐月，密樹不開天。」

〔二〕塵匣二句：庾信《鏡》：「玉匣聊開鏡，輕灰暫拭塵。」又《塵鏡》：「明鏡如明月，恒常置匣中。」姚寬《西溪叢語》卷上：「杜甫《月》詩云：塵匣元開鏡，風簾自上鈎。乃用沈雲卿《月》詩：臺前疑挂鏡，簾外自懸鈎。」

〔三〕兔應二句：兔、蟾，見卷一〇《月》(0507)注。仇注：「月色臨頭，恐兔疑白髮。月影隨身，如蟾戀裘暖。」

〔四〕斟酌二句：張衡《靈憲》：「羿請不死之藥於西王母，姮娥竊之以奔月。……姮娥遂託身於月，是爲蟾蠩。」《初學記》卷三引梁元帝《纂要》：「秋曰白藏……亦曰三秋、九秋、素秋。」仇注：「姮娥獨處而耐秋，亦同於己之孤寂矣。」

獨坐二首

竟日雨冥冥，雙崖洗更青①。水花寒落岸，山鳥暮過庭。暖老須燕玉，充飢憶楚萍〔一〕。胡笳在樓上〔二〕，哀怨不堪聽。（1247）

【校】

① 青，錢箋校：「一作清。」《草堂》作「清」。

【注】

黃鶴注：大曆二年（七六七）在東屯作。

〔一〕暖老二句：《趙次公先後解》：「燕玉，又言婦人也。古詩云：燕趙多佳人，美者顏如玉。故摘燕玉兩字以對楚萍。待燕玉之人而暖，則《孟子》所謂七十非人不暖是也。」《禮記・王制》：「七十非帛不暖，八十非人不暖。」錢箋：「宋人仍襲，多用燕玉，實不知其何出。顧大韶曰：燕玉，正用玉田種玉事也。按《搜神記》，雍伯葬父母于無終山，有人與石一斗，令種之，玉生其田。北平徐氏有女，雍伯求之，要以白璧一雙。伯至玉田，求得五雙。徐氏妻之。在北平城西北百三十里，有無終城，故燕地也，今爲玉田縣。」楚萍，見卷七《奉酬薛十二丈判官見贈》（0324）注。仇注：「暖老須被，充飢須食，若燕玉楚萍，乃世間必不可得之物，而思及於此，蓋甚言衣食之艱難耳。」

〔二〕胡笳：見卷一〇《喜達行在所三首》（0497）注。

白狗斜臨北，黃牛更在東〔一〕。峽雲常照夜，江日會兼風①。曬藥安垂老，應門試小童。亦知行不逮②，苦恨耳多聾〔二〕。（1248）

【校】

①日，錢箋作「月」。

② 逮，《草堂》校：「一作遠。」

【注】

〔一〕白狗二句：《水經注》江水：「（歸鄉）縣城南面重嶺，北背大江，東帶鄉口溪。溪源出縣東南數百里，西北入縣，逕狗峽西。峽崖龕中，石隱起有狗形，形狀具足，故以狗名峽。」《輿地紀勝》卷七四歸州：「白狗峽，在秭歸縣東三十里。據《道經》，係七十二福地之數。又名雞籠山。《荊州記》、《水經注》皆云：秭歸白狗峽，蜀江水中，兩面如削，絶壁之際，隱出白石，如狗形具足，故名。天欲雨則狗形。青居人以此卜陰晴也。《元和郡縣志》云：石形隱起如狗，因名之。此石大水則没，行人無不投飯飼之。」黄牛峽，見卷一一《送韓十四江東覲省》(0702)注。

〔二〕亦知二句：仇注：「黄注：行不逮，本《論語》恥躬不逮。公以濟世自命，而衰瞶如此，是行不逮其言矣。今按，公詩言容易收病脚，作足行不逮爲平順。」浦起龍云：「姑安老景，買童以供使令，夫亦吾行之不逮也。即如衰徵見於耳聾，亦不逮之一驗也。」

雨四首

微雨不滑道，斷雲疏復行。紫崖奔處黑，白鳥去邊明〔一〕。秋日新霑影，寒江

舊落聲。柴扉臨野碓，半濕搗香杭①。（1249）

【校】

①濕，錢箋作「得」，校：「一作濕。」

【注】

黄鶴注：當是大曆二年（七六七）冬瀼西作。

〔一〕紫崖二句：仇注：「崖奔之處，雲行而見其黑。鳥去之邊，雲疏而見其明。」浦起龍云：「奔處黑，山足連綿如奔，其凹處不得天光也。去邊明，白鳥飛翔既遠，晴光反奪，陰色反顯也。」

江雨舊無時，天晴忽散絲〔一〕。暮秋霑物冷，今日過雲遲。上馬回休出，看鷗坐不辭①。高軒當灩滪②，潤色静書帷。（1250）

【校】

①鷗，《草堂》作「鴟」。辭，《草堂》作「移」。

②高，錢箋、《草堂》校：「一作層。」

【注】

〔一〕江雨二句：張協《雜詩》：「騰雲似涌烟，密雨如散絲。」

物色歲將晏，天隅人未歸。朔風鳴淅淅，寒雨下霏霏。多病久加飯，衰容新授衣。時危覺凋喪①，故舊短書稀〔一〕。（1251）

【校】

①凋喪，錢箋、《草堂》校：「一作喪亂。」

【注】

〔一〕故舊句：江淹《雜體詩·李都尉陵從軍》：「袖中有短書，願寄雙飛燕。」

楚雨石苔滋，京華消息遲。山寒青兕叫〔一〕，江晚白鷗飢。神女花鈿落，蛟人織杼悲〔二〕。繁憂不自整，終日灑如絲。（1252）

【注】

〔一〕青兕：《說文》：「兕，如野牛，青色，其皮堅厚可製鎧。」

〔二〕神女二句：神女，見卷六《雨》(0297)注。花鈿，見卷一五《秋日夔府詠懷奉寄鄭監審李賓客之芳一百韻》(1030)注。蛟人，當作鮫人，見卷八《客從》(0368)「泉客」注。《趙次公先後解》：「巫山中花，則神女之所以爲鈿者，被雨而落。」「(鮫人)以雨之故，所以織杼悲愁。」

戲寄崔評事表侄蘇五表弟韋大少府諸姝〔一〕

隱豹深愁雨，潛龍故起雲〔二〕。泥多仍徑曲，心醉阻賢羣〔三〕。忍待江山麗，還披鮑謝文〔四〕。高樓憶疏豁①，秋興坐氛氳。(1253)

【校】

①豁，《草堂》校：「魯作闊。」

【注】

黃鶴注：當是大曆元年(七六六)居西閣時作。《趙次公先後解》編入大曆二年(七六七)。

〔一〕崔評事：見本卷《季秋蘇五弟纓江樓夜宴崔十三評事韋少府侄三首》(1222)注。

〔二〕隱豹二句：《列女傳》卷二：「妾聞南山有玄豹，霧雨七日而不下食者，何也？欲以澤其毛而成文章也，故藏而遠害。」《易·乾》：「潛龍勿用。」《文言》：「雲從龍。」仇注引《杜臆》：「此以豹自方，以龍比崔蘇輩，起語涉於戲詞。」

〔三〕泥多二句：《莊子·應帝王》：「列子見之而心醉。」

〔四〕忍待二句：鍾嶸《詩品序》：「次有輕薄之徒，笑曹劉爲古拙，謂鮑照羲黄上人，謝朓今古獨步。」楊炯《王勃集序》：「繼之以顔謝，申之以江鮑。」

有感五首①

將帥蒙恩澤，兵戈有歲年。至今勞聖主，何以報皇天〔一〕？白骨新交戰，雲臺舊拓邊〔二〕。乘槎斷消息，無處覓張騫〔三〕。（1254）

【校】

① 五首，宋本爲小字，據《草堂》等改。

【注】

黄鶴注：此詩五首皆廣德初事，意是廣德元年（七六三）已後逐時有感而作，非止成於一時。

〔一〕至今二句：《書·蔡仲之命》：「皇天無親，惟德是輔。」仇注：「皇天，比君。」説誤。詩意亦謂唐帝何以報答天命。

〔二〕白骨二句：雲臺，見卷三《述古三首》(0206)注。《九家》趙注：「其在雲臺畫像議功者，則是舊拓邊之功也。」錢箋：「唐自武德以來，開拓邊境……禄山反後，數年間，西北數十州相繼淪没。」朱鶴齡注：「言此白骨交横之地，非即雲臺功臣所舊拓之邊乎？」

〔三〕乘槎二句：《九家》趙注：「此言遣使和吐蕃未還，所以用張騫乘槎爲喻。乘槎本是前漢末事，而公多用作張騫使西域尋河源所乘之槎。」朱鶴齡注：「或云張騫乘槎，出《東方朔内傳》，今此書失傳。庾肩吾《奉使江州》詩：『漢使俱爲客，星槎共逐流。』正用此事也。」參卷一〇《送翰林張司馬南海勒碑》(0525)、《秦州雜詩二十首》(0556)注。浦起龍云：「五首大意總爲河北藩鎮而發。」「時雖吐蕃不久入寇，然詩固各有所指也。」

幽薊餘蛇豕①，乾坤尚虎狼〔一〕。諸侯春不貢，使者日相望。慎勿吞青海，無勞問越裳〔二〕。大君先息戰，歸馬華山陽〔三〕。(1255)

【校】

① 蛇，錢箋、《草堂》校：「樊作封。」

【注】

〔一〕幽薊二句：《左傳》定公四年：「吳爲封豕長蛇，以薦食上國。」《九家》趙注：「史朝義雖滅，而未臣服者。餘蛇豕，指河北叛將。尚虎狼，則盜賊猶自充斥也。……寶應元年台州袁晁乘亂據浙東。」

〔二〕慎勿二句：越裳，見卷一五《諸將五首》(1159)注。《九家》趙注謂戒以無有事於西羌、東夷。錢箋：「是時史朝義下降諸將奄有幽魏之地，驕恣不貢，代宗懦弱，不能致討。安有節鎮之近不修職貢，而顧能從事遠略者乎？蓋歎之也。息戰歸馬，謂其不復能用兵，而婉詞以譏之也。李翱云唐子孫不能以天下取河北，正此意也。舊注謂戒人主生事外夷，可謂愚矣。」朱鶴齡注：「天寶以後，南詔叛唐歸吐蕃，屢爲邊患。此詩青海指吐蕃，越裳指南詔也。言西南夷不足憂，所可慮者藩鎮耳。」仇注：「詩言息戰歸馬，蓋欲收鎮兵以實關内。時子儀在京，可爲統領。一以銷北顧之憂，一以備西侵之患。此最當時大計。」

〔三〕大君二句：《易・師》：「大君有命。」《書・武成》：「乃偃武修文，歸馬於華山之陽，放牛於桃林之野。」

洛下舟車入，天中貢賦均〔一〕。日聞紅粟腐，寒待翠華春〔二〕。莫取金湯固〔三〕，長令宇宙新。不過行儉德，盜賊本王臣〔四〕。(1256)

【注】

〔一〕洛下二句：張衡《東京賦》：「彼偏據而規小，豈如宅中而圖大。」《文選》薛綜注：「豈如東京居天地之中，所圖者四海之外。」李善注：「《尚書》曰：自服於土中。孔安國曰：洛邑，地勢之中。」

〔二〕日聞二句：紅粟，見卷七《八哀詩·嚴公武》(0332)注。翠華，見卷二《北征》(0052)注。朱鶴齡注：「唐江淮之粟皆輸洛陽，轉運京師。時劉晏主漕，疏浚汴渠，故言洛下舟車無阻，貢賦大集，當急布春和，散儲粟以贍民窮。」

〔三〕金湯：見卷八《入衡州》(0403)注。

〔四〕不過二句：《易·否·象》：「君子以儉德辟難，不可榮以禄。」《左傳》桓公二年：「故昭令德以示子孫，是以清廟茅屋，大路越席，大羹不致，粢食不鑿，昭其儉也。」錢箋：「自吐蕃入寇，車駕東幸，天下皆咎程元振，又以子儀新立功，不欲天子還京，勸帝且都洛陽，以避蕃寇。代宗然之。子儀因兵部侍郎張重光宣慰回，附章論奏，代宗省表垂涕，亟還京師。……公詩正櫽括汾陽論奏大意。」朱鶴齡注引《杜詩博議》：「《傷春》詩有『近傳王在洛』及『滄海欲東巡』之句，則此詩爲傳聞代宗將幸東都而作也。史稱喪亂以來，汴水湮廢，漕運自江漢抵梁洋，迂險勞費。廣德二年三月，以劉晏爲河南江淮轉運使。時兵火之後，中外艱食。晏乃疏汴水，歲運米數十萬石以給關中。公之意，唐建東都，本備巡幸，今汴洛之間貢賦道均，且漕渠已通，倉粟不乏，只待翠華之臨耳。勿謂洛陽陋阨，無金湯可守。乘此時而赫然東巡，號令天下，則宇宙長新矣。」仇注：「此特進言者侈談耳。豈知國家欲固金湯而新宇宙，實不繫乎此。若能行儉德以愛人，則盜賊本吾王臣耳，何必爲此遷都之役耶？」

丹桂風霜急，青梧日夜凋〔一〕。由來强幹地，未有不臣朝〔二〕。受鉞親賢往，卑宮制詔遥〔三〕。終依古封建，豈獨聽簫韶〔四〕。（1257）

【注】

〔一〕丹桂二句：錢箋：「丹桂言王室，青梧言宗藩也。」引《漢書·五行志》成帝時童謡「桂樹華不實，黄雀巢其顛」，注：「桂赤色，漢家象。」浦起龍云：「一二即秋景爲比，不必如錢氏以桂梧分配王室、宗藩也。」

〔二〕由來二句：《史記·漢興以來諸侯王年表》：「秉其阸塞地利，彊本幹弱枝葉之勢，尊卑明而萬事各得其所矣。」《後漢書·光武帝紀》：「强幹弱枝，所以爲治也。」

〔三〕受鉞二句：受鉞，見卷八《暮秋枉裴道州手札率爾遣興寄近呈蘇渙侍御》(0379)注。《晉書·簡文三子傳》：「道子地則親賢，任惟元輔。」左思《魏都賦》：「鑒茅茨於陶唐，察卑宮於夏禹。」錢箋：「乾元二年，史思明僭號於河北，李光弼請以親賢統師，以趙王係爲兵馬元帥。詔曰：靖難平兇，必資於金革；總戎授律，實仗於親賢。次年四月，以親王遥統兵柄。寶應元年，代宗即位。十月，以雍王适爲天下兵馬元帥。」「卑宮制詔，即天寶十五載七月丁卯制置天下之詔也。謂其分封諸王，如禹之與子，故以卑宮言之。《壯游》詩『禹功亦命子』，此其證也。」朱鶴齡注：「肅宗收兩京，以廣平王爲元帥，所謂授鉞親賢也。玄宗傳位肅宗，故以禹之卑宮擬之。」仇注：「肅代兩朝，授鉞親賢，相沿爲定制矣。」浦起龍云：「卑宮猶云朝廷，制詔遥如符券璽書之類」，「謂使親賢得專征伐，而朝廷遥爲節制。」

〔四〕終依二句：《書·益稷》：「簫韶九成，鳳皇來儀。」傳：「韶，舜樂名。」錢箋：「初房琯建分鎮討賊之議，詔曰：令元子北略朔方，命諸王分守重鎮。詔下，遠近相慶，咸思效忠於興復。禄山撫膺曰：吾不得天下矣。肅宗即位，惡琯貶之。用其諸子統帥，然皆不出京師，遥制而已，宗藩削弱，藩鎮不臣。公追歎朝廷不用琯議，失强幹弱枝之義，而有事則倉卒以親賢授鉞也。」朱鶴齡注：「公每持親王出鎮之義，于《巴蜀安危表》極言之，《荆南述懷》詩亦云『磐石圭多剪』。然唐史載，上皇以諸王分鎮，高適切諫不可。又劉晏移書房琯，謂今諸王出深宮，一旦望桓文功不可得。其論又與公相牴牾，豈各有見耶？」

胡滅人還亂①，兵殘將自疑〔一〕。登壇名絶假，報主爾何遲②〔二〕。領郡輒無色，之官皆有詞〔三〕。願聞哀痛詔，端拱問瘡痍〔四〕。（1258）

【校】

①胡，《草堂》校：「一作盜。」錢箋作「盜」，校：「一作胡。」

②報主，宋本、錢箋、《草堂》校：「一作執玉。」

【注】

〔一〕胡滅二句：《九家》趙注：「將自疑，則如僕固懷恩以疑而叛，李光弼以疑而沮者矣。」

〔二〕登壇二句：《九家》趙注：「名絶假，即真拜之，非特假節而已。」仇注引顧注：「廣德元年，諸道節度使並加實封，所謂名絶假也。」按，假當指檢校、兼銜之類。實封指食邑數非止名義，在唐代屬特殊恩寵。

〔三〕領郡二句：錢箋：「李肇《國史補》：開元以前，有事於外則命使臣，否則止。自置八節度、十訪使，始有坐而爲使，其後名號益廣。大抵生於置兵，盛於專利，普於銜命。於是爲使則重，爲官則輕。故天寳末佩印有至四十者，大曆中請俸有至千貫者。宦官内外悉屬之使，舊爲權臣所管，州縣所理，今屬中人者有之。此詩云登壇名絶假，謂諸將兼官太多，所謂坐而爲使也。領郡輒無色，州郡皆權臣所管，不能自達，故曰無色也。之官皆有詞，所謂爲使則重，爲官則輕也。」仇注：「節鎮權重，則徵斂日繁，郡守不得自主，故領郡常無氣色，而之官每有怨詞。」

〔四〕願聞二句：《漢書·西域傳》：「（武帝）是以末年遂弃輪臺之地，而下哀痛之詔。」端拱，見卷六《往在》（0291）注。

夜

絶岸風威動〔一〕，寒房燭影微。嶺猿霜外宿，江鳥夜深飛。獨坐親雄劍，哀歌嘆短衣〔二〕。烟塵繞閶闔〔三〕，白首壯心違。（1259）

【注】

黃鶴注：蓋大曆二年（七六七）在夔州作。

〔一〕絶岸句：鮑照《蕪城賦》：「稜稜霜氣，蔌蔌風威。」

〔二〕獨坐二句：雄劍，見卷三《前出塞九首》（0130）注。《藝文類聚》卷九四引《琴操》：「甯戚飯牛車下，叩角而商歌曰：南山矸，白石礀，生不逢堯與舜禪。短布單衣裁至骭，長夜漫漫何時旦。」

〔三〕閶闔：見卷七《久雨期王將軍不至》（0318）注。

遠游

江闊浮高棟①，雲長出斷山〔一〕。塵沙連越嶲〔二〕，風雨暗荆蠻。雁矯銜蘆内，猿啼失木間〔三〕。弊裘蘇季子，歷國未知還〔四〕。（1260）

【校】

① 棟，錢箋、《草堂》校：「晋作凍。」

【注】

黄鶴注：當是大曆三年（七六八）在荆南作。《趙次公先後解》編入大曆二年（七六七）夔州作。仇注編入大曆四年（七六九）潭州作。

〔一〕江闊二句：何遜《和蕭咨議岑離閨怨》：「曉河没高棟，斜月半空庭。」江總《別南海賓化侯》：「斷山時結霧，平海若無流。」

〔二〕塵沙句：越嶲，見卷一三《野望》（0927）注。《趙次公先後解》：「塵沙連越嶲，則吐蕃之兵未息也。」

〔三〕雁矯二句：《淮南子·修務訓》：「夫雁順風，以愛氣力，銜蘆而翔，以備矰弋。」《主術訓》：「猿狖失木，而禽於狐狸。」

〔四〕弊裘二句：見卷一四《江上》（1077）注。

從驛次草堂復至東屯茅屋二首①〔一〕

峽内歸田客②，江邊借馬騎。非尋戴安道，似向習家池〔二〕。山險風烟僻③，天寒橘柚垂。築場看斂積，一學楚人爲。（1261）

【校】

①從驛次草堂復至東屯茅屋二首，「茅屋」二字錢箋無，校：「一本東屯下有茅屋二字。」

②峽，錢箋校：「陳作山。」　内，錢箋校：「一作裏。」《草堂》作「裏」。　客，錢箋校：「一作舍。」《草堂》作「舍。」

③僻，錢箋校：「陳作合。」　峽險五字，《草堂》校：「陳作山陰風烟合。」

【注】

黄鶴注：是大曆二年（七六七）自東屯歸瀼西後作。

〔一〕從驛次草堂：朱鶴齡注：「驛乃白帝城之驛，草堂，瀼西草堂也。」仇注：「此從驛借馬，暫次瀼西草堂，而復至東屯也。」

〔二〕非尋二句：戴安道，見卷九《冬日有懷李白》(0464)注。習家池，見卷一一《王十七侍御掄許携酒至草堂奉寄此詩便請邀高三十五使君同到》(0711)注。

短景難高卧，衰年强此身〔一〕。山家蒸栗暖，野飯射麇新。世路知交薄，門庭畏客頻。牧童斯在眼①，田父實爲鄰。(1262)

【校】

① 斯，錢箋、《草堂》校：「一作須。」

【注】

〔一〕短景二句：短景，見《閣夜》(1211)注。

暫往白帝復還東屯

復作歸田去，猶殘穫稻功。築場憐穴蟻，拾穗許村童。落杵光輝白，除芒子

粒紅①〔一〕。加滄可扶老，倉庾慰飄蓬②〔二〕。（1263）

【校】

①除，錢箋校：「一作殊。」

②庾，錢箋校：「一作廩。」

【注】

黄鶴注：公以大曆二年（七六七）秋居東屯，此詩當作於其時。

〔一〕落杵二句：《周禮·地官·稻人》：「澤草所生，種之芒種。」注：「鄭司農云：芒種，稻麥也。」莫旦《大明一統賦》卷中：「穀名……晚除芒。」查慎行《旅店食紅蓮米飯》：「色疑新出水，粒愛乍除芒。」

〔二〕加飡二句：《趙次公先後解》：「扶老，則扶吾身之老也。」《詩·小雅·楚茨》：「我倉既盈，我庾維億。」傳：「露積曰庾。」

晨雨

小雨晨光内，初來葉上聞。霧交纔洒地，風逆旋隨雲①。暫起柴荆色②，輕霑

鳥獸羣。麝香山一半〔一〕，亭午未全分。（1264）

【校】

① 逆，錢箋校：「一作折。」《草堂》作「折」，校：「一作逆。」

② 荆，《草堂》作「門」。

【注】

黄鶴注：當是在夔州作，梁權道編在大曆二年（七六七）。

〔一〕麝香山：見卷一四《入宅三首》（0961）注。

天池

天池馬不到，嵐壁鳥纔通〔一〕。百頃青雲杪，曾波白石中①〔二〕。鬱紆騰秀氣，蕭瑟浸寒空。直對巫山出②，兼疑夏禹功〔三〕。魚龍開闢有，菱芡古今同③〔四〕。聞道奔雷黑，初看浴日紅。飄零神女雨，斷續楚王風〔五〕。欲問支機石，如臨獻寶宮〔六〕。九秋驚雁序，萬里狎漁翁④。更是無人處，誅茅任薄躬⑤〔七〕。（1265）

【校】

①曾，錢箋、《草堂》作「層」。

②出，宋本、錢箋校：「一作峽。」《草堂》作「峽」。

③芡，錢箋校：「一作芰。」　同，錢箋校：「一作豐。」

④漁翁，宋本、錢箋、《草堂》校：「一作樵童。」

⑤勞，錢箋校：「一作茅。」《草堂》作「茅」，校：「一作勞。」

【注】

黄鶴注：當是大曆二年（七六七）在瀼西作。

〔一〕天池二句：《蜀中廣記》卷二二：「奉節、巫山之間有天池，浸可千頃。」引杜詩。《明一統志》卷七〇夔州府：「天池，在府治。巫山縣亦有。」

〔二〕曾波：見卷三《石櫃閣》(0166)注。

〔三〕禹功：見卷六《柴門》(0274)注。

〔四〕菱芡：見卷一《渼陂西南臺》(0032)注。

〔五〕飄零二句：神女，見卷六《雨》(0297)注。宋玉《風賦》：「楚襄王游於蘭臺之宮，宋玉、景差侍。有風颯然而至，王乃披襟而當之曰：『快哉此風，寡人所人庶人共者邪？』宋玉對曰：『此獨大王之風耳，庶人安得而共之。』」

〔六〕欲問二句：《太平御覽》卷八引《博物志》：「舊説天河與海通，近世有居海者，年年八月有浮查來，甚大，往反不失期，此人乃多齎糧，乘查去，忽忽不覺晝夜，奄至一處，有城郭屋舍，望室中多見織婦。見一丈夫牽牛渚次飲之，牽牛人驚問此人何由至此，此人即問爲何處，答曰：『君可詣蜀郡訪嚴君平，則知之。』此人還問嚴君平，君平曰：『此織女支機石也。某年某日有客星犯斗牛。』即此人到天河也。」獻寶，見卷四《韋諷録事宅觀曹將軍畫馬圖》(0195)注。《趙次公先後解》：「上句則指之爲天河。下句則指之爲龍宮。」

〔七〕誅勞句：《梁書·徐勉傳》：「薄躬遭逢，遂至今日。」

反照

反照開巫峽，寒空半有無。已低魚復暗，不盡白鹽孤〔一〕。荻岸如秋水，松門似畫圖〔二〕。牛羊識童僕，既夕應傳呼。(1266)

【注】

黄鶴注：當是大曆二年(七六七)在瀼西作。

〔一〕已低二句：魚復浦，見卷一四《入宅三首》(0961)注。白鹽山，見卷七《寄裴施州》(0323)注。

〔二〕松門：參卷七《寄薛三郎中據》(0363)「松門峽」注。仇注：「《十道志》：松門峽在夔州。」未詳所據。

向夕

畎畝孤城外〔一〕，江村亂水中。深山催短景，喬木易高風。鶴下雲汀近①，雞栖草屋同。琴書散明燭，長夜始堪終。(1267)

【校】

①汀，錢箋校：「一作河。」

【注】

黄鶴注：當是大曆二年(七六七)在瀼西作。

〔一〕畎畝：《孟子·萬章上》：「事舜於畎畝之中。」《周禮·冬官考工記》：「匠人爲溝洫，耜廣五寸，二耜爲耦。一耦之伐，廣尺深尺謂之甽。」釋文：「畎，古犬反，與甽同，古今字也。」

曉望

白帝更聲盡，陽臺曙色分〔一〕。高峰寒上日①，疊嶺宿霾雲②。地坼江帆隱〔二〕，天清木葉聞。荆扉對麋鹿〔三〕，應共爾爲羣。(1268)

【校】

① 寒，錢箋、《草堂》校：「一作初。」

② 宿霾，錢箋、《草堂》校：「一作未收。」

【注】

黄鶴注：當是大曆二年(七六七)在東屯作。

〔一〕陽臺：見卷六《雨》(0297)注。

〔二〕地坼句：《趙次公先後解》：「或曰隱音穩。佛書世尊得安隱否，用此字。言帆行於闊之江，所以安隱。於義亦通。」參卷一一《投簡梓州幕府兼簡韋十郎官》(0769)注。

〔三〕麋鹿：見卷九《題張氏隱居二首》(0422)注。

覃山人隱居

南極老人自有星，北山移文誰勒銘〔一〕？徵君已去獨松菊，哀壑無光留户庭〔二〕。予見亂離不得已，子知出處必須經〔三〕。高車駟馬帶傾覆，悵望秋天虚翠屏〔四〕。（1269）

【注】

黄鶴注：大曆二年（七六七）作。

〔一〕南極二句：老人星，見卷八《詠懷二首》（0388）注。《文選》孔稚圭《北山移文》吕向注：「孔稚圭，字德璋，會稽人也。少涉學，有美譽，仕至太子詹事。鍾山在都北。其先，周彦倫隱於此山，後應詔出爲海鹽縣令，欲却過此山。孔生乃假山靈之意移之，使不許得至，故云北山移文。」文云：「鍾山之英，草堂之靈。馳烟驛路，勒移山庭。」《趙次公先後解》：「覃山人本隱居此地，蓋自是南極之老人星矣，而乃捨所隱以去，爲可罪也，乃用《北山移文》事譏之。」王嗣奭《杜臆》：「山人死後，賦其隱居。南極句惜其不壽，北山句美其終於隱也。」朱鶴齡注：「老人星自在而山人没矣，但有移文，誰勒墓銘者？以深譏之也。」按，以勒銘指墓銘，恐不確。此仍用「勒移」語，銘則尚有座右銘等。

〔二〕徵君二句：《趙次公先後解》：「漢魏以來，起隱士名之曰徵君。」陶淵明《歸去來兮辭》：「三逕就荒，松菊猶存。」《北山移文》：「誘我松桂，欺我雲壑。」殷仲文《南州桓公九井作》：「爽籟驚幽律，哀壑叩虛牝。」

〔三〕予見二句：傅咸《儀鳳賦》：「隨時宜以行藏兮，諒出處之有經。」《趙次公先後解》：「我所以不仕而流落於外，正亂離之故耳，而覃山人者何事而出哉？ 故又以能經出處譏之也。」王嗣奭《杜臆》：「予見亂離可傷，故欲濟時，出於不得已，予知出處必須守經，蓋治則進亂則退，出處之經也。」朱鶴齡注：「我以亂離故不得已而奔走，山人則誠隱者，何不以出處之宜，一爲經度乎？ 責其不當輕出也。」按，下句當如《杜臆》説，解作經歷、經度皆不確。

〔四〕高車二句：崔琦《四皓頌》：「駟馬高蓋，其憂甚大。富貴之畏人兮，不若貧賤之肆志。」黄生云：「言徵君既去，此地誰人復繼高蹤。蓋多昧居高必危之戒耳。」朱鶴齡注：「末二句又言危機所伏，出不如處，以深惜之。此詩譏刺山人，最爲明切，解者多支離。」按，仇注是朱注，黄生説同《杜臆》，説似各有據。然《杜臆》、朱注皆謂山人已卒，詩意有含混處，難以悉究。

柏學士茅屋〔一〕

碧山學士焚銀魚，白馬却走身岩居〔二〕。古人已用三冬足，年少今開萬卷

餘①〔三〕。晴雲滿户團傾蓋，秋水浮堦溜決渠〔四〕。富貴必從勤苦得，男兒須讀五車書〔五〕。（1270）

【校】

① 今，宋本、錢箋、《草堂》校：「一作曾。」

【注】

黄鶴注：從舊次爲大曆二年（七六七）作。

〔一〕柏學士：卷七有《寄柏學士林居》（0348）。黄鶴注：「意必前所謂柏大兄弟也。」黄生云：「學士乃柏大之叔父，柏大之山居，即學士之茅屋。」施鴻保謂：「疑學士即柏大，乃柏中丞之侄……杜鴻漸表授邛南節度使，子侄亦必授官，前有《覽柏中丞兼子侄數人除官制詞》可證也。柏大或本業儒，雖與平亂，不就武職，故除學士，然亦不即入朝，仍與兄弟讀書山中，蓋將仍應科目也。」又陳廷敬《杜律詩話》：「古詩文所云學士，不盡官名，亦有泛言文學之士者。柏氏子弟已有銀魚而好學，以學士稱之，亦無妨也。」諸人説皆出臆測。唐人恩蔭除官或奏兼朝銜，未見有授學士者。此詩與《柏學士林居》叙學士避亂岩居甚明，又此稱焚銀魚，則學士非泛稱亦可知。

〔二〕碧山二句：銀魚，指魚袋。見卷一三《春日江村五首》（0896）注。《唐六典》卷八弘文館學士：

「故事，五品已上稱爲學士，六品已下爲直學士。」集賢殿學士同。故學士當佩銀魚。《趙次公先後解》疑學士將應別科，無據。仇注：「銀魚見焚，白馬却走，遭祿山之亂也。」

〔三〕古人二句：《漢書·東方朔傳》：「年十三學書，三冬文史足用。」萬卷餘，參卷一《奉贈韋左丞丈二十二韻》（0001）注。黄生謂此詩乃勉其子弟：「學士已如古人，三冬文史足用而貴顯於世矣，今其子弟方開萬卷，皆學士所讀之餘也。」施鴻保謂此與前二句一意承説，不似説其子弟。

〔四〕晴雲二句：沈約《餞謝文學離夜》：「漢池水如帶，巫山雲似蓋。」王筠《苦暑》：「繁星聚若珠，密雲屯似蓋。」《趙次公先後解》謂用傾蓋如故語，因以見與柏君初相見。非是。此止借用字面。《漢書·溝洫志》：「舉臿爲雲，決渠爲雨。」溜，見卷一《九日寄岑參》（0025）注。仇注：「水似決渠之溜，言其急也。」

〔五〕富貴二句：《莊子·天下》：「惠施多方，其書五車。」浦起龍云：「七八就學士家前效作指點歎羨語，舊解作勉語便陋。」

大曆二年九月三十日

爲客無時了，悲秋向夕終①。瘴餘夔子國，霜薄楚王宫〔一〕。草敵虚嵐翠，花禁冷葉紅②〔二〕。年年小摇落，不與故園同〔三〕。（1271）

【校】

①悲，《草堂》作「愁」。

②葉，錢箋校：「一作藥。」《草堂》作「藥」。

【注】

黄鶴注：蓋在東屯也。

〔一〕瘴餘二句：夔子國，見卷七《復陰》（0346）注。楚王宫，見卷一四《返照》（1021）注。

〔二〕花禁句：禁，讀平聲。見卷一〇《奉陪鄭駙馬韋曲二首》（0535）注。

〔三〕年年二句：《西閣二首》（1193）：「巫山小摇落，碧色見松林。」《趙次公先後解》謂指七月。據此詩則非是。

十月一日

有瘴非全歇，爲冬不亦難①〔一〕。夜郎溪日暖，白帝峽風寒〔二〕。蒸裹如千室，焦糟幸一柈②〔三〕。兹辰南國重，舊俗自相歡〔四〕。（1272）

【校】

① 不亦，錢箋作「亦不」，校：「吴作不亦。」

② 糟，宋本、錢箋校：「一作糖。」《草堂》作「糖」，校：「一作糟。」

【注】

黄鶴注：當是大曆二年（七六七）在東屯作。

〔一〕有瘴二句：《趙次公先後解》：「時已十月矣，而瘴尚未全歇，所以爲冬候之難也。」作「亦不難」者非是。

〔二〕夜郎二句：《水經注》温水：「温水出牂牁夜郎縣。縣故夜郎侯國也，唐蒙開以爲縣。」《元和郡縣圖志》卷三〇江南道黔州都督府：「播州，播川。下。本西南徼外蠻夷夜郎、且蘭之地。戰國屬楚，秦亦常置吏，至漢武帝平西南夷，置牂牁郡。」又：「獎州，龍溪。……本漢武陽縣地，貞觀八年於此置夜郎，屬巫州。」朱鶴齡注：「唐黔中道黔、施、珍、思等州，皆古夜郎地，與巴夔接境，溪即五溪也。」安南都護府峰州新昌縣有夜郎溪，非此詩所指。

〔三〕蒸裹二句：黄生云：「蒸裹，以粉裹稻蒸之也，今俗作粿字。」按，蒸裹即裹蒸，可用於魚肉等。《南齊書·明帝紀》：「太官進御食，有裹蒸。帝曰：『我食此不盡，可四片破之，餘充晚食。』」《齊民要術·蒸缹法》：「裹蒸生魚，方七寸准。又云五寸准。豉汁煮秫米如蒸熊。生薑、橘皮、胡芹、小蒜、鹽，細切熬糝。膏油塗箬，十字裹之，糝在上，復以糝屈牖篸之。又云鹽和糝，上下與。細切生薑、橘皮、葱白、胡芹、小蒜置上。篸筶蒸之。既奠，開筶邊奠上。」《太平廣記》卷四八三《南州》（出《玉堂閒話》）：「諸味將半，然後下麻蟲裹蒸。裹蒸乃取麻蕨蔓上蟲，如今之刺猱者是也，以荷葉裹而蒸之。隱勉强餐之，明日所遺甚多。」憔糟，朱鶴齡注作焦糖，引《方言》餳謂之糖。《荆楚歲時記》：「十月朔日，黍臛，俗謂之秦歲首。未詳黍臛之義。今北人此日設麻羹豆飯，當爲其始熟嘗新耳。《禰衡别傳》云十月朝，黄祖在艨艟上會，設黍臛是也。」《唐六典》卷四膳部郎中：「又有節日食料……十月一日黍臛。」疑指此。《集韻》：「槃、鎜、盤、柈，蒲官切。《説文》：承槃也。古從金。籀從皿。或作柈。」

〔四〕茲辰二句：黄生云：「秦建亥，以此日爲歲首，豈蜀地沿秦俗，故以節物相餽耶。」據《唐六典》，唐俗仍以茲辰作節日，而南國特重。

戲作俳諧體遣悶二首

異俗可吁怪，斯人難並居。家家養烏鬼，頓頓食黄魚〔一〕。舊識難爲態①，新知已暗疏〔二〕。治生且耕鑿，只有不關渠②〔三〕。（1273）

【校】

①難，錢箋作「能」，校：「一作難。」《草堂》校：「或作能。」

②闗，錢箋校：「一作開。」

【注】

黄鶴注：蓋大曆元年（七六六）公初至夔州時作，怪其時俗之異而記之。《趙次公先後解》編入大曆二年（七六七）。

〔一〕家家二句：沈括《夢溪續筆談》：「近世注杜甫詩，引《夔州圖經》稱：峽中人謂鸕鷀爲烏鬼，蜀人臨水居者皆養鸕鷀，繩繫其頸，使之捕魚，得魚則倒提出之，至今如此。又嘗有近侍奉使過夔峽，見居人相率，十百爲曹，設牲酒於田間，衆操兵仗，鞷噪而祭，謂之養鬼。養讀從去聲。言烏蠻戰殤，多與人爲厲，每歲以此禳之。又疑此所謂養烏鬼者。」《苕溪漁隱叢話》前集卷一二：「苕溪漁隱曰：家家養烏鬼之句，余觀諸公詩話，其説蓋有四焉。《漫叟詩話》以猪爲烏鬼。《蔡寬夫詩話》以烏野神爲烏鬼。《冷齋夜話》以烏蠻鬼爲烏鬼。沈存中《筆談》、《緗素雜記》以鸕鷀爲烏鬼。今具載其説焉。《漫叟詩話》云：家家養烏鬼，頓頓食黄魚。世以烏鬼爲鸕鷀，言川人養此取魚。予崇寧間往興國軍，太守楊鼎臣字漢傑，一日約飯，鄉味作蒸猪頭肉。因謂予曰：『川人嗜此肉，家家養猪。杜詩所謂家家養烏鬼是也。每呼猪則作烏鬼聲，故號猪爲烏鬼。』《蔡寬夫詩話》云：或言老杜詩家家養烏鬼，頓頓食黄魚，烏鬼乃鸕鷀，謂養之以捕魚。予少時至巴中，雖見有以鸕鷀捕魚者，不聞以爲烏鬼也。不知《夔州圖經》何以得之。然元微之《江陵》詩云：病賽烏稱鬼，巫占瓦代龜。注云：南人染病，則賽烏鬼。則烏鬼之名，自見於此。巴楚間嘗有捕得殺人祭鬼者，問其神明，曰烏野七頭神。則烏鬼乃所事神名爾。或云養字乃賽字之訛，理亦當然。蓋爲其殺人而祭之，故詩首言異俗吁可怪，斯人難並居。若養鸕鷀捕魚而食，有何吁怪不可並居之理。則鸕鷀決非烏鬼，宜當從元注也。《冷齋夜話》云：川峽路民多供事烏蠻鬼，以臨江，故頓頓食黄魚耳。俗人不解，便作養畜字讀，遂使沈存中白差烏鬼爲鸕鷀也。沈存中《筆談》云：士人劉克博觀異書，杜詩有家家養烏鬼，頓頓食黄魚。世之説者皆謂夔峽間至今有鬼户，乃夷人也。其主謂之鬼。然不聞有烏鬼之説。又鬼户者，夷人所稱，又非人家所養。克乃按《夔州圖經》稱，峽中人以鸕鷀繩繫其頸，使之捕魚，得魚則倒提出之，至今如此。予在蜀中，見人家養鸕鷀，使捕魚信然，但不知謂之烏鬼耳。《緗素雜記》云：《筆談》嘗論杜詩家家養烏鬼，頓頓食黄魚，峽中人謂鸕鷀爲烏鬼，養之以取魚也。又按《東齋記事》云：蜀之魚家養鸕鷀十數者，日得魚可數十斤。以繩約其吭，纔通小魚，大魚則不可食。時呼而取出之，乃復遣去。甚馴狎，指顧如人意。有得魚而不以歸者，則押羣者啄而使歸。比之放鷹鶻，無馳走之勞，得利又差厚。所載止此而已。然范蜀公亦不知鸕鷀乃杜詩所謂烏鬼也。按《夷貊傳》云：倭國水多陸少，以小環掛鸕鷀項，令入水捕魚，日得百餘頭。則此事信然。余嘗細考四説，謂鸕鷀爲烏鬼是也。其謂猪與烏野神、烏蠻鬼爲烏鬼者，非也。余官建安，因事至北苑，焙茶扁舟而歸。中途見數漁舟，每舟用鸕鷀五六，以繩繫其足，放入水底捕魚，徐引出，取其魚。目覩其事，益可驗矣。」程大昌《演繁露》卷一三：「元微之嘗投簡陽明洞，有詩曰：鄉味猶珍蛤，家神愛事烏。乃知唐俗真有一鬼，正名烏鬼。謂爲鸕鷀，殆臆度耶。

傳記不聞有呼鸕鷀爲烏鬼者。又《國史補》：裴中令節度江陵，嘗遣軍將譚洪受同王稹往嶺南幹集，至桂林，館有烏在竹林中，稹偶擲石，擊中其腦以死。稹殊不以爲意，會洪受病，逗留于後。稹先達江陵，中令疑訝。忽夢洪受訴，言道爲王稹所殺，弃其屍竹林中。裴大以爲異，付獄治。稹自誣伏法，而洪受乃至，始知是烏鬼報讐也。此説甚怪。然有以知唐俗謂烏能神至於是。則其祠而事之，有自來矣。」王楙《野客叢書》卷二六：「四説不同，惟冷齋之説爲有據。觀《唐書南蠻傳》：俗尚巫鬼，大部落有大鬼主，百家則置小鬼主。一姓白蠻，五姓烏蠻。所謂烏蠻，則婦人衣黑繒。白蠻則婦人衣白繒。又以驗冷齋之説。劉禹錫《南中》詩亦曰：淫祀多青鬼，居人少白頭。又有所謂青鬼之説。盖廣南川峽，諸蠻之流風。故當時有青鬼、烏鬼等名。杜詩以黄魚對烏鬼，知其爲烏蠻鬼也審矣。」《趙次公先後解》、朱鶴齡注皆以元稹詩爲證，是其説。黄魚，見《黄魚》(1201)注。吴曾《能改齋漫録》卷六：「頓頓字亦有所本。晋謝僕射、陶太常同詣吴領軍，坐久，吴留客作食。日已中，使婢賣狗供客，客比得一頓食，殆元氣可語。」見《太平御覽》卷四〇五引俗説。《世説新語·任誕》：「襄陽羅友有大韻，少時多謂之癡。嘗伺人祠，欲乞食，往太早，門未開。主人迎神出見，問以非時，何得在此。答曰：『聞卿祠，欲乞一頓食耳。』」

〔二〕舊識二句：《趙次公先後解》：「態字即一貴一賤乃知交態之態也。難與之爲態，則其人之薄矣。」

〔三〕治生二句：耕鑿，見卷一四《吾宗》(1085)注。庾信《代人傷往》：「無事交渠更相失，不及從來莫作雙。」《太平廣記》卷六八《郭翰》（出《靈怪集》）：「自後夜夜皆來，情好轉切。翰戲之曰：『牽郎何在？那敢獨行？』對曰：『陰陽變化，關渠何事？』」

西歷青羌板①〔一〕，南留白帝城。於菟侵客恨②，粔籹作人情〔二〕。瓦卜傳神語，畬田費火聲③〔三〕。是非何處定，高枕笑浮生。頃歲自秦涉隴，從同谷縣出游蜀，留滯於巫山也。（1274）

【校】

①板，《草堂》作「坂」，校：「一作板，非也。」

②於菟，宋本、錢箋校：「一作穀於。」

③聲，宋本、錢箋、《草堂》校：「一作耕。」

【注】

〔一〕青羌：見卷七《秋風二首》（0316）注。朱鶴齡注：「唐嘉州本古青衣羌，其地近邛崍九折阪，故曰青羌阪。」

〔二〕於菟二句：《左傳》宣公四年：「楚人謂乳穀，謂虎於菟，故命之曰鬭穀於菟。」《楚辭·招魂》：「粔籹蜜餌，有餦餭些。」王逸注：「餦餭，餳也。言以蜜和米麪熬煎作粔籹，擣黍作餌，又有美餳，衆味甘美也。」補注：「粔籹，蜜餌也。吴謂之膏環餌，粉餅也。」《齊民要術·餅法》：「膏環，一名粔籹。用秫稻米屑，水蜜溲之，强澤如湯餅麪。手搦團，可長八寸許，屈令兩頭相就，膏油煮之。」

〔三〕瓦卜二句：元稹《酬翰林白學士代書一百韻》：「病賽烏稱鬼，巫占瓦代龜。」范致明《岳陽風土記》：「荆湖民俗，歲時會集或禱祠，多擊鼓，令男女踏歌，謂之歌場。疾病不事醫藥，惟灼龜打瓦，或以雞子占卜，求祟所在，使俚巫治之。親族不相視病，而鄰里往往問勞之。謂親戚視之則傳染，鄰里則否。」

刈稻了詠懷

稻穫空雲水，川平對石門〔一〕。寒風疏草木①，旭日散雞豚〔二〕。野哭初聞戰，樵歌稍出村。無家問消息，作客信乾坤〔三〕。（1275）

【校】

①草，錢箋作「落」，校：「荆作草。」

【注】

黄鶴注：當是大曆二年（七六七）初冬作，是年九月、十月吐蕃入寇。

〔一〕稻穫二句：《趙次公先後解》：「豈眼前所見之石門者邪？與下篇云雙崖壯此門者是已。」

〔二〕旭日句：鮑照《代東武吟》：「腰鐮刈葵藿，倚杖牧雞豚。」

〔三〕信：信憑、信任。高駢《風箏》：「夜静絃聲響碧空，宫商信任往來風。」

瞿唐兩崖

三峽傳何處，雙崖壯此門〔一〕。入天猶石色，穿水忽雲根〔二〕。猱玃鬚髯古，蛟龍窟宅尊〔三〕。羲和冬馭近①，愁畏日車翻〔四〕。（1276）

【校】

① 冬，宋本、錢箋、《草堂》校：「一作駿。」

【注】

黄鶴注：當是大曆二年（七六七）秋晚作。仇注編入大曆元年（七六六）。

〔一〕三峽二句：見卷六《柴門》(0274)「峽門」注。

〔二〕雲根：見卷一四《題忠州龍興寺所居院壁》(0934)注。

〔三〕猱玃二句：司馬相如《上林賦》：「蜼玃飛蠝，蛭蜩蠼猱。」《文選》郭璞注：「玃，似獼猴而大。」又司馬彪曰：「玃猱，獼猴也。」

〔四〕羲和二句：見卷一《同諸公登慈恩寺塔》(0023)注。李尤《九曲歌》：「年歲晚暮時已斜，安得壯士翻日車。」

柳司馬至〔一〕

有使歸三峽，相過問兩京。函關猶出將〔二〕，渭水更屯兵。設備邯鄲道，和親邏沙城①〔三〕。幽燕唯鳥去，商洛少人行〔四〕。衰謝身何補，蕭條病轉嬰。霜天到宮闕，戀主寸心明。(1277)

【校】

① 沙，錢箋作「些」。《草堂》校：「薛夢符作邏沙。歐陽作邏些。」

【注】

黄鶴注：當是大曆二年（七六七）作，是年九月、十月京師以吐蕃入寇兩戒嚴。

〔一〕柳司馬：名不詳。

〔二〕函關：見卷一三《入宅三首》（0961）注。

〔三〕設備二句：《史記·張釋之馮唐列傳》：「是時慎夫人從，上指示慎夫人新豐道，曰：『此走邯鄲道也。』」《舊唐書·吐蕃傳》：「其國都城號爲邏些城。」又：「元鼎初見贊普於悶怛盧川，蓋贊普夏衙之所，其川在邏娑川南百里，臧河之所流也。」《新唐書·吐蕃傳》：「其贊普居跋布川，或邏娑川。」《册府元龜》卷一三四《帝王部·念功》：「薛仁貴爲邏沙道行軍大總管。」《增修禮部韻略》：「娑，邏娑，吐蕃都城名。亦作沙、些。」《舊唐書·吐蕃傳》：「永泰二年二月，命大理少卿、兼御史中丞楊濟修好於吐蕃。四月，吐蕃遣首領論泣藏等百餘人隨濟來朝，且謝申好。」此詩所謂和親事。

〔四〕幽燕二句：《趙次公先後解》：「和親與商洛少人，皆因吐蕃而然矣。」朱鶴齡注：「時吐蕃寇靈、邠，京師戒嚴，又河北諸鎮多跋扈，朝命不通，公詩所以歎之。」

孟冬

殊俗還多事，方冬變所爲〔一〕。破甘霜落爪①，嘗稻雪翻匙。巫岫寒都薄②，烏

蠻瘴遠隨③。終然減灘瀨，暫喜息蛟螭。（1278）

【校】

① 甘，《草堂》作「柑」。錢箋校：「一作瓜。」

② 岫，錢箋作「峽」，校：「吴作岫。」

③ 烏蠻，宋本校：「一作黔溪。」錢箋、《草堂》校：「一作沙。一作黔溪。」《文苑英華》作「黔溪」，校：「集作烏沙。」

【注】

黄鶴注：當是大曆元年（七六六）作。《趙次公先後解》編入大曆二年（七六七）。

〔一〕殊俗二句：《趙次公先後解》：「雖在殊俗，却還多事矣。」「至冬而後變所爲也。下句破甘嘗稻，方是變所爲矣。」仇注：「在殊俗而猶多事，前此課督田園也。冬變所爲，則喜於無事，惟破甘嘗稻而已。」

悶

瘴癘浮三蜀，風雲暗百蠻〔一〕。卷簾唯白水，隱几亦青山。猿捷長難見①，鷗

輕故不還。無錢從滯客〔二〕，有鏡巧催顏。（1279）

【校】

①難，《草堂》作「相」。

【注】

黄鶴注：當是大曆元年（七六六）作。《趙次公先後解》編入大曆二年（七六七）。

〔一〕瘴癘二句：《趙次公先後解》：「夔州詩而言三蜀、百蠻，蓋夔在三蜀之下，百蠻之北，廣言之也。」

〔二〕無錢句：仇注：「從，隨也。謂錢不隨旅客。」按，從，任從，聽從。此歎無旅資而不得不滯留此地。

雷

巫峽中宵動，滄江十月雷。龍蛇不成蟄，天地劃爭回〔一〕。却碾空山過〔二〕，深蟠絶壁來。何須妬雲雨，霹靂楚王臺〔三〕。（1280）

【注】

黄鶴注：當是大曆元年（七六六）作。《趙次公先後解》編入大曆二年（七六七）。

〔一〕龍蛇二句：《趙次公先後解》：「十月雷，非其時矣，故驚起龍蛇之蟄而變易天地之常也。」浦起龍云：「只是詠中宵之雷。蓋炎方十月而雷，殊非異事。」《玉篇》：「劃，以刀劃破物也。」《游仙窟》：「錦障劃然卷，羅帷垂半欹。」

〔二〕却碾句：《廣韻》：「輾，水輾。碾同。」此作動詞用。白居易《潯陽春三首》：「金谷踏花香騎入，曲江碾草鈿車行。」

〔三〕何須二句：《趙次公先後解》：「雷之不時，若姤神女之爲雲雨，而霹靂以震之也。」

冬至

年年至日長爲客，忽忽窮愁泥殺人〔一〕。江上形容吾獨老，天涯風俗自相親①。杖藜雪後臨丹壑，鳴玉朝來散紫宸②〔二〕。心折此時無一寸〔三〕，路迷何處是三秦③？（1281）

【校】

① 涯，宋本、《草堂》校：「一作邊。」錢箋作「邊」，校：「一作涯。」

② 鳴玉，錢箋校：「一云明主。」

③ 是，錢箋作「見」，校：「一作是。」《草堂》校：「一作見。」

【注】

黄鶴注：當是作於大曆二年（七六七），時在瀼西。

〔一〕泥：見卷五《遭田父泥飲美嚴中丞》(0232)注。

〔二〕杖藜二句：鮑照《歲暮悲》：「天寒多顔苦，妍容逐丹壑。」鳴玉，見卷一三《承聞河北諸道節度入朝歡喜口號絶句十二首》(0988)注。紫宸，見卷九《奉贈鮮于京兆二十韻》(0416)注。

〔三〕心折句：心折，見卷一〇《秦州雜詩二十首》(0549)注。寸心，見卷六《贈李十五丈别》(0302)注。

小至〔一〕

天時人事日相催，冬至陽生春又來〔二〕。刺繡五文添弱線①，吹葭六琯動浮灰②〔三〕。岸容待臘將舒柳，山意衝寒欲放梅③。雲物不殊鄉國異，教兒且覆掌中杯〔四〕。(1282)

【校】

① 文，錢箋作「紋」，校：「一作文。」

② 浮，《草堂》作「飛」。

③ 放，錢箋校：「一作破。」

【注】

黄鶴注：當是大曆元年（七六六）作，是年冬暖。《趙次公先後解》編入大曆二年（七六七）。

〔一〕小至：《通典》卷七〇《元日冬至受朝賀》：「大唐開元八年十一月，中書門下奏：伏以冬至，一陽始生……緣修新格將畢，其日祀圜丘，遂改用小冬日受朝。」錢箋：「按小冬日，即小至也。邵寶曰：小至謂至前一日，如小寒食之類。」《分門》夢符曰：「沈約《宋書》：魏晋冬至日受萬國及百僚稱賀，因小會其儀，亞於歲朝。甫稱小至，當謂是也。或曰陽爲大，陰爲小，冬至陰極，故曰小至。」朱翌《猗覺寮雜記》卷上：「子美有《小至》詩，説者謂冬至前一日爲小至。盧照鄰《年日述懷》云：『人歌小歲酒，花舞大唐春。』是以元日爲小歲。以此觀之，子美之小至即冬至也。」仇注引《杜臆》：「若以小至爲冬至前一日，則詩不當云添線、動灰矣。」

〔二〕天時二句：《易・復・象》：「先王以至日閉關。」王弼注：「冬至，陰之復也。夏至，陽之復也。」孔疏：「冬至一陽生，是陽動用而陰復於静也。夏至一陰生，是陰動用而陽復於静也。」

〔三〕刺繡二句：《史記・貨殖列傳》：「刺繡文不如倚市門。」朱鶴齡注：「線有五色，故云五紋。」添線，見卷一〇《至日遣興奉寄北省舊閣老兩院故人二首》(0545)注。《後漢書・律曆志》：「夫五音生於陰陽，分爲十二律，轉生六十，皆所以紀斗氣，效物類也。……冬至陽氣應，則樂均清……室中以木爲案，每律各一，内庳外高，從其方位，加律其上，以葭莩灰抑其内端，案曆而候之。氣至者灰動。其爲氣所動者其灰散，人及風所動者其灰聚。」《晉書・律曆志》：「黄帝作律，以玉爲管，長尺，六孔，爲十二月音。至舜時，西王母獻昭華之琯，以玉爲之。」朱鶴齡注：「六琯，舉律以該吕也。」

〔四〕雲物二句：《左傳》僖公五年：「凡分、至、啓、閉，必書雲物，爲備故也。」杜預注：「雲物，氣色災變也。」《宋書・樂志》載《晉杯槃舞歌》：「舞杯槃，何翩翩。舉坐翻覆壽萬年。」又：「《搜神記》云：晉太康中，天下爲《晉世寧舞》，矜手以接杯槃而反覆之。此則漢世唯有槃舞，而晉加之以杯，反覆之也。」鮑照《三日》：「解衿欣景預，臨流競覆杯。」錢箋：「舊注引覆杯池及《禮記》覆醢爲解。偶觀李太白《宴北湖》詩云：『感此勸一觴，願君覆瓢壺。榮盛當作樂，無令後賢吁。』則知覆杯乃傾尊倒甕，及時行樂之意。二公詩正可相發明也。」據《宋書・樂志》等，覆杯乃示飲盡，以表致敬、祈福等義。

舍弟觀赴藍田取妻子到江陵喜寄三首〔一〕

汝迎妻子達荆州，消息真傳解我憂。鴻雁影來連峽内，鶺鴒飛急到沙頭〔二〕。

嶢關險路今虚遠，禹鑿寒江正穩流〔三〕。朱紱即當隨綵鷁，青春不假報黄牛〔四〕。

（1283）

【注】

黄鶴注：當是大曆二年（七六七）冬作，明年正月果出峽。

〔一〕舍弟觀：見卷一四《舍弟觀歸藍田迎新婦送示兩篇》（1018）。

〔二〕鴻雁二句：《禮記·王制》：「兄之齒雁行。」鶺鴒，見卷一〇《得弟消息二首》（0548）注。沙頭，參《送王十六判官》（1209）注。

〔三〕嶢關二句：《長安志》卷一六藍田縣：「藍田關在縣東南九十八里，即秦嶢關也。……後周明帝武成元年，徙青泥故城側，改曰青泥關。武帝建德三年，改曰藍田關，因縣爲名。隋煬帝大業元年，徙復舊所，即今關是。」禹鑿寒江，見卷六《柴門》（0274）注。

〔四〕朱紱二句：綵鷁，見卷一三《奉待嚴大夫》（0832）注。庾信《奉和泛江》：「春江下白帝，畫舸向黃牛。」朱鶴齡注：「言我即當出峽，不必汝之遺報於黃牛也。」黃牛灘，見卷一一《送韓十四江東覲省》(0702)注。

馬度秦山雪正深①，北來肌骨苦寒侵。他鄉就我生春色，故國移居見客心。剩欲提攜如意舞②，喜多行坐白頭吟〔一〕。巡簷索共梅花笑③，冷蘂疏枝半不禁④〔二〕。（1284）

【校】

① 度，宋本、錢箋、《草堂》校：「一作瘦。」　山，錢箋作「關」，校：「吴作山。」

② 剩欲，錢箋校：「一作歡劇。」《草堂》校：「或作歡極。」

③ 共，錢箋校：「一作近。」《草堂》作「近」。

④ 蘂，錢箋、《草堂》校：「一作落。」

【注】

〔一〕剩欲二句：《趙次公先後解》：「一本有小注云：王戎好作如意舞。意公自注。」參卷一四《宴忠州使君侄宅》(0934)注。白頭吟，見卷六《七月三日亭午已後較熱退晚加小涼穩睡有詩因論壯年樂事戲呈元二十一曹長》(0292)注。《趙次公先後解》：「《白頭吟》雖是文君緣相如晚年置妾而有此作，其後爲樂府則言君臣朋友之不終。今公所用，但以老而吟詠耳。」

〔二〕巡簷二句：隋煬帝詩：「鳥聲争勸酒，梅花笑殺人。」仇注謂索笑句本此。按，江總《梅花落》：「金谷萬株連綺甍，梅花密處藏嬌鶯。桃李佳人欲相照，摘葉牽花來並笑。」或近此。不禁，見卷一〇《奉陪鄭駙馬韋曲二首》(0535)注。

庾信羅含俱有宅，春來秋去作誰家〔一〕？短墻若在從殘草，喬木如存可假花？卜築應同蔣詡徑，爲園須似邵平瓜〔二〕。比年病酒開涓滴①〔三〕，弟勸兄酬何怨嗟。（1285）

【校】

① 年，宋本、錢箋、《草堂》校：「一作因。」　病，錢箋校：「一作斷。」　開，《草堂》作「聞」。

【注】

〔一〕庾信二句：庾信宅，見《送王十六判官》(1209)注。《晉書·羅含傳》：「羅含字君章。……後爲郡功曹，刺史庾亮以爲部江夏從事……轉州别駕。以廨舍喧擾，于城西池小洲上立茅屋，伐木爲材，織葦爲席而居，布衣蔬食，晏如也。」《太平寰宇記》卷一四六荆州：「羅含宅，《渚宫記》云：安成王在鎮，以羅含故宅借録事劉朗之。常見一丈夫，衣冠甚偉，被衿而立。朗之驚問，忽然失之。未及還，朗之以罪見黥。時人謂君章有神。羅君章宅，在江陵城西三里。庾信亦嘗居之。」

〔二〕卜築二句：《太平御覽》卷五一〇引嵇康《高士傳》：「蔣詡，字元卿，杜陵人。爲兗州刺史。王莽爲宰衡，詡奏事到灞上，稱病不進。歸杜陵，荆棘塞門，舍中三徑，終身不出。時人諺曰：楚國二龔，不如杜陵蔣翁。」錢箋：「此句正用杜陵故事，與邵平爲偶，非泛用三徑也。」邵平，見卷二《喜晴》(0077)「東門瓜」注。

〔三〕比年句：《趙次公先後解》：「前此《江樓夜宴》云：老人因酒病，堅坐看君傾。至此方欲開酒矣。」

夔州歌十絶句

中巴之東巴東山，江水開闢流其間〔一〕。白帝高爲三峽鎮，夔州險過百牢關①〔二〕。(1286)

【校】

① 夔州，錢箋校：「一作瞿塘。」《草堂》作「瞿唐」，校：「一作夔州。」

【注】

黄鶴注：當是大曆二年（七六七）夏作。

〔一〕中巴二句：《水經注》江水：「蜀章武二年，劉備爲吴所破，改白帝爲永安，巴東郡治也。漢獻帝初平元年，分巴爲二郡，以魚復爲固陵郡。蹇胤訴劉璋，改爲巴東郡，治白帝山城。」中巴，見卷七《秋風二首》（0316）注。

〔二〕白帝二句：《元和郡縣圖志》卷二五山南道興元府西縣：「百牢關，在縣西南三十步。隋置白馬關，後以黎陽有白馬關，改名百牢關。自京師趣劍南，達淮左，皆由此也。」《太平寰宇記》卷一三三興元府西縣：「百牢關，在縣西南。隋開皇中置。以蜀路險，號曰百牢關。一云置在百牢谷。」錢箋：「百牢關爲入川之隘口，但不如瞿塘之險耳。」

白帝夔州各異城，蜀江楚峽混殊名〔二〕。英雄割據非天意，霸主并吞在物情①。

（1287）

【校】

① 主，《草堂》作「王」，注：「去聲。」

【注】

〔一〕白帝二句：陸游《入蜀記》卷六：「晚至瞿唐關，唐故夔州，與白帝城相連。杜詩云白帝夔州各異城，蓋言難辨也。」朱鶴齡注：「古白帝城在夔州城東，故曰各異城。」嚴耕望《唐代交通圖考》：「三峽上口灩澦堆北岸本有兩古城，南北連基。其一赤岬城在北偏西，依赤岬山，爲公孫述所築，周回七里餘。其二即魚復故城，在南偏東，公孫述改名白帝城，依白帝山。城甚小，周回不到一里，蓋高踞崖岸，爲一堡耳。故杜詩云『白帝高爲三峽鎮』也。杜詩又云『白帝夔州各異城』，夔州殆必治古赤岬城，夔爲大州，常爲統府，固宜治赤岬大城，非治白帝小城也。」參卷六《引水》（0260）注。《趙次公先後解》：「二城既臨江與峽，則無復分蜀江楚峽之名矣，故曰混殊名。」朱鶴齡注：「瞿唐峽，舊名西陵峽，與荆州西陵峽相亂，故曰混殊名。」

羣雄競起問前朝①，王者無外見今朝〔一〕。比訝漁陽結怨恨，元聽舜日舊簫韶〔二〕。（1288）

【校】

①問，錢箋校：「刊作聞。」《草堂》校：「一作向。下州作聞。」校文疑有誤。

【注】

〔一〕羣雄二句：《公羊傳》隱公元年：「祭伯者何？ 天子之大夫也。 何以不稱使？ 奔也。 奔則曷爲不言奔？ 王者無外，言奔則有外之辭也。」

〔二〕比訝二句：《後漢書·朱浮傳》：「今天下幾里，列郡幾城，奈何以區區漁陽，而結怨天子？」《趙次公先後解》：「比者，近也。 禄山以怨恨起兵於漁陽，斯爲可訝者。」「舜日，則比明皇時太平爲虞舜之日。 舊簫韶，則比《霓裳羽衣》之新曲如簫韶之九成。」簫韶，見《有感五首》(1257)注。

赤甲白鹽俱刺天，閭閻繚繞接山巔〔一〕。 楓林橘樹丹青合，複道重樓錦繡懸〔二〕。

(1289)

【注】

〔一〕赤甲二句：張衡《南都賦》：「杳藹蓊鬱于谷底，森蓴蓴而刺天。」嚴耕望《唐代交通圖考》：「是唐世夔州城住民極多，致閭閻繚繞，達於山巔。 兩城既連基，勢必房舍相接，連爲一片，故城雖各異，但閭閻市廛實已不分。」

〔二〕楓林二句：《趙次公先後解》：「丹青合，以言其樹之錯雜，蓋楓青而橘丹也。 錦繡懸，以言其宮室之華麗。」《分門》洙曰引《西京雜記》終南山有樹，葉一青一赤，望之斑駁如錦繡，長安謂之丹青樹。朱鶴齡注亦引，蓋謂錦繡字用此，亦言樹。

瀼東瀼西一萬家〔一〕，江北江南春冬花①。背飛鶴子遺瓊蘂，相趁鳧鶵入蔣芽〔二〕。（1290）

【校】

① 江北江南，錢箋、《草堂》校：「晋作江南江北。」

【注】

〔一〕瀼東瀼西：見卷六《柴門》(0276)注。嚴耕望《唐代交通圖考》：「瀼西謂瀼水之西永安宮地區，瀼東謂瀼水之東奉節縣、瞿塘驛地區，皆平地也。」

〔二〕背飛二句：《藝文類聚》卷二九李陵《贈蘇武別》：「雙鳧相背飛，相遠日已長。」木華《海賦》：「鳧雛離褷，鶴子淋滲。」王粲《白鶴賦》：「飡靈岳之瓊蕊，吸雲表之露漿。」《趙次公先後解》謂此言鶴而用瓊蕊，指玉屑，在夔州則言花之白者，引陸機《擬涉江采芙蓉》：「上山采瓊蕊，空谷饒芳蘭。」趁，見卷三《青陽峽》(0146)注。蔣，見卷一五《傷秋》(1096)注。

東屯稻畦一百頃，北有澗水通青苗〔一〕。晴浴狎鷗分處處〔二〕，雨隨神女下朝朝。（1291）

【注】

〔一〕東屯二句：東屯，見《自瀼西荆扉且移居東屯茅屋四首》（1229）注。《方輿勝覽》卷五七夔州：「東屯有青苗陂。」引杜詩。

〔二〕晴浴句：江淹《雜體詩·孫廷尉綽雜述》：「物我俱忘懷，可以狎鷗鳥。」木華《海賦》：「群飛侶浴，戲廣浮深。」

蜀麻吴鹽自古通，萬斛之舟行若風〔一〕。長年三老長歌裏，白晝攤錢高浪中①〔二〕。（1292）

【校】

① 晝，錢箋校：「一作買。」

【注】

〔一〕蜀麻二句：蜀麻吴鹽，見卷六《客居》（0268）注。顧炎武《日知録》卷一〇「行鹽」：「松江李雯論鹽之産於場，猶五穀之生於地，宜就場定額，一稅之後，不問其所之，則國與民兩利。……余於鹽法亦引子美詩云：『蜀麻吴鹽自古通。』又曰：『風烟渺吴蜀，舟楫通鹽麻。』又曰：『蜀麻久不來，吴鹽擁荆門。』若如今日之法，各有行鹽地界，吴鹽安得至蜀哉！ 人人誦杜詩，而不知此故事。」

〔二〕長年二句：長年三老，見卷七《最能行》(0322)注。《趙次公先後解》：「蜀人以船頭把篙相水道者爲長年，正梢爲三老。」《後漢書·梁冀傳》：「意錢之戲。」注：「何承天《纂文》曰：詭億，一曰射意，一曰射數，即攤錢也。」《趙次公先後解》：「攤錢，則蜀人賭錢之名。」李匡乂《資暇集》卷中錢戲：「錢戲有每以四文爲一列者，即史傳所云意錢是也。俗謂之攤錢，亦曰攤鋪。攤鋪其錢，不使疊映欺惑也。疾道之，故譌其音。音攤爲躉齕反，音鋪爲蒲，厥義此耳。今人書此錢戲，率作樗蒲字。何貶樗蒲之甚耶？ 案樗蒲起自老子，今亦爲呼盧者，不宜雜其號於錢。說攤鋪之義，皎然可見。」

憶昔咸陽都市合，山水之圖張賣時〔一〕。巫峽曾經寶屏見〔二〕，楚宫猶對碧峰疑。

(1293)

【注】

〔一〕張賣：仇注：「張賣，張圖以賣於市也。」

〔二〕巫峽句：《西京雜記》卷二：「武帝爲七寶床，雜寶桉，廁寶屏風，列寶帳。」《太平廣記》卷二三四《鄭德懋》（出《宣室志》）：「七寶屏風，黃金屈膝。」

（1294）

閬風玄圃與蓬壺〔一〕，中有高唐天下無①。借問夔州壓何處，峽門江腹擁城隅。

【校】

① 錢箋此首在第十。唐，錢箋作「堂」，校：「晋作唐。」

【注】

〔一〕閬風句：閬風，見卷一《奉同郭給事湯東靈湫作》（0035）注。玄圃，見卷二《奉先劉少府新畫山水障歌》（0080）注。蓬壺，見卷四《戲題畫山水圖歌》（0178）注。

（1295）

武侯祠堂不可忘①〔一〕，中有松柏參天長。干戈滿地客愁破，雲日如火炎天涼。

【校】

①錢箋此首在第九。　祠堂，錢箋、《草堂》校：「一作生祠。」

【注】

〔一〕武侯句：夔州武侯祠，見卷一四《諸葛廟》(1016)注。

雨①

冥冥甲子雨，已度立春時〔一〕。輕箑煩相向，纖絺恐自疑〔二〕。烟添纔有色，風引更如絲。直覺巫山暮，兼催宋玉悲〔三〕。（1296）

【校】

①此詩宋本卷目有，正文缺。今據《九家》等補在此。

【注】

《趙次公先後解》：按《資治通鑑》，大曆二年正月辛亥朔，至十三日甲子。但不知立春在前，相去幾日，以無《長曆》考之也。黄鶴注：按《舊史》，大曆元年正月丁巳朔，則是初八日爲甲子。史又云自春旱，至六月庚子始雨。却與唐諺合。公是時在雲安。其年十一月甲子日長至，方改爲大曆元年。若大曆二年甲子，在正月十三日，而立春已在元年十二月二十六七，無容謂甲子雨「已度立春時」也。按，黄説誤。

〔一〕冥冥二句：《朝野僉載》卷一：「諺云：春雨甲子，赤地千里。夏雨甲子，乘船入市。秋雨甲子，禾頭生耳。冬雨甲子，鵲巢下地。」《趙次公先後解》：「言春甲子而雨，旱之祥也。」「兩句憂之之辭也。」王嗣奭《杜臆》：「先雨而度立春，是冬甲子雨，而注引春甲子，誤。按諺：冬雨甲子，雪飛千里。南方地暖，故不雪而雨。注引赤地千里，是年春旱，又誤。又諺云：雨前生毛不肯雨，雨後生毛不肯晴。冬雨度立春，而風引如絲，乃雨之可厭者。」按，詩云「已度立春時」，謂此甲子雨在立春後，非謂自甲子雨而至立春。此詩仍當作於大曆二年。若大曆元年，立春在永泰元年十二月十六日，更無容謂甲子雨而度立春。若謂冬甲子雨而度立春，則此二年甲子至立春分别爲三十九天與四十四天。地無論南北，四季恐絶無如此長雨，更遑論亦與詩中情景完全不合。黄鶴注誤，王注亦誤。

〔二〕輕箑二句：潘岳《秋興賦》：「於是乃屏輕箑，釋纖絺。」《文選》李善注：「《吕氏春秋》曰：冬不用箑，非愛箑也，清有餘也。高誘曰：箑，扇也。孔安國《尚書傳》曰：纖，細也。絺，細葛也。」《趙次公先後解》：「是日雖雨而氣喧，故扇可用，葛可著。」

〔三〕宋玉悲：見卷一四《垂白》(1068)注。王嗣奭《杜臆》：「宋玉《悲秋賦》云：憀慄兮若在遠行。又云：坎廩兮貧士失職而志不平。故云兼催宋玉悲。注謂雨過淒然如秋，則與輕箑、纖絺戾矣。亦誤。」按，亦見《九辯》。

奉送蜀州柏二别駕將中丞命赴江陵起居衛尚書太夫人因示從弟行軍司馬位①〔一〕

中丞問俗畫熊頻，愛弟傳書彩鷁新〔二〕。遷轉五州防禦使，起居八座太夫人〔三〕。楚宫臘送荆門水，白帝雲偷碧海春。報與惠連詩不惜〔四〕，知吾斑鬢總如銀。(1297)

【校】

①此詩宋本卷目有，正文缺。今據《九家》等補在此。錢箋此詩編入卷一七。奉送蜀州柏二别駕將中丞命赴江陵起居衛尚書太夫人因示從弟行軍司馬位，「位」錢箋作「佐」。

【注】

黄鶴注：當是大曆元年(七六六)歲晚作。二年柏已去夔，乃崔卿攝郡矣。

〔一〕柏二别駕：黄鶴注：「乃中丞之弟。故云愛弟傳書。」中丞：柏貞節。衛尚書：衛伯玉。見卷七《荆南兵馬使太常卿趙公大食刀歌》(0310)注。起居：見卷一四《送田四弟將軍將夔州柏中丞命起居江陵節度陽城郡王衛公幕》(1118)注。杜位：見卷一二《寄杜位》(0913)注。

〔二〕中丞二句：《後漢書·輿服志》：「公、列侯安車，朱班輪，倚鹿較，伏熊軾。」張正見《御幸樂游苑侍宴》：「畫熊飄析羽，金埒響膠弦。」王績《游北山賦》：「鄉老則杖頭安鳥，邦君則車邊畫熊。」劉孝綽《釣竿篇》：「釣竿畫彩鷁，漁子服冰紈。」

〔三〕遷轉二句：《新唐書·方鎮表》乾元二年：「以夔、峽、忠、歸、萬五州隸夔州。」廣德元年：「置夔、忠、涪都防禦使，治夔州。」大曆元年：「荆南節度復領澧、朗、涪三州。」劉禹錫《夔州刺史廳壁記》：「天寶初，罷州置郡，號雲安。至德二年，命嗣道王煉爲太守，賜之旌節，統峽中五郡軍事。乾元初，復爲州，偃節於有司，第以防禦使爲稱。尋罷，以支郡隸江陵。」朱鶴齡注：「柏中丞爲夔州都督，時自都督遷防禦也。」按，防禦使與都督爲兼銜，時夔州未必領五州，詩蓋循舊例稱五州。《唐六典》卷一尚書令：「後漢以尚書令、僕射及六曹尚書爲八座。……今則以二丞相、六尚書爲八座。」《趙次公先後解》：「衛公乃尚書矣，故云八座。」《後漢書·岑彭傳》：「大長稱以朔望問太夫人起居。」注：「漢法，列侯之母方稱太夫人也。」

〔四〕報與句：《宋書·謝惠連傳》：「族兄靈運深相知賞。」鍾嶸《詩品》引《謝氏家録》：「康樂每對惠連，輒得佳語。後在永嘉西堂，思詩竟日不就，寤寐間忽見惠連，即成『池塘生春草』。」《趙次公先後解》：「以方弟行軍司馬也。」

杜工部集卷第十七

近體詩五十四首大曆三年正月起峽中至江陵及湖南作

太歲日〔一〕

楚岸行將老，巫山坐復春。病多猶是客，謀拙竟何人。閶闔開黄道，衣冠拜紫宸〔二〕。榮光懸日月〔三〕，賜與出金銀。愁寂鴛行斷〔四〕，參差虎穴鄰。西江元下蜀，北斗故臨秦〔五〕。散地逾高枕，生涯脱要津。天邊野柳樹，相見幾回新。

(1298)

【注】

黃鶴注：當是大曆三年（七六八）正月初三日作。

〔一〕太歲日：《趙次公先後解》：「正月一日謂之太歲日，蓋當年太歲之始日也。」黃鶴注：「大曆三年太歲戊申，今題云太歲日，則又是戊申日。按《舊史》，大曆三年春正月丙午朔，戊申乃初三日。或以巫山坐復春之句，爲在二年。然二年太歲丁未，而正月朔爲壬子，則丁未日乃在二月下旬矣。此詩云閶闔開黃道，衣冠拜紫宸，正以新元而言。」《無上秘要》卷五五：「《三元篇》曰：凡行此道，學法亦齋，合丹亦齋，入山亦齋，傳經亦齋，八節日亦齋，甲子日、庚申日、太歲日、本命日亦齋。」太歲日蓋與本命日類似，其日干支与太歲、本命所在同。

〔二〕閶闔二句：閶闔，見卷一《樂游園歌》（0030）注。《漢書・天文志》：「日有中道，月有九行。中道者，黃道。一曰光道。」紫宸，見卷九《奉贈鮮于京兆二十韻》（0416）注。王維《和賈舍人早朝大明宮之作》：「九天閶闔開宮殿，萬國衣冠拜冕旒。」《趙次公先後解》：「自此而下蓋言朝見賀正矣。」

〔三〕榮光句：《藝文類聚》卷一一引《尚書中候》：「帝堯即政，榮光出河。」江淹《詣建平王上書》：「青雲浮洛，榮光塞河。」

〔四〕鴛行：見卷一〇《至日遣興奉寄北省舊閣老兩院故人二首》（0545）注。

〔五〕西江二句：《趙次公先後解》：「公由蜀而欲往荆渚，今尚在夔，故曰西江元下蜀。」北斗句，見卷一四《月三首》（1011）注。

元日示宗武〔一〕

汝啼吾手戰，吾笑汝身長〔二〕。處處逢正月，迢迢滯遠方。飄零還柏酒①〔三〕，衰病只藜床。訓喻青衿子，名慚白首郎〔四〕。賦詩猶落筆，獻壽更稱觴。不見江東弟，高歌淚數行。第五弟豐漂泊江左，近無消息〔五〕。（1299）

【校】

①酒，錢箋、《草堂》校：「一作葉。」

【注】

黃鶴注：大曆三年（七六八）作。

〔一〕宗武：見卷一六《宗武生日》（1166）注。

〔二〕汝啼二句：《世説新語·黜免》：「桓公讀詔，手戰流汗。」《趙次公先後解》：「手戰則老病也，身長則長大也。」

〔三〕飄零句：《荊楚歲時記》正月一日：「進椒柏酒，飲桃湯。」注：「按《四民月令》云：過臘一日謂之小歲，拜賀君親，進椒酒，從小起。椒是玉衡星精，服之令人身輕能老。柏是仙藥。……是知小歲則用之，漢朝元正則行之。」

〔四〕訓喻二句：青衿，見卷八《折檻行》(0372)注。白首郎，見卷一四《承聞河北諸道節度入朝歡喜口號絶句十二首》(0990)注。

〔五〕不見二句：見卷一五《第五弟豐獨在江左近三四載寂無消息覓使寄此二首》(1087)注。

遠懷舍弟穎觀等〔一〕

陽翟空知處，荊南近得書〔二〕。積年仍遠別，多難不安居。江漢春風起，冰霜昨夜除。雲天猶錯莫〔三〕，花萼尚蕭疏。對酒都疑夢，吟詩正憶渠。舊時元日會，鄉黨羨吾廬。（1300）

【注】

黃鶴注：當是大曆三年（七六八）正月旦日作。

〔一〕弟穎觀：穎，見卷一二《送舍弟頻赴齊州三首》(0884)注。觀，見卷一六《舍弟觀赴藍田取妻子到江陵喜寄三首》(1283)注。

〔二〕陽翟二句：《元和郡縣圖志》卷五河南府：「陽翟縣，畿。西北至府二百四十里。」《趙次公先後解》：「潁在陽翟也。荊南，則觀新所遷居也。」

〔三〕錯莫：見卷二《瘦馬行》(0073)注。

續得觀書迎就當陽居止正月中旬定出三峽①〔一〕

自汝到荊府，書來數唤吾。頌椒添諷咏，禁火卜歡娛②〔二〕。舟楫因人動，形骸用杖扶。天旋夔子峽③，春近岳陽湖。發日排南喜〔三〕，傷神散北吁④。飛鳴還接翅，行序密銜蘆〔四〕。俗薄江山好，時危草木蘇。馮唐雖晚達，終覬在皇都〔五〕。

(1301)

【校】

①續得觀書迎就當陽居止正月中旬定出三峽，「止」宋本作「山」，據錢箋等改。

②娛，錢箋、《草堂》校：「一作呼。」

③峽，錢箋作「國」。

④ 眸，錢箋、《九家》、《草堂》作「盱」。

【注】

黄鶴注：當是大曆三年（七六八）元日作。

〔一〕當陽：《舊唐書·地理志》荆州江陵府：「當陽，漢縣，屬南郡。……（武德）六年，改屬玉州。又省臨沮入當陽，屬荆州。」

〔二〕頌椒二句：頌椒，見卷九《杜位宅守歲》（0465）注。《趙次公先後解》：「禁火卜歡娱，則序云正月中旬定出三峽，於寒食必相聚矣。」

〔三〕發日句：《趙次公先後解》：「起發之日，安排往南而喜。」仇注：「排舟而南。」

〔四〕銜蘆：見卷一六《遠游》（1260）注。

〔五〕馮唐二句：見卷一五《寄岑嘉州》（1036）注。

將别巫峽贈南鄉兄瀼西果園四十畝①〔一〕

苔竹素所好，萍蓬無定居②〔二〕。遠游長兒子③〔三〕，幾地别林廬？雜蘂紅相對，他時錦不如。具舟將出峽，巡圃念携鋤。正月喧鶯未，兹辰放鷁初。雪籬梅可折，風榭柳微舒。託贈鄉家有④，因歌野興疏。殘生逗江漢⑤〔四〕，何處狎樵漁？

(1302)

【校】

① 將别巫峽贈南鄉兄瀼西果園四十畝，「鄉」錢箋、《草堂》作「卿」。

② 無，錢箋、《草堂》校：「一作不。」

③ 兒，《草堂》校：「一作見。」

④ 鄉，錢箋、《草堂》作「卿」。

⑤ 逗，錢箋校：「陳作逼。」《草堂》校：「謝作逼。」

【注】

黄鶴注：當是大曆三年（七六八）正月作。

〔一〕南鄉兄：未詳。《趙次公先後解》謂作南卿是，「或云公之族大，爲卿者非一人，或南宅之卿，或南位之卿也」。按，此兄當非杜氏。

〔二〕苔竹二句：潘岳《西征賦》：「陋吾人之拘攣，飄萍浮而蓬轉。」

〔三〕長兒子：見卷四《將適吴楚留别章使君留後兼幕府諸公得柳字》(0199)注。

〔四〕殘生句：江淹《雜體詩·謝光禄莊郊游》：「肅舲出郊際，徙樂逗江陰。」《文選》李善注：「《説文》曰：逗，止也。」

送大理封主簿五郎親事不合却赴通州主簿前閬州賢子余與主簿平章鄭氏女子垂欲納采鄭氏伯父京書至女子已許他族親事遂停①〔一〕

禁臠去東床，趨庭赴北堂〔二〕。風波空遠涉，琴瑟幾音洎虛張〔三〕。渥水出騏驥，崑山生鳳皇〔四〕。兩家誠款款，中道許蒼蒼〔五〕。頗謂秦晉匹②，從來王謝郎〔六〕。青春動才調，白手缺輝光〔七〕。玉潤終孤立，珠明得闇藏〔八〕。餘寒折花卉，恨別滿江鄉。（1303）

【校】

①送大理封主簿五郎親事不合却赴通州主簿前閬州賢子余與主簿平章鄭氏女子垂欲納采鄭氏伯父京書至女子已許他族親事遂停，錢箋無「采」字，校：「一有采字。」

②謂，《草堂》作「爲」。

【注】

黄鶴注：當是大曆三年（七六八）正月未出峽前作。

〔一〕封閬州：封議。見卷七《送高司直尋封閬州》（0359）注。封主簿五郎當即其子封揆。《唐代墓志彙編》貞元〇〇六張勸《唐故梁州城固縣令渤海封君墓志銘》：「君諱揆，字揆，渤海蓨人也。……王父諱哲。皇考諱議，蓬、集、閬、明四州刺史。君即明州府君□冢嗣也。……時河南元帥太尉李公以君利入無間，奏君徐州彭城縣尉。以君□能舉目，轉君楚州安宜主簿。劍南東川節使鮮于公與君通舊，知君理材，奏君巴西督郵。工部尚書兼御史大夫魏國公之節制惟梁也，君懷刺貢謁，以君有仁恤惠政，奏君城固縣□。」《舊唐書·地理志》山南西道：「通州上，隋通川郡。……乾元元年，復爲通州。」平章，商議。此指議婚。《太平廣記》卷二八一《櫻桃青衣》（出《河東記》）：「吾有一外甥女子姓鄭，早孤，遺吾妹鞠養，甚有容質，頗有令淑，當爲兒平章。」

〔二〕禁臠二句：《晋書·謝混傳》：「初，孝武帝爲晋陵公主求壻，謂王珣曰：『主壻但如劉真長、王子敬便足。如王處仲、桓元子誠可，才小富貴，便豫人家事。』珣對曰：『謝混雖不及真長，不減子敬。』帝曰：『如此便足。』未幾，帝崩。袁山松欲以女妻之。珣曰：『卿莫近禁臠。』初，元帝始鎮建業，公私窘罄，每得一豘，以爲珍膳，項上一臠尤美，輒以薦帝，羣下未嘗敢食。于時呼爲禁臠。故珣因以爲戲。混竟尚主。」《世説新語·雅量》：「郗太傅在京口，遣門生與王丞相書，求女婿……門生歸，白郗曰：『王家諸郎亦皆可嘉，聞來覓婿，咸自矜持，唯有一郎在東床上坦腹臥，如不聞。』」趙庭，見卷九《登兖州城樓》(0429)注。北堂，見卷一〇《送許八江寧覲省甫昔時常客游此縣於許生處乞瓦棺寺維摩圖樣志諸篇末》(0538)注。《趙次公先後解》：「禁臠去東床，言親事不合也。趨庭赴北堂，言往通州也。」朱鶴齡注：「封主簿至通州省母。」

〔三〕琴瑟句：《詩·小雅·常棣》：「妻子好合，如鼓瑟琴。」箋：「合者，如鼓瑟琴之聲相應和也。」《漢書·禮樂志》董仲舒對策：「辟之琴瑟不調，甚者必解而更張之，乃可鼓也。」

〔四〕渥水二句：渥水，渥洼，見卷一《沙苑行》(0038)注。《趙次公先後解》：「《葛仙公傳》曰：崑崙一名積石瑶房。古本《莊子》載老子曰：吾聞南方有鳥，其名爲鳳。所居積石千里。則崑山可以言生鳳凰矣。舊注引丹穴之鳳凰，却是丹穴也。」「古本《莊子》」見《文選》江淹《雜體詩·嵇中散康言志》李善注引。仇注：「此指封、鄭約婚事。騏驥，閬州子。鳳凰，鄭氏女。」

〔五〕中道句：仇注：「蒼蒼，指天以誓也。」

〔六〕頗謂二句：《左傳》僖公二十三年：「乃送諸秦。秦伯納女五人，懷嬴與焉。奉匜沃盥，既而揮之。怒曰：『秦晋匹也，何以卑我。』」《世説新語·賢媛》：「王凝之謝夫人既往王氏，大薄凝之。既還謝家，意大不説。太傅慰釋曰：『王郎，逸少之子，人才亦不惡，汝何以恨乃爾？』答曰：『一門叔父，則有阿大、中郎。群從兄弟，則有封、胡、遏、末。不意天壤之中，乃有王郎。』」《趙次公先後解》：「晋江左以王、謝爲冑族，其子弟風流也。」

〔七〕青春二句：《南齊書·到撝傳》：「才調流贍，善納交游。」白手，徒手。《撼龍經》：「此星定是有威權，白手成家積巨富。」此或言封氏家貲不豐。

〔八〕玉潤二句：《晋書·衛玠傳》：「玠妻父樂廣，有海内重名，議者以爲婦公冰清，女壻玉潤。」鄒陽《獄中上書自明》：「臣聞明月之珠，夜光之璧，以暗投人於道，衆莫不按劍相眄者，何則？無因而至前也。」

人日兩篇

元日到人日〔一〕，未有不陰時。冰雪鶯難至，春寒花較遲。雲隨白水落，風振紫山悲〔二〕。蓬鬢稀疏久，無勞比素絲〔三〕。（1304）

【注】

黄鶴注：大曆三年（七六八）作。

〔一〕人日：見卷八高適《人日寄杜二拾遺》注。

〔二〕雲隨二句：《趙次公先後解》：「白水、紫山，非是地名。白水，蓋水之白色。紫山，則公前篇云紫崖奔處黑是也。」仇注引《山海經》白水、《後漢地志》紫岩山，非是。

〔三〕蓬鬢二句：李白《古風》：「玉顔艷紅彩，雲髮非素絲。」

此日此時人共得，一談一笑俗相看。樽前柏葉休隨酒，勝裏金花巧耐寒〔一〕。佩劍衝星聊暫拔，匣琴流水自須彈〔二〕。早春重引江湖興，直道無憂行路難。（1305）

【注】

〔一〕樽前二句：庾肩吾《歲盡應令》：「聊開柏葉酒，試奠五辛盤。」《趙次公先後解》：「柏葉，乃元日事。……今言休隨酒，則元日過矣。」參《元日示宗武》（1299）注。《荆楚歲時記》：「正月七日爲人日，以七種菜爲羹，剪綵爲人，或鏤金薄爲人，以貼屏風，亦戴之頭鬢。又造華勝以相遺，登高賦詩。」

〔二〕佩劍二句：佩劍衝星，見卷七《可歎》（0328）注。《列子・湯問》：「伯牙善鼓琴，鍾子期善聽。伯牙鼓琴，志在登高山，鍾子期曰：『善哉！峨峨兮若泰山。』志在流水，鍾子期曰：『善哉！洋洋乎若江河。』」

江梅

梅蘂臘前破，梅花年後多。絶知春意好①，最奈客愁何。雪樹元同色②，江風

亦自波。故園不可見，巫岫鬱嵯峨〔一〕。（1306）

【校】

①好，錢箋校：「一作早。」《草堂》作「早」。

②元，錢箋校：「一作能。」《草堂》作「能」。

【注】

黄鶴注：當是大曆二年（七六七）作。《趙次公先後解》編入大曆三年（七六八）。

〔一〕巫岫句：陸機《前緩聲歌》：「長風萬里舉，慶雲鬱嵯峨。」

庭草

楚草經寒碧，庭春入眼濃。舊低收葉舉，新掩卷牙重〔一〕。步履宜輕過，開筵得屢供。看花隨節序，不敢强爲容〔二〕。（1307）

【注】

黄鶴注：當是大曆二年（七六七）作。《趙次公先後解》編入大曆三年（七六八）。

〔一〕舊低二句：《趙次公先後解》：「言舊低俯而收斂之葉，以春而舉也。」「新掩蔽而韜卷之牙，以春而重也。」王嗣奭《杜臆》：「舊葉本低，今收而上舉。新牙尚掩，今卷而重出。」

〔二〕看花二句：《老子》十五章：「夫唯不可識，故强爲之容。」王嗣奭《杜臆》：「後四句皆代草將意。」

大曆三年春白帝城放船出瞿唐峽久居夔府將適江陵漂泊有詩凡四十韻〔一〕

老向巴人裏，今辭楚塞隅。入舟翻不樂，解纜獨長吁。窄轉深啼狖，虚隨亂浴鳧①。石苔淩几杖，空翠撲肌膚。疊壁排霜劍，奔泉濺水珠。杳冥藤上下，濃淡樹榮枯。神女峰娟妙，昭君宅有無〔二〕。曲留明怨惜②，夢盡失歡娱〔三〕。擺闔盤渦沸，欹斜激浪輸。風雷纏地脉，冰雪耀天衢。鹿角真走險，狼頭如跋胡〔四〕。惡灘寧變色，向者二灘名③。高卧負微軀〔五〕。書史全傾撓，裝囊半壓濡。生涯臨臬兀〔六〕，死地脱斯須。不有平川決④〔七〕，焉知衆壑趨。乾坤霾漲海〔八〕，雨露洗春蕪。鷗鳥牽絲颺，驪龍濯錦紆〔九〕。落霞沉緑綺，殘月壞金樞〔一〇〕。泥筍苞初荻，沙茸出小蒲〔一一〕。鴈兒争水馬，燕子逐檣烏〔一二〕。絶島容烟霧，環洲納曉晡〔一三〕。前聞辨陶牧，轉眄拂宜都〔一四〕。縣郭南畿好，路入松滋縣。津亭北望孤〔一五〕。勞心依憩息，朗詠劃昭蘇〔一六〕。意遣樂還笑，衰迷賢與愚〔一七〕。飄蕭將素髮，汨没聽洪鑪〔一八〕。丘壑曾忘返〔一九〕，文章敢自誣。此生遭聖代，誰分哭窮途〔二〇〕。卧疾淹爲客，蒙恩早厠儒。廷争酬造化，樸直乞去江湖〔二一〕。灔澦險相迫，滄浪深可逾。浮名尋已已，懶計却區區。喜近天皇寺，先披古畫圖。此寺有晋右軍書，張僧繇畫孔子洎顔子十哲形像〔二二〕。應經帝子渚，同泣舜蒼梧〔二三〕。朝士兼戎服，君王按湛盧〔二四〕。旄頭初俶擾，鶉首麗泥塗〔二五〕。甲卒身雖貴，書生道固殊。出塵皆野鶴，歷塊匪轅駒〔二六〕。伊吕終難降，韓彭不易呼〔二七〕。五雲高太甲，六月曠摶扶〔二八〕。回首黎元病，争權將帥誅。山林託疲苶〔二九〕，未必免崎嶇。（1308）

【校】

① 亂，錢箋、《草堂》校：「一作落。」

② 惜，錢箋、《草堂》校：「一作别。」宋本校：「怨惜一作怨别。」

③ 向者二灘名，錢箋「鹿角」、「狼頭」下分注：「灘名。」《九家》、《草堂》注：「公自注云：鹿角、狼頭二

灘名。」

④決，宋本、錢箋、《草堂》校：「一作快。」

【注】

黄鶴注：此詩作於夷陵。

〔一〕仇注：「詩本四十二韻，曰四十者，舉成數言耳。」

〔二〕神女二句：陸游《入蜀記》卷六：「二十三日過巫山凝真觀，謁妙用真人祠。真人即世所謂巫山神女也。祠正對巫山峰巒，上入霄漢，山脚直插江中。議者謂太華衡廬皆無此奇。然十二峰者不可悉見，所見八九峰，惟神女峰最爲纖麗奇峭，宜爲仙真所託。祝史云：每八月十五夜月明時，有絲竹之音往來峰頂，山猿皆鳴，達旦方漸止。」昭君宅，見卷七《負薪行》(0321)注。

〔三〕曲留二句：《昭君怨》曲，見卷一五《詠懷古跡五首》(1115)注。襄王夢，見卷六《雨》(0297)注。

〔四〕鹿角二句：《水經注》江水：「江水又東逕宜昌縣北，分夷道佷山所立也。縣治江之南岸，北枕大江，與夷陵對界。《宜都記》曰：渡流頭灘十里，便得宜昌縣。江水又東逕狼尾灘而歷人灘。袁山松曰：二灘相去二里。人灘水至峻峭。」《通典》卷一八三《夷陵郡》宜都：「荆門、虎牙二山，即楚之西塞狼尾灘。」《明一統志》卷六二荆州府：「虎頭灘、鹿角灘、狼尾灘，俱在夷陵州，三峽中惟此數灘最險。」《詩・豳風・狼跋》：「狼跋其胡，載疐其尾。」傳：「跋，躐。疐，跲也。老狼有胡，進則躐其胡，退則跲其尾。」疏：「老狼有胡，謂頷垂胡。」

〔五〕惡灘二句：《論語·鄉黨》：「有盛饌，必變色而作。」《趙次公先後解》：「今遇惡灘，寧不變色而憂懼乎？」仇注：「誠恐猝罹水患，負此殘軀也。」按，高卧負微軀，即負高卧之微軀。

〔六〕生涯句：《易·困》：「困于葛藟，于臲卼。」疏：「臲卼，動摇不安之辭。」《説文》：「𡰝，槷𡰝，不安也。從出，臬聲。《易》曰槷𡰝。」段注：「許作槷𡰝，蓋孟《易》也。《尚書》：邦之杌隉。槷與隉、臲、劓、倪同，𡰝與杌、䡇、卼、伅同。杌、䡇、卼、伅皆兀聲。」

〔七〕不有句：朱鶴齡注：「江水出峽，其流始平，故曰平川。」

〔八〕乾坤句：鮑照《蕪城賦》：「南馳蒼梧漲海，北走紫塞雁門。」

〔九〕鷗鳥二句：《莊子·列禦寇》：「夫千金之珠，必在九重之淵而驪龍頷下。」《趙次公先後解》：「言龍體如錦也。」

〔一〇〕落霞二句：謝朓《晚登三山還望京邑》：「餘霞散成綺，澄江静如練。」《趙次公先後解》：「用綠綺字，則琴有綠綺之名，取此兩字貼之耳。」木華《海賦》：「若乃大明摭轡於金樞之穴，翔陽逸駭於扶桑之津。」《文選》李善注：「伏韜《望清賦》曰：金樞理轡，素月告望。義出於此。」吕延濟注：「金樞，西方月之没處。」《趙次公先後解》：「殘月狀如户樞之壞脱也。」「取此兩字貼之耳。」仇注：「皆平川中變幻也。」

〔一一〕泥笋二句：謝靈運《於南山往北山經湖中瞻眺》：「初篁苞綠籜，新蒲含紫茸。」朱鶴齡注：「謂蒲花也。」

〔一二〕雁兒二句：《分門》夢符曰：「按《本草》：水馬生水中，善行如馬，亦謂之海馬。」師曰：「今按陳藏器《本草》云：水馬生海中，頭如馬形，長五六寸，蝦類也。今所在池塘亦有之，差小耳，俗亦呼爲水馬。」朱鶴齡注：「《山海經》：諸毗之水中多水馬，其狀如馬，文臂牛尾。《江賦》『騁馬騰波以噓蹀』，即此也。又《歲時記》：競渡以水車，謂之飛鳧，亦曰水馬。」謂此與舊注未知孰是，疑騁馬近之。仇注：「方以智《物理小識》云：水馬能化蜻蜓。則水鼈蟲耳，非四足之水秀才也。一名蝦扒蟲，蜻蜓入水生子所化，故復變爲蜻蜓。」陰鏗《廣陵岸送北使》：「亭嘶北櫪馬，檣轉向風烏。」《趙次公先後解》：「船檣上刻爲烏形，取烏之識風，所以相風亦刻烏形者以此。」

〔一三〕絶島二句：謝靈運《於南山往北山經湖中瞻眺》：「側逕既窈窕，環洲亦玲瓏。」《趙次公先後解》：「曉晡兩字，早晚之義也。」參卷一一《徐步》(0675)注。

〔一四〕前聞二句：王粲《登樓賦》：「北彌陶牧，西接昭丘。」《文選》李善注：「盛弘之《荆州記》曰：江陵縣西有陶朱公冢。其碑云是越之范蠡。《爾雅》曰：郊外曰牧。」《水經注》江水：「夷道縣，漢武帝伐西南夷，路由此出，故曰夷道矣。王莽更名江南。桓温父名彝，改曰西道。魏武分南郡置臨江郡。劉備改曰宜都。郡治在縣東四百步。故城，吴丞相陸遜所築也，爲二江之會也。」《元和郡縣圖志》逸文卷一：「峽州，魏武置臨江郡，理夷陵，蜀先主改爲宜都郡，後却屬吴。《紀勝》。」

〔一五〕縣郭二句：《元和郡縣圖志》逸文卷一：「松滋縣，本漢高城縣地，屬南郡。《紀勝》江陵府。」朱鶴齡注：「肅宗以江陵府爲南都，故曰南畿。《水經注》：江津戍對馬頭岸，北對大岸，謂之江津口。此云津亭，疑即江津之亭也。」

〔一六〕勞心二句：《趙次公先後解》：「劃字，開豁之意。」按，指驟然變化。參卷一六《雷》(1286)注。《禮記·樂記》：「蟄蟲昭蘇。」

〔一七〕意遣二句：《趙次公先後解》：「當是時，雖身之老，志之衰矣，豈復論賢愚哉，聽於造物而已。」仇注：「謂老年混俗。」按，任昉《爲蕭揚州薦士表》：「叔寶理遣之談，彥輔名教之樂。」《文選》李善注：「臧榮緒《晉書》曰：衛玠字叔寶，好言玄理，拜太子洗馬。常以人有不及，可以情恕；非意相干，可以理遣。故終身不見喜愠之色。」意遣句當出此。

〔一八〕飄蕭二句：飄蕭，見卷二《義鶻》(0071)注。汩没，見卷三《泥功山》(0150)注。洪鑪，見卷九《行次昭陵》(0410)注。

〔一九〕丘壑句：仇注：「曾忘，謂不曾忘。」

〔二〇〕此生二句：仇注：「誰分，猶云誰料。」駱賓王《艷情代郭氏答盧照鄰》：「誰分迢迢經兩歲，誰能脈脈待三秋。」張漸《朗月行》：「今年花未澆，誰分生別離。」哭窮途，見卷四《丹青引》(0201)注。

〔二一〕廷争二句：《史記·吕太后本紀》：「於今面折廷争，臣不如君。」《趙次公先後解》：「言其爲左拾遺時，嘗論房琯有才不宜廢弃，是謂庭諍。」又：「人惠遺之曰乞，音去既反。」見卷一五《贈李八秘書别三十韻》(1031)注。

〔二二〕喜近二句：《獨異志》卷上：「梁張僧繇善畫，爲吴興太守。武帝每思諸王在外藩者，即令僧繇乘傳往寫其貌，如對其面。嘗於江陵天皇寺畫佛並仲尼及十哲，帝曰：『釋門之内畫此，何也？』對曰：『異日賴之。』至後周焚滅佛教，以此殿有儒聖，獨不焚之。」《宋高僧傳》卷一〇《唐荆州天皇寺道悟傳》：「有天皇寺者，據郡之左標，異他刹，號爲名藍。困於人火，蕩爲煨燼。」此大曆間事。

〔一三〕應經二句：《楚辭·九歌·湘夫人》：「帝子降兮北渚，目眇眇兮愁予。」王逸注：「帝子，謂堯女也。言堯二女娥皇、女英，隨舜不反，没於湘水之渚，因爲湘夫人。」蒼梧，參卷一《同諸公登慈恩寺塔》(0023)注。

〔一四〕君王句：《吴越春秋》卷四：「吴王得越所獻寶劍三枚，一曰魚腸，二曰磐郢，三曰湛盧。」

〔一五〕旄頭二句：旄頭，見卷八《題衡山縣文宣王廟新學堂呈陸宰》(0402)注。《書·胤征》：「俶擾天紀。」傳：「俶，始。擾，亂。」《漢書·地理志》：「自井十度至柳三度，謂之鶉首之次，秦之分也。」《趙次公先後解》：「初俶擾，言胡始爲亂。」「麗泥塗，此言廣德元年長安陷也。」

〔一六〕出塵二句：《世説新語·容止》：「嵇延祖卓卓如野鶴之在雞群。」歷塊，見卷二《瘦馬行》(0073)注。　轅駒，見卷一六《别蘇傒》(1205)注。

〔一七〕伊吕二句：《趙次公先後解》：「伊尹相湯伐桀，吕望佐武王伐紂，此書生之善用兵者。終難降，則不肯降志於甲卒之徒也。或曰降則天之降才，維岳降神，既已死矣，終難降生也。於義亦通。　韓者韓信，彭者彭越，二人皆以武夫負氣，跋扈難制，所以不易呼。」朱鶴齡注：「呼即飢鷹易呼之呼。」仇注引胡夏客曰：「降，用《詩》維岳降神。　呼，用《史記》呼大將如小兒。」盧元昌曰：「伊吕如李泌，衡山之駕不返。韓彭如子儀，朝恩之譖遂行。」

〔二八〕五雲二句：《趙次公先後解》：「京房《易飛候》曰：視四方常有大雲，五色具，其下賢人隱。高太甲，則言雲高於六甲之上。但太甲字未見明出，以俟博聞。」王應麟《困學紀聞》卷一八：「尝觀王勃《益州夫子廟碑》云：帝車南指，遁七曜於中階。華盖西臨，藏五雲於太甲。《酉陽雜俎》謂燕公讀碑，自帝車至太甲四句悉不解，訪之一公。一公言：北斗建午，七曜在南方，有是之祥，無位聖人當出華盖以下。卒不可悉。愚謂老杜讀書破萬卷，必自有所据。或入蜀見此碑，而用其語也。《晋天文志》：華盖杠旁六星曰六甲，分阴陽而配节候。太甲恐是六甲一星之名。然未有考證。以一行之邃於星曆，張燕公、段柯古之殫見洽聞，而猶未知焉。姑闕疑以俟博識。」嚴羽《滄浪詩話》：「太甲之義，殆不可曉。得非高太乙耶？乙與甲蓋亦相近，以星對風，亦從其類也。」鄭明選《鄭侯升集》卷三七：「愚按徐陵《玉臺新咏》序云：雲飛六甲，高擅玉函；鴻烈仙方，長推丹枕。王勃之語本此。太甲當作六甲，字誤也。」田藝蘅《留青日札》卷五：「《孝經援神契》曰：斗曲杓撓，象成車。房爲龍馬，華蓋覆鈎。天罡入魁，神不獨居，故驂駕陪乘，以道踟躕。益州在西方，故曰華蓋西臨也。《漢封禪書》曰：乃作畫雲氣車，及各以勝日駕車，辟惡鬼。……《宋書》曰：五色安車，五色立車，各五乘，建龍旂，駕四馬，施八鸞，餘如金根車之制。其車各如方色，馬亦如之。所謂五時副車，俗謂爲五帝車。是即五雲車耳。庚信詩：北屬五雲車。王維詩：來往五雲車。皆謂此也。正西方畢宿，有五車。五星主天子五岳，西北曰天庫，太白；東北曰天獄，辰星；東南曰天倉，歲星；中央曰司空，填星；西南曰卿相，熒惑。凡此五車，各以五寅日候之。金車庚寅，木車甲寅，火車丙寅，土車戊寅，水車壬寅。又雲五色具者，賢人隱其下也。青雲潤澤蔽日，在西北，爲舉賢良雲。而畢乃晋之分野，正屬益州。故王勃於《益州廟碑》用之。蓋言華蓋西臨，高望五雲之車於太甲之象。木車色青，既以甲乙畫之，又以甲寅候之，實五車之首。故云太甲耳。如甲如乙，皆天神之名，而曰太者，尊之之至也。故曰太甲猶太乙也。」董斯張《吹景集》卷六：「《留青日札》又引五車證五雲，云五車以五寅日候之，有雲各具其色者，賢人隱其下也。甲寅爲五候之首，故曰太甲。可謂精而覈矣。第與華蓋西臨語亦未甚合。」「考《隋書》：天子有所游往，其地先發天子氣，或如華蓋在霧中，或有五色。蒼帝起，青雲扶日。白帝起，白雲扶日。黑帝起，黑雲扶日。孔子，衰周而素王。故子安以天子氣喻之。華蓋五雲之説，確本於此。魯分野在戌之奎婁，奎爲溝瀆，婁爲聚衆，皆在西宮，故曰華蓋西臨。戌，後天乾方也。京氏《易納甲》以甲屬乾宮。甲爲歲陽首，故曰太甲。乃借《爾雅》太歲在甲字面也。華蓋之氣，一臨乾甲，五帝五雲，皆逡巡不敢方駕。所云賢於堯舜也，是之謂藏」。「（杜詩）五雲太甲，正用蒼帝起青雲扶日意。蒼帝盛德在木，太昊曆起甲寅。代宗於壬寅歲即位，而改元之春，實唯甲寅。是時國雖多難，人有離心，而五雲猶扶翼蒼帝，巍然爲江漢之朝宗也。六月曠搏扶，言元振用事，豪傑解體，至王室有飄摇之歎，如楚莊王三年不飛者然。然帝亦六月息耳，一朝憬焉悟，乘扶摇而上九萬里，風不在下哉。」朱鶴齡注引《易飛候》，蓋據趙注，謂：「五雲當用此義以自況也。」「太甲或出緯書，難以强解。」又謂《滄浪詩話》、《留青日札》皆臆説耳。仇注謂董説輾轉湊合，終覺晦僻，不如從朱注。曠搏扶，見卷一〇《送楊六判官使西蕃》(0510)注。

〔二九〕疲茶：見卷一五《峽口二首》(1126)注。

巫山縣汾州唐使君十八弟宴別兼諸公携酒樂相送率題小詩留于屋壁〔一〕

卧病巴東久，今年强作歸。故人猶遠謫，兹日倍多違。接宴身兼杖，聽歌淚滿衣。諸公不相弃，擁别借光輝。(1309)

【注】

黄鶴注：當是大曆三年(七六八)正月作。

〔一〕唐十八：見卷七《敬寄族弟唐十八使君》(0353)注。《舊唐書·地理志》夔州：「巫山，漢巫縣，屬南郡。隋加山字，以巫山硤爲名。舊治巫子城。」

春夜峽州田侍御長史津亭留宴〔一〕得筵字。

北斗三更席，西江萬里船〔二〕。杖藜登水榭，揮翰宿春天。白髮煩多酒①，明星惜此筵〔三〕。始知雲雨峽，忽盡下牢邊〔四〕。（1310）

【校】

①煩，錢箋校：「一作須。」《草堂》作「須」。

【注】

黃鶴注：當是大曆三年（七六八）作。

〔一〕田侍御：名不詳。峽州夷陵郡，見卷一四《得舍弟觀書自中都已達江陵》(0996)注。黃鶴注：「津亭在峽州，即前詩所謂縣郭南畿好，津亭北望孤。蓋在轉眄拂宜都之後也。」

〔二〕北斗二句：《趙次公先後解》：「西江，指蜀之盡處，荆渚是也。」參卷一四《舍弟觀歸藍田迎新婦送示兩篇》(1018)注。

〔三〕明星句：《趙次公先後解》：「言夜將盡而曉，則明星行暗矣，於是筵終爲可惜也。」

〔四〕始知二句：雲雨峽，巫峽。下牢關，見卷七《荊南兵馬使太常卿趙公大食刀歌》(0310)注。

泊松滋江亭〔一〕

紗帽隨鷗鳥，扁舟繫此亭。江湖深更白，松竹遠還青①。一柱全應近〔二〕，高唐莫再經。今宵南極外，甘作老人星〔三〕。(1311)

【校】

① 還，錢箋作「微」，校：「一作還。」《草堂》校：「一作微。」

【注】

黃鶴注：當是大曆三年(七六八)三月作。

〔一〕松滋：《舊唐書·地理志》荊州江陵府：「松滋，漢高城縣地，屬南郡。松滋亦漢縣名，屬廬江郡。晉時松滋縣人避亂至此，乃僑立松滋縣，因而不改。」

〔二〕一柱觀：見卷七《送高司直尋封閬州》(0359)注。

〔三〕老人星：見卷六《寄韓諫議》(0278)注。

行次古城店泛江作不揆鄙拙奉呈江陵幕府諸公〔一〕

老年常道路，遲日復山川。白屋花開裏，孤城麥秀邊〔二〕。濟江元自闊，下水不勞牽。風蝶勤依槳，春鷗懶避船。王門高德業，幕府盛才賢〔三〕。行色兼多病，蒼茫泛愛前〔四〕。（1312）

【注】

黄鶴注：當是大曆三年（七六八）三月公至江陵時作。

〔一〕古城店：錢箋引《水經注》江水又東逕陸抗故城北，謂即此所謂古城也。

〔二〕孤城句：《草堂》夢弼注引《郡國志》荆州當陽縣東南有麥城。

〔三〕王門二句：黄鶴注：「蓋以衛伯玉爲陽城郡王也。」見卷七《荆南兵馬使太常卿趙公大食刀歌》（0310）注。

〔四〕蒼茫句：《論語·學而》：「泛愛衆，而親仁。」殷仲文《南州桓公九井作》：「廣筵散泛愛，逸爵紆勝引。」朱鶴齡注：「此指幕府諸公。」

乘雨入行軍六弟宅〔一〕

曙角凌雲罷，春城帶雨長。水花分塹弱，巢燕得泥忙。令弟雄軍佐，凡才污省郎〔二〕。萍漂忍流涕，衰颯近中堂。(1313)

【注】

黄鶴注：公以大曆三年(七六八)春抵荆南，是時衛伯玉爲節度使，故位爲行軍司馬，此詩當是其時作。

〔一〕行軍六弟：杜位。見卷一六《奉送蜀州柏二别駕將中丞命赴江陵起居衛尚書太夫人因示從弟行軍司馬位》(1297)注。

〔二〕令弟二句：《趙次公先後解》：「凡才污省郎，公爲尚書工部員外郎，而自謙之辭也。」《漢書·李尋傳》：「久污玉堂之署。」

宴胡侍御書堂李尚書之芳、鄭秘監審同集。歸字韻〔一〕。

江湖春欲暮，墻宇日猶微。闇闇書籍滿①，輕輕花絮飛。翰林名有素，墨客興

無違〔二〕。今夜文星動〔三〕，吾儕醉不歸。（1314）

【校】

① 書，錢箋作「春」，校：「吳作書。」

【注】

黄鶴注：當是大曆三年（七六八）三月作。

〔一〕胡侍御：名不詳。李之芳、鄭審：見卷一五《秋日夔府詠懷奉寄鄭監審李賓客之芳一百韻》（1030）注。

〔二〕翰林二句：揚雄《長楊賦》：「聊因筆墨之成文章，故藉翰林以爲主人，子墨爲客卿以風。其辭曰：子墨客卿問於翰林主人。」

〔三〕今夜句：《晋書·天文志》：「東壁二星，主文章，天下圖書之秘府也。星明，王者興，道術行，國多君子。星失色，大小不同，王者好武，經士不用，圖書隱。星動，則有土功。」錢起《哭曹鈞》：「忽見江南弔鶴來，始知天上文星失。」仇注謂用德星聚事。

書堂飲既夜復邀李尚書下馬月下賦絶句①

湖水林風相與清②，殘罇下馬復同傾。久拚野鶴如雙鬢③，遮莫鄰鷄下五更〔一〕。（1315）

【校】

① 書堂飲既夜復邀李尚書下馬月下賦絶句，「書」《草堂》作「草」。

② 水，錢箋校：「一作月。」

③ 雙，錢箋作「霜」。

【注】

黄鶴注：同上篇一時作。

〔一〕久拚二句：拚，參卷九《重過何氏五首》（0464）「判年」、卷一四《舍弟觀歸藍田迎新婦送示兩篇》（1019）注。《苕溪漁隱叢話》後集卷八引《藝苑雌黄》：「遮莫，俚語，猶言盡教也。自唐以來有之。故當時有『遮莫你古時五帝，何如我今日三郎』之説。然詞人亦稍有用之者。杜詩云：『久拚野鶴同雙鬢，遮莫鄰雞唱五更。』李太白詩：『遮莫枝根長百尺，不如當代多還往。』『遮莫親姻連帝城，不如當身自簪纓。』元微之詩：『從茲罷馳鶩，遮莫寸陰斜。』

上巳日徐司録林園宴集〔一〕

鬢毛垂領白，花蘂亞枝紅〔二〕。欹倒衰年廢，招尋令節同。薄衣臨積水①，吹面受和風。有喜留攀桂〔三〕，無勞問轉蓬。（1316）

【校】

① 薄，錢箋、《草堂》校：「一作蕩。」

【注】

黄鶴注：當是大曆三年（七六八）在江陵作。《趙次公先後解》編入大曆四年（七六九）潭州作。

〔一〕徐司録：名不詳。《唐六典》卷三〇京兆河南太原府：「司録參軍事二人，正七品上。……皇朝省掾、主簿，置録事參軍。開元初，改爲司録參軍。」然唯三府稱司録參軍，諸州爲録事參軍。上元元年九月，置南都，以荆州爲江陵府，故置司録參軍。《舊唐書·李齊物傳》：「子復，字初陽，以父蔭累官至江陵府司録。精曉吏道，衛伯玉厚遇之。」上巳：見卷一《麗人行》（0029）注。

〔二〕亞：見卷四《戲題畫山水圖歌》（0178）注。

〔三〕攀桂：見卷一五《八月十五夜月二首》（1092）注。

奉送蘇州李二十五長史丈之任〔一〕

星坼台衡地，曾爲人所憐〔二〕。公侯終必復〔三〕，經術竟相傳①。食德見從事，克家何妙年〔四〕。一毛生鳳穴，三尺獻龍泉〔五〕。赤壁浮春暮〔六〕，姑蘇落海邊。客間頭最白，惆悵此離筵。（1317）

【校】

① 竟，錢箋作「昔」，校：「吴作竟。」

【注】

〔一〕黄鶴注：大曆三年（七六八）公在江陵，會長史之任。

李二十五長史：錢箋：「《舊史》：李林甫有子二十五人。此或是林甫幼子。史云林甫自處台衡，朝野側目，及國忠誣構，天下以爲冤。《新史世系表》林甫子僅載五人，無從考據耳。或云是適之之後也。」仇注引胡夏客曰：「此恐是適之之子，但適之子季卿，史不載爲蘇州長史，或另是一子也。」岑仲勉《唐人行第録》：「今考《新》七〇下《宗室世系表》，適之有子霅，不知是此人否。」按，李二十五當爲李復。父齊物，淮安王神通子鹽州刺史鋭孫也。與李適之善，適之爲林甫所構貶官，齊物坐謫竟陵太守。至德初，拜太子賓客，遷刑部尚書、鳳翔尹、太常卿、京兆尹。晚年除太子少傅、兼宗正卿。《舊唐書·李齊物傳》：「子復，字初陽，以父蔭累官至江陵府司録。精曉吏道，衛伯玉厚遇之，府中之事，多以咨委。性苛刻，爲伯玉所信，奏爲江陵縣令，遷少尹。歷饒州、蘇州刺史，皆著政聲。」據杜詩，復當於此年遷蘇州長史。

〔二〕星坼二句：《晉書·張華傳》：「少子韙以中台星坼，勸華遜位，華不從。」《天文志》：「三台六星，兩兩而居，起文昌，列抵太微。一曰天柱，三公之位也。在人曰三公，在天曰三台，主開德宣符也。」《漢書·五行志》成帝時歌謡：「桂樹華不實，黄爵巢其顛。故爲人所羨，今爲人所憐。」

〔三〕公侯句：《左傳》閔公元年：「公侯之子孫，必復其始。」

〔四〕食德二句：《易·訟》：「食舊德，貞厲，終吉。或從王事，無成。」《蒙》：「子克家。」疏：「子孫能克荷家事。」曹植《上疏求自試表》：「終軍以妙年使越，欲得長纓纓其王。」

〔五〕一毛二句：鳳毛，見卷八《送重表侄王砅評事使南海》（0386）注。龍泉，見卷七《可歎》（0328）注。

〔六〕赤壁：見卷八《醉歌行》(0375)注。朱鶴齡注：「李至蘇州所經也。」《元和郡縣圖志》卷二五蘇州：「隋開皇九年平陳，改爲蘇州，因姑蘇山爲名。山在州西四十里，其上闔閭起臺。」

暮春江陵送馬大卿公恩命追赴闕下〔一〕

自古求忠孝，名家信有之〔二〕。吾賢富才術，此道未磷緇〔三〕。玉府摽孤映，霜蹄去不疑〔四〕。激揚音韻徹，籍甚衆多推〔五〕。潘陸應同調，孫吴亦異時〔六〕。北宸徵事業①，南紀赴恩私〔七〕。卿月昇金掌，王春度玉墀〔八〕。熏風行應律，湛露即歌詩〔九〕。天意高難問〔一〇〕，人情老易悲。樽前江漢闊，後會且深期。(1318)

【校】

①宸，錢箋、《九家》作「辰」。

【注】

黄鶴注：大曆三年(七六八)三月作。

〔一〕馬大卿公：名不詳。岑參有《送張郎中赴隴右覲省卿公時張卿公亦充節度留後》，卿公當是兼九卿銜者。此馬大之職亦當爲荆南節度副使之類。

〔二〕自古二句：《後漢書・韋彪傳》：「孔子曰：事親孝故忠臣移於君，是以求忠臣必於孝子之門。」

〔三〕磷緇：見卷一五《夔府書懷四十韻》(1056)注。

〔四〕玉府二句：顔延之《赭白馬賦》：「秘寶盈於玉府，文騆列乎華厩。」《文選》李善注：「《周禮》曰：玉府，掌王之金玉玩好。」按，此當指幕府，猶幕帳稱玉帳。舊注引《穆天子傳》群玉之山先王之策府，非是。孔稚圭《北山移文》：「使我高霞孤映，明月獨舉。」

〔五〕籍甚句：《漢書・陸賈傳》：「賈以此游漢廷公卿間，名聲籍甚。」注：「孟康曰：言狼籍甚盛。」

〔六〕潘陸二句：《趙次公先後解》：「潘則潘岳，陸則陸機。」「孫則孫武，吴則吴起。」《晋書・姚興載記》：「敞在西土，時論甚美，方敞魏之陳、徐，晋之潘、陸。」謝靈運《七里瀨》：「誰謂古今殊，異代可同調。」

〔七〕北宸二句：《趙次公先後解》：「天子所居曰紫宸，而坐北也。」南紀，見卷七《八哀詩・李公光弼》(0331)注。

〔八〕卿月二句：《書・洪範》：「王省惟歲，卿士惟月，師尹惟日。」傳：「卿士各有所掌，如月之有別。」《趙次公先後解》：「昇金掌，則以譬其近於顯要。金掌者，金銅仙人捧露盤之掌也。」《春秋》隱公元年：「元年春王正月。」王融《法樂辭》：「薰風動蘭月，丹榮藻玉墀。」《趙次公先後解》：「言馬大卿春時在天子之玉墀也。」

〔九〕熏風二句：《吕氏春秋·有始覽》：「東南曰熏風。」《禮記·樂記》：「五色成文而不亂，八風從律而不奸。」《左傳》文公四年：「昔諸侯朝正於王，王宴樂之，於是乎賦《湛露》，則天子當陽，諸侯用命也。」朱鶴齡注：「言大卿入朝，及此春期，猶得陛見，可以應薰風而歌《湛露》也。」

〔一〇〕天意句：《淮南子·道應訓》：「天之處高而聽卑。」《論衡·卜筮》：「欲問天，天高，耳與人相遠。」《鶡冠子·近迭》：「天高而難知，有福不可請，有禍不可避。」

暮春陪李尚書李中丞過鄭監湖亭泛舟〔一〕得過字韻。

海内文章伯〔二〕，湖邊意緒多。玉樽移晚興，桂楫帶酣歌。春日繁魚鳥，江天足芰荷。鄭莊賓客地〔三〕，衰白遠來過。（1319）

【注】

黄鶴注：公往江陵時過峽州，故游之，遂作此詩。按，此年李尚書在江陵，詩當作於江陵。

〔一〕李尚書：朱鶴齡注：「尚書即之芳。中丞未詳。」陳冠明疑中丞即之芳之子佇，非是。兼御史中丞者必是刺史或節度副使。此李中丞疑是李復。《册府元龜》卷七一六《幕府部·選任》：「李復大曆中歷江陵府司録、江陵少尹。建中初，李希烈背叛，荆南節度張伯儀數出兵，爲希烈所敗。時朝廷憂之，以復久在江陵，得軍州人心，時復在母喪，乃起復爲江陵少尹兼中丞，充節度行軍司馬。」李復大曆三年已爲江陵少尹，其時當亦兼御史中丞。鄭監湖亭：見卷一五《秋日寄題鄭監湖上亭三首》(1048)注。

〔二〕文章伯：見卷二《戲贈閿鄉秦少公短歌》(0083)注。

〔三〕鄭莊：見卷一三《贈王二十四侍御契四十韻》(0869)「鄭驛」注。

夏日楊長寧宅送崔侍御常正字入京①〔一〕得深字韻。

醉酒揚雄宅，升堂子賤琴②〔二〕。不堪垂老鬢，還對欲分襟。天地西江遠，星辰北斗深。烏臺俯麟閣，長夏白頭吟〔三〕。(1320)

【校】

①夏日楊長寧宅送崔侍御常正字入京，「寧」《文苑英華》校：「一作宮。」

②琴，《文苑英華》作「吟」。

【注】

黃鶴注：當是大曆三年（七六八）作。

〔一〕楊長寧：名轍。韋應物有《答長寧令楊轍》。劉長卿有《夏口送長寧楊明府歸荆南因寄幕府諸公》。戴叔倫（一作戎昱）有《同辛兖州巢父盧副端岳相思獻酬之作因紓歸懷兼呈辛魏二院長楊長寧》。《舊唐書·地理志》荆州江陵府：「（上元）二年，置長寧縣於郭内，與江陵並治。其年省枝江縣入長寧。」崔侍御、常正字：名不詳。

〔二〕醉酒二句：揚雄宅，見卷一一《堂在》（0623）注。子賤琴，見卷一五《七月一日題終明府水樓二首》（1029）注。《趙次公先後解》：「以楊君爲長寧宰，故用子賤琴事。」

〔三〕烏臺二句：《漢書·朱博傳》：「是時御史府吏舍百餘區，井水皆竭。又其府中列柏樹，常有野烏數千栖宿其上。」麟閣，指秘書省。《唐會要》卷一〇《秘書省》：「（漢）未央宫中有麒麟閣、天禄閣，亦藏書」，「龍朔二年改爲蘭臺，其監曰蘭臺太史，咸亨元年復舊。天授初改爲麟臺監，神龍元年復舊。」《趙次公先後解》：「今所謂烏臺，指言崔侍御。所謂麟閣，指言常正字。」長夏，見卷四《陪章留後惠義寺餞嘉州崔都督赴州》（0197）注。

和江陵宋大少府暮春雨後同諸公及舍弟宴書齋〔一〕

渥洼汗血種，天上麒麟兒〔二〕。才士得神秀，書齋聞爾爲。棣華晴雨好，綵服暮春宜〔三〕。朋酒日歡會〔三〕，老夫今始知。（1321）

【注】

黄鶴注：公至江陵，已是春晚。大曆三年（七六八）作。

〔一〕宋大少府：名不詳。

〔二〕渥洼二句：渥洼，見卷一《沙苑行》（0038）注。麒麟兒，見卷四《徐卿二子歌》（0187）注。

〔三〕棣華二句：《詩·小雅·常棣》：「常棣之華，鄂不韡韡。凡今之人，莫如兄弟。」《趙次公先後解》：「下句言宋少府之有二親。」見卷二《送李校書二十六韻》（0089）注。仇注：「綵服，有職者之服。」

〔四〕朋酒句：《詩·豳風·七月》：「朋酒斯饗，曰殺羔羊。」傳：「兩樽曰朋。」

夏夜李尚書筵送宇文石首赴縣聯句〔一〕

愛客尚書重，之官宅相賢〔二〕。子美。酒香傾坐側，帆影駐江邊。之芳。翟表郎官瑞，鳧看令宰仙〔三〕。彧。雨稀雲葉斷，夜久燭花偏。子美。數語欹紗帽①，高文擲彩箋。之芳。興饒行處樂，離惜醉中眠。彧。單父長多暇，河陽實少年〔四〕。子美。客居逢自出，爲別幾悽然。之芳。（1322）

【校】

① 欹，宋本、錢箋、《九家》校：「一作敧。」

【注】

黄鶴注：當是大曆三年（七六八）公在江陵作。

〔一〕李尚書：李之芳。宇文石首：宇文晁。見後篇《宇文晁尚書之甥崔彧司業之孫尚書之子重泛鄭監前湖審》。《舊唐書·地理志》荆州江陵府：「石首，漢華容縣，屬南郡。武德四年，分華容縣置，取縣北石首山爲名。」

〔二〕愛客二句：《趙次公先後解》：「宇文石首，則李尚書之外甥也。故使宅相典。」見卷九《贈比部蕭郎中十兄》（0476）注。

〔三〕翟表二句：《趙次公先後解》：「彧則崔司業之孫也。漢顯宗曰：郎官出宰百里。爲言知縣，故用郎官字。貼之以翟，則翟者雉也。」《藝文類聚》卷九〇引蕭廣濟《孝子傳》：「蕭芝至孝，除尚書郎，有雉數十頭，飲啄宿止，當上直，送至歧路。下直入門，飛鳴車側。」鳧看，用王喬事。見卷一《橋陵詩三十韻因呈縣内諸官》（0037）、卷一五《七月一日題終明府水樓二首》（1028）注。

〔四〕單父二句：單父，用宓子賤事。見卷一五《七月一日題終明府水樓二首》（1029）注。河陽，用潘岳事。見卷一一《蕭八明府隄處覓桃栽》（0719）注。

宇文晁尚書之甥崔彧司業之孫尚書之子重泛鄭監前湖 審〔一〕

郊扉俗遠長幽寂，野水春來更接連。錦席淹留還出浦，葛巾欹側未回船。樽當霞綺輕初散，棹拂荷珠碎却圓。不但習池歸酩酊，君看鄭谷去夤緣〔二〕。（1323）

【注】

黄鶴注：詩在前篇之先作。

〔一〕宇文晁：《趙次公先後解》：「尚書之甥則宇文晁，而尚書之子亦預焉。下所謂尚書之子是已，非謂崔彧爲崔尚書之子也。」朱鶴齡注：「尚書之子佚其名。『孫』下當有缺字。」《新唐書・宰相世系表二下》南祖崔氏：融孫、翹子，「彧，太子少詹事。」《舊唐書・崔融傳》：「時張易之兄弟頗招集文學之士，融與納言李嶠、鳳閣侍郎蘇味道、麟臺少監王紹宗等俱以文才降節事之。及易之伏誅，融左授袁州刺史。尋召拜國子司業。」黄生云：「按此題似止重泛鄭監前湖六字是本題。宇文等十七字本前聯句詩自注之語，後人傳寫之誤，與此題聯混爲一也。」

〔二〕不但二句：習池，見卷一一《王十七侍御掄許携酒至草堂奉寄此詩便請邀高三十五使君同到》

（0711）注。鄭谷，見卷九《鄭駙馬宅宴洞中》（0419）注。夤緣，見卷一五《秋日夔府詠懷奉寄鄭監審李賓客之芳一百韻》（1030）注。

多病執熱奉懷李尚書之芳

衰年正苦病侵凌，首夏何須氣鬱蒸〔一〕。大水淼茫炎海接，奇峰硉兀火雲昇〔二〕。思霑道暍黄梅雨，敢望宫恩玉井冰〔三〕。不是尚書期不顧，山陰野雪興難乘〔四〕。（1324）

【注】

黄鶴注：當是大曆三年（七六八）四月作。

〔一〕衰年二句：謝靈運《游赤石進帆海》：「首夏猶清和，芳草亦未歇。」

〔二〕硉兀：見卷二《瘦馬行》（0073）注。

〔三〕思霑二句：黄梅雨，見卷六《梅雨》（0617）注。《趙次公先後解》：「唐制，百官賜冰。而公嘗爲左拾遺，當預賜冰之列。」《唐會要》卷五九《水部員外郎》：「貞元元年十二月九日敕：立春日，前内外兩井納冰，總二千五百段，每段長一尺，厚一尺五寸，宜令府縣勾當，澄濾浄潔供進。」

《舊唐書·職官志》司農卿：「季冬藏冰，仲春頒冰，皆祭司寒。」韋應物《夏冰歌》：「九天含露未銷鑠，閶闔初開賜貴人。」楊巨源《和人與人分惠賜冰》：「天水藏來玉墮空，先頒密署幾人同。」白居易有《謝恩賜冰狀》。

〔四〕不是二句：見卷一一《卜居》(0615)注。

水宿遣興奉呈羣公

魯鈍仍多病〔一〕，逢迎遠復迷。耳聾須畫字，髮短不勝篦〔二〕。澤國雖勤雨，炎天竟淺泥〔三〕。小江還積浪，弱纜且長堤。歸路非關北，行舟却向西〔四〕。暮年漂泊恨，今夕亂離啼①。童稚頻書札，盤飧詎糝藜〔五〕。我行何到此，物理直難齊。高枕翻星月，嚴城疊鼓鞞。風號聞虎豹，水宿伴鳧鷖。異縣驚虛往，同人惜解攜〔六〕。蹉跎長泛鷁〔七〕，展轉屢鳴鷄。嶷嶷瑚璉器，陰陰桃李蹊〔八〕。餘波期救涸，費日苦輕賷〔九〕。支策門闌邃②，肩輿羽翮低〔一〇〕。自傷甘賤役，誰愍强幽栖？巨海能無釣，浮雲亦有梯〔一一〕。勳庸思樹立，語默可端倪〔一二〕。贈粟囷應指，登橋柱必題〔一三〕。丹心老未折，時訪武陵溪〔一四〕。（1325）

【校】

① 今夕，錢箋校：「一作久客。」《草堂》校：「一作夕客。」

② 支，《草堂》作「楷」，校：「一作杖。」

【注】

黃鶴注：大曆三年（七六八）夏作。

〔一〕魯鈍：見卷四《憶昔行》（0193）注。

〔二〕耳聾二句：《說文》：「鬄，用梳比也。」段注：「比者，今之篦字，古只作比。用梳比謂之鬄者，次第施之也。凡理髮先用梳，梳之言疏也。次用比，比之言密也。」

〔三〕澤國二句：《穀梁傳》僖公二年：「不雨者，勤雨也。」注：「是欲得雨之心勤也。」《趙次公先後解》：「夏四月不雨，言不雨者，閔雨也。」黃鶴注：「當是言得雨勤數，然以炎天，故泥淺也。」按，淺泥者爲近水，鶴注誤。

〔四〕歸路二句：仇注：「歸北，思故鄉。向西北，往武陵。」

〔五〕童稚二句：《莊子・讓王》：「孔子窮於陳蔡之間，七日不火食，藜羹不糝。」成玄英疏：「藜菜之羹，不加米糝。」

〔六〕解攜：解攜手，即分別。陸機《赴洛二首》：「撫膺解攜手，永歎結遺音。」

〔七〕泛鷁：見卷一三《奉待嚴大夫》（0832）注。

〔八〕嶷嶷二句：《詩・大雅・生民》：「誕實匍匐，克岐克嶷。」傳：「嶷，識也。」箋：「其貌嶷嶷然，有所識別也。」釋文：「《説文》作㘈，云小兒有知也。」瑚璉，見卷七《八哀詩・嚴公武》（0332）注。桃李蹊，見卷一四《白露》（1083）注。

〔九〕餘波二句：《莊子・大宗師》：「泉涸，魚相與處於陸，相呴以濕，相濡以沫，不如相忘於江湖。」《外物》：「顧視車轍中，有鮒魚焉。周問之曰：『鮒魚來，子何爲者邪？』對曰：『我，東海之波臣也。君豈有斗升之水而活我哉？』」《後漢書・朱儁傳》：「儁乃贏服間行，輕齎數百金到京師，賂主章吏。」

〔一〇〕支策二句：《世説新語・排調》：「范容期見郗超俗情不淡，戲之曰：『夷、齊、巢、許一詣垂名，何必勞神苦形，支策據梧邪？』」《史記・楚世家》：「甚願爲門闌之廝。」肩輿，見卷六《雨》（0301）注。《趙次公先後解》：「支策、肩輿，言出謁於人矣。」朱鶴齡注：「言群公力能救涸，乃肩輿造門，無救愍者。勢交之感，言外淒然。」

〔一一〕巨海二句：《莊子・外物》：「任公子爲大鈎巨緇，五十犗爲餌，蹲於會稽，投竿東海，旦旦而釣，期年不得魚。已而大魚食之，牽巨鈎，陷没而下，騖揚而奮鬐，白波若山，海水震盪。」雲梯，見卷七《寄從孫崇簡》（0349）注。

〔一二〕勳庸二句：《後漢書・荀彧傳》：「雖勳庸崇著，猶秉忠貞之節。」《易・繫辭上》：「君子之道，或出或處，或默或語。」《莊子・大宗師》：「反復終始，不知端倪。」仇注：「平時思爲樹立，嘗於語言中微露之。」

〔一三〕贈粟二句：《三國志·吳書·魯肅傳》：「周瑜爲居巢長，將數百人故過候肅，並求資糧。肅家有兩囷米，各三千斛，肅乃指一囷與周瑜。瑜益知其奇也，遂相親結，定僑、札之分。」題柱，見卷九《投贈哥舒開府翰二十韻》(0412)注。《趙次公先後解》：「於是群公必有所知者，則贈粟應指矣。」仇注：「今當旅困，倘有贈我以粟者，則題橋之志猶存也。」

〔一四〕武陵：見卷三《赤谷西崦人家》(0100)注。

奉賀陽城郡王太夫人恩命加鄧國太夫人①〔一〕

衛幕銜恩重，潘輿送喜頻〔二〕。濟時瞻上將，錫號戴慈親。富貴當如此，尊榮邁等倫。郡依封土舊，國與大名新②。紫誥鸞回紙，清朝燕賀人〔三〕。遠傳冬笋味，更覺綵衣春〔四〕。奕葉班姑史，芬芳孟母鄰〔五〕。義方兼有訓〔六〕，詞翰兩如神。委曲承顏體，騫飛報主身〔七〕。可憐忠與孝，雙美畫麒麟③〔八〕。（1326）

【校】

① 奉賀陽城郡王太夫人恩命加鄧國太夫人，錢箋題下注：「陽城郡王，衛伯玉也。」《九家》、《草堂》作「陽城王衛伯玉也」。

② 大，宋本作「太」，據錢箋等改。

③ 晝，《草堂》作「映」。　麒麟，錢箋作「騏驎」。

【注】

黄鶴注：按《新舊史》，大曆初伯玉丁母憂。《舊史帝紀》又云，大曆二年六月壬寅，荆南節度使衛伯玉封陽城郡王。與傳自異。然丁母憂在大曆初，是此詩當在廣德二年後、大曆元年前作。按，説有誤。此詩當作於大曆三年（七六八）。

〔一〕陽城郡王：《册府元龜》卷一二九《帝王部・封建》：「（大曆二年）六月，封荆南節度江陵尹衛伯玉爲城陽郡王。」《舊唐書・代宗紀》、《衛伯玉傳》亦作「城陽郡王」。又，卷一七六《帝王部・姑息》：「（大曆）五年夏，以殿中監王昂爲江陵尹、御史大夫，充荆南節度。時荆南節度觀察使衛伯玉以内憂去職，故命昂代之。昂既行，伯玉諷荆南大將楊鉽等拒昂，乞留伯玉，優詔許之。」知衛伯玉丁母憂在大曆五年。母封鄧國太夫人當在三年。

〔二〕衛幕二句：《趙次公先後解》：「衛幕，衛青之幕也。所以比陽城郡王也。」「潘輿，潘母之輿也。所以比郡太夫人也。」《史記・李將軍列傳》：「莫府省約文書籍事。」索隱：「大顏云：凡將軍謂之莫府者，蓋兵行舍於帷帳，故稱幕府。古字通用，遂作莫耳。」潘岳《閑居賦》：「太夫人乃御版輿，升輕軒，遠覽王畿，近周家園。」

〔三〕紫誥二句：《趙次公先後解》：「紫誥，紫錦之誥也。鸞回紙，則紙上之字有回鸞之勢也。」按，紫誥，當指紫泥封誥。見卷九《贈翰林張四學士》(0469)注。庾信《傷王司徒褒》：「回鸞抱書字，别鶴繞琴絃。」張懷瓘《書斷》：「史游制草，始務急就。婉若回鸞，攫如舞袖。」《淮南子·説林訓》：「大廈成而燕雀相賀。」

〔四〕遠傳二句：冬笋，見卷一二《送王十五判官扶侍還黔中》(0811)注。綵衣，見卷二《送李校書二十六韻》(0089)注。

〔五〕弈葉二句：《後漢書·列女傳》：「扶風曹世叔妻者，同郡班彪之女也，名昭，字惠班，一名姬。博學高才。世叔早卒，有節行法度。兄固著《漢書》，其八《表》及《天文志》未及竟而卒，和帝詔昭就東觀臧書閣踵而成之。帝數召入宫，令皇后諸貴人師事焉，號曰大家。」孟母鄰，見卷一〇《寄張十二山人彪三十韻》(0612)注。

〔六〕義方句：《左傳》隱公三年：「臣聞愛子，教之以義方。」《書·五子之歌》：「皇祖有訓。」

〔七〕委曲二句：《漢書·雋不疑傳》：「承顔接辭。」騫飛，字當作鶱。見卷七《覽柏中允兼子侄數人除官制詞因述父子兄弟四美載歌絲綸》(0308)注。

〔八〕可憐二句：畫麒麟，見卷七《荆南兵馬使太常卿趙公大食刀歌》(0310)注。《趙次公先後解》謂雙美非特畫郡王之像，亦畫夫人之像。又謂用金日磾母事。《漢書·金日磾傳》：「日磾母教誨兩子，甚有法度，上聞而嘉之。病死，詔圖畫於甘泉宫，署曰休屠王閼氏。日磾每見畫常拜，鄉之涕泣，然後乃去。」

江陵望幸

雄都元壯麗〔一〕，望幸欻威神。地利西通蜀，天文北照秦。風烟含越鳥，舟楫控吳人。未枉周王駕，終期漢武巡〔二〕。甲兵分聖旨，居守付宗臣。早發雲臺仗①，恩波起涸鱗〔三〕。（1327）

【校】

① 仗，錢箋校：「刊作路。」《草堂》校：「或作路。」

【注】

《趙次公先後解》繫於大曆三年（七六八）。黄鶴注：此詩合是廣德元年（七六三）作，是年代宗幸陜，以衛伯玉有幹略，乃拜江陵尹、荆南節度等使。意是代宗有意幸江陵，故有此作。朱鶴齡注：時公在巴閬，傳聞代宗欲巡幸江陵，故有此作。按，黄、朱之説亦臆測耳。仍當從舊編，在江陵作。

〔一〕雄都句：參卷一一《建都十二韻》（0647）注。《舊唐書·肅宗紀》：「（上元元年）九月甲午，以荆州爲南都，州曰江陵府，官吏制置同京兆。」《新唐書·地理志》江陵府：「肅宗上元元年號南都，爲府。二年罷都，是年又號南都。尋罷都。」按，肅宗上元二年去年號，但稱元年，建卯月詔五都之號其來自久，宜以江陵府爲南都。此前南都實未罷，詔旨在重申其事。其後罷都時間不詳。然據其官仍稱尹、少尹、司録，皆沿建都時之稱，則大曆中建制依舊，不同他郡。

〔二〕未枉二句：《列子・周穆王》：「不恤國事，不樂臣妾，肆意遠游，命駕八駿之乘……馳驅千里，至於巨蒐氏之國。」《漢書・武帝紀》：「(元封元年)行自泰山，復東巡海上，至碣石。自遼西歷北邊九原，歸於甘泉。」「五年冬，行南巡狩，至於盛唐，望祀虞舜於九嶷。登灊天柱山，自尋陽浮江，親射蛟江中，獲之，舳艫千里，薄樅陽而出，作盛唐樅陽之歌，遂北至琅邪，并海，所過禮祠其名山大川。」

〔三〕早發二句：雲臺仗，見卷七《八哀詩・嚴公武》(0332)注。涸鱗，見《水宿遺興奉呈羣公》(1325)注。

江邊星月二首①

驟雨清秋夜，金波耿玉繩〔一〕。天河元自白，江浦向來澄②。映物連珠斷，緣空一鏡升〔二〕。餘光隱更漏③〔三〕，況乃露華凝。(1328)

【校】

①二首，錢箋、《九家》、《草堂》爲大字連題。

②浦，錢箋校：「一作渚。」

③隱，錢箋、《草堂》校：「一作憶。」

【注】

黄鶴注：當是大曆三年（七六八）秋江陵舟中作。

〔一〕玉繩：見卷一四《月三首》（1012）注。

〔二〕映物二句：《趙次公先後解》：「上句所以言星。」「次句所以言月。」《漢書·律曆志》：「五星如連珠。」《玉臺新詠》古詩：「何當大刀頭，破鏡飛上天。」

〔三〕更漏：見卷二《湖城東遇孟雲卿復歸劉顥宅宿宴飲散因爲醉歌》（0081）注。

江月辭風纜①，江星別霧船②。鷄鳴還曙色③，鷺浴自清川〔一〕。歷歷竟誰種，悠悠何處圓〔二〕？客愁殊未已，他夕始相鮮。（1329）

【校】

①纜，錢箋校：「一作檻。」《文苑英華》作「檻」，校：「集作纜。」

② 霧，錢箋校：「一作露。」《草堂》作「露」。

③ 曙，錢箋校：「一作曉。」《草堂》作「曉」。

【注】

〔一〕江月四句：《趙次公先後解》：「四句言曉見星月，言船行之時也。」

〔二〕歷歷二句：《相和歌辭・隴西行》：「天上何所有，歷歷種白榆。」謝莊《月賦》：「升清質之悠悠，降澄輝之藹藹。」

舟月對驛近寺

更深不假燭，月朗自明船。金刹青楓外〔一〕，朱樓白水邊。城烏啼眇眇，野鷺宿娟娟。皓首江湖客，鈎簾獨未眠。（1330）

【注】

黄鶴注：當是大曆三年（七六八）江陵舟中作。

〔一〕金刹句：《釋氏要覽》卷上：「梵刹，梵者清浄之義。《經音》云：梵云刺瑟致，此云竿，今略名剎，即幡柱也。」《法苑珠林》卷三六引《迦葉詰阿難經》：「王見歡喜，便使取金幡金華，懸諸剎上。」

舟中

風餐江柳下，雨卧驛樓邊。結纜排魚網，連檣並米船。今朝雲細薄，昨夜月清圓。飄泊南庭老，祇應學水仙〔一〕。（1331）

【注】

黄鶴注：當是大曆三年（七六八）在江陵作。

〔一〕飄泊二句：《趙次公先後解》：「南庭老，公自謂也。南庭者，南方之庭，猶北地謂之北庭耳。」吴均《登壽陽八公山》：「是有琴高者，陵波去水仙。」《列仙傳》卷上：「琴高者，趙人也。以善鼓琴爲宋康王舍人，行涓彭之術，浮游冀州、涿郡之間二百餘年。後辭，入涿水中取龍子，與諸弟子期曰：『皆潔齋待於水傍，設祠。』果乘赤鯉來，出坐祠中。旦有萬人觀之，留一月餘，復入水去。」

遣悶

地闊平沙岸，舟虛小洞房〔一〕。使塵來驛道，城日避烏檣①〔二〕。暑雨留蒸濕，江風借夕涼。行雲星隱見，疊浪月光芒。螢鑒緣帷徹，珠絲罥鬢長〔三〕。哀箏猶凭几，鳴笛竟霑裳〔四〕。倚著如秦贅，過逢類楚狂〔五〕。氣衝看劍匣，穎脱撫錐囊〔六〕。妖孽關東臭，兵戈隴右瘡〔七〕。時清疑武略，世亂跼文場〔八〕。餘力浮于海，端憂問彼蒼〔九〕。百年從萬事，故國耿難忘。（1332）

【校】

① 檣，宋本、錢箋校：「一作墻。」

【注】

黄鶴注：當是大曆三年（七六八）江陵作。

〔一〕舟虛句：《楚辭·招魂》：「姱容修態，絙洞房些。」仇注引滔注：「小洞房，舟如洞房也。」

〔二〕城日句：烏檣，見《大曆三年春白帝城放船出瞿唐峽久居夔府將適江陵漂泊有詩凡四十韻》

（1308）注。《趙次公先後解》：「日爲城所障，不照及檣。」朱鶴齡注：「言泊船城下，雨晦不見日也。」

〔三〕螢鑒二句：《趙次公先後解》：「螢尾之光，可以照物，故曰螢鑒。」阮籍《詠懷》：「薄帷鑒明月，清風吹我衿。」鮑照《歲暮悲》：「絲罥千里心，獨宿乏然諾。」

〔四〕哀箏二句：曹丕《與吴質書》：「高談娱心，哀箏順耳。」《趙次公先後解》：「初聞哀箏，已可垂淚，然猶忍淚憑几聽之而已。至聞笛鳴，則情不禁矣。」

〔五〕倚著二句：《漢書·賈誼傳》：「秦人家富子壯則出分，家貧子壯則出贅。」注：「應劭曰：出作贅壻也。師古曰：謂之贅壻者，言其不當出在妻家，亦猶人身體之有肬贅，非應所有也。一説贅，質也。家貧無有聘財，以身爲質也。」《論語·微子》：「楚狂接輿歌而過孔子，曰：『鳳兮鳳兮，何德之衰。往者不可諫，來者猶可追。已而已而，今之從政者殆而。』孔子下，欲與之言，趨而辟之，不得與之言。」《趙次公先後解》：「倚著，倚附之謂也。」

〔六〕氣衝二句：氣衝，見卷七《可歎》（0328）注。穎脱，見卷七《八哀詩·王公思禮》（0330）注。

〔七〕妖孽二句：仇注：「關東，安史之亂。隴右，吐蕃之警。」

〔八〕時清二句：文場，見卷一一《魏十四侍御就敝廬相别》（0708）注。仇注：「時方右武，故文人失志。」

〔九〕餘力二句：《論語·公冶長》：「子曰：道不行，乘桴浮於海。」端憂，見卷一〇《獨立》（0593）注。《詩·秦風·黄鳥》：「彼蒼者天，殲我良人。」

江陵節度陽城郡王新樓成王請嚴侍御判官賦七字句同作〔一〕

樓上炎天冰雪生，高飛燕雀賀新成。碧窗宿霧濛濛濕，朱栱浮雲細細輕。杖鉞褰帷瞻具美，投壺散帙有餘清〔二〕。自公多暇延參佐〔三〕，江漢風流萬古情。

（1333）

【注】

黃鶴注：當是大曆三年（七六八）夏作。

〔一〕陽城郡王：黃鶴注：「史云伯玉大曆初丁母憂，則是時未再朞也。雖曰起復，亦不當作樓命客賦詩。當時士論醜之，宜哉。」按，衛伯玉起復在大曆五年，非此時。嚴侍御判官：陳冠明謂是嚴郢。按，《新唐書·嚴郢傳》：「代宗初，追還承鼎官，召郢爲監察御史，連署帥府司馬。郭子儀表爲關内、河東副元帥府判官，遷行軍司馬。子儀鎮邠州，檄郢主留務。……歲餘，召至京師，元載薦之帝。時載得罪，不見用。」大曆二年九月，吐蕃寇邠州，詔子儀自河中鎮涇陽。三年九月，自河中移鎮奉天。此後鎮邠州。元載得罪則在大曆十二年。知大曆間嚴郢在河中軍中，不在江陵。

〔二〕杖鉞二句：《後漢書·賈琮傳》：「乃以琮爲冀州刺史。舊與傳車驂駕，垂赤帷裳，迎於州界。及琮之部，升車言曰：『刺史當遠視廣聽，糾察美惡，何有反垂帷裳，以自掩塞乎？』乃命御者褰之。」王勃《滕王閣序》：「四美具，二難並。」投壺，見卷一五《能畫》(1073)注。散帙，見卷七《八哀詩·張公九齡》(0337)注。

〔三〕自公句：《詩·召南·羔羊》：「退食自公，委蛇委蛇。」

又作此奉衛王

西北樓成雄楚都〔一〕，遠開山岳散江湖。二儀清濁還高下，三伏炎蒸定有無〔二〕。推轂幾年唯鎮静，曳裾終日盛文儒〔三〕。白頭授簡焉能賦，愧似相如爲大夫〔四〕。(1334)

【注】

黃鶴注：與前篇不相遠作。

〔一〕西北句：《史記·貨殖列傳》：「江陵，故郢都，西通巫巴，東有雲夢之饒。」正義：「荆州江陵縣故爲郢，楚之都。」

〔二〕二儀二句：二儀，見卷九《臨邑舍弟書至苦雨黄河泛溢隄防之患簿領所憂因寄此詩用寛其意》（0437）注。三伏，見卷六《阻雨不得歸瀼西甘林》（0296）注。朱鶴齡注：「言此樓中立於天高地下之間，尚有三伏之炎蒸否乎？」

〔三〕推轂二句：推轂，見卷七《覽柏中允兼子侄數人除官制詞因述父子兄弟四美載歌絲綸》（0308）注。曳裾，見卷六《壯游》（0295）注。

〔四〕白頭二句：謝惠連《雪賦》：「召鄒生，延枚叟，相如末至，居客之右，俄而微霰零，密雪下，王乃歌北風於衛詩，詠南山於周雅，授簡於司馬大夫曰：『抽子秘思，騁子妍辭，侔色揣稱，爲寡人賦之。』」《漢書·藝文志》：「傳曰：不歌而誦謂之賦，登高能賦可以爲大夫。」

舟中出江陵南浦奉寄鄭少尹 審①

更欲投何處，飄然去此都。形骸元土木〔一〕，舟楫復江湖。社稷纏妖氣，干戈送老儒。百年同弃物〔二〕，萬國盡窮途。雨洗平沙浄，天銜闊岸紆。鳴螿隨泛梗，别燕起秋菰〔三〕。栖託難高卧，飢寒迫向隅〔四〕。寂寥相呴沫，浩蕩報恩珠〔五〕。溟漲鯨波動，衡陽雁影徂〔六〕。南征問懸榻，東逝想乘桴〔七〕。濫竊商歌聽，時憂卞泣誅〔八〕。經過憶鄭驛〔九〕，斟酌旅情孤。（1335）

【校】

① 舟中出江陵南浦奉寄鄭少尹，錢箋無「中」字，校：「一有中字。」

【注】

黄鶴注：當是大曆三年（七六八）秋作，是時公移居公安。公安在江陵之南，故出南浦也。

〔一〕形骸：見卷七《八哀詩·鄭公虔》（0336）注。

〔二〕百年句：《老子》二十七章：「常善救物，而無弃物。」

〔三〕鳴螿二句：《爾雅·釋蟲》：「蜺，寒蜩。」注：「寒螿也。似蟬而小，青赤。」泛梗，見卷九《臨邑舍弟書至苦雨黄河泛溢隄防之患簿領所憂因寄此詩用寬其意》（0437）注。秋菰，見卷六《行官張望補稻畦水歸》（0283）注。

〔四〕飢寒句：《説苑·貴德》：「今有滿堂飲酒者，有一人獨索然向隅而泣，則一堂之人皆不樂矣。」

〔五〕寂寥二句：《莊子·大宗師》：「泉涸，魚相與處於陸，相呴以濕，相濡以沫，不如相忘於江湖。」報恩珠，《趙次公先後解》謂有三事。《藝文類聚》卷七九引辛氏《三秦記》：「昆明池，漢武帝之習水戰，中有靈沼神池，云堯時洪水訖，停船此池，池通白鹿原，人釣魚原，綸絶而去，魚夢於武帝，求去其鈎，明日，帝戲於池，見大魚銜索。帝曰：『豈非昨所夢乎？』取魚，去其鈎而放之。」卷八四引《搜神記》：「隨侯行，見大蛇傷，救而治之，其後蛇銜珠以報之，徑盈寸，純白而夜光，可以燭堂。」又：「有玄鶴爲弋人所射，窮而歸噲參，參收養，療治瘡，瘡愈而放之，後鶴夜到門外，參執燭視之，鶴雌雄雙至，各銜明珠以報參焉。」

〔六〕溟漲二句：溟漲，見卷二《送長孫九侍御赴武威判官》(0085)注。《方輿勝覽》卷二四衡州：「回雁峰，在衡陽之南。雁至此不過，遇春而回，故名。或曰峰勢如雁之回。」劉孝綽《賦得始歸雁》：「洞庭春水緑，衡陽旅雁歸。」

〔七〕南征二句：懸榻，見卷六《贈李十五丈别》(0302)注。《論語·公冶長》：「子曰：道不行，乘桴浮於海。」

〔八〕濫竊二句：《吕氏春秋·離俗覽》：「甯戚欲干齊桓公，窮困無以自進，於是爲商旅，將任車以至齊，暮宿於郭門之外。……甯戚飯牛居車下，望桓公而悲，擊牛角疾歌。」《淮南子·主術訓》：「甯戚商歌車下，桓公喟然而寤。」《韓非子·和氏》：「楚人和氏得玉璞楚山中，奉而獻之厲王。厲王使玉人相之，玉人曰：『石也。』王以和爲誑而刖其左足。及厲王薨，武王即位，和又奉其璞而獻之武王，武王使玉人相之，又曰：『石也。』王又以和爲誑而刖其右足。武王薨，文王即位，和乃抱其璞而哭於楚山之下，三日三夜，泣盡而繼之以血。王聞之，使人問其故，曰：『天下之刖者多矣，子奚哭之悲也？』和曰：『吾非悲刖也，悲夫寶玉而題之以石，貞士而名之以誑，此吾所以悲也。』王乃使玉人理其璞而得寶焉，遂命曰和氏之璧。」《説苑·雜事》作卞和。

〔九〕鄭驛：見卷一三《贈王二十四侍御契四十韻》(0869)注。

江南逢李龜年〔一〕

岐王宅裏尋常見，崔九堂前幾度聞。正是江南好風景，落花時節又逢君。崔九即殿中監滌也，中書令湜之弟也①〔二〕。（1336）

【校】

① 弟，《草堂》校：「魯作侄。」

【注】

黄鶴注：梁權道編在大曆三年（七六八）荆南詩内。按公以是年正月出峽，暮春至江陵，今詩云「落花時節又逢君」，正其時也。《趙次公先後解》編入大曆四年（七六九）潭州詩。朱鶴齡注：此詩題曰江南，必潭州作也。

〔一〕李龜年：《大唐傳載》：「李龜年、彭年、鶴年兄弟三人，開元中皆有才學盛名。鶴年詩尤妙，唱《渭城》。彭年善舞，龜年善打羯鼓。玄宗問：『卿打多少杖？』對曰：『臣打五千杖訖。』上曰：『汝殊未，我打却三豎櫃也。』」《明皇雜録》下：「唐開元中，樂工李龜年、彭年、鶴年兄弟三人，皆有才學盛名。彭年善舞，鶴年、龜年能歌，尤妙製《渭川》，特承顧遇。於東都大起第宅，僭侈之制，逾於公侯。宅在東都道通里，中堂制度甲於都下。其後龜年流落江南，每遇良辰勝賞，爲人歌數闋，座中聞之，莫不掩泣罷酒。則杜甫嘗贈詩所謂『岐王宅裏尋常見……』。崔九堂，殿中監滌，中書令湜之弟也。」《雲溪友議》卷中：「明皇幸岷山，百官皆竄辱，積屍滿中原，士族隨車駕也。伶官張野狐觱栗，雷海清琵琶，李龜年唱歌，公孫大娘舞劍。初，上自擊羯鼓，而不好彈琴，言其不俊也。又寧王吹簫，薛王彈琵琶，皆至精妙，其爲樂焉。唯李龜年奔迫江潭，杜甫以詩贈之曰……龜年曾於湘中采訪使筵上唱：『紅豆生南國，秋來發幾枝。贈君多采擷，此物最相思。』又：『清風朗月苦相思，蕩子從戎十載餘。征人去日殷勤囑，歸雁來時數附書。』此詞皆王右丞所製，至今梨園唱焉。歌闋，合座莫不望行幸而慘然。龜年唱罷，忽悶絶仆地。以左耳微暖，妻子未忍殯殮，經四日乃蘇。曰：『我遇二妃，令教侍女蘭苕唱祓禊畢，放還。』且言主人即復長安，而有中興之主也，謂龜年有何憂乎。」

〔二〕岐王四句：《舊唐書·睿宗諸子傳》：「惠文太子範，睿宗第四子也。……睿宗踐祚，進封岐王……範好學工書，雅愛文章之士，士無貴賤，皆盡禮接待，與閻朝隱、劉庭琦、張諤、鄭繇篇題唱和。又多聚書畫古跡，爲時所稱。時上禁約王公，不令與外人交結。駙馬都尉裴虚己坐與範游宴，兼私挾讖緯之書，配徙嶺外。萬年尉劉庭琦、太祝張諤皆坐與範飲酒賦詩，黜庭琦爲雅州司户，諤爲山茌丞。然上未嘗間範，恩情如初。……（開元）十四年，病薨。」《崔仁師傳附孫湜》：「先天元年，拜中書令……玄宗在東宫，數幸其第，恩意甚密。湜既私附太平公主，時人咸爲之懼。……及帝將誅蕭至忠等，召將託爲腹心。湜弟滌謂湜曰：『主人若有所問，不得有所隱也。』湜不從。及見帝，對問失旨。至忠等既誅，湜坐徙嶺外。……追湜賜死。」「弟滌，多辯智，善諧謔，素與玄宗款密。兄湜坐太平黨誅，玄宗常思之，故待滌逾厚，用爲秘書監。出入禁中，與諸王侍宴不讓席，而坐或在寧王之上。後賜名澄。……開元十四年卒。」滌兄液官至殿中侍御史。注云崔滌爲殿中監，或有混淆。《苕溪漁隱叢話》前集卷一四苕溪漁隱曰：「此詩非子美作，岐王開元十四年薨，崔滌亦卒於開元中，是時子美方十五歲。天寶後子美未嘗至江南。」黃鶴注：「公當開元十四年，雖已十五歲，有登門之理，然是時未有梨園弟子。當是指嗣岐王而云。則公見李龜年必在天寶十載已後。」錢箋：「王翦定荆江南地。《項羽紀》：徙義帝於江南。《楚辭章句》：襄王遷屈原於江南。在江湘之間。龜年方流落江潭，故曰江南。」浦起龍云：「龜年等乃曲師，非弟子也。曲師之得幸，豈在既開梨園後哉？……公《壯游》詩云：往者十四五，出游翰墨場。開元十三四年間，正公十四五時，恰是年少游京師之始，於岐宅、崔堂更復暗合。」

官亭夕坐戲簡顏十少府〔一〕

南國調寒杵①，西江浸日車〔二〕。客愁連蟋蟀，亭古帶蒹葭。不返青絲鞚〔三〕，

虛燒夜燭花。老翁須地主②，細細酌流霞〔四〕。（1337）

【校】

① 杵，《草堂》作「暑」。

② 主，《草堂》作「坐」，校：「或作主。誤也。」

【注】

黃鶴注：當是大曆三年（七六八）公安作。官亭當在公安。

〔一〕顏十少府：黃鶴注：「顏，公安尉也。公嘗賦《醉歌行》，有『神仙中人不易得，顏氏之子才孤標』，正其人也。」按，顏十疑爲顏頎。顏真卿《秘書省著作郎夔州都督長史上護軍顏公神道碑》：「君諱勤禮……玄孫……頎，江陵參軍。」爲真卿侄。或自公安尉轉江陵參軍。

〔二〕南國二句：庾信《詠畫屏風》：「錦石平砧面，蓮房接杵腰。急節迎秋韻，新聲入手調。」王嗣奭《杜臆》：「擣衣之杵有音節，吾鄉所云花練槌是也。」日車，見卷三《青陽峽》（0146）注。

〔三〕不返句：蕭繹《紫騮馬》：「宛轉青絲鞚，照耀珊瑚鞭。」鞚，見卷一《麗人行》（0029）注。

〔四〕流霞：見卷一六《宗武生日》（1166）注。

秋日荆南述懷 三十韻

昔承推獎分，愧匪挺生材〔一〕。遲暮宫臣忝，艱危衮職陪〔二〕。揚鑣隨日馭①，折檻出雲臺〔三〕。罪戾寬猶活，干戈塞未開〔四〕。星霜玄鳥變，身世白駒催〔五〕。伏枕因超忽，扁舟任往來。九鑽巴噀火，三蟄楚祠雷〔六〕。望帝傳應實，昭王問不回②〔七〕。蛟螭深作横，豺虎亂雄猜〔八〕。素業行已矣，浮名安在哉？琴烏曲怨憤，庭鶴舞摧頹〔九〕。秋水漫湘竹③，陰風過嶺梅〔一〇〕。苦摇求食尾，常曝報恩鰓〔一一〕。結舌防讒柄，探腸有禍胎④〔一二〕。蒼茫步兵哭，展轉仲宣哀〔一三〕。飢籍入聲家家米⑤，愁徵處處杯。休爲貧士嘆，任受衆人咍〔一四〕。得喪初難識，榮枯劃易該。差池分組冕，合沓起蒿萊〔一五〕。不必伊周地，皆登屈宋才⑥〔一六〕。漢庭和異域，晋史坼中台〔一七〕。霸業尋常體，宗臣忌諱災〔一八〕。羣公紛戮力，聖慮窅徘徊⑦〔一九〕。數見銘鍾鼎，真宜法斗魁〔二〇〕。願聞鋒鏑鑄，莫使棟梁摧〔二一〕。盤石圭多翦，凶門轂少推〔二二〕。垂旒資穆穆，祝網但恢恢〔二三〕。赤雀翻然至，黄龍詎假媒⑧〔二四〕。賢非夢傅野，隱幾鑿顔坏⑨〔二五〕。自古江湖客，冥心若死灰〔二六〕。（1338）

【校】

①鑣，錢箋校：「樊作鞭。」

②問，《草堂》作「去」。

③秋水漫湘竹，「水」錢箋作「雨」，「竹」錢箋作「水」，校：「一云秋水漫湘竹。」

④探，宋本作「深」，據錢箋等改。

⑤籍，《草堂》校：「一作借。」

⑥登，《草堂》校：「一作知。」錢箋作「知」，校：「一作登。」

⑦窅，錢箋校：「樊作睿。」《草堂》校：「樊作督。」

⑧詎，錢箋校：「一作不。」《草堂》作「不」，校：「一作詎。」

⑨幾，錢箋、《九家》、《草堂》作「類」。　坏，錢箋、《草堂》作「坯」。

【注】

黄鶴注：當是大曆三年（七六八）秋末移公安前作。

〔一〕愧匪句：楊戲《季漢輔臣贊》：「順期挺生，傑起龍驤。」

〔二〕遲暮二句：江淹《雜體詩・陸平原機羈宦》：「服義追上列，矯跡廁宮臣。」《詩・大雅・烝民》：「衮職有闕，維仲山甫補之。」《趙次公先後解》：「拾遺通籍於朝，斯爲宮臣。在肅宗行在拜之，則艱危之時也。」

〔三〕揚鑣二句：揚鑣，見卷一五《夔府書懷四十韻》(1056)注。折檻，見卷八《折檻行》(0372)注。《趙次公先後解》：「上句言其扈從也」，「下句言其諫諍不合而出也。」

〔四〕罪戾二句：《左傳》莊公二十二年：「赦其不閑於教訓，而免於罪戾。」《趙次公先後解》：「其一出之後，干戈日尋也。」

〔五〕星霜二句：張九齡《與弟游家園》：「星霜屢爾別，蘭麝爲誰幽。」《禮記・月令》仲春之月：「玄鳥至。」仲秋之月：「玄鳥歸。」注：「玄鳥，燕也。」《史記・留侯世家》：「人生一世間，如白駒過隙。」

〔六〕九鑽二句：《論語・陽貨》：「舊穀既没，新穀既升，鑽燧改火，期可已矣。」《趙次公先後解》：「清明取新火也。後漢欒巴噀酒求蜀火，謂之巴噀火。」見卷七《奉酬薛十二丈判官見贈》(0324)注。《禮記・月令》仲秋之月：「是月也，日夜分，雷始收聲，蟄蟲壞户。」《趙次公先後解》：「楚人所祠之雷，蓋楚人好祠祭也。」朱鶴齡注：「或云即指楚王宮也。」趙注：「通言九年中事，非謂十二年也。」「自庚子至今大曆三年之清明，歲在戊申，是爲九年。」《苕溪漁隱叢話》前集卷一四苕溪漁隱曰：「老杜又有『十暑岷山葛，三霜楚户砧』之句，《詩譜》以爲公以乾元己亥冬至蜀，不以暑計，起明年庚子，至是爲十暑，時已在湖南，獨言岷山。永泰乙巳秋至雲安，雲安、荆湖皆楚地，至是合爲五霜，而云三者，獨以峽中言之。」

〔七〕望帝二句：望帝，見卷四《杜鵑行》(0173)注。《左傳》僖公四年：「管仲曰：『……爾貢苞茅不入，王祭不共，無以縮酒，寡人是徵。昭王南征而不復，寡人是問。』對曰：『貢之不入，寡君之罪也，敢不共給。昭王之不復，君其問諸水濱。』」《太平御覽》卷六六引《湘州記》：「益陽有昭潭，其下無底，湘洲最深處也。或謂周昭王南征不復，没於此潭，因以爲名。」錢箋：「望帝，藉以喻玄宗也。代宗惡李輔國，而不能明正其罪，使盜竊其首，猶昭王南征不復，而周人不能問之于楚也。」

〔八〕蛟螭二句：謝靈運《擬魏太子鄴中集》序：「漢武帝徐樂諸才，備應對之能，而雄猜多忌。」《趙次公先後解》：「蓋是時有跋扈之强臣，賊盜之巨滑故也。」

〔九〕琴烏二句：《舊唐書·音樂志》：「《烏夜啼》，宋臨川王義慶所作也。元嘉十七年，徙彭城王義康于豫章。義慶時爲江州，至鎮，相見而哭，爲帝所怪，徵還宅，大懼。妓妾夜聞烏啼聲，扣齋閣云：『明日應有赦。』其年更爲南兖州刺史，作此歌。」《樂府詩集》卷四七《清商曲辭·西曲歌》引《古今樂録》：「《西曲歌》有《石城樂》、《烏夜啼》。」鮑照《舞鶴賦》：「唳清響於丹墀，舞飛容於金閣。始連軒以鳳蹌，終宛轉而龍躍。躑躅徘徊，振迅騰摧。」摧頽，又見卷六《昔游》（0288）注。

〔一〇〕秋水二句：張華《博物志》卷八：「堯之二女，舜之二妃，曰湘夫人。舜崩，二妃啼，以涕揮竹，竹盡斑。」嶺梅，見卷一一《廣州段功曹到得楊五長史譚書功曹却歸聊寄此詩》（0705）注。

〔一一〕苦摇二句：司馬遷《報任少卿書》：「猛虎在深山，百獸震恐，及在檻阱中，摇尾而求食，積威約之漸也。」《藝文類聚》卷九六引辛氏《三秦記》：「河津一名龍門，大魚集龍門下數千不得上，上者爲龍，不上者魚，故云曝鰓龍門。」魚報恩，又見《舟中出江陵南浦奉寄鄭少尹審》（1335）注。

〔一二〕結舌二句：《漢書·杜業傳》：「自尚書近臣皆結舌杜口。」吳均《行路難》：「盡是得意忘言者，探腸見膽無所惜。」《太平御覽》卷三九五引《風俗通》：「案里語：厚哉鮑管，探腸按腹。」枚乘《上書諫吳王》：「福生有基，禍生有胎。」

〔一三〕蒼茫二句：《晉書·阮籍傳》：「時率意獨駕，不由徑路，車跡所窮，輒慟哭而反。」王粲有《七哀詩》。

〔一四〕休爲二句：陶淵明有《詠貧士》。《楚辭·九章·惜誦》：「行不群以巔越兮，又衆兆之所咍。」王逸注：「咍，笑也。楚人謂相啁笑曰咍。」

〔一五〕差池二句：《趙次公先後解》：「分組綬冠冕之貴，其重沓而來，則特起於蓬蒿草萊之間耳。」《分門》師曰：「皆託諷濫進者多也。」

〔一六〕不必二句：《趙次公先後解》：「伊尹、周公之所任，則宰輔之地。」王嗣奭《杜臆》：「言登樞要皆武夫也。」按，不必專指武夫。

〔一七〕漢庭二句：《趙次公先後解》：「上句以比當時遣使和吐蕃也。」「次句則又必有以罪誅者。」王嗣奭《杜臆》：「比房琯得罪。」錢箋：「房卒於廣德元年，此追述之耳。是年二月，回紇登里可汗歸蕃，詳《回紇傳》。皆代宗初元之事，故牽連書之耳。」按，大曆二年十一月，和蕃使薛景仙自吐蕃使還，首領論泣陵隨景仙來朝。錢箋等捨此近事不言，而必謂是廣德初事，實難信從。又，廣德二年七月，河南副元帥、太尉、兼侍中、臨淮王李光弼薨於徐州。且甫《八哀詩》以光弼、王思禮爲首，無房琯。諸家必欲以房琯當此句，甚無謂。庾信《傷王司徒褒》：「豈意中台坼，君當風燭前。」參《奉送蘇州李二十五長史丈之任》(1317)注。

〔一八〕霸業二句：《趙次公先後解》：「中國之於夷狄，甘心於和親，此霸業尋常之體也。而大臣充使，或留或誅，則宗臣以爲忌諱矣。」《分門》師曰：「言宗臣不敢直言也。」胡震亨《唐音癸籤》卷二三：「似又舉和親回紇事，較分鎮抑揚論之。若曰琯去位始有和親事，國體損而宗臣以忌諱斥矣。無非宛轉爲琯出脱，明己之救琯者未爲不是。」唐元竑《杜詩攟》：「此四句似爲李尚書之芳而發。李使吐蕃和親，被留二年。霸業尋常體，謂當時世以公主下降絶域，遂爲故事也。著一霸字，見雖爲宗社不得已，故定非王道所宜。」錢箋：「宗臣忌諱災，叙房琯病卒閬州。」盧元昌曰：「當乾元間朝廷和親回紇之年，正房公台星中坼之日。夫和親本漢道雜霸，非國體之正。若房公乃唐室宗臣，而台星中坼者，因分鎮之議有觸忌諱，遂至罹災耳。」

〔一九〕羣公二句：謝脁《敬亭山》：「緣源殊未極，歸徑窅如迷。」《文選》李善注：「《聲類》曰：窅，遠望也。」《趙次公先後解》：「又煩聖慮之軫及，而窅然徘徊。」仇注：「言今者群臣協力，聖主焦思。」

〔二〇〕數見二句：《禮記·祭統》：「夫鼎有銘，銘者，自名也。自名，以稱揚其先祖之美，而明著之後世者也。」《後漢書·天文志》：「太微天子廷，北斗魁主殺。星從太微出，抵北斗魁，是天子大使將出，有所伐殺。」《晉書·天文志》：「北斗七星在太微北……魁四星爲琁璣，杓三星爲玉衡」，「魁中四星爲貴人之牢，曰天理也。輔星傅乎開陽，所以佐斗成功，丞相之象也。」《趙次公先後解》：「上句則群公功成，鐘鼎之可銘。下句則聖慮之號令，當法之北斗。」仇注：「在諸將雖勒名鐘鼎，尚宜法斗魁以衛宸極。」

〔二一〕願聞二句：賈誼《過秦論》：「收天下之兵，聚之咸陽，銷鋒鑄鐻，以爲金人十二。」《韓詩外傳》卷九：「顏淵曰：『願得明王聖主爲之相，使城郭不治，溝池不鑿，陰陽和調，家給人足，鑄庫兵以爲農器。』」《晋書・陸玩傳》：「玩既拜，有人詣之，索杯酒，瀉置柱梁之間，呪曰：『當今乏材，以爾爲柱石，莫傾人梁棟邪！』」

〔二二〕磐石二句：《史記・孝文本紀》：「高帝封王子弟，地犬牙相制，此所謂磐石之宗也。」《晋世家》：「成王與叔虞戲，削桐葉爲珪以與叔虞，曰：『以此封若。』史佚因請擇日立叔虞。」《淮南子・兵略訓》：「將已受斧鉞……乃爪鬋，設明衣也，鑿凶門而出。」推轂，見卷七《覽柏中允兼子侄數人除官制詞因述父子兄弟四美載歌絲綸》(0308)注。仇注：「多剪圭，同姓自此蟠固。少推轂，藩鎮免於跋扈。」

〔二三〕垂旒二句：《禮記・禮器》：「天子之冕，朱緑藻十有二旒。」《後漢書・輿服志》：「冕冠，垂旒，前後邃延，玉藻。」《淮南子・主術訓》：「故古之王者，冕而前旒所以蔽明也。」《吕氏春秋・孟冬紀》：「湯見祝網者，置四面，其祝曰：『從天墜者，從地出者，從四方來者，皆離吾網。』湯曰：『嘻，盡之矣。非桀，其孰爲此也？』湯收其三面，置其一面，更教祝曰：『昔蛛蝥作網罟，今之人學紓。欲左者左，欲右者右，欲高者高，欲下者下，吾取其犯命者。』漢南之國聞之曰：『湯之德及禽獸矣。』四十國歸之。」《老子》七十三章：「天網恢恢，疏而不漏。」

〔二四〕赤雀二句：《論衡・初稟》：「文王得赤雀，武王得白魚赤烏。儒者論之，以爲雀則文王受命，魚烏則武王受命。」《淮南子・天文訓》：「中央，土也，其帝黄帝，其佐后土，執繩而制四方，其神爲鎮星，其獸黄龍。」《泰族訓》：「故精誠感於内，形氣動於天，則景星見，黄龍下，祥鳳至。」

〔二五〕賢非二句：夢傅野，見卷六《昔游》(0288)注。《漢書・揚雄傳》：「或鑿坏以遁。」注：「應劭曰：鑿坏，謂顔闔也。魯君聞顔闔賢，欲以爲相，使者往聘，因鑿後垣而亡。坏，壁也。」坯坏字通。顔闔事，參卷一二《嚴公仲夏枉駕草堂兼携酒饌》(0756)注。

〔二六〕冥心句：《莊子・齊物論》：「形固可使如槁木，而心固可使如死灰乎？」

秋日荆南送石首薛明府辭滿告别奉寄薛尚書頌德叙懷斐然之作〔一〕三十韻①

南征爲客久，西候别君初〔二〕。歲滿歸鳧舄，秋來把雁書〔三〕。荆門留美化，姜被就離居〔四〕。聞道和親入，垂名報國餘。連枝不日並，八座幾時除〔五〕？往者胡星孛，恭惟漢網疏②〔六〕。風塵相澒洞，天地一丘墟〔七〕。殿瓦鴛鴦坼，宫簾翡翠虚〔八〕。鈎陳摧徼道，槍櫐失儲胥〔九〕。文物陪巡守，親賢病拮据〔一〇〕。公時呵猰㺄，首唱却鯨魚〔一一〕。勢愜宗蕭相，郭令公。材非一范睢。諸名將〔一二〕。屍填太行道，血走浚儀渠〔一三〕。湓口師仍會，函關憤已攄〔一四〕。紫微臨大角，皇極正乘輿〔一五〕。賞從頻峩冕，殊私再直廬③。公舊執金吾，新授羽林。前後二將軍〔一六〕。豈唯高衛霍，曾是接應徐〔一七〕。降集翻翔鳳，追攀絶衆狙〔一八〕。侍臣雙宋玉，戰策兩穰苴〔一九〕。鑒澈勞懸鏡〔二〇〕，荒蕪已荷鋤。嚮來披述作，石首處見公新文一卷。重此憶吹噓。白髪甘凋喪，青雲亦卷舒〔二一〕。經綸功不朽，跋涉體何如？公頃奉使和蕃，已見上〔二二〕。應訝耽湖橘，常餐占野蔬。十年嬰藥餌，萬里狎樵漁。揚子淹投閣，鄒生惜曳裾〔二三〕。但驚飛熠耀，不記改蟾蜍〔二四〕。烟雨封巫峽，江淮略孟諸〔二五〕。湯池雖險固，遼海尚闐淤④〔二六〕。努力輸肝膽，休煩獨起予〔二七〕。（1339）

【校】

① 三十韻，宋本、錢箋爲小字，《草堂》等則作大字并入正題。
② 疏，《草堂》作「除」。
③ 私，《草堂》作「恩」。
④ 闐，錢箋作「填」。

【注】

黄鶴注：公以大曆三年（七六八）至荆南，當是其年秋作。

〔一〕薛尚書：黄鶴注：「乃景仙也。」明府，其弟。《舊唐書·吐蕃傳》：「（大曆二年）十一月，和蕃使、檢校户部尚書兼御史大夫薛景仙自吐蕃使還，首領論泣陵隨景仙來朝。」《新唐書·忠義傳》至德功臣：「左羽林大將軍、檢校户部尚書、兼御史大夫薛景仙。」

〔二〕南征二句：蕭綱《餞臨海太守劉孝儀蜀郡太守劉孝勝》：「碣石臨東海，峨嵋距西候。」《趙次公先後解》：「西候，屬西之時候，乃秋日也。」朱鶴齡注：「按孫子荆有《征西官屬送於陟陽候》，注：陟陽，亭名；候，亭也。西候謂此。唐人每用之。」張九齡《送韋城李少府》：「送客南昌尉，離亭西候春。」

〔三〕歲滿二句：梟爲，見卷一《橋陵詩三十韻因呈縣内諸官》（0037）注。雁書，見卷九《遣興》（0488）注。

〔四〕姜被：見卷一〇《寄張十二山人彪三十韻》（0612）注。

〔五〕連枝二句：《文選》蘇武詩：「況我連枝樹，與子同一身。」言兄弟。八座，見卷一六《奉送蜀州柏二别駕將中丞命赴江陵起居衛尚書太夫人因示從弟行軍司馬位》（1297）注。朱鶴齡注：「此期明府與兄並登八座也。」按，言景仙新除尚書。景仙蓋以出使吐蕃而檢校尚書。

〔六〕往者二句：胡星孛，見卷一五《秋日夔府詠懷奉寄鄭監審李賓客之芳一百韻》（1030）注。仇注：「禄山稱亂，由朝廷過寵，故曰漢網疏。」

〔七〕風塵二句：澒洞，見卷一《自京赴奉先縣詠懷五百字》（0041）注。江淹《雜體詩·王侍中粲懷德》：「崤函蕩丘墟，冀闕緬縱横。」

〔八〕殿瓦二句：《三國志・魏書・方技傳》：「文帝問（周）宣曰：『吾夢殿屋兩瓦墮地，化爲雙鴛鴦，此何謂也？』」吴均《答蕭新浦詩》：「肘懸辟邪印，屋曜鴛鴦瓦。」《初學記》卷二五引《洞冥記》：「漢武帝二十年，起招靈閣，翠羽鱗毫爲簾。」仇注：「瓦坼，謂天子出奔。簾虚，謂妃嬪皆走。」

〔九〕鈎陳二句：鈎陳，見卷八《魏將軍歌》（0366）注。班固《西都賦》：「周廬千列，徼道綺錯。」《文選》李善注：「《漢書》曰：中尉，掌徼循京師。如淳曰：所謂游徼循禁，備盜賊也。」揚雄《長楊賦》：「木擁槍纍，以爲儲胥。」《文選》李善注：「顔師古曰：胥，須也。言有儲畜以待所須也。蘇林曰：木擁柵其外，又以竹槍纍爲外儲胥也。韋昭曰：儲胥，蕃落之類也。」《趙次公先後解》：「鈎陳之營，摧頹於徼道之中。」「槍纍之壞，所以於儲胥爲失也。」仇注：「鈎陳指侍衛。摧徼道，巡徼皆散也。槍纍指守禦。失儲胥，庫藏盡亡矣。」

〔一〇〕文物二句：《詩・豳風・鴟鴞》：「予手拮据，予所捋荼。」傳：「拮据，撠挶也。」釋文：「《韓詩》云：口足爲事曰拮据。」《趙次公先後解》：「巡守，指言肅宗之在鳳翔也。文物陪，則言衣冠集於此也。」「親與賢皆病，則勞於討賊之事也。」仇注：「陪巡，謂衣冠扈從。拮据，謂宗室憂勞。」

〔一一〕公時二句：猰貐，見卷一二《贈王二十四侍御契四十韻》（0869）注。《趙次公先後解》：「以譬却退巨賊之義。」朱鶴齡注：「禄山反，景仙守扶風，却賊。」見卷二《塞蘆子》（0069）注。

〔一二〕勢愜二句：《趙次公先後解》：「勢愜，言討賊之勢愜順也。」浦起龍云：「勢愜者，勢足以資汾陽之成功。材非句，見諸將併力擊賊，皆由尚書倡起也。」《漢書・蕭何曹參傳》：「聲施後世，爲一代之宗臣。」《史記·范雎蔡澤列傳》：「乃拜范雎爲客卿，謀兵事。卒聽范雎謀，使五大夫伐魏，拔懷。後二歲，拔邢丘。」按，後世《史記》傳本或作范睢。杜詩作范睢。錢大昕《潛研堂金石文跋尾》：「戰國秦漢人多以且爲名，讀子餘切。如穰且、豫且、夏無且、龍且皆是。且旁或加隹，如范雎、唐雎，文殊而音不殊也。胡身之注《通鑑》，輒音范雎之雎爲雖，是誤以爲目旁矣。」

〔一三〕屍填二句：仇注：「太行，乃思明之寇。浚儀，乃慶緒之兵。」浦起龍云：「太行、浚儀，指安史蔓延之禍。」按，上句指天寶十五載李光弼、郭子儀將兵出井陘，與史思明戰，及其後自河北旋師，至德二載保守太原。《水經注》濟水：「昔大禹塞其淫水，而於滎陽下引河，東南以通淮泗。濟水分河，東南流。漢明帝之世，司空伏恭薦樂浪人王景字仲通，好學多藝，善能治水。顯宗詔與謁者王吴始作浚儀渠。……渠流東注，浚儀故復，謂之浚儀渠也。」楊守敬疏：「鴻溝首受河處，一名莨蕩渠，亦名汴渠，後世又名通濟渠。《水經》則直謂之濟水。」浚儀渠即古汴渠。下句指河南戰事。

〔一四〕滏口二句：《元和郡縣圖志》卷一五磁州滏陽縣：「鼓山一名滏山，在縣西北四十五里，滏水出焉。泉源奮涌，若水之湯，故以滏口名之。入陘第四曰滏口陘，山嶺高深，實爲險阨。」《讀史方輿紀要》卷四九磁州武安縣：「滏口爲自鄴西出之要道。」朱鶴齡注：「觀此詩滏口數語，則收東京時景仙嘗會師滏陽，立功河北矣。」仇注：「滏口，即安陽河，時王師共會於此。」函關，見卷一四《入宅三首》(0961)注。按，此當指寶應元年十月唐軍收復東京及河北，時薛景仙在軍中，然此句非專言景仙。

〔一五〕紫微二句：大角，見卷一四《傷春五首》(0976)注。《書・洪範》：「建用皇極。」傳：「皇，大。極，中也。」《趙次公先後解》：「紫微臨大角，則帝星臨王座也。」「皇極正乘輿，則大中之道復正也。」仇注：「紫微臨，帝星復明也。皇極正，肅宗還京也。」

〔一六〕賞從二句：張華《祖道趙王應詔》：「軒冕峨峨，冠蓋習習。」直廬，見卷一五《贈李八秘書別三十韻》(1031)注。《新唐書・逆臣傳》史朝義：「會雍王以河東、朔方、回紇兵十餘萬討賊……右金吾大將軍薛景仙曰：『我若不勝，請以勇士二萬椎鋒死賊。』」在寶應元年。新授左羽林大將軍，當在本年。

〔一七〕豈唯二句：衛霍，衛青、霍去病。應徐，應瑒、徐幹。曹丕《與吴質書》：「徐、陳、應、劉，一時俱逝。」《趙次公先後解》：「蓋皆當丕爲太子時除所從之人也。」「此薛公又加太子賓客職故也。」仇注謂應、許爲魏太子賓客，誤。《舊唐書・肅宗紀》：「（乾元二年三月）以太子賓客薛景仙爲鳳翔尹、本府防禦使。」

〔一八〕降集二句：《漢書・宣帝紀》：「鳳皇甘露，降集京師。」《莊子・齊物論》：「狙公賦芧，曰：『朝三而暮四。』衆狙皆怒。曰：『然則朝四而暮三。』衆狙皆説。」仇注：「言其才品超出，非衆人可及。」

〔一九〕侍臣二句：《史記・司馬穰苴列傳》：「齊威王使大夫追論古者司馬兵法而附穰苴於其中，因號曰司馬穰苴兵法。」朱鶴齡注：「自往者胡星孛至此，皆頌薛尚書。雙宋玉、兩穰苴，言宋玉、穰苴復見於今也，與『居然雙捕虜』句法略同。次公以降集四語爲兼美薛兄弟，失之。」

〔二〇〕鑒澈句：曹植《學宫頌》：「玄鏡作鑒，神明昭晰。」《世説新語·識鑒》：「褚太傅有知人鑒。」仇注：「言尚書有知人之鑒，惜己之荒蕪，不足有爲也。」

〔二一〕白髮二句：《趙次公先後解》：「言青雲之志，昔舒而今卷也。」

〔二二〕經綸二句：《易·屯·象》：「君子以經綸。」《詩·鄘風·載馳》：「大夫跋涉，我心則憂。」

〔二三〕揚子二句：投閣，見卷一《醉時歌》(0019)注。曳裾，見卷六《壯游》(0295)注。

〔二四〕但驚二句：《詩·豳風·東山》：「町畽鹿場，熠耀宵行。」傳：「熠耀，燐也。」蟾蜍，月。見卷一〇《月》(0507)注。

〔二五〕烟雨二句：《爾雅·釋地》：「宋有孟諸。」注：「今在梁國睢陽縣東北。」《趙次公先後解》：「指前途之所經也。」

〔二六〕湯池二句：《漢書·蒯通傳》：「皆爲金城湯池，不可攻也。」填淤，見卷五《溪漲》(0239)注。朱鶴齡注：「《通鑑》：大曆三年六月，幽州兵馬使朱希彩與朱泚、朱滔共殺節度使李懷仙，自稱留後，朝廷不能制。故云尚填淤也。」

〔二七〕努力二句：《史記·淮陰侯列傳》：「臣願披腹心，輸肝膽。」《論語·八佾》：「起予者商也。」朱鶴齡注：「以尚書新文言之。」仇注：「此借言起廢。」「勸其努力報君，不必專以起予爲念。」

哭李尚書之芳〔一〕

漳濱與蒿里，逝水竟同年〔二〕。欲挂留徐劍①，猶回憶戴船〔三〕。相知成白首，此別間黄泉。風雨嗟何及，江湖涕泫然。修文將管輅，奉使失張騫〔四〕。史閣行人在〔五〕，詩家秀句傳。客亭鞍馬絶，旅櫬網蟲懸。復魄昭丘遠，歸魂素滻偏〔六〕。樵蘇封葬地，喉舌罷朝天〔七〕。秋色凋春草，王孫若箇邊〔八〕。（1340）

【校】

① 挂，《文苑英華》作「把」。

【注】

黄鶴注：大曆三年（七六八）作於江陵府。

〔一〕李之芳：本年卒於江陵。

〔二〕漳濱二句：劉楨《贈五官中郎將》：「余嬰沈痼疾，竄身清漳濱。……逝者如流水，哀此遂離分。」蒿里，見卷七《八哀詩·蘇公源明》(0335)注。《論語·子罕》：「子在川上曰：『逝者如斯夫，不舍晝夜。』」《趙次公先後解》：「漳濱以言其病，蒿里及逝水同年以言其即死。」仇注：「得病隨亡，故曰同年。」

〔三〕欲挂二句：留徐劍，見卷一三《别房太尉墓》(0864)注。憶戴船，見卷一一《卜居》(0615)注。

〔四〕修文二句：地下修文郎，見卷一四《聞高常侍亡》(0931)注。管輅，見卷九《上韋左相二十韻》(0413)注。張騫，見卷一〇《秦州雜詩二十首》(0555)注。《舊唐書·吐蕃傳》：「寶應二年三月，遣左散騎常侍兼御史大夫李之芳、左庶子兼御史中丞崔倫使於吐蕃，至其境而留之。」「(廣德)二年五月，放李之芳還。」仇注：「修文，言精靈不没。奉使，指出使吐蕃。」浦起龍云：「有文而不享大年，故曰將管輅。出使爲生平大節，故曰失張騫。」

〔五〕史閣句：《趙次公先後解》：「行人，又申言其奉使。史閣，則言其書之史册也。」

〔六〕復魄二句：《儀禮·士喪禮》：「復者一人，以爵弁服，簪裳於衣。」注：「復者，有司招魂復魄也。」疏：「出入之氣謂之魂，耳目聰明謂之魄，死者魂神去離於魄，今欲招取魂來復歸於魄，故云招魂復魄也。」昭丘，見卷一五《秋日寄題鄭監湖上亭三首》(1048)注。《趙次公先後解》：「李尚書寄居荆南。」素滻，見卷一《苦雨奉寄隴西公兼呈王徵士》(0022)注。趙注：「李尚書乃長安人也。」

〔七〕樵蘇二句：《戰國策·齊策》：「昔者秦攻齊，令曰：有敢去柳下季壟五十步而樵采者，死不赦。」任昉《爲范始興作求立太宰碑表》：「寧容使長想九原，樵蘇罔識其禁。」尚書爲帝喉舌，見卷九《上韋左相二十韻》(0413)注。

〔八〕秋色二句：《楚辭·招隱士》：「王孫游兮不歸，春草生兮萋萋。」若箇，哪個，哪裏。楊炯《和石侍御山莊》：「蓮房若箇實，竹節幾重虛。」沈佺期《初達驩州》：「雨露何時及，京華若箇邊。」

重題

涕泗不能收，哭君余白頭①。兒童相顧盡②，宇宙此生浮〔一〕。江雨銘旌濕，湖風井逕秋③〔二〕。還瞻魏太子，賓客減應劉〔三〕。公歷禮部尚書④，薨于太子賓客。（1341）

【校】

① 余，錢箋校：「一作餘。」

② 顧，錢箋作「識」，校：「一作顧。」

③ 逕，錢箋作「徑」。

④ 公，錢箋作「李公」。

【注】

黃鶴注：當是同時作。

〔一〕兒童二句：《趙次公先後解》：「言自兒童時與李尚書相識，今相識之人殆盡矣。」浮生，見卷一《三川觀水漲二十韻》（0043）注。

〔二〕江雨二句：《周禮·春官·司常》：「大喪，共銘旌，建廞車之旌。」《禮記·檀弓下》：「銘，明旌也，以死者爲不可別已，故以其旗識之。」《周禮·地官·小司徒》：「九夫爲井，四井爲邑。」《遂人》：「凡治野，夫間有遂，遂上有徑。」注：「徑、畛、塗、道、路，皆所以通車徒於國都也。徑容牛馬。」鮑照《蕪城賦》：「邊風急兮城上寒，井逕滅兮丘隴殘。」

〔三〕還瞻二句：應劉，應瑒、劉楨。參《秋日荆南送石首薛明府辭滿告别奉寄薛尚書頌德叙懷斐然之作三十韻》（1339）注。《舊唐書·蔣王惲傳附之芳》：「乃遣之芳兼御史大夫，使吐蕃，被留境上，二年而歸。除禮部尚書，尋改太子賓客。」

獨坐

悲愁回白首①，倚杖背孤城。江斂洲渚出，天虚風物清。滄溟服衰謝②，朱紱負平生〔一〕。仰羨黄昏鳥，投林羽翮輕。（1342）

【校】

① 愁，錢箋校：「一作秋。」《草堂》作「秋」。

②服，宋本、錢箋、《草堂》校：「一作恨。」

【注】

黄鶴注：當是大曆三年(七六八)江陵作。仇注編入廣德二年(七六四)在幕中作。

〔一〕滄溟二句：《趙次公先後解》：「言在滄溟之中，甘服衰謝。」「朱紱，公已賜緋也。」參卷一三《春日江村五首》(0897)注。

暮歸

霜黄碧梧白鶴栖，城上擊柝復烏啼。客子入門月皎皎，誰家搗練風凄凄？南渡桂水闕舟楫，北歸秦川多鼓鞞①〔一〕。年過半百不稱意，明日看雲還杖藜。

(1343)

【校】

①秦，宋本、錢箋、《草堂》校：「一作洛。」

【注】

黄鶴注：當是大曆二年（七六七）夔州作。若大曆三年作，其年秋在公安，冬移岳陽。《趙次公先後解》編入大曆三年（七六八）。仇注同。

〔一〕南渡二句：桂水，見卷八《詠懷二首》（0388）注。《舊唐書·代宗紀》：「（大曆三年八月）壬戌，吐蕃十萬寇靈武。」「丁卯，吐蕃寇邠寧，節度使馬璘破吐蕃二萬於邠州。」朱鶴齡注引此。

移居公安敬贈衛大郎鈞〔一〕

衛侯不易得，余病汝知之。雅量極高遠①，清襟照等夷〔二〕。平生感意氣，少小愛文辭。河海由來合，風雲若有期。形容勞宇宙，質朴謝軒墀。自古幽人泣，流年壯士悲。水烟通徑草，秋露接園葵〔三〕。入邑豺狼鬬，傷弓鳥雀飢②。白頭供宴語，烏几伴栖遲〔四〕。交態遭輕薄，今朝豁所思。（1344）

【校】

①極，錢箋、《草堂》作「涵」，《草堂》校：「一作極。」

② 飢，錢箋作「饑」。《草堂》校：「一作饑。」

【注】

黄鶴注：公以大曆三年（七六八）秋移居公安，乃是時作。

〔一〕衛鈞：事迹不詳。

〔二〕雅量二句：任昉《王文憲集序》：「（袁）粲答詩曰：老夫亦何寄，之子照清襟。」《史記·留侯世家》：「今諸將皆陛下故等夷。」集解：「徐廣曰：夷猶儕也。」索隱：「如淳云：等夷，言等輩。」

〔三〕水烟二句：《趙次公先後解》：「述其移居公安之地也。」

〔四〕烏几：見卷六《阻雨不得歸瀼西甘林》（0296）「烏皮几」注。

公安送韋二少府匡贊〔一〕

逍遥公後世多賢〔二〕，送爾維舟惜此筵。念我能書數字至①，將詩不必萬人傳。時危兵甲黄塵裏，日短江湖白髮前。古往今來皆涕淚，斷腸分手各風烟。（1345）

【校】

①能書，宋本、錢箋、《草堂》校：「一作常能。」

【注】

黄鶴注：大曆三年（七六八）秋晚作，是年吐蕃入寇，京師戒嚴。

〔一〕韋匡贊：事迹不詳。

〔二〕逍遥句：《周書·韋夐傳》：「韋夐，字敬遠。……明帝即位，禮敬逾厚……號之曰逍遥公。」《舊唐書·韋思謙傳附子嗣立》：「嗣立，承慶異母弟也。……及承慶卒，代爲黄門侍郎，轉太府卿，加修文館學士。景龍三年，轉兵部尚書、同中書門下三品。……嗣立與韋庶人宗屬疏遠，中宗特令編入屬籍，由是顧賞尤重……因封嗣立爲逍遥公。」《宰相世系表四上》韋氏逍遥公房：「夐字敬遠，後周逍遥公，號逍遥公房。」小逍遥公房：「出自東眷穆曾孫鍾……至嗣立更號小逍遥公房。」《分門》師曰：「子美稱逍遥公，乃韋夐，非嗣立也。」然實難確證。

贈虞十五司馬〔一〕

遠師虞秘監〔二〕，今喜識玄孫。形象丹青逼，家聲器宇存〔三〕。淒涼憐筆勢，浩蕩問詞源〔四〕。爽氣金天豁〔五〕，清談玉露繁。佇鳴南岳鳳，欲化北溟鯤〔六〕。交態知浮俗①，儒流不異門〔七〕。過逢連客位②〔八〕，日夜倒芳罇。沙岸風吹葉，雲江月上軒〔九〕。百年嗟已半，四坐敢辭喧〔一〇〕。書籍終相與，青山隔故園〔一一〕。（1346）

【校】

① 交，《文苑英華》作「文」，校：「集作交。」

② 連，錢箋、《文苑英華》作「聯」。

【注】

黄鶴注：意是上元、寶應間在浣花作。若在公安，則未嘗舍舟。《趙次公先後解》編入大曆三年（七六八）公安作。

〔一〕虞十五：名不詳。

〔二〕遠師句：《舊唐書·虞世南傳》：「虞世南，字伯施，越州餘姚人，隋内史侍郎世基弟也。……太宗升春宫，遷太子中舍人。及即位，轉著作郎，兼弘文館學士。時世南年已衰老，抗表乞骸骨，詔不許。遷太子右庶子，固辭不拜，除秘書少監。……七年，轉秘書監。……（太宗）嘗稱世南有五絶：一曰德行，二曰忠厚，三曰博學，四曰言辭，五曰書翰。……敕圖其形於凌烟閣。」盧元昌曰：「秘監能書，公亦善書。《壯游》詩曰：九齡書大字。又嘗曰：鵝費羲之墨。此曰遠師虞秘監者，正師其書法。」

〔三〕形象二句：朱鶴齡注：「言司馬之貌，逼似其祖也。」

〔四〕淒涼二句：《三國志·魏書·衛覬傳》注引《文章叙録》載衛恒《四體書勢》：「梁鵠謂淳得次仲法，然鵠之用筆，盡其勢矣。」「杜氏結字甚安而書體微瘦，崔氏甚得筆勢而結字小疏。」《太平御覽》卷五九九引《抱朴子》：「二陸文詞，源流不出俗檢。」

〔五〕爽氣句：張衡《思玄賦》：「顧金天而歎息兮，吾欲往乎西嬉。」《文選》舊注：「金天，少昊位也。」指秋天。

〔六〕佇鳴二句：劉楨《贈從弟》：「鳳皇集南岳，徘徊孤竹根。」《文選》李善注：「鳳生丹穴，故曰南岳。」《山海經·南山經》：「丹穴之山，其上多金玉，丹水出焉，而南流注於渤海。有鳥焉，其狀如雞，五采而文，名曰鳳皇。」《莊子·逍遥游》：「北冥有魚，其名爲鯤。鯤之大，不知其幾千里也。化而爲鳥，其名爲鵬。」

〔七〕交態二句：仇注：「儒門不異，虞、杜皆舊家。」

〔八〕過逢句：《儀禮·士冠禮》：「醮於客位。」《禮記·檀弓上》：「殯於客位。」此即指客席。

〔九〕沙岸二句：江淹《别賦》：「日下壁而沈彩，月上軒而飛光。」

〔一〇〕百年二句：《玉臺新詠》古詩：「四坐且莫喧，願聽歌一言。」

〔一一〕書籍二句：《三國志·魏書·王粲傳》：「（蔡邕）聞粲在門，倒屣迎之。粲至，年既幼弱，容狀短小，一坐盡驚。邕曰：『此王公孫也。有異才，吾不如也。吾家書籍文章，盡當與之。』」《鍾會傳》注引《博物記》：「蔡邕有書近萬卷，末年載數車與（王）粲。」

公安縣懷古

野曠呂蒙營，江深劉備城〔一〕。寒天催日短，風浪與雲平。灑落君臣契，飛騰戰伐名〔二〕。維舟倚前浦，長嘯一含情。（1347）

【注】

黄鶴注：當是大曆三年（七六八）秋晚作。

〔一〕野曠二句：《太平寰宇記》卷一四六荆州公安縣：「《荆州記》云：劉備敗於襄陽，奔荆州。吴大帝推先主爲左將軍、荆州牧，鎮油口，即居此城。時人號備爲公，故名其城爲公安也。」「孱陵城，《十三州志》曰：吴大帝封呂蒙爲孱陵侯，即此地也。」《輿地紀勝》卷四六江陵府：「孱陵故城，又名孫夫人城。《元和郡縣志》云：在公安縣，相傳此乃劉備妻孫夫人所築，夫人，權之妹，疑備，故别作此城，不與備同住。」説不同。

〔二〕灑落二句：《趙次公先後解》：「灑落君臣契，則又言先主之與諸葛也。飛騰戰伐名，則以言呂蒙之爲將也。」

公安送李二十九弟晉肅入蜀余下沔鄂〔一〕

正解柴桑纜，仍看蜀道行〔二〕。檣烏相背發〔三〕，塞雁一行鳴。南紀連銅柱，西江接錦城〔四〕。憑將百錢卜，飄泊問君平〔五〕。（1348）

【注】

黄鶴注：公以大曆三年（七六八）冬發公安，往岳陽，蓋其時。故題云下沔鄂，後不果至武昌。

〔一〕李晉肅：《舊唐書·李賀傳》：「李賀，字長吉，宗室鄭王之後。父名晉肅，以是不應進士。韓愈爲之作《諱辨》，賀竟不就試。」崔教《邵伯祠碑記》：「貞元九年……陝縣令李晉肅虔奉新政，恭惟昔賢，請刻石書。」鄭王元懿，高祖子。杜甫爲高祖子舒王元名外孫之外孫，其稱晉肅爲弟，則晉肅爲元懿四世孫。

〔二〕正解二句：《漢書·地理志》豫章郡：「柴桑，莽曰九江亭。」《元和郡縣圖志》卷二八江州廬山：「柴桑故城，在縣西南二十里。」陶淵明爲尋陽柴桑人。《趙次公先後解》：「上句則公將下沔鄂也。次句則送晉肅入蜀也。」又卷一四《又示兩兒》（0972）：「長葛書難得，江州涕不禁。」

《趙次公先後解》：「長葛、江州，取次是其弟其妹所在，未可妄考。」

〔三〕檣烏：見《大曆三年春白帝城放船出瞿唐峽久居夔府將適江陵漂泊有詩凡四十韻》（1308）注。

〔四〕南紀二句：南紀，見卷七《八哀詩·李公光弼》（0331）注。銅柱，見卷八《詠懷二首》（0388）注。

〔五〕憑將二句：見卷一《渼陂西南臺》（0032）、卷一五《秋日夔府詠懷奉寄鄭監審李賓客之芳一百韻》（1030）注。

宴王使君宅題二首〔一〕

漢主追韓信，蒼生起謝安〔二〕。吾徒自飄泊，世事各艱難。逆旅招邀近①，他鄉思緒寬②。不才甘朽質，高卧豈泥蟠〔三〕。（1349）

【校】

① 邀，《文苑英華》作「要」。

② 思緒，《文苑英華》校：「集作意緒。」

【注】

黄鶴注：梁權道編在公安詩内，然均不出大曆三年（七六八）秋。王使君當是閑居邑中。

〔一〕王使君：名不詳。

〔二〕漢主二句：《史記·淮陰侯列傳》：「信數與蕭何語，何奇之。至南鄭，諸將行道亡者數十人，信度何等已數言上，上不我用，即亡。何聞信亡，不及以聞，自追之。……上復罵曰：『諸將亡者以十數，公無所追，追信，詐也。』何曰：『諸將易得耳。至如信者，國士無雙。』」《晉書·謝安傳》：「征西大將軍桓温請爲司馬，將發新亭，朝士咸送，中丞高崧戲之曰：『卿累違朝旨，高卧東山，諸人每相與言，安石不肯出，將如蒼生何！蒼生今亦將如卿何！』」

〔三〕不才二句：揚雄《法言·問神》：「龍蟠於泥，蚖其肆矣。」《趙次公先後解》：「所以自謙也。」

泛愛容霜髮①，留歡卜夜閑②〔一〕。自吟詩送老，相勸酒開顏。戎馬今何地，鄉園獨舊山③。江湖墮清月④〔二〕，酩酊任扶還。（1350）

【校】

①髮，錢箋校：「一作髩。」《文苑英華》作「鬢」。

②卜夜閑，宋本、錢箋校：「一作上夜闗。」《草堂》、《文苑英華》作「上夜闗」，《草堂》校：「一作卜夜閑。」《文苑英華辨證》：「今《英華》元本亦作卜夜閑。」

③舊，《草堂》作「在」。錢箋校：「舊山一作在山。」《文苑英華》校：「集作在。」

④墮，《文苑英華》作「墜」。

【注】

〔一〕泛愛二句：泛愛，見《行次古城店泛江作不揆鄙拙奉呈江陵幕府諸公》(1312)注。《左傳》莊公二十二年：「飲桓公酒，樂。公曰：『以火繼之。』辭曰：『臣卜其晝，未卜其夜，不敢。』」《趙次公先後解》：「一作上夜闌，蓋以公父諱閑，當避閑字也。殊不知公有云娟娟戲蝶過閑幔，則亦臨文不諱矣。然今句當以上夜闌爲正，蓋首兩句便對，而夜闌字方對霜鬢也。」句見卷一八《小寒食舟中作》(1402)。參卷一五《諸將五首》(1156)注。

〔二〕江湖句：李白《擬古》：「明月看欲墮，當窗懸清光。」

留別公安太易沙門〔一〕

隱居欲就廬山遠，麗藻初逢休上人〔二〕。數問舟航留製作，長開篋笥擬心神〔三〕。沙村白雪仍含凍，江縣紅梅已放春。先踏鑪峰置蘭若，徐飛錫杖出風塵〔四〕。(1351)

【注】

黃鶴注：當是大曆三年（七六八）冬作。

〔一〕太易：又作大易。司空曙有《送太易上人赴東洛》。《全唐詩》卷八一〇録大易詩二首。《唐才子傳》卷三：「(方外攻文)其或雖以多而寡稱，或著少而增價者，如……太易……等四十五人，名既隱僻，事且微冥。」沙門：《魏書・釋老志》：「諸服其道者，則剃落鬚髮，釋累辭家，結師資，遵律度，相與和居，治心修浄，行乞以自給，謂之沙門。或曰桑門，亦聲相近。總謂之僧，皆胡言也。僧，譯爲和命衆，桑門爲息心，比丘爲行乞。」

〔二〕隱居二句：廬山遠，見卷七《大覺高僧蘭若》(0364)注。休上人，見卷九《大雲寺贊公房二首》(0493)注。

〔三〕數問二句：任昉《出郡傳舍哭范僕射》：「已矣平生事，詠歌盈篋笥。」仇注：「擬者，欲和其詩也。」

〔四〕先踏二句：廬山香鑪峰，見卷一五《秋日夔府詠懷奉寄鄭監審李賓客之芳一百韻》(1030)注。蘭若、飛錫，見《大覺高僧蘭若》(0364)注。《趙次公先後解》：「蓋言我先往廬山路香爐峰求置蘭若之地，請太易師飛錫而來也。」仇注：「言太易當築室爐峰，以俟道成飛舉。」「此本用廬山神仙事。」引湛方生《廬山神仙詩序》。按，釋門不言神仙飛舉。